# Friends

Marie-Charlotte François

# Friends #1

hachette
ROMANS

Couverture : Hachette Romans Studio
Visuels : © Rawpixel.com, © YanLev, © grop/Shutterstock


Hachette Livre, 58 rue Jean Bleuzen, 92170 Vanves.

# Prologue

Le rouleau de scotch roule le long du carton, le scellant jusqu'à notre prochaine destination. Jusqu'à notre nouveau départ. Nous aimons l'appeler comme ça, avec papa : notre nouveau départ, notre nouvelle aventure, notre changement d'air. Je contemple l'écriture penchée de mon père qui orne la boîte marron : *vêtements Jade.*

C'est le dernier carton bouclé. En tee-shirt à l'effigie de leur société, les déménageurs s'activent.

Il ne nous reste plus beaucoup de temps avant ce changement de ville. Je les regarde en silence vider notre petite maison, comme celle-ci m'a regardée grandir. « La maison du paradis », l'appelait maman. C'était au bon vieux temps. À l'époque des rires et des sourires. Avant que la maladie frappe. Nous avons tous des ennemis jurés. Le mien, c'est le cancer.

Celui du poumon plus précisément, lui et ses copains ont fait de sales dégâts.

Mais, surtout, ils m'ont pris ma mère. Aujourd'hui, un an après, c'est devenu trop douloureux de vivre ici.

Chaque coin et recoin nous donne l'impression que maman peut encore surgir à tout moment, avec son éternel sourire et ses longs cheveux blonds encadrant son beau visage. Ça nous serre constamment le cœur. C'est pour ça que nous partons.

J'ai longtemps hésité, je pensais que c'était mal d'abandonner ce lieu plein de souvenirs. Mais c'est devenu étouffant. On est passés du rassurant au troublant. Ainsi, quand mon père s'est vu offrir une mutation dans le Sud, il n'a pas hésité.

« Ça tombe bien, Pierrick habite là-bas ! »

Il était tout joyeux à l'idée de revoir son copain d'enfance, celui qu'il n'avait pas vu depuis vingt ans.

Il a même failli s'étouffer de bonheur quand son vieil ami lui a proposé une colocation avec lui et son fils, le temps pour nous de trouver un endroit où loger.

Ah, mon papa ! Que c'est bon de le revoir sourire !

Je contemple la petite maison vide, où mon père fait les cent pas tout en parlant fort dans son téléphone.

Il fouette l'air de son bras gauche en riant.

C'est sans doute Pierrick.

« Bien, nous allons partir… Ah, tu ne seras pas là à notre arrivée… Les clés sous le paillasson, d'accord. »

Oui, c'est bien Pierrick.

Je ne veux pas presser mon père, mais j'aperçois par la fenêtre les déménageurs qui s'impatientent, adossés au camion. Je le tire alors par le bas de son polo, il place sa main gauche sur le combiné et m'interroge du regard.

« Nous devrions y aller, papa. »

Il hoche la tête. Ce n'est pas comme si nous avions quatre heures de route à nous taper pour arriver « dans le Sud » !

Il raccroche et embarque le dernier carton qui ornait cette maison. Tout est… vide. La maison paraît triste, comme fade, ou… abandonnée ?

Impossible de deviner que j'ai fêté tous mes anniversaires dans la cuisine, ou encore que je me suis ouvert l'arcade sourcilière en trébuchant sur la table basse du salon. Je soupire légèrement.

Ce n'est pas plus mal de changer d'air, ça refermera sans doute ces blessures encore à vif que j'ai dans le cœur. Sans m'attarder davantage, je suis mon père à travers la maison en faisant l'inventaire de toutes les pièces, plus vides les unes que les autres, jusqu'à la petite cour. Le camion bleu attend, garé de travers sur le trottoir d'en face. Il attend notre départ, tout comme ma meilleure amie, que j'aperçois devant la voiture.

Elle serre son sac contre sa poitrine, et, en m'approchant, je peux distinguer ses yeux rouges. Je la prends dans mes bras en lui murmurant :

« Ça va aller, d'accord, Pauline ? Nous nous verrons plus souvent que tu ne le penses. »

Je dépose un bisou sur sa joue, et j'essaie du bout des doigts de sécher ses larmes.

« Arrête de pleurer, sinon je vais m'y mettre aussi. Et seul *Titanic* sait que je peux pleurer beaucoup ! »

Ça la fait rire légèrement. Je ne veux pas la voir triste, je veux garder en mémoire son beau visage souriant, pas la couleur de ses larmes. Ma Pauline. Nous nous connaissons depuis tellement longtemps… Ça me brise le cœur de devoir l'abandonner. J'ai bien essayé de la faire rentrer dans ma valise, mais même avec sa taille 34 ça ne passait pas. Je ferme un peu trop longtemps les yeux pour essayer de retenir mes larmes, et un flot de souvenirs m'envahit. Je nous revois gamines, fumant l'herbe fraîchement tondue de son gazon pour « voir ce que ça fait »… C'est dans son jardin aussi que j'ai embrassé pour la première fois un garçon : Yan Arnaud, en cinquième.

En parlant de garçon…

J'observe les alentours, à m'en tordre le cou.

Pauline, en me voyant faire, me lance un regard désolé.

« Il n'est pas venu… »

À l'annonce de mon départ, Evan, mon copain – désormais ex –, a pris peur à cause de la distance et a préféré mettre fin à nos trois ans de relation. C'était mon premier amour. Mon cœur en saigne encore. Pauline secoue la tête.

« Ce n'est qu'un con, il ne te mérite pas. »

Elle a sans doute raison, pourtant je n'arrive pas à lui en vouloir. Les relations à distance ne sont pas chose facile et je comprends tout à fait sa réaction, même si j'avais espéré qu'il serait là. Avec un dernier baiser comme au revoir. Mais je me suis visiblement trompée.

Je soupire, et Pauline passe son pouce sur ma joue pour essuyer la larme qui m'a échappé.

« Jade ? » m'appelle mon père.

Il s'est appuyé contre la voiture et attend patiemment. Je serre fort Pauline dans mes bras, et elle rit nerveusement pour masquer ses larmes.

« Ramène-moi un beau gosse. »

Un son étranglé proche du rire m'échappe. Je me retourne, la laissant derrière moi. *Ne la regarde pas, Jade, ne te retourne pas.* Dans un effort surhumain, je regagne la voiture. Le camion est déjà parti.

Je lance un dernier coup d'œil à Pauline, qui tamponne ses yeux avec un mouchoir en papier. Puis j'admire une dernière fois la maison aux volets à la peinture grise vieillie par le temps. Si mes souvenirs sont bons, mon père avait promis de les repeindre. Dans le jardin, ma vieille balançoire me fait de l'œil, me suppliant de revenir m'y asseoir, comme au bon vieux temps. Le temps où maman me poussait… Maman… Je souris. Mon père replace une de mes mèches brunes rebelles derrière mon oreille et me glisse :

« Prête, ma grande ? »

Je hoche la tête et j'avoue qu'un brin d'excitation monte en moi. La voiture démarre et, à chaque kilomètre, nous éloigne un peu plus de notre ancienne vie. Notre passé, comme qui dirait. J'enfonce mes écouteurs dans mes oreilles et appuie sur le bouton play : *Final Song* de MØ. Je regarde le paysage défiler pendant que la musique joue. Nouveau départ. Nouvelle vie.

# Chapitre 1

Quelques heures plus tard, le paysage de bitume d'autoroute laisse place à une ville que nous traversons. La voiture s'arrête finalement devant une sorte de grande maison qui s'apparente à une villa à façade blanche, très cliché.

Vous savez, ces villas qu'on ne voit que dans les films ? En plein cœur de la ville, la maison est orientée plein sud, permettant ainsi au soleil de donner de jolis reflets au cerisier dans la cour. Armée de mon sac, je descends. De l'autre côté du trottoir, le camion de déménagement est déjà garé et les ouvriers attendent les consignes. La bouche ouverte, je contemple la façade aux multiples fenêtres qui laissent entrapercevoir un nombre affolant de pièces.

« Elle te plaît ? »

Mon père passe un bras autour de mes épaules.

« C'est plutôt sympa ! »

Il me lance un clin d'œil et ajoute :

« Commence à visiter, les Kent ne sont pas encore là et les clés sont sous le paillasson. »

Mes pas crissent sur les gravillons tandis qu'une boule d'excitation se forme au creux de mon ventre. Mon sac à main contre moi, je me baisse pour farfouiller sous le tapis touffu où est marqué : *Welcome.* Mes doigts rencontrent quelque chose de froid, je m'en empare. Trois petites clés sont accrochées ensemble.

J'en rentre une dans la serrure, ça bloque.

J'essaie la deuxième, et un clic retentit.

Je pousse la porte. Il n'y a pas à dire, l'intérieur est tout à l'image de l'extérieur. L'entrée donne sur un petit hall, très sophistiqué mais aussi très sobre. Je remarque des chaussures alignées sous un portemanteau, alors je fais de même et retire les miennes. Je continue donc mon exploration en chaussettes et je débouche sur un immense salon aux murs passant du blanc au gris pâle. Un canapé trône au milieu de la pièce, face à un écran plat accroché au mur.

Une baie vitrée attire mon attention, elle donne sur la terrasse et l'énorme piscine à l'eau turquoise. On se perdrait presque dans ce salon. Au fond, je remarque qu'il y a la cuisine, grande et tout équipée, ouverte sur la pièce.

C'est magnifique, pourtant une pointe de tristesse trône dans mon cœur.

C'est si différent de notre ancienne maison.

Cette villa, bien qu'elle soit très belle, paraît triste, sans âme. Aucun enfant n'a ri ici ? Ou pleuré ? On la croirait presque dénuée de tout souvenir. Je me sens mal à l'aise. Je serre mon sac plus fort contre moi, comme pour me rassurer, et vogue dans le salon, en admirant chaque détail.

Au même moment, une courte vibration se fait ressentir dans la poche arrière de mon jean. Je dégaine mon téléphone.

`> De : Pauline`

`Alors cette nouvelle maison ? ;-p`

`J'espère qu'elle vaut le coup`

`de m'abandonner !`

Je souris en voyant ce message de ma meilleure amie.

> Oh que oui, tu n'as pas idée ! Je me perds un peu dans cette copie d'Ikea maiiis être loin de toi me fera le plus grand bien ! Ouf !

Sa réponse ne se fait pas attendre.

> Salope !

Je ris bêtement. Elle m'a redonné du courage, il me reste quand même un repère malgré tout : elle.

J'arpente un grand escalier menant au premier étage, enfin, je suppose. Je traverse un long couloir décoré de nombreux cadres photos. Sur l'un d'eux, je peux voir un petit garçon tout sourire avec les deux dents de devant manquantes : Cameron.

Ses courts cheveux châtains lui donnent un air angélique. Je me demande comment il est aujourd'hui. Je n'ai pas osé chercher sa tête sur Facebook. Je voulais avoir la surprise.

Je continue ma promenade.

« Jade », indique un petit bout de papier scotché sur la première porte. Sans doute ma chambre. Le cœur palpitant, j'entre dans la pièce.

Waouh.

La joie m'emporte à la vue de cette chambre paradisiaque. Je saute sur l'énorme lit à baldaquin rempli de coussins qui trône au milieu de la pièce. Ma nouvelle chambre est toute blanche dans le style Tumblr tant convoité par certaines filles. Si Pauline voyait ça ! Dans le couloir, les déménageurs commencent à descendre les cartons. Je leur fais signe d'apporter ceux marqués « Jade » dans ma chambre. Je sors de mon sac mon petit cutter.

Oui, j'ai un cutter dans mon sac, allez savoir pourquoi ! Simple mesure de précaution, m'avait dit mon père.

Je le fais glisser le long du scotch et je commence à déballer mes affaires, les rangeant avec soin.

Une fois ma tâche accomplie, satisfaite du résultat, je m'empresse d'effectuer une bonne dizaine de photos que j'envoie à ma meilleure amie.

> De : Pauline

Je peux m'incruster ?

T'as trop de chance, bouh…

Un sourire sadique se dessine sur mon visage.

« On est tout près de la mer, c'est formidable ! »

Mon père, tout content, me fait sursauter et je manque de laisser tomber mon téléphone sur le parquet. Je pose une main sur mon cœur tandis qu'il rigole de m'avoir fait peur. Quel enfant !

Il s'assoit sur mon lit et me montre un plan de la ville, suivant de son doigt les routes, chemins et avenues.

« Tu vois, on est ici. »

Sur le petit plan, notre maison se distingue des autres. Elle est représentée par un gros carré blanc, et une grande étendue d'eau n'est vraiment pas loin.

« On pourrait y aller ? » je propose, les yeux pétillants.

Mon père affiche une moue.

« Je suis un peu fatigué… Mais toi vas-y ! » se rattrape-t-il en voyant ma mine déçue.

Je pèse le pour et le contre et, franchement, après quatre heures de voiture, un bon bain de soleil n'est pas de refus. Je hoche la tête.

« Bien, alors, en sortant de la maison il te faudra suivre une grande allée commerçante et normalement au bout tu trouveras la plage. »

Je farfouille dans mes affaires à la recherche de mon maillot de bain. Mais c'est pas vrai, où est-il ? Je l'ai vu tout à l'heure…

Bingo, j'ai enfin mis la main sur l'étoffe noire. Je pars maintenant à la recherche d'une salle de bains. J'ouvre toutes les portes pour la trouver. Mais combien y a-t-il de pièces ? Chaque fois que j'en ouvre une, ce n'est jamais la bonne.

À mon nouvel essai, je tombe sur une chambre en désordre, une forte odeur de déo s'en dégage, des habits jonchent le sol par-ci par-là. Vu l'ambiance, ça doit être la chambre d'un ado, donc par conséquent : Cameron. Je m'attarde un peu et je me permets même d'entrer. Un cadre photo traîne parmi le bordel de sa table de chevet. C'est vraiment l'emballage d'une capote près de la lampe ? Dans le cadre, une jeune fille sourit, elle est blonde et plutôt jolie dans le style poupée Barbie. Je m'éclipse.

Finalement, la dernière porte que j'ouvre donne sur la salle de bains. Très spacieuse et lumineuse, elle pourrait contenir une équipe de rugbymen. Je me sens légèrement petite. J'enfile rapidement mon bikini et, après avoir attrapé une serviette et mon sac, je dis au revoir à mon père.

Le soleil tape fort dehors et je suis obligée de mettre ma main en visière devant mes yeux pour pouvoir lire le nom de la rue. Normalement, je dois tourner à droite. La grande allée bordée de boutiques est vraiment sympathique, il y a de tout : des magasins de fringues aux boutiques de bibelots en passant par des snacks. Je me promets d'y faire un tour plus tard.

Et enfin la voilà : la mer. Elle s'offre à moi tel un cadeau et, comme une enfant, je me précipite.

# Chapitre 2

Le sable chaud brûle sous mes pieds nus. Mais je l'ignore, un grand sourire fixé sur mon visage. Il fait un temps merveilleux en ce mois de juillet, et l'eau doit être délicieuse. Sac sur l'épaule, j'admire les gens qui rigolent, s'amusent, se baignent. À l'écart, j'étends ma serviette sur une parcelle de sable moins chauffée par le soleil. Un homme poussant un chariot de glaces et de beignets me lance :

« Une glace ? »

Je décline poliment et il s'éloigne. Je n'ai pas d'argent, de toute façon. Je retire mon short et je m'allonge sur le dos, offrant ma peau à la morsure du soleil. Je suis à deux doigts de m'endormir, mes yeux papillotent et mon esprit s'égare.

Soudain, je reçois en pleine tête des giclées de sable. Je me redresse d'un bond et j'observe un groupe de trois jeunes qui rient en dérangeant tout le monde sur leur passage. Ils doivent avoir mon âge, peut-être plus. Ils n'ont pas l'air de se rendre compte des dégâts qu'ils causent et ça m'agace.

*Pardon, c'est pas pour les chiens !*

J'essuie le sable qui me colle à la peau. De nature nerveuse et de sang hyper-bouillant, je ne peux m'empêcher d'aller les engueuler. À petits pas, j'entre doucement dans l'eau, jusqu'à ce qu'elle m'arrive aux chevilles.

Un des garçons de la bande récupère de l'eau dans sa main et l'étale sur ses pectoraux. Derrière lui, je lui tape sur l'épaule. Sa frimousse blonde est surprise. Les mains sur les hanches, je m'exclame :

« Ça vous aurait écorché la gorge un “Excusez-nous” peut-être ? »

Il me toise en rigolant.

« Pour quelques grains de sable ? »

Je roule les yeux et m'apprête à répliquer quand un garçon brun un peu plus loin me répond froidement :

« C'est les vacances, alors sors-toi ton balai du cul, ma belle. »

Mes poings se serrent et je vois rouge. Je m'approche de lui, mes pas sont lourds dans l'eau mais, énervée, je parcours rapidement la distance qui nous sépare. Je martèle son torse du bout de mon index.

« Alors écoute-moi bien, mon coco, d'abord je ne suis pas TA belle, et ensuite, si tu as un minimum de bon sens, tu t'excuses. Le savoir-vivre, tu connais ? »

Il se fout de ma gueule :

« T'as rêvé, toi. »

Et il s'éloigne, suivi de ses deux compères, s'enfonçant vers le large en m'aspergeant au passage. Encore une fois. Ces gens sont vraiment sans gêne, j'espère que ce n'est pas le cas de tout le monde ici, et que je suis juste tombée sur une bande de cons.

Je replie ma serviette à l'arrache et la calle sous mon bras. Il est temps de rentrer, je profiterai de la plage plus tard. Sinon, je risque d'en étriper un. En quelques grandes enjambées, j'arrive vite à la maison des Kent, ou dois-je dire notre maison maintenant ?

Quoi qu'il en soit, je pousse pour la deuxième fois de la journée la porte d'entrée. Tout est calme, on entendrait presque une mouche voler. À pas de loup, j'appelle doucement :

« Papa ? »

Seul le silence me répond, lourd et pesant. Je contourne le canapé et je trouve mon père endormi, affalé, un journal sur le torse. Il ronfle légèrement.

*16 heures.*

Je décide de le laisser dormir et je me glisse telle une ombre dans le couloir du premier étage à la recherche de ma chambre.

Heureusement que j'ai eu la bonne idée de laisser la petite étiquette, sinon je me serais perdue.

*Qu'est-ce que je vais bien pouvoir faire ?*

J'ai déjà déballé toutes mes affaires et scotché les multiples photos de Pauline et moi aux murs en prenant soin de bien ranger au fond d'un tiroir celles d'Evan. Je n'ose pas les jeter. J'ai toujours espoir qu'il comprenne son erreur.

Je fais défiler les contacts de mon téléphone. Automatiquement, mon doigt s'arrête sur son nom. Je détaille sa photo, et mes yeux se brouillent. Je verrouille rapidement mon téléphone et le pose sur mon ventre tandis que je m'allonge sur le lit.

*Nouveau départ, Jade, nouveau départ. Plus d'Evan.*

Je rassemble mes esprits. Non mais, depuis quand je pleure pour un garçon ?

Une vibration continue m'avertit d'un appel. Le nom de Pauline s'affiche.

« Allô ?

— Bien installée ?

— Euh oui, ça va. »

Un petit sourire étire mes lèvres, toujours là au bon moment, celle-là.

« Y a des beaux garçons ? »

Je soupire en riant.

« T'arrêtes de penser qu'aux mecs, oui !

— Ah nan, mais je dis ça pour toi. Pour pas que tu restes vierge toute ta vie, hein. »

Je peux l'imaginer de l'autre côté du téléphone en train de s'examiner les ongles.

« Pauline ! »

Je rougis. Il est vrai que, malgré mes dix-sept ans et mes trois ans de relation, je n'ai jamais rien fait avec un garçon. Je ne suis pas prête et surtout j'ai peur, mais ça, je ne le dirai à personne. J'ai ma fierté, quand même !

Evan n'a jamais râlé, pourtant j'ai toujours su qu'il assouvissait ses pulsions sexuelles à droite à gauche.

Je soupire.

« Qu'est-ce qu'il y a ? Tu penses à Evan ? »

Je ne réponds pas. Il n'y a rien à dire.

« Jade ! Oublie-le, chérie, je t'en prie, même à quatre cents kilomètres il te casse le cœur, alors s'il te plaît, t'es mignonne mais tu te trouves un autre mec. Beau, musclé. »

Je sais que ses yeux pétillent.

« Il s'appelle comment, le fils du pote de ton père, déjà ?

— Cameron, et je ne l'ai pas encore rencontré.

— Dommage. »

Petit blanc. Un bruit s'élève. Elle tripatouille je ne sais quoi derrière elle.

« Tu fais quoi, Pauline ?

— Je cherche une tenue. »

Je fronce les sourcils.

« Pour ?

— Euh… » hésite-t-elle.

Je la réinterroge.

« Pauline ?

— Molly fait une soirée », lance-t-elle en vitesse.

Je reste sous le choc. Pauline qui va à une soirée de Molly ? Vraiment ?

Mon cœur se serre. Molly est une fille super-populaire. Quand j'ai annoncé mon départ à la fin de l'année et que la nouvelle s'est répandue grâce au journal du lycée, Molly a déclaré : « À moi, Evan ! »

Pauline sait que je ne porte pas cette fille dans mon cœur, et je pensais qu'elle non plus. Apparemment, je me suis trompée.

« Evan sera là ? » je demande faiblement.

À son silence, je peux deviner que la réponse est oui.

Un élan de tristesse envahit mon cœur. Je bégaie :

« Je… Je vais devoir te laisser.

— Jade, attends je… »

Je la coupe en raccrochant. Oui, c'est gamin d'avoir fait ça, je reconnais, mais là je fais une overdose de sentiments.

D'abord ce matin avec la tristesse. En arrivant avec l'excitation. Cet après-midi avec l'énervement et finalement là avec le choc et le retour de la tristesse. Je n'ai qu'une envie : me rouler en boule sous ma couette avec de la musique à fond et m'endormir, mais mon père en a décidé autrement.

« Jade, tu descends ? Les Kent sont là ! »

Je rassemble tout mon courage, j'affiche un joli sourire et je descends.

# Chapitre 3

J'aperçois Pierrick en premier, grand, la quarantaine, les cheveux poivre et sel, et très élégant dans son costume. Papa m'a dit qu'il était banquier, cela explique sa tenue. Ses yeux bleus me fixent, un sourire étire ses lèvres.

« C'est donc toi, la fameuse Jade. »

Sa voix est rauque, elle ferait presque peur à un enfant. Je lui souris en retour en murmurant un « Oui ».

Il me claque deux bises sur les joues et m'observe à bout de bras.

« Tu es encore plus belle que sur les photos.

— Merci. »

Il regarde mon père en riant.

« Elle est toute timide. Toi qui me disais qu'elle n'avait pas sa langue dans sa poche. »

Mon père hausse un sourcil.

« Attends qu'elle se soit habituée. »

Je lui lance un regard noir de reproches. Je déteste que l'on parle de moi comme si je n'étais pas là.

Pierrick retire sa veste de costume et lance :

« Ça ira mieux quand elle rencontrera Cameron. Ils vont bien s'entendre. »

Ah oui Cameron, tiens. Je l'avais oublié, lui. Je fouille la pièce du regard.

« Il est parti acheter du pain, m'informe Pierrick. Bon, sinon, vous avez fait bon voyage ? »

Et mon père et lui partent discuter dans le salon, sur le grand canapé en cuir brun. Moi, je reste plantée là un instant, les yeux rivés sur la porte comme si l'arrivée de Cameron était la solution à tous mes problèmes.

Je décide finalement de les rejoindre, et très vite je redeviens le sujet de la conversation.

« Alors, Jade, les études, comment ça se passe ?

— Bien. Je vais passer mon bac S cette année, ensuite je ne sais pas trop quelle voie prendre. »

Je hausse les épaules, mon père se frotte les mains, un tic nerveux chez lui.

« Ah les jeunes de nos jours ! Ils ne savent plus où aller. Cameron par exemple a obtenu son bac ES avec mention bien ! Et il a décidé de prendre une année sabbatique. Quelle erreur… »

Bizarrement, Pierrick m'exaspère et je ressens le besoin de défendre Cameron même si je ne le connais pas.

J'aimerais lui dire qu'il a sans doute oublié la pression de tous ses examens, mais aussi que nous passons la plupart de notre vie à faire des études pour devenir des gens que la plupart du temps nous ne voulons pas être. J'aimerais lui dire qu'on nous force à trouver une voie dès le collège alors que nous ne sommes même pas capables de choisir entre deux tee-shirts. J'ai l'impression que les adultes perdent la mémoire, parfois.

Pourtant, je ne dis rien parce que mon père, me connaissant, pointe un regard d'avertissement sur moi. Alors je me tais et j'écoute leur conversation, interrompue quelque temps après par la porte d'entrée qui s'ouvre.

Nous nous tournons tous pour apercevoir un jeune homme qui entre la tête baissée, mais dont la silhouette m'est familière. Ses larges épaules, sa touffe brune, son corps parfaitement taillé et ses mollets d'acier… Je le connais, c'est sûr.

Quand il relève la tête en posant le pain sur le comptoir de la cuisine, mon cœur s'accélère et la colère me gagne. C'est un des gars de la plage. Celui qui m'a accusée d'avoir un balai dans le cul.

Mon regard se noircit tandis que lui me dévisage de ses yeux bleu glacé en rigolant. Il m'a reconnue.

Nos pères nous contemplent dans la plus totale des incompréhensions.

« Alors c'est toi, la fameuse Jade ? »

J'aimerais effacer son sourire narquois de son visage. Un rictus de dégoût s'empare de mes lèvres. Je ne prends pas la peine de répondre.

« Vous vous connaissez ? demande mon père.

— Ouais, on s'est vaguement aperçus à la plage. »

Son sourire s'élargit, je regarde mes ongles et l'espace d'une seconde j'hésite à lui sauter dessus pour défigurer sa belle gueule.

« Bon, m'en voulez pas, mais je dois aller me préparer. »

Il commence à gravir le grand escalier de plexiglace, mais son père le stoppe :

« Cameron ? Pourquoi n'emmènerais-tu pas Jade à ta petite fête ? Ce serait l'occasion pour elle de se faire des amis ici, non ? Qu'en penses-tu, Josh ? »

Mon père hoche la tête et bizarrement je le hais très fort de ne pas refuser, lui qui est d'habitude super-protecteur.

Cameron semble s'étrangler et bredouille :

« Mais… 'fin… »

Son père plonge les yeux dans les siens, et Cameron plisse le nez.

« OK, crache-t-il. T'as vingt minutes pour te préparer. »

Il disparaît sans plus attendre.

Je jette un coup d'œil paniqué à mon père. Lui me sourit, il ne se rend pas compte de mon malaise et à quel point je ne veux pas être avec Cameron.

Mon père se reconcentre sur Pierrick et, en le maudissant, je pars me préparer. La panique m'emporte quand je suis devant mon dressing. Il y aura tout plein de monde.

*Bravo, Jade ! C'est le principe d'une fête, d'y avoir du monde.*

Et, si ce sont des amis de Cameron, ils seront tous plus âgés. D'ordinaire je n'ai pas de mal à me faire des amis, seulement là j'ai un blocage. J'espère qu'ils n'ont pas tous la même mentalité que Cameron, sinon ça promet.

*Bon, OK, calme-toi. Et arrête de te ronger les ongles !*

Je choisis une petite robe noire bustier et patineuse plutôt que ma rouge moulante. Les mains moites, je l'enfile. Je me débats avec la fermeture au dos et manque de la casser. Mes cheveux sont une vraie catastrophe, ils bouclent dans tous les sens. Alors, au lieu de passer trois plombes à les lisser, je décide de les boucler. Après un coup de mascara et une touche de rouge sur les lèvres, me voilà prête. Il ne me reste plus qu'à choisir une paire d'escarpins.

*Vingt minutes ?*

Normalement, je suis dans les temps. Oh et puis merde, qu'est-ce que j'en ai à faire de lui obéir !

Je contemple mon reflet dans le miroir du dressing. Je me demande comment Pauline est habillée.

Je secoue la tête pour mettre fin à mes rêveries et regagne le salon.

Pierrick et papa n'ont pas bougé et commencent même à prendre racine dans le cuir épais du canapé. Je remarque aussi Cameron : appuyé contre le mur, qui joue nerveusement avec ses clés de voiture. Quand le son de mes talons contre le plexiglace retentit, tout le monde lève la tête. La bouche de Pierrick s'entrouvre légèrement tandis que mon père a un sourire fier sur le visage.

*Regarde comme ta fille a grandi, papa.*

Cameron roule les yeux et je pars embrasser mon père.

« On peut y aller ? » s'impatiente Cameron.

Je l'ignore et j'adresse un signe d'au revoir à Pierrick. Peut-être que son fils est mal élevé, mais pas moi.

Finalement, je suis Cameron dehors sous le ciel orangé. On se dirige vers sa voiture, où un A devrait normalement être collé à l'arrière selon les restrictions françaises.

« Pourquoi tu n'as pas collé ton A ? Tu viens d'avoir ton permis, non ?

— Si on te demande, tu diras que t'en sais rien. »

Euh, OK. Excuse-moi d'avoir ouvert la bouche. Abruti.

Je prends place à l'avant et il claque la portière pour se glisser derrière le volant. Un instant, personne ne bouge, et un silence s'installe. Silence qui est rompu momentanément par un gargouillis en provenance de mon ventre.

*J'espère qu'il y aura à manger là-bas, sinon je suis foutue.*

Ce petit bruit semble ramener Cameron à la réalité parce que, lorsque je tends la main pour allumer le poste radio, il la saisit et m'oblige à le regarder dans les yeux. Des yeux clairs et froids comme de la glace. Les icebergs ont de quoi être jaloux !

Il marmonne entre ses dents :

« Écoute-moi bien, ne prends pas cette soirée comme un cadeau de bienvenue. Nous ne serons jamais amis, toi et moi. Jamais. Je n'ai pas aimé la façon dont tu m'as parlé cet après-midi, et sache que je suis très rancunier. »

Il s'enfonce dans son siège avant d'allumer la radio, qu'il monte à fond.

Je croise les bras sur ma poitrine. Je veux lui répondre, ma langue me démange de me défendre. Mais je ne fais rien parce que, après tout, il m'emmène je ne sais où avec je ne sais qui et je n'ai pas envie de mettre le feu aux poudres alors qu'il sera sans doute le seul visage connu.

Je tourne mon regard vers la ville qui s'endort peu à peu. Cette soirée promet d'être explosive !

# Chapitre 4

Après peut-être vingt minutes de trajet avec pour seul bruit de fond l'horrible musique que la radio diffuse, je comprends enfin d'où vient l'expression « prendre la place du mort ». Je n'ai pas arrêté de voir ma vie défiler à chaque virage. Je crois bien que Cameron ne s'est pas arrêté à un seul feu rouge. Les mains crispées sur le volant, la mâchoire serrée, le regard dur, j'avoue qu'il me fait un peu peur. C'est pourquoi, quand les pneus crissent sur des gravillons et qu'une jolie maison se dessine, je suis extrêmement soulagée.

Cameron ne m'adresse ni un regard ni une parole, il se contente juste de claquer sa portière, les mains dans les poches. Je l'imite. Dehors, on peut entendre la musique qui règne à l'intérieur : de l'électro, et, si je n'étais pas habituée, ça me donnerait rapidement mal à la tête.

Je suis Cameron, qui pousse la porte. Instantanément, une chaleur nous enveloppe. Des effluves d'alcool, de tabac et de… sexe ? nous entourent.

Nous débouchons dans un grand couloir, et un mec particulièrement joyeux vient taper l'épaule de Cameron en hurlant pour couvrir la musique.

« Content que tu sois venu, mec ! »

Cameron hoche la tête. Derrière son imposante carrure, il est difficile de me voir, alors, quand il se décale pour checker un autre gars, le garçon me regarde, intrigué. Je ne bouge pas, je lui souris juste. Le gars rattrape alors Cameron et lui demande :

« C'est qui ? »

Cameron glisse ses yeux dans les miens, et un frisson me parcourt.

*Pourquoi sont-ils aussi froids ?*

Même avec la musique, je peux entendre son ton cinglant :

« Une meuf. »

Une meuf ? C'est tout ? La réponse semble convaincre le garçon puisqu'il hausse un sourcil. Sans doute pense-t-il que je suis un plan cul. Ça me dégoûte.

Le garçon s'approche de moi, trop près. Ses lèvres effleurent mon oreille et il me glisse :

« Moi c'est Kyle, bienvenue dans ma demeure. »

Son rictus est horrible et il pue l'alcool. Je me force à lui sourire en retour et je cherche Cameron du regard. Ne croyez pas que je vais faire le petit toutou avec lui, hein ! Je veux juste ne pas me faire violer par un de ces gars complètement défoncés. Quoique je ne sois pas sûre que ça lui ferait quelque chose.

Il n'est plus là.

Je respire profondément et traverse le long couloir jonché de bouteilles en tout genre. Je prends une entrée à droite, là où la musique est la plus forte : le cœur de la fête. Une trentaine de personnes se déhanchent collés serrés au rythme de la musique. Les filles sont court vêtues. On dirait même qu'un concours a été organisé pour savoir qui porterait la robe la plus courte. Je lisse nerveusement le devant de la mienne. Une épaisse fumée embrume mon champ de vision, quelqu'un me bouscule, manquant de renverser son verre sur moi. Le gars bégaie une sorte d'excuse incompréhensible et s'éloigne en bougeant les hanches.

Je joue des coudes pour tenter de me frayer un passage dans tout ce monde. J'arrive à la cuisine aménagée en bar. Sur le comptoir, il y a des saladiers remplis de chips ou alors de cocktail. Je repère du punch et m'en sers un verre. Il est bon, ça me détend un peu.

Je reste dans mon coin, mon verre à la main, et j'observe les gens. Personne n'est tout seul comme moi, ils dansent, boivent, s'amusent. Sur la piste de danse, un concours est lancé pour savoir quelle fille se dandinera le mieux. Les gars se rincent l'œil.

Je regarde le liquide orangé dans mon verre, je le fais tourner légèrement quand je sens une pression sur mon épaule.

Le gars de tout à l'heure – Kyle, il me semble – me sourit de toutes ses dents avant de me dire, en désignant la direction opposée à la nôtre :

« On lance un jeu dans l'autre salon. Tu viens ? »

J'hésite mais, si je veux trouver des amis, il faut que je fasse des efforts, alors je hoche la tête. Il me tend la main et j'y dépose la mienne. Sa poigne est étrangement chaude.

Nous traversons le couloir vers la pièce de gauche. Nous arrivons dans un salon où un grand canapé prend toute la place. Un groupe y est assis. Au milieu il y a Cameron, qui ne m'a pas encore remarquée. Une fille est assise sur ses genoux, une fille qui ressemble étrangement à Barbie. Alors c'est elle sa copine ? Ils vont bien ensemble, le mec et la meuf sans doute les plus superficiels de la terre.

Parmi les autres qui les entourent, je remarque un des garçons de cet après-midi, celui qui s'est moqué de moi avant Cameron. Il me sourit et me lance un clin d'œil en riant.

Kyle m'invite à prendre place sur un coussin au sol. Je tire sur ma robe et m'y installe, Kyle disparaît à côté d'une fille sur l'épaule de laquelle il passe son bras.

Je pose mon verre par terre, et Cameron semble me remarquer. Il hausse un sourcil de surprise avant de détourner le regard. Sa voix grave résonne :

« Bon, allez les gars, classique : action, chiche ou vérité. Qui commence ? »

Sa blonde décolorée s'exclame :

« Moi. »

Elle resserre son étreinte autour du cou de Cameron et le regarde droit dans les yeux.

« Bébé, action, chiche ou vérité ? »

Sa voix proche d'une crécelle me dégoûte. En attendant la réponse de son copain, elle lui glisse des bisous le long de la mâchoire, et je détourne les yeux.

Cameron n'a pas froid aux yeux et tente tout de suite l'action.

« Retire ton tee-shirt jusqu'à la fin du jeu. »

Une lueur de malice passe dans les yeux de la blonde tandis que Cameron hausse les épaules.

« Facile. »

Il fait glisser son tee-shirt blanc moulant au-dessus de sa tête. La plupart des filles ont le regard fixé sur ses abdos formés grâce à la muscu. Ce serait mentir de dire que je ne fais pas partie de ces filles.

Sa copine le remarque, alors en regardant tout le monde elle caresse ses abdos avant de l'embrasser à pleine bouche sans aucune gêne.

Leur échange de bave dure un moment, le jeu a même repris qu'ils s'embrassent toujours, mais personne ne dit rien.

Le jeu se déroule dans la convivialité, j'apprends à connaître tout le monde. Personne ne m'a encore adressé la fameuse question, peut-être parce qu'ils ne connaissent pas mon prénom, mais j'observe et écoute les autres.

Je bois une gorgée de mon punch, que je n'ai toujours pas fini, et manque de m'étouffer quand j'entends Cameron prononcer mon prénom.

« Jade. »

Je me tourne lentement vers lui et plonge mes yeux dans les siens. Une lueur maligne y danse.

« Action, chiche ou vérité ? »

Vu les actions qui ont été imposées aux autres, je préfère ne pas trop me mouiller et je choisis la sécurité.

« Vérité. »

Certains rigolent. Cameron paraît presque déçu un instant et réfléchit. Sa copine examine ses ongles, impatiente.

« Es-tu vierge ? »

La question me fait frissonner. Non mais, il ne croit pas sérieusement que je vais divulguer mon intimité comme ça !

« Je passe, ça ne te regarde pas. »

Sa copine souffle.

« C'est le jeu, cocotte. Fallait rester dans ton coin, si t'es pas capable de répondre à des questions débiles. »

Mais, de quoi elle se mêle, celle-là ! Avant que je ne réplique de façon bien cinglante à cette pouffe, Cameron s'empresse d'ajouter :

« Allez, Jade. Je vais reformuler : est-ce que tu t'es déjà fait pénétrer par une bite ? Tu sais ce que c'est, au moins ? »

Mon visage s'empourpre et la colère monte. Il continue :

« Ne t'es-tu jamais fait doigter par un gars ? N'as-tu jamais posé un pénis sur tes lèvres ? N'as-tu jamais crié le nom de quelqu'un sous l'effet d'un coup de reins ? »

Il rit de mon malaise. Et je sais qu'il se venge de cet après-midi, mais c'en est trop pour moi.

Ne pensez pas que je vais aller pleurer dans mon coin. Non. Je me lève promptement et lui colle la baffe du siècle, forte, remplie de sous-entendus, d'émotions.

Un grand silence se fait, on entend juste la musique qui résonne de l'autre côté du couloir, tout le monde le regarde.

Moi je regarde Cameron, animée par la colère et le mépris. Il passe une main sur sa joue rougie.

On dirait que le temps s'est arrêté, Cameron est choqué, pourtant très vite sa copine se redresse et hurle quand je m'éloigne.

« Non mais, elle est malade, celle-là ! »

Tout se brouille autour de moi tandis que je bouscule des gens. Un bourdonnement affreux emplit mes oreilles. Ma tête tourne.

De l'air, il me faut de l'air. Cette chaleur intérieure m'étouffe. Je veux rentrer à la maison.

Très vite, sans tomber, je réussis à regagner la sortie.

L'air frais envahit mes poumons. On dirait que je revis. Je suis tellement bien que j'en oublie le mec qui vomit au fond du jardin. C'est la première fois que je gifle quelqu'un. Je ne regrette pas, il l'a cherché. Je sais pourtant qu'il va y avoir des représailles et c'est ce qui m'effraie le plus. Je viens à peine d'arriver et je me suis déjà embarquée dans une guerre. Une journée ici est plus passionnante que dix-sept ans d'existence dans mon ancienne ville, c'est dingue !

Je respire à fond quand une voix m'interpelle :

« Hey, ça va ? »

Je me tourne et j'aperçois une frimousse blonde. Je reconnais le troisième gars de la plage, celui qui ne m'a pas parlé.

Mon regard se durcit, il le remarque et lève les mains en l'air en signe d'innocence.

« Je suis venu en paix, ne t'inquiète pas. J'ai pas trouvé cool la façon dont Cam a insisté. Ça a beau être mon meilleur pote, je trouve qu'il abuse par moments. »

Je ne sais pas quoi dire, il brise le silence gênant qui commence à s'installer.

« Je m'appelle Louis. »

Je lui souris faiblement.

« Jade. »

Il hoche la tête et murmure un « Je sais ».

Je joue avec mes mains nerveusement.

« Tu veux rentrer chez toi ? »

Je hoche la tête.

« Je vais te ramener. Cameron m'avait dit qu'une fille allait habiter chez lui avec son père, et puis c'est sur ma route. »

Il hausse les épaules avec un sourire réconfortant. Je murmure un merci et je le suis jusqu'à sa voiture.

# Chapitre 5

« Alors, qu'est-ce que tu viens faire ici ? »

Une main sur le volant, il tient dans l'autre son téléphone portable. Son pouce défile le long de sa playlist, à la recherche d'une nouvelle musique à faire résonner dans les enceintes de la voiture.

La tête appuyée contre la vitre, je laisse aller mon regard dans la nuit noire, voguant d'étoile en étoile. Je remercie la musique de cacher les gargouillis de mon ventre affamé. Quel désastre, cette soirée !

Note à moi-même : ne plus jamais fréquenter Cameron.

« Changement d'air. »

Louis secoue la tête, peu satisfait de ma réponse. Je n'ai pas le cœur à me livrer à un inconnu. Une boule trône au creux de mon ventre. Indignité. Rage. Tristesse. Tout ce beau mélange me perturbe.

Je commence à avoir mal à la tête. Finalement, Cameron m'avait prévenue, ce n'est pas un cadeau de bienvenue.

La musique s'arrête et un majestueux gargouillis s'échappe de mon ventre.

Je grimace. Louis rit.

Il bifurque à droite après les feux rouges. Je ne connais peut-être pas encore la ville, mais je suis sûre de ne pas être passée par là à l'aller. Je me redresse et pointe des yeux accusateurs sur Louis, qui me sourit.

« On va où ? (Je crois que j'ai parlé un peu trop brusquement.) Du calme, princesse ! Je t'emmène manger un bout : tu es morte de faim. »

Je me sens conne, bizarrement. Mon visage se décrispe et laisse même flotter un petit sourire sur mes lèvres. Va falloir que j'apprenne à être moins sauvage.

« Merci. »

Il hoche la tête.

Immédiatement, je reconnais la grande allée de magasins. Il se gare sur les places près du trottoir.

Je descends avec précaution en lissant ma robe avec nervosité. Louis me tend son bras et je m'y accroche timidement.

« Bon, ça va pas être très romantique, mais on mange bien, c'est le principal ! »

Son sourire est très craquant, ses petits yeux noisette disparaissent presque. Il a le don pour apaiser les situations, on dirait.

Il me guide rapidement vers une petite pizzeria. L'enseigne lumineuse aux grosses lettres vertes m'indique où nous sommes : *Chez Mario.*

Original, tiens.

Dans le petit resto, nous faisons un peu tache : Louis très propre sur lui dans son tee-shirt blanc et perfecto et moi dans ma petite robe de soirée perchée sur des escarpins.

Le peu de gens qui mangent nous regardent tous. Je me sens étrangement gênée.

« Une quatre fromages, Enzo, s'il te plaît ! »

Le gars derrière le comptoir, aussi grand qu'une girafe et tout aussi balèze que Vin Diesel, hoche la tête.

Louis doit être un habitué.

Nous nous asseyons à une petite table en bois griffonnée de toutes sortes d'initiales.

Mes pensées voguent vers Evan. Un lourd sentiment empli de nostalgie me fait tourner la tête. Je passe une main dans mes cheveux bruns emmêlés. Je grimace quand un nœud me résiste.

Louis m'observe discrètement, je hausse un sourcil mais je n'ai pas le temps de l'interroger car une pizza est apportée entre nous.

Le gars sourit à Louis de ses dents jaunes avant de lui donner une tape sur l'épaule.

Waouh, un peu plus fort et Louis finissait en mille morceaux.

Il tente de sourire tant bien que mal et, quand le gars s'éloigne, il masse son épaule endolorie.

Je cache un petit rire.

Le carton à l'effigie de la pizzeria m'appelle, torturant mon estomac. Je l'ouvre délicatement, comme s'il s'agissait du Graal.

Une délicieuse odeur me chatouille le nez et, pas très gracieusement, j'engloutis une première part.

Je sens que Louis m'observe. La bouche pleine, je lui lance un regard interrogateur.

Il secoue la tête et rigole.

Oh merde ! Peut-être que la pizza était pour nous deux ?

« T'en veux ?

— J'ai déjà mangé. Régale-toi, petite sauvage. »

D'ordinaire j'aurais répliqué, mais là le devoir m'appelle.

Lentement, je termine la délicieuse quatre fromages.

Après avoir déposé quelques pièces sur le comptoir, Louis me ramène à la voiture. Alors que j'allais monter, il me stoppe en me retenant par le bras. Je me retourne, interdite. Il ne dit rien et se contente de m'observer. Se yeux se baladent sur mon visage et viennent se fixer sur mes lèvres.

Je me fige.

*Ah nan, hein ! Ne m'embrasse pas, j'ai pas le cœur à une nouvelle relation.*

Je prie intérieurement.

Son visage sous les lumières artificielles des boutiques est dénué d'expression. Il fixe simplement mes lèvres. Et, quand je pense qu'il va enfin se pencher, c'est son pouce qui rencontre le coin de mes lèvres.

« T'as un peu de sauce là. »

Il l'essuie avant de faire le tour du véhicule. Un immense soulagement m'envahit, mais je suis presque sûre de l'avoir vu ensuite lécher son pouce. Un frisson me parcourt.

Le trajet jusqu'à mon nouveau chez-moi s'effectue en silence. Il n'y a même pas de musique pour combler ce blanc. Louis ne semble pas gêné, il fixe simplement la route. Le retour me paraît interminable et je ne peux m'empêcher de mordre les petites peaux autour de mon pouce. Quand ma maison apparaît dans mon champ de vision, je suis tout de suite plus détendue.

Un léger soupir de soulagement m'échappe.

*J'espère qu'il n'a pas entendu…*

La voiture s'immobilise sur le trottoir d'en face. Je m'extirpe du véhicule, Louis aussi.

*Ah non, pas encore la scène du baiser !*

Je me force à sourire parce que, après tout, c'est peut-être moi qui me fais des idées, aussi.

Il s'approche et m'ébouriffe les cheveux.

*Attends, quoi ?!*

« Bonne nuit, petite gloutonne. »

Un rire m'échappe et je le frappe à la poitrine. Il feint d'être blessé. L'ambiance s'apaise finalement, et ma tension diminue. Ce gars est vraiment cool.

Je le regarde disparaître dans sa voiture et, à la lumière d'un lampadaire voisin, je rentre.

Tout est silencieux. La maison est plongée dans le noir complet, alors je retire mes escarpins pour faire le moins de bruit possible et j'avance à tâtons. En tentant de gagner le grand escalier, je me cogne le petit orteil contre ce qui semble être un buffet. Je le maudis intérieurement en poussant deux trois jurons étouffés.

*Bordel de merde !*

Je me penche pour masser mon pied.

C'est douloureux, cette merde.

*Bravo, Jade, on repassera pour la classe.*

Finalement, j'atteins le fameux escalier, je m'appuie au mur pour ne pas tomber sur les marches de l'escalier qui se confondent dans le noir. Je passe une main le long du mur et m'arrête quand il laisse place au bois de la porte, que je pousse. Je laisse échapper un soupir de bien-être quand mon dos rencontre le matelas moelleux. Je ferme les yeux un instant. Il faudrait peut-être que je me douche ? Seulement mes cheveux emmêlés me découragent, et la flemme de chercher la salle de bains dans le noir gagne.

Ça attendra demain.

Je retire ma robe noire, que je pose négligemment sur la chaise de bureau. Je la troque contre un long tee-shirt et une culotte. L'heure du dodo a sonné. Je jette un coup d'œil à mon téléphone que j'avais laissé soigneusement sur la table de chevet.

*1 h 23.*

Il n'est pas tellement tard, alors je me glisse délicatement sous les couvertures, la tête calée dans le plus gros des oreillers, la lumière de l'écran de mon téléphone se reflétant sur mon visage.

Je fais rapidement un tour sur mes réseaux sociaux. Ce n'est pas très intéressant. Je fais défiler le fil d'actualité Instagram. Une photo me serre le cœur. Automatiquement, je porte mon pouce à mes lèvres pour y mordre les petites peaux. Je hais ce tic et pourtant il me suit depuis ma plus tendre enfance.

J'examine l'image qui apparaît sous mes yeux.

C'est une publication de Pauline. On la voit une bouteille de vodka à la main, elle tire la langue, sa robe bleue très près du corps remonte légèrement sur ses cuisses. Un gars que j'ai vaguement aperçu au lycée la colle de près.

Elle a l'air de s'amuser. Sans doute sa soirée est-elle moins catastrophique que la mienne. Elle n'a pas dû subir les questions infâmes d'un gars dérangé du ciboulot.

Je verrouille mon téléphone pour m'empêcher de partir trop loin dans mes pensées, sinon ça va se terminer en insomnie. Pourtant je n'arrive pas à fermer les yeux, je fixe le plafond noir sans bouger.

Mon téléphone sur mon ventre monte et descend au rythme de ma respiration.

Je tente la fameuse technique du comptage de moutons en implorant Morphée de me prendre dans ses bras.

Un mouton.

Deux moutons.

Je ris toute seule en imaginant un des cent moutons se casser la figure.

*Le pauvre.*

Trois moutons.

Je laisse rapidement tomber après en avoir compté une centaine sans que rien se passe.

Rageusement, je me tourne sur le ventre et pousse un cri étouffé dans mon oreiller, contre lequel j'aplatis ma joue. Ce qui ne doit pas me donner une allure très gracieuse. Je vois alors la porte s'ouvrir doucement et lentement.

*Wait ! La porte s'ouvre ? La porte s'ouvre !*

Je me redresse, aux aguets, j'empoigne mon oreiller. Oui, je compte utiliser un oreiller comme arme, et alors ? C'est mieux que rien.

Je ne quitte pas la porte des yeux et bientôt je peux distinguer une massive silhouette noire. Mon sang se glace et je fais moins la fière tout à coup.

Mais très vite un gros bruit retentit dans la pièce, suivi d'une tonne d'insultes pas toutes compréhensibles. Je ne distingue plus la masse debout, mais quelque chose par terre.

Le plus rapidement possible, tel Flash, j'allume la petite lampe de chevet.

Quand la lumière éclaire la pièce, je suis à la fois hilare et agacée car le gros truc noir que j'ai aperçu n'est autre que Cameron. Il a d'ailleurs l'air très ridicule, étalé par terre à tenter en vain de se relever.

Je pourrais aller l'aider, mais je n'en ai pas envie. Je croise les bras sur ma poitrine. Il relève la tête vers moi, apparemment la situation le fait rire. Je hausse un sourcil incrédule dans l'attente d'explications. Il se redresse péniblement.

« Je peux savoir ce que tu fais ici ?

— Je me suis perdu. »

Un rire lui échappe, enfin un son rauque étranglé plus précisément.

Il examine toute la pièce. Je me lève pour lui faire face, je tire sur mon tee-shirt pour couvrir mes cuisses.

Je lève la tête pour planter mes yeux dans les siens. Il faut dire qu'il doit bien faire une tête et demie de plus que moi.

Les poings sur les hanches, je plisse le nez.

« Tu es saoul ? »

Question idiote. Bien sûr puisqu'il a du mal à tenir debout et qu'il galère pour aligner des mots cohérents.

Du pouce et de l'index, il m'indique qu'il l'est un peu. Enfin ça, c'est son avis, car, vu la forte odeur qu'il dégage…

Il rit encore et toujours.

« Tu devrais aller dormir. »

Je crois qu'il a un peu trop bien interprété mes paroles puisqu'il s'affale sur mon lit.

« Dormir dans ton lit ! »

J'attrape son bras et tente de le relever, mais autant vous dire que c'est peine perdue. Il grogne mais ne bouge pas.

« Cameron, bouge ! »

Dans un effort surhumain, je réussis à le faire rouler et il atterrit lourdement sur le sol.

« Ça va pas, la tête !

— Moins fort, tu veux. »

Je mets un doigt sur mes lèvres pour lui indiquer que le silence est requis. Il se relève pour la deuxième fois et se masse la tête.

Je place mes deux mains dans son dos et le pousse vers la porte. Il ne proteste pas.

Dans le couloir, mes mains toujours sur lui, je sens que des frissons le parcourent. Il se fige avant de partir en courant vers ce qu'il me semble être la salle de bains.

Des sons répugnants me parviennent.

*Oh, beurk.*

Je plisse le nez de dégoût en entendant ses bruits de vomissements.

Une part de moi me pousse à le laisser galérer tout seul, tandis qu'une autre me réprimande d'être aussi égoïste.

Mon côté humain l'emporte et avec un soupir je gagne la salle de bains en prenant soin de bien refermer la porte derrière moi pour ne pas réveiller nos deux pères.

Cameron est accroupi devant les WC, la tête posée sur la cuvette et les yeux fermés.

Quand il m'entend, il ouvre un œil vide.

Il est rouge, très rouge, et ses cheveux sont ébouriffés. Il me fait de la peine et, malgré son attitude de tout à l'heure, je dois l'aider. Histoire aussi de lui montrer que je suis moins débile que lui. Je farfouille dans le meuble sous le lavabo et déniche un gant que j'imbibe d'eau fraîche.

« Viens par là. »

Je m'accroupis, il se retourne mollement telle une épave.

Ses yeux bleus m'examinent. Je ne peux supporter son regard, alors je fixe le gant que j'approche tout doucement de son front.

*Ah ! les joies de l'alcool !*

Il ne dit rien et ferme les yeux. Je parcours son visage. Je m'attarde à la commissure de ses lèvres pour enlever les traces éventuelles de vomi. Ses yeux sont à nouveau sur moi, me mettant mal à l'aise. Je tressaille. Alors, pour mettre fin à ma gêne, je me redresse un peu trop brusquement et je vais rincer le gant.

Un bruit de chasse d'eau retentit et il se redresse maladroitement. Je fuis son regard. Il essaie de marcher mais titube en manquant de tomber. Je soupire. Quel boulet !

J'attrape à contrecœur son bras et le passe sur mon épaule ; de mon autre bras, j'encercle sa taille. En silence, il me guide vers sa chambre et ne se fait pas prier pour s'affaler sur son lit. Il remonte et colle sa tête sur l'oreiller.

« Cameron, tes chaussures. »

Il grogne.

*C'est pas vrai…*

Du bout des doigts, je défais ses lacets.

*Même bourré, ce gars est insupportable.*

Je retire ses chaussures, heureusement qu'il ne sent pas fort des pieds, sinon ça serait vraiment la cerise sur le gâteau.

Aussitôt que j'ai fini, il s'enroule dans les couvertures sans un mot, et je balance ses grosses boots quelque part dans la pièce. J'entends sa respiration ralentir, il s'endort. Je sors à tâtons.

Cette soirée est vraiment un pur carnage…

# Chapitre 6

Lorsque je me lève vers 9 heures, encore endormie, le cerveau pédalant dans la semoule, des lointains souvenirs de la veille ressurgissent. Je me rappelle du corps beaucoup trop lourd de Cameron complètement éméché. De ses bruits hideux lorsqu'il vomissait toute sa bêtise.

En quittant ma chambre avec une grimace de dégoût, je remarque que la porte de sa chambre est ouverte, c'est donc le cœur battant et la tête haute que je descends. J'ai la ferme intention de réclamer des excuses, je n'étais pas dans l'obligation de l'aider après l'humiliation qu'il m'a fait subir.

J'espère qu'il sera assez intelligent pour en prendre conscience.

Je descends le plus lentement possible les marches vers le salon car je dois bien avouer que ce face-à-face à venir me rend mal à l'aise.

Je me tords les mains nerveusement en avançant à pas de loup vers la cuisine.

Il est là, de dos et… en caleçon !

Je détourne rapidement les yeux de son postérieur qui, je dois avouer, est parfaitement moulé dans ce fin tissu noir.

Je ne fais pas de bruit, je jette un œil aux alentours : aucun père en vue.

Bien, ça évitera d'étaler l'affaire à toute la famille.

Je me racle la gorge ; il semble sursauter. Il se retourne lentement, très, très lentement. Une cuillère dans la bouche et un bol de céréales à la main, il lève un sourcil.

Je ne le quitte pas des yeux, les bras ballants, une boule se forme au creux de mon estomac tandis que j'ordonne à mes yeux de ne pas s'arrêter sur ses abdos tellement…

*Parfaits, terriblement sexys et…*

Waouh ! Ces abdos tellement rien du tout.

Je me mords nerveusement la joue. Ses yeux me scrutent, m'examinent, comme s'il cherchait à me décortiquer. Mes joues s'empourprent malgré moi.

Je prie pour qu'il ne le remarque pas.

Pour me donner plus d'assurance, je croise les bras sur ma poitrine et je le questionne :

« Alors ? Bien dormi ? »

Il retire la cuillère de sa bouche, effaçant au passage l'expression enfantine que ça lui donnait.

« C'est quoi, ça ? »

Je ne comprends pas le sens de sa phrase, et apparemment je ne réponds pas assez vite puisqu'il embraye sur des explications.

« Bien dormi ? (Il tente une très mauvaise imitation de moi-même.) Tu crois qu'on est potes pour me demander ça ? »

Ses sourcils épais sont désormais froncés et son regard est noir, presque menaçant. Je ne peux pas ne rien dire. Il faut que je me défende !

« Apprends à discerner l'ironie, Monsieur Fortiche. Je ne cherche pas à être ton amie, Cameron. Je me moque juste de l'état pitoyable dans lequel tu étais hier soir. Tout vomissant. »

Je fais une grimace avant de laisser échapper un petit rire.

Un rire grave, presque nerveux. Je ne le connais pas, je ne sais pas de quoi il est capable et j'avoue que cette idée me perturbe.

Vu son regard, je pense qu'il m'a déjà tuée et enterrée dans sa tête. Ses doigts sont crispés sur son bol bleu pastel.

Il ne bouge pas, ne parle pas. C'est comme si le temps venait de se figer.

Finalement, sa voix sauvagement rauque m'atteint comme une lame acérée, en plein dans le cœur.

« C'est sûr que, vu le gros balai qui a élu domicile dans ton cul, cet état ne pouvait pas t'arriver. Tu sais ce que c'est : l'amusement ? »

Sans plus de mots, il s'éloigne, le bol entre ses longs doigts.

Je reste donc seule, vide, clouée sur place. Avec pour seule compagnie la sensation de mes pieds nus sur le carrelage.

Vous comprendrez donc que je sois partiellement énervée.

Quel abruti !

Je sais m'amuser, mais seulement avec les bonnes personnes ! Et sûrement pas avec quelqu'un comme lui. Si... stupide.

Des pas résonnent, je redresse vivement la tête, prête pour un deuxième round, mais c'est la silhouette de son père qui apparaît. Je lui souris faiblement.

« Tout va comme tu veux, Jade ? »

La cafetière fumante en main et une tasse dans l'autre, parfaitement propre sur lui dans son élégante chemise noire, il semble attendre une réponse positive tandis que moi je rêve de lui crier que ce nouveau départ est complètement foireux, que son fils est un connard de première et que je veux rentrer chez moi.

Mais tout ça n'est pas très poli, alors je me contente d'un « Oui, oui, tout va bien ».

Il trempe ses lèvres dans le liquide noir, en boit une gorgée et repose la tasse. Il sort une petite carte de la poche arrière de son jean. Il fouille des yeux le plan de travail derrière lui à la recherche de je ne sais quoi. Un stylo apparemment, vu la façon dont ses yeux s'illuminent dès qu'il met la main dessus. Il griffonne quelque chose au dos de la petite carte et me la tend d'une main sûre.

« Ton père est déjà parti au travail et moi je dois y aller aussi, alors tu fais comme chez toi bien sûr et, si tu as besoin de quoi que ce soit, tu as mon numéro. (Il retourne la carte et ajoute :) Je t'ai aussi mis celui de Cameron, il est un peu sauvage comme garçon, mais ne t'en fais pas. »

Un large sourire étire ses lèvres et je l'imite en tendant la main pour réceptionner le petit carton blanc. Je contemple les chiffres.

Un bruit de tasse m'indique qu'il vient de finir son café et donc qu'il s'apprête à partir, ce qui est confirmé quelques minutes plus tard par un froissement de tissu quand il enfile son manteau puis le son d'un claquement de porte.

Je fixe la porte sans bouger, je respire lentement, mes yeux papillotent. Je ne veux pas rester seule avec l'autre abruti.

Alors je me décide enfin à bouger. Je file directement sous la douche. Je laisse les petites gouttes d'eau pures et rondes nettoyer mon mal-être. Elles glissent sur ma peau, me procurant un bien-être instantané. Je savoure ce moment de douceur avec pour seul bruit le fracas des gouttes qui viennent mourir, s'écrasant contre le sol.

J'aimerais y rester des heures et des heures, jusqu'à vider le cumulus et faire exploser la facture d'eau, qui je suis sûre n'est pas un problème pour les Kent. Seulement, je dois laisser place à mon deuxième passe-temps : courir.

Je démêle le champ de bataille que sont mes cheveux et les relève en queue-de-cheval. Mon jogging est vite enfilé et mes baskets sont très vite lacées. Je ne prends même pas la peine de jeter un coup d'œil à mon téléphone pour m'assurer que je n'ai aucun message de ma meilleure amie.

Non. Je dois partir de cette maison. M'enfuir loin de celui qui nourrit la colère en moi. Je dois me libérer.

Alors je cours.

# Chapitre 7

Mes poumons me brûlent, un brasier familièrement bon les emplit. Entièrement. Mes mollets tirent. Ils me supplient de ne pas m'arrêter, pourtant il faut rentrer. Alors je ralentis ma course folle. Mes grandes foulées deviennent des petits pas qui se succèdent lentement. Je passe du lièvre à la tortue.

Inspire.

Expire.

Inspire.

Ma respiration redevient peu à peu normale et je savoure les dernières brûlures d'effort logées au creux de mes poumons. J'ai chaud. Vraiment très chaud. Tellement que cette pensée envahit mon cerveau. Au moins, ça m'empêche de penser à Cameron.

*Stop.*

Il n'y a pas de Cameron. Pas d'affreux colocataire. Je tente de me convaincre tandis que je regagne la maison en passant par la grande allée commerçante.

Différentes odeurs se confondent et me mettent l'eau à la bouche. Quelle heure est-il ? Je meurs de faim.

Je louche un peu sur les étals de beignets et autres gourmandises en tout genre.

Rien qu'à les voir, je bave comme une enfant !

J'en détache les yeux à contrecœur. Je passe une main sur mon front en sueur et réajuste ma queue-de-cheval complètement lâche.

Les gens se bousculent autour de moi, ils courent dans tous les sens. Quelle chance d'être en vacances !

En quelques pas, j'arrive devant la villa. Je tends délicatement une main vers la poignée, mais je ne fais rien. Je reste là à fixer le bout de mes doigts. Ne pensez pas que j'aie peur de Cameron, hein ! Je n'ai peur de personne. C'est juste… que… une boule de stress permanente a élu domicile dans mon ventre. Comme chaque fois que je me trouve à proximité de cette maison.

Quand je pousserai cette porte, Jade la guerrière aura repris le dessus. Je tente de me convaincre et j'appuie rapidement sur la clenche.

Ma respiration se bloque, je manque de m'étouffer. Mes jambes sont sur le point de se dérober sous mon poids.

Un grand brun dans le style armoire à glace danse complètement nu en plein milieu du salon, sous le regard amusé de deux autres garçons.

Je ne bouge plus. Atrocement gênée. Lui, à ma vue, ne se gêne pas pour dandiner de plus belle son popotin sous mes yeux ébahis. J'ai le malheureux réflexe digne d'une enfant de dix ans de me cacher les yeux. C'est complètement ridicule, je l'avoue. Et apparemment c'est l'avis de ces trois jeunes hommes, qui explosent de rire.

Mes joues me brûlent, mes yeux se plissent tandis que je retire mes mains.

Le brun claque fortement ses fesses de sa lourde main.

« Mais c'est quoi, ce bordel ? » je laisse échapper.

Je secoue la tête. C'en est trop ! Cameron a dépassé les bornes ! Je serre les poings et, sous les ricanements incessants des trois garçons, je gravis rapidement l'escalier, au risque de me rompre le cou. Mais la colère m'aveugle.

Quel irresponsable ! Nos pères sont partis au boulot et lui il improvise une petite « soirée » qu'il ne gère même pas ! Résultat, un gars à poil dans le salon avec deux abrutis qui l'encouragent.

Je traverse le couloir à toute allure.

Souvent, quand je suis en colère comme ça, mon père a tendance à m'appeler Grincheux, et cette fois je compte bien libérer le nain qui sommeille en moi ! Je ne prends même pas la peine de toquer quand j'arrive devant la chambre de Cameron. Je rentre en furie.

Grave erreur…

Si je ne le détestais pas autant, je serais fascinée par le spectacle qui s'offre à moi. Son dos musclé et ses deux petites fossettes en bas des reins. Juste au-dessus des fesses. Ses fesses bombées, enfin libérées de leur prison de tissu.

Il bouge frénétiquement d'avant en arrière tandis que des petits gémissements s'élèvent du matelas.

Eh oui, j'ai sous les yeux la vision de Cameron entre les cuisses de sa Barbie poussant des râles de plaisir.

Je ne peux détacher mon regard. Bouche bée. Incapable d'esquisser le moindre geste. J'ai l'impression que je n'existe plus. Je ne suis plus maîtresse de mon corps. Plus aucun membre ne répond aux ordres de mon cerveau. J'assiste, impuissante, à cette scène totalement… dégoûtante.

« Mais qu'est-ce qu'elle fout là, elle ?! »

Mes esprits reprennent leur place tandis que la blonde gesticule dans tous les sens pour se libérer de l'emprise de son amant.

Elle tente de cacher son imposante poitrine avec un bout de drap.

La vache ! Est-ce que ce sont des vrais ?

*Sérieusement, Jade ?*

Je ne bouge toujours pas. En fait non. Je ne peux toujours pas bouger.

Cameron se tourne lentement, très lentement. Ses cheveux bruns collent sur son front en sueur. Son torse se soulève et s'abaisse rapidement. Son regard est dénué d'expression. Il n'est pas en colère. Enfin… Ça, c'est ce que je croyais avant de me prendre un horrible « Dégage ! » en pleine tronche et de me faire bousculer par sa copine enragée qui sort de la pièce.

Je ne sais même pas si elle a eu le temps de s'habiller…

Ma bouche s'entrouvre. Tandis qu'il me fusille sur place. Tuez-moi sur-le-champ, mais je trouve ça terriblement sexy. Il n'a pas bougé. La couverture recouvre son intimité. Et c'est mieux ainsi. Mes joues sont assez rouges comme ça.

Dans une autre vie, il devait être l'incarnation même d'Apollon. Son corps recouvert d'une fine couche de sueur est à tomber. Diaboliquement sexy…

Mais qu'est-ce qu'il me prend ? Je ne vais pas me laisser séduire par un gars à poil, quand même !

Son regard bleu océan m'assassine tandis que je plonge mes yeux dans les siens.

« Je me tire ! »

La voix de fille vient d'en bas. Une lueur meurtrière passe dans les yeux d'Apollon. Il se redresse rapidement, en enfilant tellement vite son boxer qu'il ne laisse entrapercevoir aucune parcelle de peau.

« Lucie, attends ! »

Mais seul le claquement de la porte lui répond. Ses épaules s'affaissent et sa voix devient tranchante :

« Tu fais chier, Jade. »

Et je crois que c'est à ce moment-là que ma bouche décide de se défendre toute seule. Je perds tout contrôle. Tout sens moral. C'est pathétique et ça pue le désespoir, mais je n'y suis pour rien. Ça sort tout seul. Alors je me hisse sur la pointe des pieds et martèle frénétiquement son torse de mon index.

« Je fais chier ? Depuis que je suis arrivée, tu me pourris la vie. Tu n'es qu'un gamin immature et capricieux. J'aurais dû te laisser te noyer dans ton vomi hier soir. Tu es ingrat à en gerber. Tu veux la guerre ? Tu vas l'avoir. Je ne vais pas me laisser faire, alors tu vas coopérer avec moi et faire partir l'espèce de clown qui secoue sa zigounette en tentant de danser. »

Je plisse le nez de dégoût. Je suis à bout de souffle mais plutôt fière de moi. J'espère lui avoir cloué le bec. Je ne lâche pas ses yeux.

Attendez ? Une lueur d'amusement danse dans les profondeurs de ce bleu troublant. Un léger sourire flotte même sur ses lèvres.

Mais très vite ses yeux redeviennent fermes et glacés. Et ses lèvres se pincent. Laissant ce sourire s'évaporer en vague fantôme.

Ou alors je l'ai peut-être simplement rêvé ?

Pourtant… Il hoche la tête sans décrocher un mot. Muet comme une carpe, pour une fois. C'en est relaxant.

Il s'éloigne dans le couloir, m'exposant ses fesses dignes d'un mannequin, désormais enrobées dans le tissu blanc.

Ça tiraille dans le tréfonds de mon ventre. Le rouge me monte aux joues comme chez une prépubère de douze ans.

Je reviens brutalement à la réalité. Ses pas résonnent dans l'escalier.

Je cligne des yeux.

Une fois.

Deux fois.

Trois fois.

Le coton qui remplissait mes jambes disparaît, et mes esprits m'obligent à le suivre. Tel un robot, je descends marche après marche vers le salon. Un duel de voix graves s'en élève. Je reconnais celle, imposante, de Cam :

« Arrête de faire le con, Gary ! Enfile un truc et cassez-vous ! »

Mais les trois garçons en ont décidé autrement, apparemment. Le dénommé Gary tente une approche très absurde du twerk. C'est pathétique et atrocement ridicule. Pourtant je laisse échapper un rire. Je reçois en retour un regard noir de la part de Cameron.

Je remarque qu'il manque un des garçons et, à en juger par l'absence de ses affaires, il doit être parti.

Après quelques minutes de lutte acharnée, les deux garçons capitulent et gagnent finalement la sortie. Ils ne marchent même pas droit, c'en est comique. Faut être débile pour se bourrer la gueule avant midi…

Quand le dernier claque la porte après avoir mimé des bisous baveux à destination de Cameron, la maison paraît très silencieuse. Et c'est désormais le malaise qui plane dans l'air.

Cameron se masse la nuque d'une main, tandis que je cherche une excuse pour me dérober à sa présence.

Je passe une main dans mes cheveux et fais glisser l'élastique le long de ma queue-de-cheval. Je secoue un peu la tête, histoire de bien replacer mes cheveux. Peine perdue. Ça aggrave encore plus le chantier.

Son regard est fixé sur moi. Je le soutiens. Aucune émotion ne passe dans le paradis glacé que sont ses yeux. Rien. Il me fixe seulement, comme s'il ne me voyait pas. Moi, par contre, je laisse mes yeux se balader le long des courbes de ses pectoraux. Si Pauline voyait ça…

Je me racle la gorge avant de décréter :

« Je vais prendre une douche. »

Il ne dit rien, ne bouge pas. On dirait une version de Cameron en plein bug informatique. J'en profite pour filer.

J'apprécie particulièrement cette deuxième douche. Les perles d'eau chassent les traces de sueur, libérant ma peau et reposant mes muscles.

Je m'abandonne à cette douce caresse.

Pourtant il faut bien sortir.

Mes pas laissent des traces d'eau sur le sol.

J'enroule une serviette autour de mon corps trempé. J'attache vaguement mes cheveux en chignon très désordonné.

Je tends l'oreille pour savoir si Cameron n'est pas dans le couloir. Aucun signe. La voie est libre. Je me précipite dans ma chambre, où je retire complètement ma serviette, laissant mon corps totalement nu. Je traînasse, un coup d'œil à mon téléphone me confirme ce que mon ventre est en train de me faire comprendre : l'heure du déjeuner va bientôt sonner ! Seulement ma joie n'est qu'éphémère, je stresse un peu à l'idée de manger en tête à tête avec Cameron après l'affreuse situation de tout à l'heure. Je n'ai aucune envie d'en parler avec lui. Bon d'accord, ce n'est pas un *date*, mais c'est tout de même affreusement gênant et pourtant je revois sans cesse le dos de Cameron, ses cuisses musclées contractées, et ses… Pourquoi un truc aussi niais me fait rougir comme une préado ? Après tout, ce ne sont que des fesses.

*De belles fesses, cela dit.*

Je secoue la tête en tentant de chasser ces pensées absurdes.

Je farfouille sauvagement dans mon armoire pour couvrir enfin mon corps. Je ne perds pas de temps : un short et un débardeur noirs, et le tour est joué.

Tout en descendant le plus tranquillement du monde les marches jusqu'à la cuisine où mon ventre me guide, j'ai le nez scotché sur ce qui est devenu l'extension de mon bras, c'est-à-dire mon téléphone.

J'explique rapidement ma soirée catastrophique et mon début de matinée encore plus chaotique à ma meilleure amie. Je suis toujours un peu contrariée du fait qu'elle ait passé sa soirée avec ma pire ennemie, mais je ne vais pas faire de chichi pour si peu.

À cette heure-ci elle doit dormir, alors je n'attends pas sa réponse et verrouille mon téléphone, que je glisse dans ma poche arrière.

Quand j'arrive dans le salon, une odeur agréable vient me chatouiller les narines et agiter encore plus mon ventre. Sans un bruit, j'observe une scène qui me fait doucement sourire. Cameron remue le contenu inconnu d'une casserole. Il a l'air concentré puisqu'il ne me remarque même pas. Ses traits sont tirés, on dirait qu'il est en colère. Il est normal, en fait. Je soupire. Je me demande si ça lui arrive de rire parfois.

En tout cas, je suis sûre qu'il ne daignera pas partager son repas avec moi. Alors, en le faisant sursauter, je farfouille dans les placards derrière lui. Malgré la « richesse » des Kent, je suis assez dépitée de ne rien trouver de sain pour combler ma faim.

Les mains à plat sur le comptoir en marbre blanc, je soupire face aux placards vides. Je tapote des doigts sur la surface lisse en élaborant une stratégie qui pourrait me nourrir. Malheureusement, mon ventre prend les devants et ses gargouillements m'empêchent de réfléchir. Je grimace.

Un bruit de choc, assiette contre marbre, me fait me retourner. Cameron a planté ses yeux dans les miens et pousse vers moi une assiette. L'odeur est terriblement alléchante, un plat tout simple, et pourtant vive les pâtes à la carbonara !

J'hésite un peu, con comme il est, il doit sans doute y avoir mis du poison. Pourtant son regard se fait insistant, il attrape même une fourchette derrière lui et me la tend. Qu'est-ce qui se passe, là ?

Je m'en empare avant de la planter dans les tagliatelles parsemées de crème et de lardons. Cameron se retourne et se prépare une assiette. Je grimpe sur un des tabourets devant le plan de travail.

Pendant un instant, j'observe Cameron qui mâche lentement, les yeux fixés sur sa montagne de pâtes. Le silence est total. On pourrait presque entendre une mouche voler. Je me décide à mon tour à prendre une bouchée. Ce n'est pas exceptionnel, mais ça comble vraiment mon appétit. J'hésite même à demander une autre part. Je pose ma fourchette dans l'assiette vide, le plus délicatement possible pour ne pas troubler ce silence néanmoins pesant. En effet, aucun de nous deux n'a encore prononcé un mot. Une tension plane au-dessus de nos têtes. Je me tords les doigts et me décide à briser la glace :

« C'était vraiment bon, merci. »

Je lui offre un sourire sincère. Il se contente de hocher la tête.

« Tu sais que tu peux parler, hein ? »

Il me dévisage et lâche :

« Je n'en ai pas envie. »

Je me ratatine sur mon tabouret. Bien sûr… Cameron est Cameron. La gentillesse le tue, l'assassine à coups de couteau. Mes épaules s'affaissent et je souffle un faible « OK ».

Je m'empare de mon assiette et la mets rapidement dans le lave-vaisselle. Cameron continue à manger. Debout, droit comme un I, seulement vêtu d'un caleçon si fin…

Je secoue la tête, pas la peine de perdre mon temps avec lui. Il n'est pas gentil et ne le sera jamais. Je m'attends même à décéder d'une violente crise de foie due à ses pâtes. Je ne dois pas m'attarder avec lui. Sans même lui jeter un regard, je commence à m'éloigner de la cuisine. Sourcils froncés.

Une voix derrière moi m'arrête, une voix autoritaire :

« Jade. »

Je me retourne lentement, les mains sur les hanches. Il me fixe en se passant une main sur la nuque. Il hésite.

« Je vais rejoindre Louis à la plage cet après-midi. Est-ce que… tu veux venir ? »

On dirait que ces derniers mots lui ont écorché la bouche et arraché la langue. Moi, je cligne plusieurs fois des yeux pour m'assurer que je ne rêve pas. Il est vrai qu'un après-midi en sa compagnie risque de promettre, mais, si Louis est de la partie, ça devrait aller. Je hausse les épaules.

« Oui, pourquoi pas. »

Ses lèvres s'étirent en un sourire. Et ses yeux sont doux, pour une fois. J'ai à peine le temps de le remarquer que son visage reprend son masque glacial et qu'il se détourne en m'informant :

« On part vers 15 heures. »

Finalement, Cameron peut être gentil. Enfin, je crois.

# Chapitre 8

Je crois que j'ai bien dû mettre une demi-heure pour me préparer. J'ai alterné entre différents maillots, choisissant celui qui ferait le moins vulgaire. N'oublions pas que je pars à la plage accompagnée de deux garçons et que le but n'est pas de passer pour une aguicheuse.

Je me détaille une dernière fois dans le miroir qui me fait face. Il ne manque plus qu'un petit kimono fleuri pour colorer le tout.

Mon téléphone affiche 14 h 50 quand j'enfile mes lunettes de soleil et termine de préparer mon sac. Je peux déjà entendre Cameron remuer dans la chambre voisine.

Je prends quand même le temps de répondre à ma meilleure amie, qui me demande pourquoi je n'ai pas pris une photo des si jolies fesses de Cameron pour la lui envoyer. Sérieusement ? La situation était déjà assez gênante comme ça. Elle est vraiment étrange cette fille, parfois.

Le sourire aux lèvres, je lui réponds que non, quand on est bien élevée, on ne prend pas les fesses des autres en photo même si elles mériteraient de figurer dans le calendrier des dieux du stade.

Je peux déjà imaginer la moue qu'elle va tirer. Elle me manque vraiment, ma petite Pauline, il faut que je pense à l'inviter un de ces quatre dans ce nouveau « paradis ».

Je glisse mon téléphone portable dans mon sac au moment où on toque à ma porte. De petits coups hésitants. Je hausse un sourcil en réajustant mon chapeau.

« Jade. On y va. »

Je fouille ma chambre du regard et lance :

« Deux secondes. »

Je n'ai pas mis la main sur ma crème solaire, ma meilleure amie au cours des vacances car elle me permet de garder un semblant de peau sous ce soleil de plomb. Impossible de la trouver, et l'autre bougre commence à perdre patience.

« Bon j'ai pas toute la vie !

— Ça va ! » je râle.

Après une exploration particulièrement méticuleuse de ma chambre, je finis par trouver le flacon dans un des cartons que j'ai poussés dans un coin de la pièce. Sauvée !

Toute fière, je sors de la pièce en trombe. Un peu trop brusquement, je dois avouer. Je manque de peu de m'effondrer sur Cameron. Je me force à sourire et chuchote un petit « Désolée ».

Il semble agacé et soupire tel un bœuf épuisé. Tiens, le Cameron gentil a disparu, on dirait. Je roule les yeux avant de le suivre dans le couloir. Je comprends rapidement pourquoi la préparation de monsieur a été rapide. Un bermuda de bain et une serviette sur l'épaule, et le voilà prêt. Il dégage une légère odeur de crème solaire et ses pectoraux ressortent vachement bien avec ce short noir.

Je crois que j'ai vu ce mec plus de fois torse nu que tout habillé. On dirait que c'est une habitude chez lui. Je suppose que, quand on a un corps comme ça, on aime l'exposer. Il plaît et il le sait. C'est ça qui le rend terriblement sexy mais tout aussi orgueilleux et impossible à vivre. Autant de raisons qui font qu'il m'exaspère.

Je plains sa copine. Remarque, ils sont pareils, donc bon…

Figée dans mes pensées, je n'ai pas remarqué que je fixais étrangement le bas-ventre de Cameron. Il hausse un sourcil et un sourire narquois se dessine petit à petit sur ses lèvres roses. Et, comme ce mec a un ego surpuissant, il ne peut s'empêcher de rétorquer.

« Tu feras gaffe, tu baves. »

*ARGH…*

Si je pouvais le baffer ! Mais je suis non-violente, alors je réponds simplement :

« Je baverai le jour où il y aura quelque chose à regarder, t'as un peu de graisse là. »

Je tends la main vers son ventre. Moi qui veux être maligne, je galère à attraper un semblant de graisse. J'y parviens quand même, je pince entre deux doigts une fine couche de peau, ses yeux bleus glissent sur moi, il m'observe et ne dit rien. Ce garçon a le don de me mettre mal à l'aise. Je ris nerveusement en me détournant de lui le plus rapidement possible. Tandis que je pivote, je suis sûre de l'avoir vu sourire, mais encore une fois c'est un sourire fantôme que peut-être mon esprit a imaginé.

Je me racle la gorge avant de me diriger, sans prendre la peine de vérifier qu'il me suit, vers la porte d'entrée. Le temps file et Louis doit nous attendre.

Je suis la première dehors, sous le soleil éclatant qui nous enroule d'une aura de chaleur. Sa délicate morsure glisse le long de mes bras. C'est vraiment une belle journée. Je replace mon grand chapeau.

Cameron jaillit de derrière moi et s'engage en premier, ses pas crissant sur les gravillons. Il quitte la propriété à grandes enjambées, et j'avoue avoir un peu de mal à le suivre. Il ne parle pas, il se contente de régler ses longues jambes sur un rythme rapide. Le regard fixe, je le suis sans vraiment exister.

Je n'ai même pas le temps de perdre mes yeux dans les commerces que déjà devant nous la plage se dessine. Une étendue de sable bondée de monde s'offre à nous. On dirait que nous ne sommes pas les seuls à profiter des vacances, à en juger par le mélange des langues. Je peux vous assurer qu'une vague de touristes est déjà arrivée. Qu'est-ce que ça va être en août, alors !

Je retire mes sandalettes. Grave erreur que je paye très cher lorsque mes pieds effleurent le sable. Je crois que c'est aussi agréable que de piétiner de la lave. Aussi, je suis obligée de sautiller rapidement pour protéger le plus de peau possible. Cameron, lui, trace et slalome à travers la foule. Il semble savoir où aller précisément dans cette masse compacte. Je ne peux même pas prendre le temps de remettre mes sandales, au risque de le perdre.

Après quelques minutes douloureuses, je repère enfin la tignasse de Louis. Il est de dos, mais je suis sûre que c'est lui. Un gars que je n'ai jamais vu de ma vie se tient à ses côtés.

Sérieusement ? Ils connaissent tout le monde ici ou quoi ?

Ça se confirme quand Cameron adresse deux trois sourires aux alentours avant de serrer la main de Louis et de son acolyte.

Je ne sais pas vraiment où me mettre car très vite ils en viennent à des sujets de conversation qui m'intéressent peu. Apparemment, Lucinda Gregor aurait couché avec Johan Tomas. Quel scoop…

Je m'évade de leur discussion pour étaler ma serviette et jeter rapidement un œil à mes messages.

J'échange quelque temps avec ma meilleure amie tout en regardant en coin les trois garçons qui rient aux éclats dans l'eau. Mon regard se fige. Oui, Cameron sait rire ! La preuve en images, et vous savez quoi ? C'est diaboliquement beau.

Même les vibrations incessantes de mon téléphone ne parviennent pas à détourner mon regard. J'y jette tout de même un œil distrait, et pour cause, ma meilleure amie rouspète car, je cite : « Tu es avec trois garçons et tu trouves encore le moyen de me répondre ?! Oust, sale môme ! »

Je suis ses conseils et retire mon kimono avant d'aller tremper mes petons dans l'eau. Elle n'est pas mauvaise, aussi j'y rentre sans mal.

Les garçons ont de l'eau jusqu'au-dessus du nombril et j'hésite à les rejoindre. Après tout, je ne les connais pas si bien que ça. Alors je reste là, à observer mes mains sous la surface de l'eau.

« Jade ! »

Je redresse vivement la tête. Louis me fait de grands signes. Je crois qu'il m'invite à les rejoindre. Alors je m'enfonce un peu plus dans l'eau, qui enrobe bientôt pas mal de parcelles de mon corps.

Louis me sourit, son ami se contente d'un vague signe de tête et Cameron… C'est Cameron, quoi. Pas de sourire, juste une expression glacée, à faire froid dans le dos. Mais je n'y prête pas vraiment attention, je me concentre seulement sur la frimousse de Louis. C'est dingue comme ces garçons sont deux opposés. Le blond respire la joie et vous donne envie de danser, crier, rire, tandis que l'autre vous tire vers la noirceur, à vous donner des envies suicidaires. Brrr. Très peu pour moi.

Je me mets à sourire en pensant à une future amitié possible avec Louis. Ça pourrait être cool.

*« Jade, tu rêves ! »*

Je regrette cette pensée dès que des giclées d'eau atterrissent en plein dans ma trombine. Je reste scotchée sur place. Je retire ce que j'ai dit : en pleine face, l'eau est très froide ! Mes yeux restent fixés sur l'auteur de cet acte terrible, qui est mort de rire : Louis. Les autres ne se privent pas de l'imiter.

Je tente de lui lancer un regard de la mort qui tue genre « Tu as signé ton arrêt de mort », mais après tout ce sont les vacances et les aléas de la plage, alors je me mets à rire avec eux.

Cameron semble déçu de ma réaction. Il s'attendait peut-être à ce que je m'énerve, mais non. Louis sourit de toutes ses dents, comme l'autre garçon, dont je ne connais toujours pas le prénom d'ailleurs.

*Souris, coco, souris tant que tu peux.*

Un plan machiavélique se met en place dans ma tête et, ni une ni deux, je place mes mains en coupe et j'envoie de grandes giclées d'eau sur Louis. Il mime une tête choquée. Ses cheveux blonds tout dégoulinants collent à son front. Il est chou.

Je crois bien que c'est à ce moment-là que la bataille a commencé. On s'est déchaînés, s'aspergeant d'eau, s'improvisant rugbymen pour plaquer l'autre. Je ne compte même plus le nombre de fois où j'ai bu la tasse. Pouah.

Nous nous sommes vraiment amusés, tous les deux. Oui, je dis tous les deux car Cameron et son pote, jugeant notre guéguerre trop puérile, sont allés se dorer la pilule sur le sable fin.

« Et le vainqueur suprême est Louis Preston ! » hurle-t-il en se jetant dans l'eau.

Ça me fait bien rire, mais je ne peux m'empêcher de contester :

« Pardon ? C'est moi qui ai gagné, je te signale ! »

Il hausse un sourcil.

« Rappelle-moi qui n'a pas arrêté de boire du pipi de poisson ?

— Beurk, tu es immonde ! » je dis entre deux rires.

Il hoche la tête et ajoute :

« Mieux. Y a même du sperme de poisson. »

Je le pousse en hurlant.

« Stop ! »

Il ne peut plus s'arrêter de rire face à ma moue de dégoût, puis il passe un bras autour de mes épaules et s'exclame :

« Ahh, trop mignonne ! Viens, on va rejoindre les autres. »

J'acquiesce. Au fur et à mesure que nous nous rapprochons de la plage, je distingue une longue silhouette aux côtés des deux autres garçons. Ma mine se crispe quand je comprends de qui il s'agit. Barbie, alias Lucie. La pouffe de ce matin. Je gémis tout bas :

« Oh non… »

Louis n'a pas entendu et son expression est aussi peu enthousiaste que la mienne.

« Qu'est-ce que ma sœur fout ici ? »

Je m'arrête. Quoi ? Je m'étrangle :

« Ta sœur ?!

— Jumelle, ouais… » soupire-t-il.

Apparemment, même avec son jumeau elle ne doit pas être un cadeau, à en juger par le ton de Louis. Je le fixe un instant. Il fronce les sourcils.

« Ce n'est pas parce que nous sortons du même bide que nous sommes forcément pareils ! C'est une garce, et je suis le premier à le dire. »

Un petit rire m'échappe, il passe alors un bras autour de ma taille.

« Alors retirez cette mime déconfite de votre joli minois, mademoiselle. »

Je me sens bizarrement rougir. Le sourire que m'offre Louis n'arrange rien, mais je me sens quand même plus confiante sachant que quelqu'un est du même avis que moi.

Elle nous dévisage lorsque nous arrivons sur le sable, l'air hautain, les bras croisés contre sa poitrine. Louis n'a toujours pas retiré son bras et, lorsqu'elle le remarque, elle ne se gêne pas pour hausser un sourcil. Louis l'ignore royalement et lui renvoie plutôt un sourire éclatant. Elle nous toise de toute la hauteur de son corps méticuleusement bronzé, à peine caché par un riquiqui maillot de bain jaune poussin. Pouah. Elle, on dirait qu'elle s'en fout pas mal d'être aguicheuse. Peut-être que c'est son mode de vie au quotidien, qui sait ?

Je hais ce genre de fille cliché jusqu'au bout des ongles. Je suis sûre que, chez elle, sa chambre est rose, qu'elle a des pantoufles à froufrous et qu'elle a un chihuahua qui s'appelle Chanel.

Je ne peux m'empêcher de ricaner toute seule, et Louis me lance un regard intrigué que j'ignore.

La grande blonde se retourne pour parler à Cameron, mais je ne les écoute plus et vais simplement m'allonger sur ma serviette pour prendre un peu le soleil.

Lucie et son petit ami vont se baigner et je remarque avec horreur qu'il la porte en princesse. Mon Dieu… Ils me donnent envie de vomir, tous les deux.

J'attrape dans mon sac mes lunettes de soleil, que je glisse sur mon nez, et m'empare ensuite de mon tube de crème solaire. Je m'en tartine une bonne couche sur le devant du corps avant d'entreprendre de galérer à en mettre derrière, dans le dos.

« Besoin d'un coup de main ? »

Louis offre sa paume pour que je lui donne le tube, j'hésite, mais le lui tends finalement. Il s'accroupit derrière moi. Je sursaute quand je sens la crème froide sur ma peau. Il rit. Pendant trois minutes, il prend soin de bien en mettre comme il faut avant de me rendre la crème solaire. Je me retourne et lui souris.

Il faut vraiment qu'il arrête d'être aussi gentil, sinon la situation risque d'être gênante.

Il passe une main derrière sa nuque, toujours accroupi, et me dit, sûr de lui :

« Je t'invite à manger une glace. »

Je hausse un sourcil.

« Je ne crois pas que…

— Ce n'était pas une question », me coupe-t-il.

Il attrape ma main et me relève. OK, c'est vraiment gênant.

J'époussette les grains de sable qui se sont collés sur mes cuisses, un peu mal à l'aise. Me retrouver seule avec lui me rend nerveuse. Je ne me sens pas vraiment prête pour entamer une relation. À moins que je ne me fasse des idées, bien sûr, et qu'il ne m'invite qu'en tout bien tout honneur.

Mais un garçon ne reste-t-il pas un garçon ?

Peu importe, je décide d'oublier toutes ces questions qui tourbillonnent dans ma tête. Alors je le laisse me prendre la main et me guider entre les différentes serviettes des gens pour rejoindre la grande allée.

# Chapitre 9

« Tu veux quoi, comme parfum ? »

Je réajuste mon kimono fleuri autour de ma taille tandis que j'étudie sa question. Louis examine les bacs de glaces, le nez collé contre la vitrine. La jeune serveuse attend patiemment que nous nous décidions, elle resserre son tablier autour de sa taille tout en laissant ses yeux se balader sur le torse nu de mon ami.

« Cookie », je réponds enfin.

Il dicte notre commande à la jeune femme, qui se munit alors d'une cuillère à glace et commence à creuser les bacs de sorte à former des boules.

Je remarque que la glace caramel beurre salé de Louis est largement plus garnie que la mienne et, vu le sourire que la brune lui lance, ce n'est pas anodin.

Je souris. Voilà un autre point qui m'amuse chez lui. Combien de filles le désirent ?

Je pose doucement mes lèvres sur la glace froide et la laisse fondre sur ma langue tandis que Louis règle.

Il me rejoint peu après, abandonnant derrière lui sa prétendante.

« Alors tu invites souvent des filles comme ça ? » je le taquine.

Il rit tandis qu'il passe sa langue le long du cornet pour rattraper la glace qui fond. On dirait un petit garçon. C'est mignon.

« Oui, quand ma sœur ne les tue pas. »

Il ricane devant mon sourcil levé. Sa sœur fait-elle vraiment fuir toutes ses copines ? Ça ne m'étonnerait pas !

« Non, je ne suis pas du genre à collectionner les filles. Je ne m'appelle pas Cameron, après tout.

— Ah, Cameron ! Cette montagne d'hormones.

— C'est exactement ça ! »

Il mord dans son cornet tandis que j'ajoute, alors que nous longeons les petits commerces :

« Remarque, ils se sont bien trouvés, avec Lucie », j'insiste sur ce dernier mot en lui lançant un clin d'œil.

Il hoche lentement la tête, pensif. Quant à moi, je ne peux m'empêcher de revoir la scène de ce matin et une moue de dégoût s'empare de mes lèvres. Beurk !

« C'est vraiment un beau couple, dans leur genre », insiste Louis.

Je retiens un petit rire.

« Et toi ? Tu as un petit ami à ton ancien chez-toi ? »

Son langage ajoute un côté mignon à sa personnalité, et ça m'amuse. Mais tout ça est vite remplacé par un pincement au cœur. Je secoue la tête.

« Non », je murmure.

Il m'interroge du regard, je préfère alors ironiser que de m'attarder sur ce passé sentimental douloureux.

« Je crois que la vie en couple ne m'aime pas autant que moi je l'aime ! »

Un petit sourire se forme sur ses lèvres.

« Je crois que je n'aurais pas dit mieux pour moi. Je suppose que c'est ça, d'avoir un meilleur ami mannequin. »

*Hein ?*

Il comprend vite mon interrogation rien qu'en me fixant et complète :

« Cameron. Il est mannequin. Tu ne savais pas ? »

Je ne sais même pas pourquoi ça m'étonne. Je lâche un vague « Ah ? ».

Il hausse les épaules tout en jetant la serviette en papier qui entourait sa glace. Il pointe du regard la mienne, que je n'ai toujours pas finie.

« Ça coule. »

Je baisse les yeux sur la serviette toute tachée et poisseuse. Louis se moque de moi alors que je la froisse et la balance dans la poubelle la plus proche.

« Je peux goûter ? » il demande.

Je lui tends la glace à moitié fondue. Il en prend un peu avant que sa bouche se torde en une grimace.

« Et ils osent appeler ça du cookie !?

— Mais c'est trop bon ! »

Il ouvre de grands yeux ébahis.

« C'est ignoble ! Bah. »

Je lui donne une tape sur l'épaule. Il n'a vraiment pas de goût. Je ne me gêne pas pour le lui faire remarquer, ce à quoi il répond simplement :

« Et moi qui te trouvais terriblement mignonne. »

Il laisse un sourire flotter sur ses lèvres tandis que, prise de court, je ne sais quoi dire.

Je fronce les sourcils alors qu'il détourne le regard, sans doute attend-il une réponse de ma part. Je me sens terriblement gênée et j'en profite pour finir ma glace. Sa froideur achève de me nouer la gorge. La tension est palpable, je ricane, tentant de détendre l'atmosphère.

« C'est bien ce que j'ai dit, tu n'as pas de goût. »

Je lui tire la langue et il déclare, penaud :

« Apparemment. »

Ses traits sont moins tirés désormais.

Nous continuons à nous balader à travers les nombreux étals, et j'en profite pour jeter des coups d'œil par-ci par-là. Je repère aussitôt sur un présentoir à lunettes de soleil une paire des plus originales ayant deux ananas aux deux yeux. C'est assez rigolo, alors je m'en empare et la place sur le nez de Louis, qui est dans l'incompréhension la plus totale. Je l'observe avec ces lunettes qui lui mangent presque tout le visage. Une de ses mèches blondes lui retombe sur le nez. Ça lui donne un air niais. Il se regarde dans le petit miroir accroché au présentoir en faisant des grimaces.

Je farfouille dans mon fourre-tout, alias mon sac, à la recherche de mon téléphone portable. Quand je l'attrape, je m'empresse de le déverrouiller et d'ouvrir l'appareil photo.

« Louis », j'appelle.

Il se retourne.

*Clic.*

C'est dans la boîte ! Je détaille la photo désormais enregistrée dans ma galerie. Il a l'air ahuri dessus. Sa bouche est légèrement arrondie de surprise. Ses cheveux rebelles sont en pagaille.

« Fais voir ! »

Il m'arrache l'appareil des mains et observe à son tour le cliché. Il rit en me tendant les lunettes.

« À toi ! »

Je les mets volontiers et prends une pose ridicule, bouche en cul de poule et doigts en V. Il prend plusieurs clichés. Pendant qu'il les regarde, je fouille les différents présentoirs et trouve une autre paire vraiment ridicule et avec un « Tadam ! » je la lui montre.

C'est une grosse paire avec, à la place des ananas, deux gros dollars dorés. Il l'enfile en tirant la langue et je reprends mon smartphone. Je tends le bras et fixe l'objectif vers nous. Le grand écran laisse apparaître nos visages d'enfants émerveillés sous différentes formes. D'abord en tirant la langue puis en *duckface.*

Alors que le flash illumine nos têtes, Louis en profite pour plaquer ses lèvres sur ma joue au moment où j'appuie sur le rond pour prendre la photo. Je ne proteste pas, mais je suis légèrement troublée.

Après tout, mon cœur est vide depuis bien trop longtemps…

Je lui souris lorsqu'il m'examine dans l'attente d'une remarque de ma part. J'ouvre la bouche pour parler, mais je suis interrompue :

« S'il vous plaît ! Soit vous achetez, soit vous reposez ! »

Une dame à l'air sévère nous toise de haut en bas. Il est vrai que nous faisons un peu tache avec nos lunettes. Moi avec mon kimono qui essaie tant bien que mal de cacher la peau que ne recouvre pas mon bikini et Louis torse nu, en bermuda de plage.

« Désolés », lui lance mon compagnon avec un sourire éclatant.

Les poings sur les hanches, elle attend notre décision. Louis retire alors les lunettes de mon nez et les repose maladroitement sur le présentoir. Avant de retourner à la vendeuse un faux sourire des plus désolés. Je secoue la tête, amusée.

« Ah, les jeunes d'aujourd'hui ! Ils ne respectent plus rien », ricane Louis avec une voix faussement vieillie alors que nous nous éloignons, marchant au coude-à-coude avec les passants.

Je passe un bras autour du sien avant de déclarer :

« Oui mais nous au moins on s'amuse !

— Exactement, my lady. Tu m'enverras les photos ? »

Je penche la tête sur le côté.

« Je n'ai même pas ton numéro.

— Raison de plus pour que je te le donne. »

Il me lance un clin d'œil tandis que je lui donne un coup de hanche. Je crée rapidement un nouveau contact avant de rentrer les numéros qu'il me dicte. Quel beau parleur !

Il désigne l'écran du doigt et ajoute :

« Ah oui, et n'oublie pas de mettre un smiley cœur à côté de mon prénom. »

Je fronce les sourcils en secouant la tête avec un sourire en coin.

« Tu peux rêver ! »

Pour justifier ma réplique, j'ajoute non pas un cœur rouge mais plutôt un beau smiley caca.

« Mais quel humour ! se moque-t-il. Bon allez, rentre chez toi, tu m'agaces. »

Justement, nous sommes arrivés au bout de l'allée commerçante, je peux déjà apercevoir le toit de ma maison et un coup d'œil à mon téléphone m'annonce que l'heure est venue.

« Je pars parce que TU m'agaces. »

Je pointe un doigt moqueur dans sa direction et il balaye l'air de sa main avec un air faussement amusé.

« Allez zou ! »

Je lui adresse un petit signe de la main en m'éloignant de lui, il me le rend avec un sourire dévoilant sa dentition ultra-blanche.

Je me retourne enfin pour éviter de bousculer quelqu'un et me dirige vers la maison, guidée par le toit noir.

Je ne sais pas si Cameron est rentré. J'abaisse la poignée, qui ne m'offre aucune résistance. Cameron est donc rentré. J'examine au passage la cuisine et le salon, mais il n'y est pas.

*Pitié, faites qu'il ne soit pas avec sa pouffe en train de copuler…*

« J'ai cru que tu ne rentrerais jamais ! »

Je le regarde apparaître par la baie vitrée donnant sur la piscine, il tient une canette de soda à la main et est torse nu. Une fine couche de sueur le recouvre. Sans doute revient-il d'une séance de bronzette.

Je dépose mon sac sur le canapé en cuir brun, ainsi que mon chapeau, et préfère ignorer son ton glacial.

« Tiens, on croirait une réplique de mon père. Fais gaffe, il détient des droits d'auteur. »

Je le nargue. Pour qui se prend-il ?

« Ça ne me fait pas rire. Vous étiez où ? »

Je ris. Elle est bonne, celle-là.

« Attends, mais je rêve. Tu te prends pour qui ? »

Je le toise de haut en bas. Peu préoccupé par la situation, il porte la canette à ses lèvres pour boire une gorgée. Après quoi il déclare :

« Le maître de ces lieux en l'absence de nos pères, pourquoi ? »

Je plante mes poings sur mes hanches.

« T'es drôle, dis donc.

— Il te plaît ? »

Étouffement littéral. Et d'un je ne sais pas quoi répondre, et de deux qu'est-ce que ça peut lui faire ? Je préfère encore le Cameron qui m'ignore plutôt que cette version de papa autoritaire.

« Je surveille les relations de mon meilleur ami.

— Bien sûr. (Je hoche la tête.) Rassure-toi. Il se trouve que je suis une meilleure fréquentation que toi. »

Il ricane légèrement avant de lâcher froidement :

« Arrête de le voir. »

Je fais claquer mes mains sur mes cuisses en m'emportant :

« C'est la meilleure, celle-là ! Tu m'ignores, m'insultes et ensuite tu te ramènes comme une fleur pour m'interdire de voir qui je veux ? Mais qui es-tu pour me dire ça ? »

C'est une fausse question et apparemment il ne compte pas me donner de réponse, il m'observe… amusé ? Il joue avec la languette de son soda.

« Tu n'es pas mon père, ni mon frère, ni mon petit ami et encore moins mon ami ! Alors arrête de te la jouer et fous-moi la paix comme tu sais si bien le faire d'ordinaire. »

Un gros choc se fait entendre. En effet, Cameron vient de balancer violemment la canette dans un coin du salon, et une grosse tache marronnasse se forme bientôt sur le tapis gris. Je n'ose pas bouger. Son regard est fermé, ne laissant filtrer aucune émotion, mais je ne sais pas de quoi il est capable, alors je ne bouge pas et le regarde s'approcher de moi dangereusement, ses muscles crispés et saillants. D'un geste, il pourrait me briser.

Il me surplombe de bien une tête et demie, il est tellement près que je sens son souffle sur mon visage. Ses sourcils sont froncés, sa mâchoire se crispe. Il me terrifie mais je ne le lui montrerai pas.

« Pourquoi tu te donnes cette image de bad boy toute pourrie ? Tu ne me fais pas peur, alors fous-moi la paix parce que j'ai autant ma place ici que toi ! On t'a jamais dit qu'il faut se méfier de l'eau qui… »

Je n'ai pas le temps de finir ma phrase qu'une paire de lèvres s'est plaquée contre les miennes. Aucun membre de mon corps n'est capable de bouger, mes yeux sont grands ouverts. Sa main se place sur ma nuque, augmentant la pression de sa bouche sur la mienne, son baiser est plein de colère. Ses lèvres glissent sur les miennes, les goûtent, les testent. Mon cerveau pédale dans la semoule, mon cœur cherche à s'échapper de ma poitrine et mes jambes menacent de se dérober à tout moment. Je ne contrôle plus rien, je le laisse faire.

Mais, quand sa bouche s'entrouvre pour pousser cette marque d'affection plus loin, mon cerveau se reconnecte et j'ai un mouvement de recul. Je me détache rapidement. Son visage ne trahit aucune émotion, ses yeux sont fidèles à eux-mêmes, glacés et hostiles. J'ai du mal à réaliser ce qu'il vient de se passer. Seules ses lèvres rougies peuvent témoigner de cet écart. Sa poitrine se soulève et s'abaisse à un rythme lent. Dans un souffle, je lâche :

« À quoi tu joues, Cameron Kent ? »

# Chapitre 10

« Meuf, t'es sérieuse ? »

La voix de ma meilleure amie de l'autre côté du fil résonne plus comme un reproche que comme une question. Allongée en étoile sur mon lit, la tête tournée vers le plafond d'un blanc laiteux, je n'ai même pas le temps de me justifier qu'elle reprend :

« Si je récapitule bien, tu as remballé le ténébreux le plus sexy de la planète ! Mais qui m'a fichu une copine pareille ? »

Je ne l'écoute que d'une oreille. À 23 heures, quand le sommeil refusait de me gagner et que j'ai décidé de l'appeler, je savais pertinemment comment elle allait réagir.

« Le ténébreux le plus sexy de la planète, j'ironise en tentant d'imiter sa voix. Qu'est-ce que tu en sais, d'abord ? »

Je l'entends souffler.

« Vu son compte Instagram, excuse-moi mais c'est loin d'être le pire laideron de la terre ! »

Je cligne plusieurs fois des yeux. Oui, il est terriblement sexy mais qu'est-ce que le sexy face à son animosité ? Il est trop blessant, trop vulgaire, trop malveillant, trop narcissique… Trop lui, quoi !

« C'est une personne horrible, Pauline. »

La connaissant par cœur, je peux deviner qu'elle est en train de rouler les yeux.

« Tu sais jamais saisir les opportunités, de toute façon…

— Crois-moi, je ne perds rien sur ce coup-là ! » je ris.

Elle rit aussi, d'un son doux et délicat qui m'a tant manqué, avant d'ajouter :

« En tout cas, il a dû mal prendre la façon dont tu l'as envoyé bouler. »

Je crois que « bouler » n'est pas le mot approprié pour « arrêter un baiser et laisser en plan la personne sans aucune explication », mais je la laisse dire.

Il a dû mal le prendre ? Quel joli euphémisme. Comment lui expliquer que depuis ce dérapage je n'existe plus, c'est comme si j'étais un fantôme hantant la maison. Il m'ignore tellement fort que je commence moi-même à douter de ma propre existence.

Quand nos pères sont rentrés, au dîner, il a fait en sorte que toutes les conversations tournent autour de lui et que personne ne prête attention à moi.

L'ignorance, son arme. Néanmoins, cela m'étonne de lui. Vu son comportement assez puéril, je m'attendais à des représailles. Peut-être prépare-t-il quelque chose ? Rien que d'y penser, j'en ai froid dans le dos. Dieu seul sait de quoi il est capable et quel est son réservoir de méchanceté.

« Eh oh ! Jade, t'es là ? »

Perdue dans mes pensées, je l'ai presque oubliée. Je tente avec beaucoup d'effort de me remémorer sa réplique précédente. Quand je parviens à mettre le doigt dessus, je lui réponds :

« On peut dire ça comme ça. »

Elle pousse un petit soupir.

« Je t'envie. »

Un rire nerveux m'échappe. Elle m'envie ? Vraiment ? Elle ne sait pas ce que je ressens quotidiennement. Moi je l'envie, elle qui n'a rien quitté, qui n'est pas partie, des rêves plein la tête qu'elle n'a pas vus s'écrouler quand elle a rencontré son « colocataire ». Elle m'envie ? Mais qu'est-ce que j'ai de plus qu'elle ? Une belle maison ? Une piscine ? C'est bien faible si on compare avec ses amis d'enfance qu'elle a gardés, son nouveau petit ami Maxence, qui a dû être mannequin dans une autre vie, son papa prêt à tout pour sa fifille, et une maman… Vraiment, elle n'a rien à m'envier.

Je fais taire mes complaintes intérieures, je n'ai pas envie de débattre avec elle. Rien que d'y penser, un mal de crâne fulgurant s'empare de mes tempes. Je me les masse délicatement.

Elle voit que je ne réponds pas, alors elle embraye :

« Il embrasse bien, au moins ? »

Ah, Pauline ! Je ne sais pas comment répondre à cette question.

Approuver ? Démentir ?

Oui ? Non ?

Son baiser était bien différent de ceux que me donnait Evan. Plus désespéré, plus coléreux. Un mélange de sentiments comme le chaud et le froid qui se rencontrent.

Je ne sais pas s'il embrasse bien ou pas. Je suppose. Il est loin d'être inexpérimenté, après tout.

« Oui », je murmure.

J'ai honte de le reconnaître. Mais la caresse de ses lèvres était extrêmement enivrante et appréciable. Je les sens encore glisser sur les miennes et se presser toujours plus fort. Je sens aussi son parfum boisé très masculin chatouiller mes narines.

Je divague.

Ce garçon est odieux et ça, ça éclipse toutes ses qualités.

« Bon bah, du coup, il te reste plus qu'à éliminer sa copine. »

Mais elle ne comprend vraiment rien de rien ! La connaissant, elle nous a déjà imaginés casés, fiancés, mariés et reproduits en plein de petits marmots bouclés.

Elle ne comprend pas, on dirait, que l'échelle de la sexytude passe après celle de la gentillesse. Peut-être ne pensons-nous pas pareil sur ce point ?

Je préfère un copain soft et attentionné à un bad boy égoïste.

« Comment elle s'appelle déjà ? Lucie ? »

Rien que d'entendre ce nom, je frémis. Si Cameron a choisi la carte de l'indifférence, il n'en ira pas de même d'elle si elle venait à l'apprendre. Je crois qu'elle est pire que lui.

Comme dit Louis, c'est vraiment un beau couple dans leur genre.

On ne pourrait pas dire mieux !

« Tu m'écoutes, oui ? »

Je sens que Pauline s'impatiente à l'autre bout du téléphone, alors je réponds :

« Oui, oui. »

Un blanc s'impose et je l'entends mâchouiller un truc.

« Bon, puisque tu ne veux pas du beau bad boy, t'as plus qu'à te rabattre sur le blondinet. (Elle cherche un instant son prénom.) Louis. »

La façon dont elle exprime ça m'horripile. Comment peut-elle le traiter comme un second plan, une solution de rechange ! C'est ma meilleure rencontre depuis que je suis arrivée dans cette ville chaotique.

« Mais tu t'entends parler, Pauline ? Comment tu le considères ? Comme un objet de rechange ? Tu es vraiment bizarre en ce moment, on croirait entendre cette pouffe de Molly. »

Brrr, je l'avais complètement oubliée, celle-là. Je me demande si elle a finalement réussi à avoir Evan. Ça ne m'étonnerait pas.

« Merci de la comparaison. Je rigole, c'est tout ! Tu es tendue en ce moment, Jade. »

Elle lâche ça sur un ton calme et sans émotion qui me met le doute. Tendue ? C'est sûr, avec tous ces changements, mais quand même ! Tendue ou pas, je considère les gens comme des êtres humains !

Même Molly et son sosie Lucie.

Pauline remue beaucoup à l'autre bout du fil. Je me demande ce qu'elle fait. Je n'ai pas le temps de le lui demander car elle me devance :

« Bon, ma chérie, je dois te laisser. Maxence arrive. Bisous, prends soin de toi. Je t'aime. »

Sur ce, elle raccroche. Mes paupières se ferment lentement et j'inspire fort. Son « Je t'aime » résonne dans mes oreilles et me fait presque monter les larmes aux yeux. Ce nouveau départ est une pure catastrophe, rien de plus.

# Chapitre 11

Ce matin, quand je trace mon trait d'eye-liner sur mes paupières, ma main tremble presque, j'appréhende mon face-à-face avec Cameron. Enfin, s'il y en a un. J'ai beau retourner trente-six mille fois la fin d'après-midi d'hier dans ma tête, je ne comprends toujours pas comment tout a pu déraper si vite.

Je m'observe dans la glace, je tente d'avoir l'air moins fébrile. Ce n'est pas facile. Mon teint est pâle et mes yeux sont sans éclat. Je me tords les mains tout en me regardant une dernière fois.

Bon, il est temps de descendre. Au passage, je saisis mon téléphone posé sur mon lit. Je n'ai pas de message. Je suis déçue. Une partie de moi aurait aimé avoir une notification de Louis.

Je respire profondément, un rictus nerveux refuse de quitter mes lèvres. Je claque mes paumes sur mes cuisses pour me donner du courage.

Rejoindre le rez-de-chaussée me semble prendre une éternité. Dans le couloir, je remarque que la porte de la chambre de Cameron est grande ouverte. Je prie pour ne pas le croiser. Même si pour une fois j'ai l'avantage, car souvenons-nous bien que c'est lui qui a perdu le contrôle, pas moi. Je n'ai pas voulu ce baiser !

Mon cœur s'agite. Le stress, sans doute.

Tout a l'air calme en bas et je crie victoire intérieurement en remerciant tous les dieux quels qu'ils soient. Tout heureuse, j'accélère le pas, guidée par mon ventre et l'appel du petit déjeuner. Seulement, quand j'arrive presque à la cuisine, j'entends quelque chose tomber, puis un grognement. Je retiens mon souffle et refuse de jeter un coup d'œil.

« C'est pas vrai ! »

Mon cœur ralentit.

*Papa ?*

Finalement je passe la tête et je découvre en effet la silhouette de mon père en train de nettoyer je ne sais quoi sur le plan de travail. Un poids se retire de ma poitrine et je l'observe un instant.

« Tout va bien, papa ? »

Il sursaute, et je ne peux m'empêcher de lâcher un petit rire étouffé. Il passe une main dans ses cheveux bruns épais et soupire :

« Mauvais début de journée…

— Tu ne devrais pas être déjà au travail ? »

Je le questionne tandis que j'attrape une pomme dans la corbeille de fruits qui semble avoir été remplie récemment. Je grimpe sur le plan de travail et regarde mon père laver l'éponge.

« Je commence un peu plus tard. »

Je hoche la tête tandis que je croque à pleines dents dans ma pomme. Il a l'air lui aussi plutôt tendu. Allez savoir pourquoi. Sa chemise blanche n'est même pas entièrement boutonnée et sa cravate pend autour de son cou. Il passe une main sur son front.

« Qu'est-ce qu'il y a, papa ? »

Il détourne le regard, mal à l'aise. Il inspire fort, sans un mot. Je pose alors le trognon de pomme sur le marbre gris et m'approche de lui. Il ne dit toujours rien, mais son regard le trahit. Il est triste à faire peur. Je ne veux pas le forcer à parler, alors je boutonne sa chemise et, délicatement, je noue sa cravate comme maman m'avait appris parce que « les hommes ne sont pas doués et tu seras amenée à le faire », disait-elle.

Je replie ensuite son col et le lisse. Il renifle, je fronce les sourcils.

« J'ai l'impression de l'avoir perdue… »

Il murmure et d'abord je ne comprends pas très bien de quoi il parle, mais il continue :

« Ce déménagement n'était pas une bonne idée… J'ai l'impression de l'avoir abandonnée en faisant cela. Comme d'avoir brûlé une page que je n'aurais pas dû… »

Maman, bien sûr. Je ne sais pas quoi répondre, je suis la première à ne pas vouloir le contredire sur le fait que, oui, ce déménagement est vraiment une catastrophe. Je ne compte plus le nombre de fois où je me suis fait cette réflexion. Seulement, une lueur dans ses yeux me supplie de ne pas approuver. Son cœur est déjà assez fendu comme ça.

« Papa, ne dis pas ça ! C'est super, ici ! »

Je m'applique à faire un grand sourire, il n'a malheureusement pas l'air convaincu.

« La ville est super, j'insiste. Et puis, je m'entends bien avec Cameron. »

Cette phrase brûle ma gorge et l'écorche, j'aimerais ravaler mes mots. Je ne les pense tellement pas. Pourtant, ils n'ont pas l'air de sonner si faux que ça. Mon père semble y croire. Il est sans doute le seul. Il tente un faible sourire.

« L'adaptation, c'est ça qu'il me manque, je suppose que ça va finir par arriver. »

Il hoche la tête, convaincu par ce qu'il vient de dire. Il tape dans ses mains et manque de me faire sursauter.

« Il faut que je termine de me préparer. »

Son regain d'énergie me déstabilise presque et je le regarde s'éloigner à l'étage.

Je n'ai plus très faim, je me contente d'observer les restes de ma pomme sans vraiment les voir. Je les ramasse finalement et les plonge dans la grande poubelle grise.

Que vais-je pouvoir faire aujourd'hui ? Le but étant d'éviter au maximum Cameron.

Pourtant, ma conscience me souffle que ça ne pourra pas fonctionner comme ça éternellement. Je m'en fiche et, comme si elle était réelle, je balaye l'air de ma main.

Et si j'appelais Louis ? Je n'ai même pas besoin de peser le pour et le contre que déjà je remonte dans ma chambre presque en courant et m'empare de mon téléphone.

Une sonnerie.

Deux sonneries.

Trois sonneries.

Il n'est quand même pas si tôt que ça, il devr…

« Jade ? »

Sa voix résonne, elle est calme, pourtant il semble ennuyé.

« Hey, je voulais savoir ce que tu comptes faire aujourd'hui ?

— J'sais pas trop.

— C'est passionnant, ça, dis donc, je le taquine pour essayer de détendre l'atmosphère, on peut se voir ?

— Euh… Pas vraiment. Je pense aller au skatepark avec deux trois potes. »

Son intonation m'intrigue de plus en plus. Il bégaie à moitié et il parle beaucoup trop vite, comme s'il voulait se débarrasser de moi. Déçue et ne voulant pas paraître lourde, je lâche :

« Ah.

— Désolé, Jade. Je dois te laisser, à plus. »

Sur ce, il raccroche. Comme ça. Sans rien dire de plus. Je trouve ça un peu grossier de sa part. Qu'est-ce qu'il a ? Ses règles ou quoi ? On aurait cru entendre un Cameron numéro deux.

Je me laisse tomber sur le lit, qui accueille moelleusement mon postérieur. Je fixe mon téléphone. Et si moi aussi j'allais au skatepark ? Après tout, je ne connais pas très bien la ville, et puis cet endroit ne leur est pas réservé.

J'en profiterai pour lui toucher deux mots.

Ma décision est prise et, très vite, j'ai le nez dans mon armoire afin de dénicher une tenue adéquate pour cette excursion.

# Chapitre 12

J'avoue avoir mis plus de vingt minutes pour trouver ce fichu skatepark, demandant mon chemin aux passants alors qu'en réalité le terrain est à peine à cinq minutes de la maison.

Je suis assez énervée contre ma stupide idée quand je pousse les petites barrières qui entourent l'immense terrain de skate.

Il y a beaucoup de monde. Des skateurs en pleines figures aux adolescents se prenant en photo, tout y est. Je me tords le cou un instant à la recherche d'une tête familière.

Je marche, les yeux dans le vague, si bien que je manque de m'écrouler sur un skateur. Il rouspète en s'éloignant. Et je n'y prête plus attention. Le soleil commence à taper fort, et je suis obligée de rabattre ma main en visière sur mon front pour ne pas être éblouie.

Mon regard s'attarde sur les prouesses des sportifs. Je scrute ensuite chaque groupe de jeunes aux alentours à la recherche de Louis. Je repère plusieurs garçons blonds avant de finalement trouver celui que je cherche.

Il est avec des gens que je ne connais pas. Soit trois garçons. Ce qui veut dire : pas de Cameron à l'horizon. Mais c'est génial, ça ! Je plaque un grand sourire sur mes lèvres et presse le pas. Il ne me remarque pas tout de suite, tandis que j'essaie de me frayer un passage dans leur groupe, ce qui me vaut des regards intrigués.

« Qu'est-ce que tu fais là ? »

Louis a parlé sans réel enthousiasme.

« Je passais par là et je suis venue te faire un coucou. »

J'ai parfaitement conscience que les trois autres garçons nous observent, mais je m'en fiche. Louis hoche la tête, les yeux dans le vide.

« Tu skates ? »

Un grand blond mastoc me tend une planche à roulettes. J'hésite.

Oui, je sais skater. C'est même un sport que je pratique, ou plutôt pratiquais. Cette question, comme la réponse, est douloureuse, car elle fait ressurgir mon passé, et Evan. C'était sa passion et, juste pour lui plaire, j'avais harcelé mon père pour qu'il me laisse prendre des cours. À ce souvenir, je ressens presque les petites cicatrices de mes genoux tirer.

Un blanc s'est désormais installé, on me fixe avec curiosité, surtout Louis.

Je secoue la tête.

« Très peu pour moi. »

Ils paraissent déçus, mais je ne relève pas. C'est la vie. Le blond hausse les épaules avant de faire rouler sa planche sur le sol et d'y grimper pour s'éloigner vers les rampes. J'en profite pour m'asseoir aux côtés de Louis sur le petit banc. Les deux autres garçons ne se préoccupent pas de nous et engagent un débat quelconque. Une tension semble planer entre nous deux et je ne sais pas pourquoi. Je décide de détendre l'atmosphère :

« Tu n'es pas très bavard. »

Je lui donne un léger coup de coude dans les côtes, il s'éloigne un peu et je jurerais qu'il se force à sourire.

« Je suis un peu fatigué, le soleil sans doute. »

Son regard est perdu dans le vide devant lui et j'en profite pour moi aussi examiner tous ces gens.

« Alors c'est ici que se réunit la population de moins de vingt ans de la ville ?

— En effet. »

Il n'ajoute rien de plus, son comportement est vraiment bizarre.

« C'est sympa. »

Il hoche la tête et ne prête plus attention à ma personne, ses yeux sont rivés sur le bout de ses baskets.

*Très bien…*

Je pousse un petit soupir.

Un des deux garçons, un brun assez petit et menu, rompt le silence en s'adressant à Louis :

« Eh, mec, il arrive à quelle heure, Cameron ? »

Je manque de m'étrangler à la mention de ce nom.

« Je sais pas. Bientôt, je pense. »

Bon, un point positif : Louis n'est pas froid qu'avec moi.

Point négatif par contre : Cameron va arriver. Et ça, c'est vraiment la tuile.

Si j'avais les mêmes ongles que Kim Kardashian, je m'empresserais de les ronger un par un.

J'aimerais déguerpir mais je ne suis pas une lâche, et puis personne ne sait ce qu'il s'est passé, alors je ne vois pas où est le problème. Encore une fois, c'est lui qui a merdé. C'est lui qui doit se rendre malade, pas moi.

Je relève la tête fièrement et croise les jambes, prête à l'affronter. Je dois quand même avouer que le silence pesant qui nous entoure ne me rassure pas des masses.

Mais je ne perds pas de vue mes convictions.

« Quand on parle du loup. »

Je ne saurais pas vous dire lequel a parlé tellement mon esprit s'est arrêté dès que j'ai aperçu le marcel noir de Cameron.

Tout mon courage s'est désormais envolé. Je ne sais même pas comment réagir. Dois-je paraître naturelle ? Dois-je exiger une discussion ?

Tandis qu'il s'approche, mon cerveau décide de rejouer la scène du baiser.

Son souffle chaud contre mes lèvres.

La caresse de ses lèvres pulpeuses.

Tout se mélange et je ne remarque pas tout de suite qu'une affreuse silhouette rose le suit de près. Lucie.

Je note en revanche que son jumeau à mes côtés fronce les sourcils. Apparemment, elle n'était pas prévue.

Elle porte un top extrêmement mini, rose pâle, et un short qui semble en cuir.

Avec ses cheveux blonds et raides, elle me rappelle Sharpay Evans de *High School Musical.*

Elle fait un peu tache avec ses talons noirs. Elle semble parler. Sa bouche derrière Cameron s'ouvre et se referme vite. Il roule les yeux, mais elle ne le voit pas. Elle doit lui prendre la tête. Tant mieux.

Cameron serre les mains des trois garçons et ouvre de grands yeux en m'apercevant. Il s'empresse cependant de les plisser et de ne plus rien laisser paraître. Il passe une main dans ses cheveux tandis qu'il bloque la vision de Lucie, qui ne peut pas m'apercevoir. Tant mieux, encore une fois.

Tout mon courage s'est envolé et je n'ai aucune envie d'affronter cette folle à talons. J'avoue chercher déjà une échappatoire. Seulement, une voix aiguë me glace le sang :

« Jade. »

Tous les regards sont braqués sur Lucie, maintenant. Même quand elle parle, elle ne passe pas inaperçue. Son ton vient directement du pôle Nord, il ferait grelotter un pingouin.

Je hausse un sourcil d'incompréhension. Que me veut-elle ? Son ongle s'est cassé et il lui faut une victime ?

Elle pousse son petit ami, qui serre les mâchoires et s'approche de moi. Oh, Seigneur, qu'est-ce que c'est que ce parfum qui sent aussi fort ? Pouah !

Elle me regarde. Je n'ai pas le temps de me plaindre que tout va très vite. Je ne sais pas ce qui se passe, j'entends seulement un *clac* et je ressens une forte douleur à la joue.

Elle est folle ?!

# Chapitre 13

Ma main reste plaquée sur ma joue endolorie, la douleur est vive, mais c'est mon ego qui est blessé plus qu'autre chose. Ma bouche est légèrement entrouverte, tout le monde me fixe, interloqué, et un lourd silence s'élève du groupe. La rage monte en moi tandis que j'observe l'élément perturbateur en face de moi. Des scénarios de meurtre me viennent en tête, plus barbares les uns que les autres. Cameron ouvre la bouche pour dire quelque chose, mais je l'interromps en hurlant :

« Mais il t'arrive quoi, là !? »

Lucie fait mine d'examiner ses ongles avant de tendre l'index vers moi.

« On ne joue pas avec le feu, chérie.

— T'es complètement malade !

— Rappelle-moi qui s'est jetée sur le mec de qui ? »

Je bloque un instant. Quoi ? Se jeter sur qui ? Oh non !

« Qu'est-ce que tu es allé raconter, Cameron », je siffle entre mes dents.

À son petit sourire, je devine tout son petit stratagème.

« J'espère que tu as bien apprécié, parce que maintenant tu vas en payer les conséquences ! »

Ne me dites pas qu'il est allé tout lui raconter. Et depuis quand c'est moi qui lui ai sauté dessus ?

« Mais c'est quoi, ce délire ? Je ne me suis pas jetée sur lui !

— Ah, alors tu ne nies pas. »

Elle hausse les sourcils, un affreux sourire sur le visage. Je cherche du soutien, personne n'ose parler, tout le monde attend ma réponse. Seul Louis a le regard perdu dans le vague, comme s'il était là sans l'être. Je ne trouverai pas de soutien de ce côté.

Un éclair traverse mon esprit : voilà pourquoi il avait l'air si distant alors que nous avions passé un superbe après-midi ! Se pourrait-il qu'il soit jaloux ?

Je secoue la tête, c'est pas le moment de penser à ça.

« T'as perdu ta langue, dis donc », me nargue-t-elle.

Je décide de rester calme, après tout le meurtre n'a jamais rien résolu, si ?

« Je ne sais pas ce que ton copain (je prends soin de bien insister sur ce dernier mot) t'a raconté, mais il se trouve que c'est lui qui s'est jeté sur moi comme tu dis et non l'inverse. Plus précisément, il m'a harcelée de questions avant de m'embrasser bien langoureusement comme un pervers ! »

Je marque une pause et je remarque que Cameron fronce les sourcils.

« Apprends toute l'histoire avant de taper un scandale ! »

Elle lâche un petit rire.

« Mon copain intéressé par une fille comme toi ? »

Elle ne peut s'empêcher de rigoler tandis qu'elle se colle contre le connard qui lui sert de « copain ».

C'est ma parole contre la sienne, et j'ai pas mal l'impression que je vais y laisser des plumes. Elle dépose un biscu furtif dans son cou et se moque :

« Laisse-moi rire, chérie, tu es tellement banale. »

Elle lâche ça comme une bombe. Malheureusement pour elle, je ne me suis jamais trouvée « jolie », alors ça ne me blesse pas. Par contre, je suis vraiment en train de perdre mon calme.

« Oh oui, excuse-moi, c'est vrai que, son style à lui, c'est plus les pouffes en rose et minijupe. Désolée, chérie (je l'imite), on a pas les mêmes valeurs, vois-tu ? »

J'entends un petit rire derrière moi, un des garçons rigole. Lucie se renfrogne, sa mine se ferme et ses yeux lancent des éclairs. Attention, chienne méchante.

Elle s'approche, menaçante.

« Pourquoi tu n'avoues pas ?

— Arrête, Lucie. »

Derrière elle, Cameron lui attrape le bras et la retient, elle tente de se dégager, et je ris.

« Oh non, Cameron, pourquoi gâcher ce joli spectacle ? Je suis curieuse de savoir quelle histoire tu lui as racontée ! »

Lucie fait volte-face une fois qu'il la lâche.

« Tu es tellement jalouse que tu veux me le piquer, avoue ? Tu débarques ici et tu te crois toute permise ? Ici c'est moi qui commande, ma belle. »

Elle envoie valser sa chevelure, tellement cliché que j'en perds mes mots, ensuite elle reprend :

« Il est à moi et rien qu'à moi, alors bas les pattes ! »

Je ne peux m'empêcher de lui rire au nez. Elle ne comprend pas. Un stratagème se forme dans ma tête. Elle croit vraiment que ce bad boy en carton m'intéresse ? Je vais lui prouver le contraire.

« Lucie, Lucie. Tu crois vraiment que Cameron m'intéresse ? Tellement pathétique, je ris. Si je dois te piquer quelqu'un, ce sera ton frère, beaucoup plus sexy d'ailleurs. »

Face à l'incompréhension de tout le monde, je me retourne rapidement vers Louis, qui a la bouche légèrement entrouverte de surprise. Je l'oblige à se lever et entoure ses joues de mes mains avant d'approcher mon visage du sien.

Ses lèvres sont douces et sucrées, c'est agréable. Surpris, il ne bouge d'abord pas vraiment, mais mon baiser se fait plus insistant, mes lèvres s'emparent des siennes et le bout de ma langue les caresse. Il ne résiste pas longtemps avant de mettre du cœur à l'ouvrage. Ses mains descendent sur mes hanches.

J'arrête là notre baiser. Il me regarde de ses grands yeux, ses lèvres sont légèrement rouges. Il est mignon et j'en oublierais presque pourquoi j'ai fait cela.

Je m'en veux un peu, car ce n'est pas très juste pour Louis.

Un silence entoure le groupe, seul le bruit des skates et des gens autour résonne. Je me décroche de Louis et observe tout le monde tour à tour. Ils ont presque tous la même expression de surprise sur le visage, y compris Cameron. La harpie, elle, a les mains sur les hanches et me bombarde des yeux. Je lui lance un sourire éclatant.

Je l'imite en balançant ma chevelure par-dessus mes épaules.

« Maintenant, allez tous vous faire foutre ! »

Je m'éloigne de ma démarche la plus sûre et j'ai même le plaisir de bousculer Cameron au passage, d'un grand coup d'épaule. Il est temps de partir.

# Chapitre 14

Je ne saurais dire si je suis plus satisfaite qu'en colère. Une chose est sûre, je suis fière de ma sortie et j'espère qu'elle arrêtera de me chercher des poux, l'autre Barbie !

Je bouscule quelques passants sur le chemin du retour. Je n'ai même pas envie de jeter un œil aux bibelots de l'allée commerçante. Je fonce m'enfermer chez moi. Aucune voiture devant la maison, les « pères » ne sont pas là. C'est tant mieux ! Je file immédiatement prendre une douche.

Mes pieds nus marchent sur le carrelage glacé de la salle de bains tandis que je me déshabille. Je me glisse dans la cabine de douche en chantonnant, j'active le jet et laisse l'eau me laver de toute cette histoire. J'en oublie presque tout.

En sortant, j'enroule une serviette autour de mon corps et une autour de mes cheveux avant de regagner rapidement ma chambre. Je me change et m'affale sur le lit. Au même moment, comme si c'est fait exprès, mon téléphone sonne. Je tends le bras dans un effort pour le saisir. L'écran m'indique que c'est Pauline qui m'appelle. J'hésite. Finalement, je ne décroche pas. Je n'ai pas envie d'entendre sa joie naturelle qui me rappelle que ma vie est actuellement un vrai désastre. Je pose mon téléphone sur mon ventre et soupire.

Pourtant, il résonne encore une fois. Je fixe l'écran : Pauline.

Bon, ça doit être grave.

« Jade ! »

Et je n'ai même pas eu le temps de dire « Allô ». Je marmonne un « Oui » ennuyé.

« Tout se passe bien dans ta nouvelle vie ? »

Je lève un sourcil, depuis quand ça l'intéresse vraiment ? Enfin, je veux dire, il est vrai que c'est ma meilleure amie, mais elle a toujours été du genre à peu se préoccuper des gens : c'est Pauline.

Je suis plus qu'étonnée. Elle continue :

« J'ai eu ton père au téléphone ce matin.

— Et ?

— Vu sa voix, tout n'a pas l'air de se passer comme vous le vouliez, surtout pour toi. Il ne croit pas une minute à une possible amitié entre toi et Cameron, chérie. »

Je secoue la tête. Mais qu'est-ce que c'est que ce bordel ? Plein de questions se bousculent dans ma tête, mais la seule que je réussis à articuler est :

« Pourquoi mon père t'a-t-il appelée, toi ? »

Elle soupire.

« Parce que je suis ta meilleure amie, pardi ! »

Elle marque une pause, sans doute pour me laisser parler, mais je ne sais vraiment pas quoi dire. Oui mon père a vu clair dans mon jeu, oui elle est au courant. Mais quand bien même…

« Jade, t'es là ? »

Je cligne plusieurs fois des yeux.

« Oui, oui.

— Donc, je ne peux pas te laisser comme ça, je viens. »

Je ne réalise pas tout de suite, comme s'il fallait du temps aux mots pour atteindre mon cerveau.

« Quoi ?!

— Oui, en début de semaine, je prends le train pour passer quelques jours chez vous et botter accessoirement le cul de ce prétentieux qui te mène la vie dure !

— Qu'est-ce que c'est que ce délire encore, Pauline ? »

Je connais ma meilleure amie, et je sais très bien qu'elle est du genre à papoter mais pas à agir derrière.

« C'est entendu avec ton père, il pense que ça te fera du bien de voir une tête familière !

— Attends, donc ce n'est pas une blague ? »

Elle laisse un gros blanc.

« J'ai l'air de rigoler, là ? »

Un sentiment de joie et de soulagement m'envahit. Si Pauline vient, tout ne peut qu'aller bien ! Un élément de mon ancienne vie qui surgit à ma rescousse, cela ne peut être que bénéfique. Soudainement, je suis fière de ma nouvelle maison et j'ai vraiment hâte de la lui faire découvrir.

Bientôt, je ne serai plus seule, une personne chère va venir ranimer ma confiance fragilisée. Je tape dans mes mains comme une enfant !

« Alors, contente, la miss ?

— T'as pas idée ! je m'exclame.

— Mon petit cœur, je vais venir montrer qui est le patron dans ta baraque. »

Je ris, je ne sais pas trop pourquoi, sans doute parce que j'imagine sa carrure fine en opposition à celle musclée de

Cameron. Ou alors parce que j'imagine la grande gueule de ma meilleure amie clouant celle de mon « bourreau », ou tout simplement parce qu'elle va m'apporter la joie qui me manque tant. Elle rit avec moi.

Il me semble soudain que j'ai plein de choses à lui raconter, alors je me livre comme j'aurais dû le faire auparavant. Je lui raconte tout dans les détails, y compris mon après-midi désastreux.

Je me sens soudain très libre, toute légère. Une nouvelle force afflue en moi, Jade la guerrière est de retour et ça va faire mal !

# Chapitre 15

« Jade, tu viens à table, s'il te plaît. »

Quelques heures après l'appel de ma meilleure amie, c'est la voix de mon père qui m'appelle du bas de l'escalier. Son cri étant ponctué par le bruit de mon ventre. Ni une ni deux, je dévale l'escalier, une bonne odeur atteint mes narines.

Dans la salle à manger, mon père m'attend avec un grand sourire. M. Kent est déjà attablé, et je remarque même Cameron affalé sur le canapé près de la grande table. Les jambes croisées et les yeux rivés sur son téléphone. Je ne ressens même pas d'appréhension à sa vue, non, j'ai toujours l'adrénaline de cet après-midi qui circule dans mes veines. C'est donc la tête haute que je demande :

« Hum, ça sent bon ! Qu'est-ce qu'on mange ?

— Lasagnes au bœuf », m'explique mon père.

Je glisse à ses côtés et passe mes bras autour de sa taille.

« Au fait, Pauline m'a appelée. Merci, papa. »

Il me gratifie d'un grand sourire qui éclaire mon cœur. Mon petit papa.

M. Kent tape dans ses mains.

« Cameron, tu veux bien venir à table, s'il te plaît ? »

Celui-ci grogne mais ne proteste pas, sans doute que son estomac d'ogre doit lui aussi pas mal rugir.

Je tire ma chaise, à côté de mon père. D'un pas lourd, Cameron vient s'asseoir. Je lui jette un coup d'œil, il me fixe aussi tout en s'asseyant en face de moi tandis que son père disparaît dans la cuisine. Le mien en profite donc pour essayer de faire la discussion, sans doute pour tenter de créer une atmosphère d'« amitié » entre Cameron et moi. Sur le coup, j'aurais aimé fermer sa bouche avec du gros scotch noir, mais il sort quand même :

« Alors, les jeunes, ça roule ? »

*Oh shit !*

Cameron lève un sourcil et j'aimerais me cacher sous la table. Mon Dieu. Je cligne plusieurs fois des yeux.

« Ouais, ça roule. »

Cameron répond avec une pointe d'ironie dans la voix, en appuyant sur le dernier mot. J'aimerais le baffer, mais je le fusille du regard à la place. Il m'ignore. Certes mon père n'est pas très fin, mais il ne mérite aucunement qu'un bouffon comme Cameron se moque de lui.

Je ne sais pas si mon père a remarqué l'ironie ou s'il a décidé de l'ignorer, mais il ajoute :

« Vous vous entendez bien ? »

Oh ! T'as pas idée, papa ! J'aimerais lui dire à quel point j'ai envie d'arracher les yeux de cet énergumène en face de moi mais, d'après ce que Pauline m'a raconté, il vaut mieux le rassurer. Cameron ricane légèrement. J'ouvre la bouche, mais M. Kent réapparaît avec un plat dans les mains. La conversation retombe alors et tout le monde a les yeux fixés sur la céramique du plat, le fifils à papa a même la bouche entrouverte.

« Vous parliez de quoi ? questionne Pierrick en coupant de généreuses parts de lasagnes.

— Je demandais aux enfants s'ils avaient réussi à bien s'entendre », le renseigne mon père.

Je tends mon assiette.

« Oh, il n'y a pas de raison. Cameron est un bon garçon. (Il lance un clin d'œil à son fils tandis que je manque de m'étouffer.) Il prendra soin d'elle, n'est-ce pas, fils ? »

Je suis atrocement gênée mais aussi très amusée, il semblerait que Pierrick se fasse de belles fausses idées sur sa progéniture. Je jette un coup d'œil à Cameron, qui se tamponne la bouche de sa serviette tout en fuyant mon regard.

« J'espère pour toi que tu as de la patience, mon garçon, car Jade peut parfois être une vraie teigne. »

Maintenant c'est à mon tour de virer au blanc. Je tourne la tête vers mon père en le suppliant d'arrêter là sa description. Un ricanement surgit alors.

« Oui, un sacré caractère », confirme Cameron.

Je meurs d'envie de lui balancer un coup de pied dans le tibia, mais je fais un effort surhumain pour me tenir tranquille. Nos pères s'embarquent dans une discussion tandis que Cameron me fixe droit dans les yeux en murmurant :

« J'adore les femmes qui me résistent. »

J'ouvre de grands yeux alors qu'il se mord la lèvre. J'ai envie de lui dire d'aller se faire foutre, mais ce serait déplacé et mon regard est hypnotisé par ses lèvres. Et dire qu'hier il les a plaquées contre les miennes. Je secoue la tête, je suis sûre qu'il le fait exprès !

Je fronce les sourcils et décide de ne plus lui prêter attention, après tout c'est la chose que détestent le plus les gens de son espèce : ne pas attirer l'attention.

Je dois dire que ça marche puisqu'il ne cherche plus à me titiller. Je tente même de m'intégrer dans la conversation sur la Bourse de papa et Pierrick.

Après une bonne heure de repas et d'innombrables sujets barbants, nous pouvons enfin quitter la table. J'en profite pour me dépêcher : je n'ai pas très envie de croiser un individu non désiré dans le couloir. Je cours presque, si bien que, lorsque je referme la porte de ma chambre, j'entends à peine ses pas dans l'escalier.

Je soupire, il va vraiment falloir qu'un miracle se produise, je ne vais quand même pas continuer à vivre dans ces conditions éternellement. Cependant, je décide de réfléchir à tout ça plus tard. Ma meilleure amie va arriver très prochainement, alors ce soir sera une bonne soirée, point.

Le sourire aux lèvres, je farfouille dans les tiroirs de mon bureau pour en sortir mon PC. Ce soir, c'est soirée, voire nuit, Netflix ! Je lance le troisième épisode de la saison 2 de *Riverdale* et m'installe confortablement contre deux gros oreillers moelleux à souhait.

Après plusieurs épisodes, mes yeux commencent à se fermer, lentement. Je ne résiste pas longtemps et sombre dans le monde des rêves.

*TIDING !*

Une petite tonalité trouble mon sommeil déjà léger, je me maudis d'avoir oublié d'activer le mode silencieux.

*Si c'est Pauline, je l'étripe !*

À tâtons, je cherche à récupérer mon téléphone sur la table de chevet en priant pour ne pas le faire tomber dans ce noir. Mission accomplie. Le blanc de l'écran illumine la pièce et vient agresser mes yeux encore remplis de sommeil. J'appuie sur la petite enveloppe et un message apparaît. Il n'est pas de Pauline mais de Louis. Je jette un coup d'œil à l'horloge électronique : 23 h 52. Tiens, que me veut-il à cette heure-ci ?

Je lis son message :

> Tu fais quoi ?

Vraiment ? À part dormir, qu'est-ce que je pourrais faire à cette heure-ci dans une ville où je n'ai pas d'amis ?

> J'essayais de dormir avant qu'un garçon brise toutes mes chances et toi ? :)

Je réponds sans méchanceté, peut-être a-t-il besoin de parler. Après tout, je l'ai quand même embrassé cet après-midi sans aucune explication.

> Va à ta fenêtre.

# Chapitre 16

Je pose ma tête contre le verre de la vitre, glaciale malgré l'été. Dehors les lampadaires éclairent la rue, si bien qu'on ne distingue presque plus les étoiles. Je balaye du regard la cour qui s'étend sous ma fenêtre : rien. Je continue vers la rue qui s'étire devant la maison, et là je remarque une grosse voiture garée sur le trottoir. Même si les lampes font du bon boulot, je n'arrive tout de même pas à distinguer la silhouette à l'intérieur, derrière les vitres. Je me tords presque le cou quand mon téléphone, que j'ai gardé à la main, se met à vibrer. L'écran m'indique que c'est un appel entrant de Louis.

« Louis ? Qu'est-ce que tu fais devant ma maison ?

— Euh… (Il y a un petit blanc, puis il se met à rire.) Je sais pas trop, en fait, j'me suis juste dit que ce serait cool de discuter, non ? »

Je hoche la tête, même s'il ne peut pas me voir.

« Et pourquoi ne pas attendre demain matin ? je propose.

— Parce que la nuit est très persuasive, madame, et que les confessions sont beaucoup plus faciles au clair de lune. Elles disparaissent au petit matin.

— Louis, tu as bu ? »

Il rit.

« Non, même pas. »

Je mets au point un petit test.

« OK, sors de la voiture, mets-toi sur une jambe et répète : anticonstitutionnellement.

— Quoi ? »

Cela le fait plus rire qu'autre chose, et moi aussi d'ailleurs.

« Allez, sale ivrogne.

— T'es une grande malade », lâche-t-il entre deux gloussements.

Je vois la portière s'ouvrir et une silhouette descendre de la voiture. Louis m'adresse un coucou de la main avant de me lancer au téléphone :

« OK, alors observe bien la scène la plus ridicule de toute ma vie. »

Je lui réponds par un rire tandis qu'il se met en équilibre sur une jambe et répète le mot « anticonstitutionnellement ».

Il réussit, ce dont je n'ai jamais douté depuis le début, mais je dois avouer que je me suis bien marrée avec toute cette histoire. Je le vois lever la tête et sa voix résonne dans le haut-parleur du téléphone.

« Tu peux sortir, maintenant ?

— Quoi ?

— Tu crois quand même pas que je suis venu jusqu'ici juste pour discuter au téléphone. T'es un peu bête, quand même.

— Je ne te permets pas !

— Aurais-tu peur ?

— Moi ? Peur de quoi ? D'un psychopathe qui se met à cloche-pied pour réciter un mot beaucoup trop long ?

— Touché, rit-il.

— Laisse-moi cinq minutes et j'arrive. »

Je raccroche sans attendre son accord.

À vrai dire, je ne sais même pas si j'ai le droit ou non de quitter la maison en pleine nuit comme ça. Je suppose que, dans le code des parents, ce n'est pas correct, surtout sans prévenir. Mais tant pis, je ne vais quand même pas laisser Louis me traiter de poule mouillée sans rien faire. Et puis, pour une fois que je fais un petit écart ! Cameron le fait bien, lui. En plus, personne ne remarquera rien puisque je serai revenue avant l'aube.

Je ne sais pas pourquoi je me dis tout ça, peut-être pour essayer de me persuader que ce n'est pas grave et que tous les jeunes de dix-sept ans font cela.

Je retire mon bas de pyjama pour enfiler un short de sport, puis un pull. Même en été, les nuits sont fraîches.

J'attrape mon téléphone et éteins la lumière. J'hésite un peu. Et si mon père se lève dans la nuit et vient vérifier ma chambre ? Je devrais peut-être laisser un mot ? Je secoue la tête : vraiment, Jade, aucun parent ne se lève en pleine nuit pour vérifier la chambre de son enfant… de dix-sept ans.

Je me glisse donc dans le couloir à pas de loup, telle une ombre. Tout est silencieux, j'entends seulement de légers ronflements provenant de la chambre de mon père. En face de la mienne, je remarque que Cameron ne dort pas, de la lumière entoure l'embrasure de la porte.

Je me dépêche donc de filer avant de faire trop de bruit et d'attirer son attention. Je descends vite les marches à l'aveuglette en priant pour ne pas me briser le cou en tombant. Rapidement, je traverse le salon avant d'enfiler une paire de baskets devant la porte.

Je constate avec soulagement que la porte d'entrée n'est pas verrouillée, alors j'appuie sur la poignée et je rejoins l'obscurité jaunâtre de dehors en prenant soin de ne pas faire de bruit en refermant la porte derrière moi. Mission accomplie. Je me sens bizarrement très légère et heureuse. Ridicule.

Je traverse la cour, j'ouvre le portail et je gagne la grosse voiture dans laquelle Louis s'est déjà installé.

Je fais le tour et grimpe sur le siège passager. Une question me trotte dans la tête : croit-il que nous sommes ensemble ? S'attend-il à ce que je l'embrasse ?

Toutes ces questions sont vite balayées quand il annonce :

« Dix minutes et seize secondes.

— Tu chronomètres mes actions, maintenant, je le taquine.

— J'ai horreur des gens en retard. »

Il fait une grimace et je lui donne une tape sur l'épaule.

« Pauvre chou ! »

Il tire la langue.

« Je suis là, alors te plains pas, Roméo. »

Il hoche la tête.

« Tu fais souvent ça : venir chercher les filles sous leur fenêtre ?

— Ça m'arrive », rigole-t-il.

Il y a un petit blanc que je ne tarde pas à combler.

« Bon, tu voulais parler, parlons. »

Il secoue la tête.

« Pas ici. »

Je hausse un sourcil.

« Où, alors ? Je dois rentrer avant… »

Il pose un doigt sur mes lèvres.

« Surprise. »

Je fronce les sourcils tandis qu'il met le contact et démarre.

Je suppose qu'une touche de piquant dans ma vie ne me fera pas de mal. Alors je me tais et m'installe confortablement dans le siège en cuir. L'important est de rentrer avant le lever du jour, et tout se passera bien. Personne ne sera au courant de cette petite escapade.

# Chapitre 17

À travers la vitre, je regarde la ville défiler dans la nuit. Louis n'a pas prononcé un mot depuis que nous sommes partis. Moi non plus d'ailleurs, j'aime ce silence assourdissant. Même dans l'obscurité, la ville reste colorée. Sur les trottoirs, plein de gens s'activent encore, dans un coin une bande de jeunes un peu saouls titubent. Pourtant, comme j'aurais pu le penser, nous ne nous arrêtons pas dans un bar ou un café, non, la voiture continue encore et toujours. Je ne connais pas très bien Louis mais il n'a pas le profil d'un tueur en série, alors je me tiens tranquille en observant simplement le dehors à travers la buée que mon nez forme sur la vitre.

Un peu plus loin, j'aperçois le panneau qui indique la sortie de la ville. Quelques mètres encore et Louis tourne le volant pour quitter la route goudronnée et rejoindre un chemin de terre où deux voitures ne pourraient pas se croiser.

Mon sang commence à pulser dans mes veines et je me redresse un peu plus sur mon siège.

« On va où ? » je l'interroge un peu brusquement.

Une main sur le volant et les yeux rivés sur la route, il répond :

« Je vais te tuer et je cacherai ton corps dans la forêt. »

J'ouvre de grands yeux. Il tourne légèrement la tête et part dans un fou rire.

« Détends-toi, je t'emmène juste admirer le plus beau point de vue de cette ville. Je ne pensais pas que mon côté gentleman passerait pour glauque. »

Il rit et je me sens très mal à l'aise. Je passe une main dans mes cheveux.

« Excuse-moi, les films me montent un peu trop à la tête.

— Pas de problème. »

Je suis contente qu'il ne me prenne pas pour une folle, j'aurais été couverte de honte.

Je le laisse donc conduire sans plus le déranger. La route que nous empruntons est bordée d'arbres ou plutôt de pins qui cachent presque le ciel tellement ils sont imposants. Je remarque aussi que la route monte, nous allons donc sur les hauteurs.

Bientôt, la rangée de pins s'ouvre et nous débouchons sur une colline ; le chemin disparaît pour laisser peu à peu la place à une étendue d'herbe.

Louis continue d'avancer jusqu'au plus haut point de la colline, où des bancs sont installés, formant une espèce de petit parc naturel très mignon.

Quand il serre le frein à main, il déclare :

« Et voilà, mademoiselle. Viens voir. »

Il descend et je l'imite, nos portières se referment en même temps et, d'un signe de main, il m'invite à approcher. Il passe une main dans mon dos et tend le bras vers l'horizon.

« D'ici tu peux voir toute la ville, c'est le seul endroit avec une vue panoramique comme celle-là. »

Je croise mes bras sur ma poitrine et le taquine.

« Et tu viens souvent ici avec des filles ? »

Il rit et je l'interroge du regard.

« En seconde, c'était notre repaire avec mes anciens potes junkies.

— Ouh, un ancien drogué, voyez-vous ça ! »

J'aime bien le titiller et je trouve l'atmosphère tellement légère ! Le lieu doit y être pour beaucoup. Je dois avouer que c'est vraiment très beau, toutes ces maisons illuminées avec la mer derrière. C'est magnifique.

Perdue dans ma contemplation, je n'ai pas remarqué que Louis s'était éclipsé. Il revient, une couverture dans une main et une bouteille de vodka dans l'autre. Je l'attrape.

« Mais tu as tout prévu, dis donc !

— T'as vu ça, un peu ? »

Il s'éloigne dans l'herbe, se baisse et étale la couverture. Il s'y assoit et m'invite à le rejoindre. Je m'exécute.

« Bon, alors, maintenant que nous avons tout, parlons. »

Louis hoche la tête.

« Exact. »

Il s'arrête et ne semble pas vouloir continuer. Sa tête est simplement tournée vers la ville, je peux observer son joli profil de cette façon. Un petit vent secoue ses cheveux en bataille qui paraissent bruns dans l'obscurité, ses yeux sont légèrement plissés et ses lèvres pulpeuses légèrement ouvertes. Bizarrement, je ne regrette pas de l'avoir embrassé.

« Louis ? Tu voulais parler de cet après-midi, je me trompe ? »

Il sourit légèrement et murmure, presque enjoué :

« Oh non, je ne suis pas débile, je sais que tu m'as embrassé pour faire taire ma sœur. »

J'ouvre la bouche pour me justifier, mais il se tourne vers moi, pose sa main sur la mienne et, avec une pression, me demande le silence.

« Mais je ne t'en veux pas. C'était agréable. »

Je me sens paralysée, ça y est, là je suis morte de honte et accablée par la culpabilité.

« Non, je voulais juste me poser et discuter un peu, apprendre à te connaître ou un truc comme ça. »

Il me sourit et je baisse les yeux sur nos mains, il suit mon regard, retire sa main un peu précipitamment et renifle avant de déboucher la bouteille de vodka. Il la porte à ses lèvres, penche la tête en arrière et boit une gorgée les yeux fermés. J'observe sa pomme d'Adam qui monte et descend.

« T'es pas censé conduire, toi, après ? »

Il hausse les épaules et ajoute, penaud :

« T'es pas en conduite accompagnée ? »

Je ris et détourne les yeux, comme si le fait de le regarder me faisait mal. Il nous replonge dans le silence et je l'interroge :

« Qu'est-ce qui te tracasse, Louis ? »

Il fait une petite moue tout en triturant du doigt le bouchon de la bouteille, puis il hausse les épaules.

« Je sais pas. Je m'inquiète pour toi. »

Je manque de m'étouffer.

« Pour moi ? je bredouille.

— Enfin, de ce que ma sœur pourrait te faire. »

Je ne réponds pas, j'aimerais qu'il continue et il le fait :

« Tu sais, elle est très accrochée à Cameron et prête à tout pour le garder, vraiment. L'année dernière, il me semble, une fille a débarqué au bahut. Mignonne mais pas exceptionnelle,

Lucie l'a tout de suite prise pour rivale. Elle l'a humiliée à un point que tu n'imagines même pas, et la pauvre a changé de lycée ensuite. Dieu seul sait de quoi elle est capable. Et quelque chose me dit qu'elle t'a dans son viseur. »

Je ricane jaune, cette petite anecdote me fait froid dans le dos, je dois l'avouer. Cette fille est vraiment folle. Je ne sais même pas ce qu'elle me reproche. J'ai pas choisi de vivre avec un crétin !

« Elle n'a absolument rien à craindre, pourtant ! »

Louis boit une autre gorgée avant de demander :

« C'est-à-dire ?

— Cameron ne m'intéresse pas. »

C'est à son tour de rire.

« Je ne connais aucune fille qui ne soit pas attirée par lui. C'est un tombeur, ce gars !

— Bah, pas moi. C'est pas mon style ! »

Il me dévisage, perplexe et amusé.

« Et c'est quoi ton style à toi ? »

Je hausse un sourcil.

« On est vraiment obligés de parler amour maintenant ?

— Mauvaise expérience ? »

Je fais un pâle sourire.

« T'as pas idée !

— Raconte. »

Cette fois, c'est les épaules que je hausse. J'ai l'impression que c'était il y a si longtemps, et pourtant… Je ne l'ai jamais exprimé vraiment à haute voix, j'ai toujours entendu cette fin dans la bouche de Pauline qui la ponctuait d'insultes. Sur le moment, je ne ressens pourtant aucune gêne à transmettre cette histoire. Je suis en confiance. Néanmoins, un petit remontant s'impose.

Je lui pique la bouteille des mains et à mon tour je penche la tête pour descendre une belle gorgée. Le liquide me brûle la gorge, si bien que je tousse et murmure dans un son étranglé :

« Mais c'est dégueu, ce truc ! »

Louis se laisse tomber en arrière et part dans un fou rire, tout en entourant sa taille de ses bras.

« Toi, t'as pas l'habitude de boire, c'est mignon ! Au fait, bravo, à cause de toi nous sommes coincés ici pour la nuit, madame la conduite accompagnée !

— T'as jamais voulu faire de stop ? » je plaisante.

On trouvera bien quelqu'un pour nous ramener, je n'ai pas envie de m'inquiéter pour ça maintenant.

« Bon, allez, raconte, tu n'y échapperas pas, la miss.

— Tu sais quoi ? On s'en fout du passé !

— Poule mouillée !

— Ferme ta bouche ! »

Je lui frappe le torse alors qu'il est toujours allongé, et il fait mine d'être blessé. Je lui tire la langue.

Le calme revient, la bouteille entre nous, les étoiles au-dessus de nos têtes. Pourtant, comme s'il se sentait obligé, il brise le silence :

« Pourquoi tu as emménagé ici ? »

Je me tourne un peu vers lui, il a croisé ses bras derrière sa tête et son air est sérieux.

Pourquoi j'ai emménagé ici ? Les raisons défilent dans ma tête, et mes yeux se plissent pour éviter un torrent de larmes. Je détourne la tête. Mon cerveau ordonne à ma bouche de ne rien raconter, de tout garder, comme si le fait de l'exprimer à voix haute allait la faire disparaître pour toujours. Je lutte et pourtant, je suis faible aujourd'hui, j'ai envie de me confier parce que rien ne va plus, et, qu'auprès de Louis, j'ai enfin trouvé un peu de réconfort.

J'inspire fort.

« Ma mère est morte il y a un an… d'un cancer… »

Automatiquement, je sens les larmes me piquer les yeux, ma vue se brouille un peu. Je croise mes bras autour de mon corps.

« Ça devenait trop dur de vivre dans un lieu marqué de tant de souvenirs avec elle. Alors on est venus ici. »

Je hausse tristement les épaules. Je n'ose pas le regarder, en tout cas il ne parle pas. Je tourne un peu la tête pour l'affronter, des larmes coulent sur mes joues tandis que du sang coule de ma plaie intérieure. Il me fixe simplement, je ne lis pas la compassion que j'ai vue sur tant de visages le jour de l'enterrement. Il me regarde juste moi, la vraie moi, cassée et petite.

Le blanc devient insupportable et trop lourd, alors je tente de l'humour, mais ma voix tremble :

« J'ai l'air ridicule, pas vrai ? J'ai plombé l'ambiance. »

Il ne dit pas un mot, et je baisse la tête. Je sens alors une main puissante me tirer et, rapidement, je me retrouve contre un corps chaud. Je semble toute petite dans ses gros bras et je ne sais pas quoi faire, il me serre fort et je jurerais qu'il essaie de recoller les morceaux cassés en moi. De mon nez je peux chatouiller son cou. Il dépose un baiser sur le sommet de ma tête tandis que d'une main il caresse mes cheveux. J'entoure alors son torse de mes bras, fort, comme si c'était une bouée. Très fort et il ne se plaint pas, je ferme les yeux et j'inspire profondément pour ne pas perdre pied. Il sent bon, très bon.

Je ne saurais décrire ce moment avec précision, mais le temps semble s'être arrêté. Oui c'est ça, nous sommes figés dans le temps, dans un moment délicieux, doux et réconfortant. Je ne veux pas briser cette étreinte, je suis en sécurité, là. J'ai l'intime conviction qu'il me protège de tout malheur. Ou alors la vodka me fait délirer.

Après un certain temps, il se recule et ses yeux fixent les miens, je lui souris faiblement, sa mâchoire crispée fait ressortir un angle incroyablement sexy. Il me tient à bout de bras mais je peux encore sentir sa chaleur. Je veux à nouveau ce sentiment de sécurité. Alors, tandis qu'il ne me quitte pas des yeux, ma main vient glisser le long de sa joue, doucement, délicatement. De mon pouce, je caresse sa pommette. Il frissonne et sa bouche s'entrouvre.

Je m'approche et penche la tête sur le côté, j'effleure d'abord ses lèvres dans une douce caresse, mais j'en veux plus, alors j'appuie mes lèvres sur les siennes, rondes et pulpeuses. Sa main se glisse dans mon dos et il m'attire un peu plus contre lui. J'entoure mes bras autour de son cou et je suçote sa lèvre inférieure en fermant les yeux. Je sens le bout de sa langue caresser mes lèvres, que j'entrouvre.

Je me noie dans ce baiser plein d'espoir et de hargne, il est beau, ce moment, on en perdrait presque haleine.

# Chapitre 18

En un rien de temps, je me retrouve sur ses genoux. Mes mains sont enfouies dans sa tignasse épaisse. Nos lèvres ne se quittent plus et nos langues se caressent dans un ballet infernal. Plus rien ne compte autour de nous, je ressens seulement les petits frissons qu'il me procure quand une de ses mains caresse mon dos.

Une légère brise agréable souffle, j'appuie mes lèvres un peu plus.

Les arbres frémissent, je mords sa lèvre.

Le clair de lune nous noie de sa lumière, je caresse sa langue de la mienne.

Le temps semble s'être arrêté littéralement, il exerce une pression dans mon dos comme si à tout moment je pouvais partir. Sa bouche se promène le long de ma mâchoire, ses lèvres m'effleurent, me testent. J'aimerais qu'il continue à malmener ma bouche, mais c'est mon cou qu'il désire. Il y dépose des milliers de baisers, en insistant chaque fois un peu plus, quand il mordille ma peau, j'enfouis mon nez dans ses cheveux. Ils sont doux Ses mains me maintiennent fermement et je me cambre sous sa pression.

Il ne cesse de me titiller en alternant entre mon cou et ma bouche, j'en veux plus, toujours plus.

Je le fais basculer et il s'étale de tout son long sur la couverture en envoyant valser la bouteille de vodka un peu oubliée. J'encercle son visage de mes mains et, à califourchon, je me penche sur son corps pour poursuivre notre baiser enflammé.

Je ne veux pas perdre ce feu, cette petite flamme qui me fait du bien et réveille mon moi caché depuis mon déménagement. On dirait qu'un poids s'est retiré de ma poitrine, mes poumons ne sont plus compressés par telle ou telle angoisse. Je me sens libre, oui c'est ça : libre. Et je ne veux pas que ça s'arrête.

Pourtant, on dirait bien que le ciel de ce pays n'est pas avec moi ce soir – a-t-il déjà, ne serait-ce qu'une fois, été avec moi ? Dans l'obscurité, une lumière vive surgit, un petit cercle de lumière blanche à en faire mal aux yeux. Le faisceau se rapproche et grandit. Je me redresse et j'essaie de protéger mes yeux de la lumière. Louis ne semble pas comprendre pourquoi je m'arrête, alors il suit mon regard en se tordant le cou.

Une voix surgit :

« Eh ! Qu'est-ce que vous faites ? »

Grâce à la faible lueur des quelques lampadaires qui éclairent encore la ville, je devine une forme assez imposante et massive. Louis se redresse aussi et continue à se tordre le buste pour essayer de voir qui est cet intrus.

« Y a des hôtels pour ça. Allez, circulez, les jeunes. »

Rapidement, je devine qu'il doit s'agir d'un officier de police en patrouille de nuit. Cela se confirme lorsqu'il braque le faisceau – c'est-à-dire sa lampe – vers lui et que son uniforme apparaît.

Je suis terriblement mal à l'aise, si bien que je me redresse d'un bond. Louis semble, lui, un peu sonné et ne réagit pas. Dans un réflexe nerveux, je me frotte les cuisses comme pour retirer de l'herbe collée.

« Euh… Oui, excusez-nous, m'sieur. »

Louis se relève finalement tandis que l'agent s'éloigne, guidé par la lumière de sa lampe torche. Mon « amant » grimace et tente tant bien que mal de ramasser la couverture qui accueillait nos ébats quelques secondes plus tôt.

Moi, je suis bien trop gênée pour bouger, alors il récupère aussi la bouteille d'alcool.

« Allons à la voiture. »

Je le suis sans parler. J'aimerais le retenir, j'en veux à cet officier d'avoir tout gâché.

Je m'installe à l'avant tandis qu'il claque le coffre, où il a sans doute balancé mes affaires. Il vient s'asseoir côté conducteur, pose les mains sur le volant et le tapote de ses doigts. C'est bien silencieux pendant un moment, puis il tourne la clé et le moteur ronronne. Je pose une main sur son bras.

« T'es pas en état de conduire. »

Il lève un sourcil.

« J'ai bien dessaoulé, ne t'en fais pas.

— Et on va où ?

— Chez moi ? »

L'image de Lucie me vient en tête et je m'apprête à répondre par la négative, d'autant plus que je dois rentrer chez moi, mais il me coupe dans mes réflexions :

« Lucie n'est pas là ce soir. Donc on est partis. »

J'espère vraiment qu'il ne va pas croire que je compte coucher avec lui, quand même, je suis soudain très mal à l'aise à cette idée. S'attend-il à ça ?

Je joue avec mes doigts pendant que le paysage défile à nouveau par la vitre.

Une bonne vingtaine de minutes plus tard, la voiture s'arrête devant une grande et jolie maison à la façade blanche. Elle paraît très moderne. Louis se détache et s'extirpe du véhicule, alors je l'imite, l'air chaud de dehors m'accueille. Il prend ma main et nous rejoignons la porte d'entrée. Il sort une clé de sa poche, l'insère dans la serrure avant de la faire tourner.

Au petit clic, il pousse la porte, qui s'ouvre sur une obscurité épaisse. Il pose un doigt sur ses lèvres pour m'intimer le silence. Il reprend ma main et nous enfonce dans la pénombre en refermant délicatement la porte.

Nous traversons la maison dans un silence assourdissant, où nous n'entendons que nos cœurs battre. Sa maison n'est pas construite avec un étage, alors nous empruntons un long couloir, dépassons plusieurs portes.

Lorsque Louis s'arrête devant une d'elles et qu'il la pousse, je ressens une énorme envie de partir en courant. Mais qu'est-ce que je fais ici ? Je devrais être dans mon lit douillet.

La lumière aveuglante éclaire une pièce typique des chambres de garçon, on dirait un peu celle de Cameron. Un lit trône au milieu de la pièce, la chambre est dans les tons gris clair et des affaires traînent un peu partout, ainsi que quelques cadavres de canettes de soda. Je ne fais aucune remarque.

Louis se jette sur son lit, passe un bras derrière sa tête et de l'autre m'invite à le rejoindre. Gênée, je contourne le lit et m'assois au bout, de l'autre côté. Je ne le regarde pas et fixe quelques médailles qui ornent son armoire. Je le sens remuer dans mon dos, et soudain deux bras encerclent ma taille tandis qu'une bouche vient parsemer mon cou de petits baisers. Je ne bouge pas, je le laisse faire. Il force un peu sur ses bras pour que je me retourne. C'est ce que je fais et sa bouche rencontre délicatement la mienne. Elles s'unissent encore une fois lentement.

Il me fait basculer en arrière et mon dos épouse le moelleux du matelas. Il me surplombe sans s'arrêter de m'embrasser. Le petit feu revient et je passe mes mains dans son dos. Il m'embrasse à nouveau comme plus tôt dans la soirée, fiévreusement.

Mais, lorsque sa main posée sur ma joue glisse pour agripper ma hanche et que ses baisers s'intensifient, je le stoppe.

« Louis, je… J'ai pas envie de… »

Sans m'en rendre compte, j'ai posé une de mes mains sur son torse, il la saisit et la porte à ses lèvres avant de me rassurer :

« Je n'ai pas l'intention de coucher avec toi, Jade. »

Oh, là je ne sais pas quoi dire, ma bouche s'arrondit juste et je détourne les yeux. Il m'embrasse sur la joue et se dégage pour se rallonger à mes côtés.

« Alors que veux-tu faire ?

— Il faut que je rentre chez moi. »

Il faut que je fuie cette situation, mes joues sont légèrement rougies de honte, car maintenant il sait que je pensais qu'il voulait coucher avec moi.

« Tu peux rester dormir ici, si tu veux. »

Non, impossible.

« De toute façon, t'as pas le choix, je suis trop fatigué pour conduire. »

Il me lance un sourire taquin.

« Je peux rentrer à pied.

— Ne dis pas de bêtises, Jade, il est 1 heure du mat', il fait nuit, tu ne connais pas le chemin. Reste ici, je ne vais pas te tuer, hein. »

Non, mais mon père, si. Je me maudis de ne pas avoir la mentalité de ces filles qui se foutent de tout et qui auraient simplement accepté et envoyé le reste bouler. Vis le moment présent, Jade, je me sermonne. Je hoche la tête.

« D'accord. »

Il sourit de toutes ses dents.

« Allez, pour fêter ça : Netflix ! »

Il se penche et farfouille dans sa table de chevet avant d'en extirper un PC qu'il allume aussitôt. L'application commence, et Louis éteint la lumière en appuyant sur l'interrupteur à côté de son lit.

Je remets un coussin dans mon dos et Louis lance un épisode d'une série que je ne connais pas : *Stranger Things*.

Et c'est ainsi que se termine cette longue soirée.

# Chapitre 19

Mes yeux papillotent, encore tout pleins de sommeil, ma joue repose sur quelque chose de lisse et chaud, c'est agréable. Attendez, quoi ?! C'est d'un coup cette fois que j'ouvre les yeux. Instinctivement, je détaille le corps à mes côtés et la soirée de la veille me revient en tête : la promenade, le baiser, l'interruption, l'arrivée chez lui. J'ai aussi de vagues souvenirs d'une petite fille au crâne rasé et d'un petit garçon disparu provenant de la série que nous avons regardée. Je passe une main dans mes cheveux, mais qu'est-ce qui m'a pris ? Mon père va être furieux, voire pire !

Je vais me faire étriper, il va me déshériter.

À côté de moi, Louis bouge un peu, je n'ose pas le regarder, alors je tourne rapidement la tête. Mais c'était compter sans la main chaude qui vient serrer la mienne et la voix rocailleuse du matin qui emplit la pièce :

« Tu es beaucoup trop loin de moi à mon goût. »

Rien qu'à son ton, je peux deviner qu'il sourit.

Je sens des doigts caresser mon poignet avant de le saisir et de me tirer vers l'apollon somnolant. J'atterris nez à nez avec Louis et, en rigolant, il dépose un petit baiser sur mon nez. Puis il me regarde un moment, profondément, longtemps. Sa main vient se glisser sur ma joue, il effleure ma pommette de son pouce. Il a l'air hypnotisé par mes lèvres, qu'il dévore du regard en espérant bientôt y goûter.

Et ça ne tarde pas, il m'attire à lui, et ses lèvres viennent embrasser les miennes. Il ferme les yeux, moi pas. Ce baiser a un goût étrange, il n'est pas comme ceux d'hier soir. Peut-être ai-je perdu cette euphorie ? Je ne sais pas.

Je me laisse embrasser en me soutenant au-dessus de lui, une main sur son torse à la peau tiède. Nos lèvres se confondent dans un ballet harmonieux que rien ne semble pouvoir troubler. Pourtant…

Un bruit venant de l'autre bout de la maison et qui s'apparente à un claquement de porte attire mon oreille. Je me détache et Louis fronce les sourcils, intrigué.

« Y a quelqu'un chez toi ? »

Il tourne la tête vers un radio-réveil qui indique 10 heures.

« Sachant que ma sœur a un rendez-vous chez la meuf qui vous retire les poils à 9 h 15, et que mes parents se sont barrés à Paris, ce bruit ne peut provenir que de Cookie, notre chat. »

Il paraît amusé, moi pas. Il tente de recoller ses lèvres sur les miennes. Je me laisse faire, mais ça cogite dans ma tête.

Un chat est-il vraiment capable d'ouvrir une porte ? Ou alors c'est la chatière ?

La langue insistante de Louis ordonne à mon esprit d'arrêter de se torturer. Alors je me laisse porter par le feeling, ce qui amène Louis à me faire basculer sur le dos, changeant nos positions : moi dessous, lui dessus. Il colle à nouveau ses lèvres, et là ce sont carrément des pas que j'entends.

Peut-être que je psychote ? Louis ne semble rien avoir remarqué, aussi je décide de ne pas trop y penser.

Je passe mes bras autour de son cou et j'enfonce mes mains dans sa tignasse épaisse. Pas de doute, l'envie est plus forte que mon cerveau. Je tire légèrement sur ses cheveux, il embrasse fougueusement mes lèvres. Sa langue caresse la mienne. C'est passionné et doux à la fois. Joli mélange d'innocence et…

« Eh bien, on peut dire que vous ne perdez pas de temps, vous deux ! »

Mon cœur rate un battement, et Louis sursaute violemment. Mes yeux s'écarquillent. La colère déforme les traits de Louis, qui se tourne.

« Qu'est-ce que tu fous là ! »

Quand il se redresse, je peux observer le regard amusé de Cameron. Il se tient dans l'encadrement de la porte, les bras croisés. On se croirait dans *Vampire Diaries*, tant la scène est similaire.

Je suis très en colère. J'aimerais lui arracher les yeux. Et d'ailleurs : que fait-il là ?

Cette question me brûle la langue, mais je remarque qu'il fixe le bas du corps de Louis, hilare. Je suis son regard, mais je me détourne immédiatement du renflement naissant sous son caleçon.

Ça m'ôte toute envie de parler.

« Qu'est-ce que tu fous dans ma baraque ? » s'énerve Louis, visiblement frustré.

« C'était ouvert, bichette, et ta mère m'a toujours dit que je pouvais faire comme chez moi. »

Il fait mine d'observer la pièce avec un air de dégoût envers les cadavres de canettes. Il peut parler ! La sienne n'est pas mieux !

Je croise les bras, incapable d'intervenir sous peine de le tuer, préférant observer leur duel.

« De plus, tu as quelque chose que j'ai ordre de rapatrier à la maison. »

Son regard change instantanément lorsqu'il se pose sur moi. Froid et impénétrable.

Je le lui rends en prenant soin de ne surtout pas détourner les yeux. Je déteste la façon qu'il a de parler de moi comme d'un objet.

« Je ne rentre pas avec toi. »

Je risquerais de causer un meurtre sur le trajet. Il ricane.

« Alors creuse ta tombe, ton père sera doublement fâché. Il sera ravi de savoir que sa fifille traîne la papatte. »

Je lui jette un regard méprisant. Il se détourne et donne une tape dans l'épaule de son ami, qui a toujours les sourcils froncés.

« Allez, à plus, mec. Jade, dans cinq minutes tu es dans la voiture. »

Sur ce, il sort tandis que je lui adresse un gros doigt que je regrette qu'il n'ait pas vu.

Louis maugrée :

« Quel connard !

— Ouais, je souffle. Heureusement que c'est que ton meilleur pote ! »

Il ne relève pas l'ironie, alors je m'apprête à sortir, mais il me retient. Je fais volte-face, il paraît sérieux.

« Appelle-moi quand ce sera réglé chez toi. »

Je hoche la tête et il dépose un baiser furtif sur mes lèvres. Je ne perds pas de temps. J'essaie de trouver rapidement la sortie dans cette maison aussi grande que la mienne. Au passage, je croise Cookie, qui me lance un regard paresseux, roulé en boule sur le sofa.

Qu'est-ce que j'aimerais être un chat ! Ils n'ont pas un papa qui va leur botter les fesses, eux !

Dehors, la voiture de Cameron est immanquable. Les vitres sont baissées, et je remarque qu'il porte des Ray-Ban. Je grimpe en silence.

« Heureusement que j'avais dit cinq minutes.

— Ferme-la, tu veux. »

Là, je ne me gêne pas et étonnamment ça le fait rire. Ce mec est un psychopathe !

Il met le contact, et nous voilà partis vers mon châtiment.

# Chapitre 20

Dans la voiture, je tape du pied, nerveuse. Je n'arrête pas de me demander pourquoi j'ai agi ainsi. D'accord, c'est pas si grave, y a pire dans la vie : des enfants exploités, des pays en guerre.

Une punition et voilà, mais je ne peux m'empêcher de stresser, et l'horrible musique de metal qui résonne dans les enceintes de la voiture accentue ma mauvaise humeur. Instinctivement, je tends la main pour faire cesser ce vacarme au plus vite. Nous ne sommes plus très loin de la maison, je pense, mais il est hors de question que ça continue ainsi. J'appuie donc sur le bouton pour diminuer le son jusqu'à ne plus entendre que le vent contre la voiture et les bruits de la ville que nous traversons.

Le regard accusateur de Cameron se pose immédiatement sur moi, il me fusille de ses yeux glacés et je tourne mon regard vers la vitre.

« Tu peux arrêter, s'il te plaît ? »

Son ton est froid quand il me questionne.

« De quoi tu parles ? »

Il ricane.

« D'être stressée comme je sais pas quoi. Tu vas pas mourir, ma cocotte !

— Je ne suis pas TA cocotte. »

Je prends un ton dédaigneux pour accentuer ce dernier mot.

« Pauvre petite innocente, c'est la première fois que tu désobéis à ton père ou quoi ? »

Il se moque vraiment de moi, là.

« Fous-moi la paix !

— Qu'est-ce que ça va être quand tu seras plus vierge ! Bouh, papa, y a un garçon qui a mis sa bite en moi, je suis désolée ! »

Cette petite imitation ridicule me met encore plus en rogne que je ne le suis déjà :

« Je t'ai dit de la fermer ! Je vois pas le rapport et puis... qu'est-ce que tu en sais, d'abord ! »

Il rit pleinement :

« Parce que un, si t'avais couché avec Louis je serais le premier au courant, princesse, et deux, non mais tu t'es vue ? T'as l'attitude d'une gamine ! »

Il achève sa phrase lorsque les pneus de la voiture s'arrêtent sur le trottoir devant la maison.

Parfait !

Pour ne pas lui arracher son joli minois, j'ouvre violemment la portière et la claque fièrement. Non mais, pour qui il se prend, celui-là !

Je suis sûre que ma colère l'amuse. Il jubile, le salaud !

C'est à grandes enjambées que j'arrive devant la porte, seulement, une fois là, ma colère retombe instantanément et l'angoisse revient. Affrontons papa maintenant. Ça peut pas être pire que Cameron, si ?

Je souffle un grand coup et pousse la porte.

Je n'aime pas le silence qui règne. Quoique… Papa est peut-être parti, finalement. Je prie intérieurement tandis que j'avance lentement.

L'homme que je redoute est assis tranquillement sur le canapé. Un nœud se forme dans mon estomac. Il n'a pas l'air très en colère, mais méfions-nous de l'eau qui dort.

« Papa ? » je tente.

Il lève lentement la tête de son smartphone.

J'essaie de lire une quelconque trace d'émotion dans ses yeux mais rien, ils sont fermés et vides. Il se redresse en lissant son jean comme s'il pouvait être plus froissé qu'il ne l'est déjà. Ses mâchoires se serrent, et sa voix tombe :

« Où étais-tu ?

— Papa, je…

— Où étais-tu ? »

Son ton est sans appel et dur. Une chose est sûre, j'ai intérêt à lui répondre.

Je baisse la tête.

« Chez un ami… »

Un son étranglé sort de sa gorge.

« Un ami ? Tu as passé la nuit chez un ami ? »

Je hoche la tête, il continue :

« Si je résume, tu es sortie en pleine nuit, sans prévenir personne, pour aller chez un garçon ? »

Je n'ose pas approuver, mais c'est carrément ça. Il se masse les tempes quand je parviens enfin à le regarder.

« Qu'est-ce que tu me fais là ? »

J'ouvre la bouche, étonnée. Son ton paraît doux, maintenant.

« Tu crois que je n'ai pas autre chose à gérer ? Je ne suis pas allé au boulot juste pour attendre le retour de madame. »

Ah bah, en fait, non, il est redevenu le papa aux yeux qui foudroient.

« D'accord le déménagement a été un gros changement, non je ne suis pas là pour m'occuper de toi comme avant, mais c'est une raison pour commencer à déconner ? »

Je bouge la tête dans un signe négatif ; je sais que, là, il vaut mieux ne pas répliquer.

« Pauline arrive dans une semaine, alors, si tu tiens à la voir, tu te tiens à carreau ! Est-ce que c'est clair ?

— Oui, papa. »

Il se frotte la nuque et me tourne le dos, j'en déduis donc que je peux partir, mais sa voix m'arrête encore une fois :

« Je peux savoir au moins qui est ce garçon ? »

La porte d'entrée claque et une voix dans le couloir déclare :

« Louis, un ami à moi et le frère de ma copine », déclare Cameron en faisant son entrée.

De ta pouffe, connard !

Mon père semble hésiter, il baisse le ton comme pour chuchoter et demande, presque inquiet :

« Est-ce que… Est-ce qu'il t'a touchée ?

— Papa ! »

Je suis super-gênée, d'autant que Cameron me détaille des pieds à la tête, un sourire narquois sur le visage. Je rêve de lui adresser mon majeur, mais n'énervons pas le paternel davantage. Je sens le rouge qui me monte aux joues tandis que je me rends compte que mon père attend vraiment une réponse. Sachant que c'était maman qui était chargée d'avoir LA discussion avec moi, il ne doit pas être forcément prêt à ça :

« Bien sûr que non, papa ! »

Je lance un regard en biais pour guetter la réaction de Cameron, car je viens de confirmer que Louis et moi n'avons rien fait. Ce qui paraît logique, vu que je ne le connais que depuis peu. Mais apparemment, chez mon coloc, ça ne marche pas comme ça.

Il sourit, vainqueur.

Je le fusille du regard, et la voix de mon père enfonce le clou :

« Ça m'ennuie de te demander ça, Cameron, mais… »

Je redoute la suite. J'ai peur…

« Pourrais-tu surveiller Jade ? Je ne veux pas qu'elle dérape à nouveau. »

Je meurs.

« Y a pas de souci, monsieur », répond Cameron solennellement.

C'est la pire des punitions. S'il vous plaît, tuez-moi. Maintenant.

# Chapitre 21

« C'est une blague, j'espère ? »

Je m'égosille pour rien, vu que mon père ne m'écoute déjà plus.

« Papa ! »

Il réajuste les manches de sa chemise et me fait taire :

« Écoute, Jade, je prends mes précautions c'est tout. Sur ce, si tu as des objections, on en discutera ce soir. »

Sans plus de détails, il attrape sa mallette et claque la porte.

« C'est une grosse blague, je murmure pour moi-même.

— Apparemment pas ! » me répond une voix bien trop guillerette à mon goût.

Mon interlocuteur est tout sourire, visiblement satisfait. Je lui lance un regard assassin avant de regagner ma chambre sous ses ricanements horripilants. J'enrage intérieurement.

Ma chambre semble soudain très petite, j'étouffe presque. Je n'aurais jamais dû sortir. Le cri de mon estomac transperce la pièce. Pourtant je sais très bien que je ne pourrai rien avaler, l'annonce de mon père me reste en travers de la gorge, bloquée, coincée.

*Ding.*

Mon téléphone sonne dans la poche arrière de mon jean. Je m'en empare paresseusement : Louis.

> Bien rentrée ? :)

Je ne prends pas la peine de répondre, je veux dormir, hiberner même !

Avec un peu de chance, ce petit jeu de baby-sitter fatiguera bien vite Cameron. Oui, sans doute !

Je saute sur mon lit en retirant mes chaussures. Ma tête s'enfonce dans l'oreiller et je sombre vite dans le sommeil.

*Grrr.*

La faim me réveille… Quelle heure est-il ? 12 h 56. Mon estomac a raison, je dois manger un bout. Je me frotte les yeux.

Bon, Cameron n'est pas quelqu'un de fiable, donc normalement dans deux jours j'ai la paix. Je tente de me rassurer tandis que j'enfile un maillot de bain. Je ne le laisserai pas m'abattre. Je décide de garder le sourire et de lui montrer que sa présence ne m'atteint pas.

Je vais donc manger puis inaugurer cette piscine que je n'ai pas encore testée. S'il voit que je m'en fiche, il décrochera plus vite, c'est sûr !

Mon bikini enfilé, je descends peinarde.

La baie vitrée du salon laisse apparaître un beau soleil et l'eau de la piscine miroitante semble m'appeler. J'ai hâte d'y goûter.

Quand je traverse le salon, j'ignore Cameron qui squatte gentiment le canapé, les yeux rivés sur son téléphone. Il parle sûrement à sa copine, à moins que ça n'abîme sa récente manucure.

Enfin bref, je farfouille dans la cuisine à la recherche de quoi manger. J'ai un peu la flemme de cuisiner et surtout je ne me débrouille pas très bien dans ce domaine. Alors je récupère les restes du repas d'hier soir dans le frigo et les réchauffe au micro-ondes.

Quelques minutes plus tard, mon assiette est déjà engloutie. Ah bah, il ne rigolait pas, mon estomac ! Je débarrasse le tout et, maintenant : à moi la piscine !

Je passe rapidement dans le salon, si bien que je remarque à peine que Cameron n'y est plus.

Dehors le soleil est accueilli généreusement par ma peau, il la caresse délicatement, comme une plume qui glisserait dessus. L'eau bleue m'hypnotise presque, si bien que je ne tarde pas à y tremper les pieds. Comme je viens de manger, je ne m'y glisse pas entièrement. Je lézarde ainsi quelques instants. Oh, et puis merde ! Tant pis. Je me laisse glisser dans l'eau. La tiédeur enveloppe mon corps, et je plonge même la tête.

J'aime nager depuis toujours, c'est vraiment un plaisir. Je me laisse aller, oubliant presque l'épisode de ce matin. Un sourire flotte sur mon visage comme moi je flotte sur l'eau.

« Elle est bonne ? »

Cameron.

*N'oublie pas, Jade, plus tu es impassible, plus il te fichera la paix.*

« Oui, oui », je réponds.

Avec discrétion, je prends soin tout de même de m'éloigner de lui, et tout en nageant je rejoins l'autre bout de la piscine tandis que lui s'y glisse jusqu'aux hanches.

Un silence s'installe.

*Zen, Jade. Zen.*

« T'es pas avec ta copine ? »

*Oh, bordel, Jade.*

Trop détendue… Qu'est-ce qu'il m'a pris ? Et puis d'où j'engage la conversation avec lui ?

Il rigole, bizarrement, et j'ose déchiffrer son regard qui est vif et taquin, loin d'être insolent comme ce matin.

« Et toi, t'es pas avec Louis ? »

Je hausse un sourcil.

« C'est pas mon copain. »

Je détourne les yeux. Je ne vois pas pourquoi il dit ça. Certes, j'aime bien Louis, mais je ne suis pas amoureuse de lui et je ne me considère pas comme « en couple » avec lui.

« Le pauvre, ce sera répété et amplifié. »

Je panique un peu, comme je l'ai dit je l'aime bien, et je ne veux donc pas lui faire de mal.

Quand je croise le regard de Cameron, je comprends qu'il n'est pas sérieux. Un Cameron sympa, c'est rare !

Je lui offre cependant un sourire un peu forcé. Il fronce les sourcils. Et c'est la dernière chose que je vois puisqu'il m'envoie une grande giclée d'eau dans la figure.

« Détends-toi, bichette ! » ajoute-t-il.

Je frotte mes yeux pour retirer l'eau qui les pique, ce qui est inutile vu que mes mains sont mouillées.

La guerre est déclarée !

« Navrée, Cameron. »

Il fronce les sourcils à nouveau et à mon tour, les mains en coupe, je lui envoie de grandes quantités d'eau. Très vite, il riposte et nous nous lançons dans une bataille inévitable qui inonde presque toute la terrasse. Je ris comme je n'ai pas ri depuis longtemps et, le plus incroyable, c'est que ça arrive avec le garçon le plus ingrat du monde !

Je perds rapidement l'avantage. Et il agite de plus en plus vite les bras, si bien qu'un rideau d'eau constant me voile la vue et inonde mon visage. Je crie, je le supplie presque d'arrêter en riant. Je ne le sens pas se rapprocher et j'entends juste :

« Et le coup final. »

Deux bras entourent alors ma taille et me soulèvent. Très peu de temps, vu que je retombe mollement. L'eau m'entoure immédiatement, du bout des orteils à la pointe des cheveux. Je remonte vite à la surface en crachant toute l'eau de mes poumons, je m'étouffe presque. Lui, il rit à gorge déployée en se tenant le ventre. Il plaque ses cheveux en arrière et le soleil miroite sur son torse sculpté. Je pourrais me mettre en colère.

Bouder.

Râler.

Casser cette bonne ambiance.

Mais je ne fais rien de tout ça. Je ris moi aussi, franchement et pleinement, sans une once de retenue. Ça fait du bien.

« Bah alors, petite sirène, on a bu la tasse ? »

Je lui envoie une rafale de gouttes d'eau dans la tête.

« Heureusement que tu sais pas que j'ai fait pipi dedans. »

J'ouvre de grands yeux. Bon, qui n'a pas déjà uriné malencontreusement dans une piscine ? Même Paris Hilton l'a déjà fait, c'est sûr ! Mais quand même, c'est lui qui m'a coulée !

Il place sa main devant sa bouche avec un air faussement consterné :

« Oups. »

Je crois que c'est à ce moment-là que tout a dérapé en une deuxième bataille et que j'ai laissé la Jade sérieuse de côté pour laisser s'exprimer ma part enfantine.

Et dire que, quelques instants avant, je lui criais dessus.

# Chapitre 22

On ferait mieux de sortir avant d'être tout fripés comme des huîtres.

Bah. Je grimace. Je déteste les huîtres.

Cameron est dos à moi et lentement il s'extirpe de la piscine. Moi je flâne, je m'attarde. J'ai un peu froid, mais je n'y fais pas attention. J'observe la peau au bout de mes doigts, qui est plissée de petites vagues.

« Apparemment, y a une pote à toi qui vient ?

— Pauline ? »

Il hoche la tête en se laissant tomber sur un des transats de la terrasse. Les mains croisées derrière la tête, il attend, on dirait, une réponse plus claire. Je fronce les sourcils, je me méfie de lui après notre petite bataille. Cameron reste Cameron. Un loup même déguisé reste un loup et je ne compte pas jouer le Petit Chaperon rouge.

« Oui, pourquoi ? », je demande, méfiante.

Un grand sourire étire son visage :

« Pour rien, j'me renseigne. »

Il me dévisage étrangement et de façon malicieuse. Je comprends presque instantanément, enfin je crois…

« Non, Cameron, tu ne t'approcheras pas d'elle ! »

Il ne prend pas la peine de répondre, mais son sourire parle lui-même. Ce gars peut aussi bien être un livre ouvert qu'un coffre-fort. Déstabilisant…

Il ricane.

« Tu es en couple. »

Je le réprimande tout en posant mes poings sur mes hanches. Il peut s'en prendre à qui il veut mais surtout pas à Pauline !

« Couple est un bien grand mot. »

Tiens, tiens, dans les dents, Lucie, on voit comment l'homme de ta vie parle de votre relation.

J'éprouve une petite joie intérieure quand j'entends cela.

« Plan cul fréquent, je dirais. »

Je jubile encore plus tandis qu'un air pensif s'est glissé sur ses lèvres charnues.

Malheureusement, je reviens très vite à la raison lorsque l'image de Pauline surgit dans mon esprit :

« Pauline est déjà prise, de toute façon. »

Bon, ce n'est qu'un demi-mensonge. À vrai dire, ma meilleure amie ressemble à une Cameronnette. Elle a le même profil sentimental que lui.

« On baise sans attaches. »

*Arf.* Tout ça me dépasse. Il faut dire que Pauline collectionne les mecs.

Dans l'eau, mes mouvements sont ralentis et j'arrive délicatement vers le bord, sur lequel je m'appuie.

« Personne n'est pris », affirme Cameron Kent.

Son ton pue le narcissisme et son ego surdimensionné est presque palpable. Je roule les yeux. Ce mec ne se prend vraiment pas pour de la merde. Dieu que j'aimerais l'étouffer.

« N'est-ce pas, chérie ? »

Euh… j'ai bien entendu, là ?

Je secoue la tête, il me fixe, joueur. Mes sourcils se froncent et je n'ai pas le temps de réfléchir à ce que je vais dire que ma bouche s'active déjà :

« Premièrement je ne suis pas prise et deuxièmement je ne craquerai JAMAIS pour toi, Cameron Kent, alors remballe tes beaux sourires. »

Il hoche la tête, toujours avec un grand sourire.

« Pauvre Louis, ce serait dommage qu'il apprenne que ses sentiments ne sont pas partagés. Il a l'air de bien s'attacher à toi, pourtant, mon blondinet. »

Il marque une pause en se levant. Son pas presque gracieux le guide vers le bord de la piscine, où il s'accroupit devant mes yeux. Il me fixe, me dévisage. Ses yeux bleus scrutent les miens, les intimident.

Ce n'est un secret pour personne que je ne suis pas amoureuse de Louis, je l'aime beaucoup, mais point final.

« Tu es finalement en train de devenir comme moi, ma petite sainte : une croqueuse d'hommes. »

Il susurre presque, son ton me fait trembler au plus profond de mon être.

Moi, une croqueuse d'hommes ?! La fille qui n'a eu qu'un copain sérieux dans sa vie ! Je commence à m'agacer :

« Arrête de dire n'importe quoi ! »

On dirait que j'ai parlé un peu trop brusquement puisqu'il se redresse et me surplombe de toute sa hauteur, et je suis obligée de lever la tête pour le voir.

« Détends ton string, hein, y a la ficelle qui commence à s'enfoncer ! ricane-t-il. Quoique… ça m'étonnerait que tu mettes des strings. Tu mets des strings ?

— Mais de quoi tu te mêles, à la fin ! »

Oups, cette phrase ne devait pas sortir. J'ai peur de briser la bonne ambiance de cet après-midi, mais… C'est lui qui a commencé en déversant son venin.

« Excuse-moi de me respecter un minimum ! Remarque, vu la poupée en plastique qui te sert de copine, tu ne dois pas connaître ce mot : le respect. »

Il hoche la tête, visiblement très amusé, il se réaccroupit en face de moi et murmure :

« Une vraie tigresse quand elle s'y met, dis donc. »

Il me lance un clin d'œil tandis que je roule les yeux.

« Dis pas n'importe quoi ! »

Je m'éloigne de lui en m'enfonçant un peu plus dans la piscine et l'eau tiède :

« Et puis c'est très sexy, une fille en string, d'abord. »

*Ouais, ouais.* Je grogne. Je ne suis pas sûre qu'il l'entende, mais tant pis.

« Quoi qu'il en soit, ne touche pas à Pauline ! »

Il m'agace, son comportement de macho m'agace. Je ne souhaite plus discuter avec lui, alors je lance cette dernière phrase comme un point final à cette discussion. Il semble l'avoir compris puisqu'il commence à ramasser une serviette de bain et à se frictionner avec.

D'un coup d'œil discret, je l'examine. Son torse doré, luisant, ses cheveux encore mouillés, ébouriffés. Il pourrait être beau si sa personnalité n'était pas aussi naze.

*Une croqueuse d'hommes…* Cette phrase tourne dans ma tête, et je me promets de faire un point sur ma relation avec Louis et de lui en parler. Après tout, je ne suis pas comme Cameron ! Je suis quelqu'un de bien, avec un cœur.

Des pas s'élèvent derrière moi, je laisse traîner mes yeux et je vois Cameron passer la baie vitrée, et je me retourne alors.

Je m'apprête à exécuter quelques longueurs lorsqu'une voix m'arrête :

« Eh, la miss ? Lorsqu'on ne souhaite pas craquer pour quelqu'un, on s'arrange pour ne pas le mater. »

Son sourire est flamboyant, et dans les airs on pourrait presque lire un panneau Cameron : 1 – Jade : 0.

*Et merde !*

# Chapitre 23

Le mater ?! Mais ça ne va pas, la tête !

Je rumine tandis que je farfouille dans ma chambre pour trouver de quoi me rhabiller après cette séance de piscine. Il est beau, mais c'est pas un dieu non plus et j'ai autre chose à faire, merci bien !

*Une croqueuse d'hommes…*

Il se trompe vraiment sur ma personne, celui-là. Je récupère rapidement un short en jean et un petit crop-top avant de me précipiter à la douche.

Après avoir rapidement attaché mes cheveux et m'être débarrassée de mon maillot de bain dégoulinant, je m'insère sous l'eau qui me débarrasse du chlore, et je rince aussi mes cheveux. Puis j'enfile ma tenue et enroule mes cheveux dans une serviette que je perche au-dessus de ma tête. À ce moment-là, mon téléphone, posé sur le rebord en marbre blanc du lavabo, vibre dans un bruit phénoménal.

C'est Louis. Encore. Je n'ai toujours pas répondu à son dernier message et apparemment monsieur s'est transformé en « pot de colle ».

Je rigole et me trouve bien méchante avec lui… Après tout, il est gentil comme tout. Peut-être que Cameron déteint sur moi. Mais je dois dire que son comportement insistant me fait un petit peu peur.

Je consulte donc ses messages.

`> Jade ?`

`> Je peux te parler ?`

Ouh là ! Cette phrase n'est jamais bon signe. Vous savez, ce genre de phrase que vous envoyez le cœur battant en priant pour que la personne réponde vite. Je tape rapidement un « Oui », taisant le fait que je n'ai répondu à aucun des précédents messages.

En attendant sa réponse, je vais dans ma chambre afin de me brosser les cheveux. Je bataille un moment car, comme ils sont épais, c'est généralement un long combat que je dois mener. Ensuite, quand ma mission est accomplie, je me munis du sèche-cheveux. Je suis interrompue par la poche arrière de mon short en jean qui vibre. J'arrête toute occupation et regarde mon écran.

`> Cathy's dans 30 min ?`

Je réponds rapidement un « Oui oui » sans vraiment réfléchir. C'est seulement après que je me rends compte que je ne sais pas où est le *Cathy's* en question. Pour ne pas paraître idiote, je décide de ne pas lui demander.

Je dévale l'escalier et examine toutes les pièces de la maison. Nada. Personne.

C'est pas vrai !

« Cameron !? » je crie.

Un instant, seul le silence me répond et finalement une voix rauque me guide :

« En haut. »

Je remonte alors l'escalier en calculant le temps qu'il me reste, vingt à vingt-cinq minutes. Du « En haut », je déduis qu'il est dans sa chambre, alors je toque brièvement et entre.

Il est en caleçon, allongé sur son lit, les cheveux ébouriffés et les jambes croisées. Je détourne les yeux lorsque je me rends compte que je m'attarde un peu trop.

« Dis, tu saurais où est le… »

Je suis légèrement déboussolée et perturbée, si bien que j'oublie le nom du lieu de rendez-vous.

« Alors, joli cœur, on perd la parole ? Ça va, t'as déjà vu mes fesses. »

Pour se foutre encore plus de moi, il se glisse sous sa couette, pensant couper court à mes fantasmes. J'ai juste oublié le nom. Bizarrement, il me revient finalement : le *Cathy's*.

Pff, je n'aime déjà pas cet établissement.

« C'est où, le *Cathy's* ? »

Il fronce les sourcils.

« Tout au bout de l'allée commerçante. »

Je ne me rappelle pas y être passé, pourtant.

« Merci. »

Je me détourne mais il me stoppe.

« Pourquoi ? Tu vas y aller ?

— Oui », je réponds simplement.

Je me retourne à nouveau avec l'intention de ne plus perdre de temps. Bon, je serai quand même définitivement en retard.

Il y a du mouvement derrière moi et, rapidement, une main dans mon dos se cale sur la porte pour empêcher que je l'ouvre. Je me retourne lentement, je suis nez à nez avec lui et il me demande :

« Pourquoi tu vas là-bas ? »

Mais il est vraiment pire que mon père, celui-là !

Je croise les bras sur ma poitrine. Même si mon père lui a dit de me surveiller, je ne compte pas lui dévoiler toute ma vie. Pourtant, il hausse un sourcil et, la main toujours sur la porte, il semble se coller un peu plus à moi. Je suis rapidement intimidée par cette proximité, si bien que j'avoue :

« Louis m'y a donné rendez-vous pour parler. »

Là, il fronce carrément les deux sourcils.

« Je t'accompagne. »

J'ouvre de grands yeux :

« C'est hors de question. »

Pour ponctuer ma phrase, je passe sous son bras tendu afin de me libérer de cette proximité. Il semble grogner, mais je l'ignore. Il a toujours la main sur la porte, alors, inconsciemment, je pose la mienne sur la sienne pour essayer de la faire bouger.

Il frissonne à ce contact. Je pousse un peu dessus, sans faire attention au feu de mes joues. Sa peau à lui aussi est chaude et il ne bouge pas d'un centimètre. Toujours la main sur la sienne, je le regarde droit dans les yeux et lui lance :

« Retire ta main, Cameron. S'il te plaît. »

J'insiste bien sur ces derniers mots.

Sa main retombe le long de son corps. Je lui souris faiblement pour le remercier et, ni une ni deux, j'ouvre la porte et me dépêche de rejoindre ce *Cathy's*. Un coup d'œil à mon téléphone me ramène sur terre, il ne me reste que cinq minutes. Est-ce que je m'appelle Usain Bolt ? Non. Je préviens donc Louis que je serai en retard, légèrement.

`> J'arrive dans quelques minutes, ne t'en fais pas. J'ai eu un léger contretemps.`

# Chapitre 24

C'est au pas de course que je traverse l'allée commerçante, déjà bondée en ce début d'après-midi. Les gens flânent le long des commerces, traînent de boutique en boutique. Certains sont attablés dans les restos du coin. C'est sympathique, c'est vivant. Mais je n'ai pas le temps de m'attarder sur tel plat que l'un a choisi ou sur telle paire de lunettes qu'un autre essaie.

Tiens, je passe justement devant le présentoir de lunettes rigolotes que nous avions essayées avec Louis. Les nôtres n'y sont plus, sans doute remplacées ou vendues. Tant pis.

Je presse encore plus le pas, je trottine presque. Je n'ose pas jeter un coup d'œil à l'horloge de mon téléphone Le temps est mon ennemi aujourd'hui. C'est pour cela que je suis enfin soulagée d'arriver au terme de cette allée. C'est donc avec minutie que je cherche le *Cathy's.*

Facile, une grosse enseigne le désigne, et de la musique forte se dégage de grosses enceintes situées à l'entrée.

*Bar and Co.*

La devanture est très accueillante. Je pousse donc la porte en plexiglas de l'entrée. L'intérieur est beaucoup plus calme que l'extérieur. C'est bondé aussi et très grand. À ma droite s'étend un grand bar tout en bois avec, derrière, un serveur qui astique de grands verres à bière et ne me prête pas attention. C'est une jeune femme qui vient vers moi.

Elle a de longues jambes élégantes, les cheveux longs teints en rouge foncé et son style très rock contraste vraiment avec le tablier blanc qu'elle porte autour de la taille.

« Vous êtes toute seule ? »

Ça se voit, non ?

« Quelqu'un m'attend ici… »

Elle hausse un sourcil, une main sur la hanche comme pour me dire : « Vu le monde qu'il y a, cocotte, je ne suis pas censée savoir avec qui tu as rendez-vous. »

Et c'est vrai, alors je tente une description.

« Grand, blond, yeux noisette, un style sportswear…

— Louis ? » me coupe-t-elle.

Je hoche la tête, surprise. C'est un habitué ? Après tout je ne sais rien de lui. Il pourrait très bien avoir déjà couché avec elle. Ou alors je suis très forte en description, et elle a tout de suite déduit son prénom ?

Mais qu'est-ce que je raconte ! Serais-je nerveuse ? C'est possible…

« La table au fond. »

Je la remercie et me faufile entre les tables des clients, qui pour la plupart sont déjà éméchés. Je repère vite Louis, il pianote sur la table de bois tandis que de l'autre main il joue avec un verre vide.

« Louis ! »

Il lève immédiatement la tête à ma voix et sourit. Je m'assois en face de lui.

« Tu veux boire quelque chose ? » me demande-t-il, toujours très galant.

Je secoue la tête :

« Non. Ça ira, merci. »

Le silence s'installe mais je le comble très rapidement :

« De quoi tu voulais parler ? »

Il lève la main pour faire un signe derrière moi. Je me retourne tandis que la serveuse aux cheveux de feu se rapproche.

« Tu me remets un mojito, Éléa, s'te plaît.

— Pas de souci. »

Elle récupère son verre et tourne les talons.

« Tu viens souvent ici ? je le questionne.

— Assez oui, c'est un peu notre QG, avec les gars. »

Je comprends alors.

« T'es en retard, au fait. »

Il dit ça sur le ton de la plaisanterie, mais je comprends très rapidement qu'il cherche à savoir pourquoi.

« En effet, j'ai dû demander à Cameron où se trouvait ce "QG". (Je reprends ses mots en mimant des guillemets dans l'air.) Et puis, tu le connais, enquiquineur comme il est, il m'a retardée.

— On dirait que ça va mieux entre vous. »

Je passe l'épisode de ce matin où mon père l'a désigné « garde du corps » ; d'ailleurs cela m'étonne que Cameron n'ait pas trouvé le moyen de venir quand même. C'est peut-être lui là-bas dans la plante à l'entrée, ah ah !

Je passe aussi l'après-midi piscine. Je ne suis pas là pour raconter ma vie, après tout.

« On apprend à cohabiter, je dirais. »

Il hésite un instant, il semble gêné, si bien qu'il détourne le regard et me demande :

« Il te plaît ? »

Je manque de m'étouffer.

Si Cameron me plaît ?! D'accord, il est amusant (quand il veut), terriblement sexy, il a un regard à faire tomber une nonne par terre et il est magnifiquement beau, mais… Non ! Cameron ne me plaît pas ! Sans façon !

Ladite Éléa revient pile au bon moment avec le verre de Louis. Il ne me regarde toujours pas dans les yeux. Il saisit son verre, la remercie d'un sourire et boit une gorgée. Une longue gorgée.

J'arrive à mettre de l'ordre dans mes idées et, comme je ne tiens pas à ce qu'il interprète mon silence comme un « Oui », je réponds calmement :

« Cameron ne me plaît en aucun cas. Il est odieux, grossier, ingrat, et j'en passe. »

Louis sourit un peu et ses yeux pétillent à nouveau. Attendez ? Il est jaloux de Cameron ?

Je cligne plusieurs fois des yeux et une question me trotte dans la tête. Question que je ne perds pas de temps à poser :

« De quoi tu voulais me parler, Louis ? »

Et hop ! le Louis gêné et fuyant revient. Mais qu'est-ce qui se passe ?

Il se gratte la nuque et bégaie presque.

« Tu sais, ça m'a beaucoup plu hier soir et même ce matin et… »

Il s'arrête. Je suis suspendue à ses lèvres pour savoir la suite et mon cœur risque de ne pas supporter longtemps ce suspense. Je le presse :

« Et… ?

— Et… Je voulais savoir comment tu nous considères ? Toi et moi ? »

Pause. Erreur. Arrêt sur image. Bug du système. Finalement, j'aurais pas dû insister. Mon cerveau pédale dans la semoule et je cherche une idée cohérente à formuler.

*Amis.* C'est le mot qui me vient. Seulement je n'ose pas le prononcer. J'ai l'impression d'avoir son cœur entre les mains et d'avoir le pouvoir de le sauver ou de le détruire, mais je ne peux pas lui mentir. Je ne suis pas prête à me mettre avec quelqu'un. Je ne veux plus de ça.

Ce *ça* justement que lui recherche désespérément, on dirait.

Je me sens coupable de nos moments passés. Suis-je un monstre pour lui avoir donné tous ces espoirs ? Peut-être bien. Peut-être que cette ville fait de moi une nouvelle version de moi. Une nouvelle Jade plus insouciante et libre. Plus réparée qu'avant.

Je ne sais pas.

« Euh, Jade ? Je dois prendre ce silence pour quoi ? »

Il joue avec son verre entre ses doigts. Je tends une main pour l'attraper et le porte à mes lèvres rapidement.

Sauver ou détruire ?

Espoir ou réalité ?

Le liquide froid, mélange de rhum et de menthe, descend le long de mon œsophage. Lentement et douloureusement. La morsure de l'alcool plane, comme pour me punir d'avance de ce que je m'apprête à dire.

Je ne peux pas lui mentir, alors je choisis la réalité et me lance avec le peu de courage que j'ai :

« Louis, je ne sais pas comment te dire ça. Tu es quelqu'un que j'apprécie énormément et je te suis reconnaissante pour les jolis moments qu'on a partagés, mais...

— Mais... ? »

Cette fois c'est à lui de me presser.

« Ça n'a rien à voir avec toi, c'est juste que... Je ne me sens pas prête à débuter une histoire d'amour avec quelqu'un et... »

Il se redresse vivement, les sourcils froncés et le regard dur, si dur qu'il me transperce et me blesse. Cette rancœur que j'y vois me fait mal, mais je ne peux rien dire : j'en suis la cause. C'est moi qui l'ai titillé.

Son regard est si dur que je tremble lorsqu'il me lance :

« Ne te fatigue pas, j'ai compris ! »

Je ferme les yeux un instant et j'inspire fort.

« Louis, ne le prends pas comme ça, je...

— Tu quoi ? T'es désolée ? Je m'en fous. Tu ne me laisses même pas une chance, tu me ranges avec les autres, c'est horrible. Et le pire ?! (Il se met à rire.) Le pire, c'est que tu t'es servie de moi. Ah, pour m'embrasser, tu étais là, hein ! »

Il paraît essoufflé et très en colère. Sa voix forte fait se retourner deux trois personnes vers nous. J'ai honte. Je baisse la tête. Je ne sais pas quoi dire, alors je lâche :

« Désolée, je n'ai jamais voulu te blesser... »

Il rit jaune avant de se lever brusquement.

« C'est déjà fait ! »

Je n'ai pas le temps de répliquer que déjà sa grande silhouette s'éloigne vers le comptoir, où il balance de la monnaie au barman.

Mon cœur bat vite et mes joues doivent être rouges. Ma respiration n'est plus du tout régulière. J'étouffe. J'ai chaud. Le verre presque fini sur la table me fait de l'œil, alors je l'attrape et, en penchant la tête, je le termine d'un trait.

Journée de merde.

# Chapitre 25

J'ai l'impression de m'être pris un coup de pelle en pleine tête. Sans cesse mon esprit me renvoie l'image de Louis en colère. Je crois que j'ai vraiment fait une bêtise. Ou alors j'ai bien fait ?

J'ai tendance à croire que rien n'arrive par hasard. Peut-être que cet événement s'est produit car nous n'étions pas faits pour être ensemble ou alors pour que nous puissions mieux nous retrouver. Qu'est-ce que j'en sais, seul le temps nous le dira…

Je ne suis pas d'humeur à rentrer maintenant, alors je traîne le long de la plage. J'observe les gens, la plupart ont un grand sourire sur le visage. La brise marine dans les cheveux, le brouhaha des vagues, des cris, des rires m'empêchent de voir le temps passer. Si bien que je ne me décide à rentrer que vers 17 heures.

Je prie pour que tout le beau monde de la maison ne soit pas rentré et que Cameron soit bien occupé. Je prie de tout cœur.

Apparemment, le ciel ne doit pas m'aimer puisque, dès lors que je pousse la porte d'entrée, une multitude de voix me parvient. Fait chier.

À peine ai-je refermé la porte que j'entends immédiatement des pas lourds.

« Jade ? »

Je serre les dents. Papa.

Quand son visage m'apparaît, il a l'air plutôt intrigué. Sans doute croit-il que j'ai fait une « bêtise » comme ce matin. Rappelons aussi qu'il a chargé Cameron d'être mon chaperon. Malheureusement, celui-ci n'est pas à mes côtés.

Pour une fois que j'ai besoin de lui !

Mon père a les sourcils froncés. Je crois qu'il me demande mentalement pourquoi le bad boy n'est pas avec moi. Ou alors où j'étais. Ou ce que je faisais. Avec qui. Trop de questions.

« Tu étais où ? »

Il ne perd pas de temps.

Je bredouille un petit « Euh ». Je ne compte pas lui raconter ma vie. Alors mon cerveau réfléchit à vitesse grand V pour trouver une excuse.

Mais on me devance :

« Elle avait une course à faire. »

Cameron dit cela tout en apparaissant au côté de mon père. Je le remercie intérieurement de me sauver, mais il a oublié un léger détail : je ne suis revenue avec aucun paquet. Je lui lance un regard accusateur et je crois que mon père s'interroge aussi sur cette absence de paquets puisqu'il me fixe, un sourcil en l'air.

« Mais apparemment tu n'as pas trouvé ton bonheur. »

Bien rattrapé.

Mon père secoue la tête et semble se dérider. Ouf, je crois que je pourrais embrasser Cameron. Enfin… non.

« Bon, viens avec nous, nous avons un invité ! »

Un invité ? Qui ?

Mon père repart en direction du salon et m'intime de le suivre. C'est ce que je m'apprête à faire lorsqu'une main sur mon bras m'arrête.

Je me tourne vers Cameron. Son regard est étrange. Il est… inquiet ?

« Est-ce que ça va ? »

Je hoche la tête. Je crois que oui. Je tente de sourire et bégaie :

« T'inquiète. »

Peu convaincant. Il ne me quitte pas des yeux, c'est déstabilisant. Ses yeux bleus me dévisagent presque avec douceur. Il n'y a pas de colère comme d'habitude. Le temps semble s'être arrêté, yeux dans les yeux, on ne bouge pas, on ne parle pas.

« Bon, les enfants, vous venez ? »

Pierrick semble s'impatienter. Tiens, il est là, lui ? L'invité doit être spécial, alors.

Cameron inspire profondément.

« On ferait mieux d'y aller », je murmure.

Vite, s'échapper de ses yeux. Vite. Merci, Pierrick.

Je m'élance déjà et il tente encore de m'arrêter :

« Jade, attends ! »

Même si dans sa bouche mon prénom résonne mélodieusement, je ne m'arrête pas. Mon cœur tambourine dans ma poitrine et je crois qu'il s'apprête à exploser quand je vois qui est l'invitée.

Coiffure blonde, yeux de biche bien trop maquillés, bouche pulpeuse près d'exploser. Habits qui ne laissent pas trop part à l'imagination. Je crois que vous avez deviné de qui il s'agit.

Mes mâchoires se crispent instinctivement et une haine profonde enfle en moi. Je m'imagine déjà faire craquer mes phalanges.

Elle est là, assise bien trop sagement, ses jambes croisées et les mains dessus. Elle me fixe avec un affreux sourire hypocrite sur le visage. Mon Dieu. Qu'est-ce que j'ai fait au ciel ?

« Jade, tu dois connaître Lucie ? me demande mon père.

— Effectivement », je réponds, les dents serrées.

Cameron passe à côté de moi tout en me lançant un regard suppliant que j'intercepte à peine.

Ah ça non ! Il n'a pas le droit de me demander de me tenir tranquille !

Il vient s'asseoir à côté de sa Barbie avec un sourire sur le visage. Il passe un bras autour de ses épaules.

Pitié… beurk.

Pendant une fraction de seconde, son père les observe, presque fier. Tandis que le mien les couve d'un regard admiratif.

Messieurs, s'il vous plaît, cette fille est tout sauf respectable !

Mes poings se serrent tandis que je reste debout, plantée là comme une idiote. Faisant tache sur le tableau. Je vois même Lucie me lancer un regard de pitié moqueur.

Mon père daigne enfin reporter son attention sur moi, et pourquoi ? Pour m'achever encore plus.

« Lucie reste dîner avec nous ce soir. »

Mais c'est pas vrai !

Soirée de merde en perspective.

# Chapitre 26

« Je vous remercie de tout mon cœur de m'avoir invitée à ce délicieux repas. »

Je pourrais vomir face à tant d'hypocrisie. En plus, sa voix de crécelle n'arrange rien. C'est le pire repas de toute ma vie. Si bien que la seule chose que je trouve à faire, c'est jouer avec les petits pois de mon assiette du bout de ma fourchette.

En face de moi, Cameron couve sa blonde des yeux et boit chacune de ses paroles. Attendez, il est passé où, le vrai Cameron ? Cette fille est une sorcière, c'est sûr ! Obligé, même. Si bien qu'elle ensorcelle mon père et Pierrick. Depuis le début du repas, la conversation ne tourne qu'autour de madame.

« Tu ne manges pas, Jade ? »

Je lève les yeux sur mon père :

« Je n'ai pas très faim, en fait. »

Il a l'air inquiet d'un coup et ça regonfle mon ego de voir qu'il se soucie enfin de moi. Oui, je suis en pleine crise existentielle. Et alors ?

« Ça ne va pas, Jade ? »

Je cligne plusieurs fois des yeux. Attendez, princesse Lucie vient réellement de m'adresser la parole ? Et c'est quoi ce sourire bienveillant affiché sur ses lèvres ?

Ah non, non, ça ne marche pas avec moi.

« Tout va très bien, merci. »

Je crois que mon ton piquant est bien trop présent puisqu'il me vaut un joli regard noir de la part de Cameron. Je roule les yeux discrètement. Tandis que mon père a l'air sévère.

« Qui veut de l'eau ? » demande Pierrick, cherchant à détendre l'atmosphère.

Ça se voit tant que ça que je meurs d'envie de lui crever les yeux ? Pour sa sécurité, je prie pour qu'elle me laisse tranquille et qu'elle ne s'adresse plus à moi. Seulement, tout en tendant son verre à beau-papa, la miss revient à la charge.

« Tu es sûre que tout va bien avec mon frère ? »

Je manque de m'étouffer. Sérieusement ?! Je panique. Mon père n'est pas censé être au courant ! La garce affiche un sourire navré qui contraste à merveille avec les sourcils froncés de Cameron.

« Avec ton frère ? » bredouille mon père, visiblement confus.

N'ouvre surtout pas la bouche, Lucie !

« Oui, mon jumeau, Louis. Le petit ami de votre fille. »

OK, je vais la tuer.

Mes yeux la fusillent, l'étranglent, la zigouillent. Je rêve de coudre sa bouche !

Pierrick toussote.

« Tiens donc… murmure mon père, les yeux plissés, attendant une réponse de ma part.

— Ce n'est pas mon petit ami, je lâche sèchement.

— Je croyais. Je n'aurais peut-être pas dû en parler », s'excuse la blonde.

Eh oui, cocotte, t'as loupé une occasion de la boucler. Comme toujours.

« Tu croyais mal. »

Si la tension était palpable, elle est désormais glaciale et un duel de regards s'installe entre Lucie et moi. Tout au mental, Jade, ne baisse pas les yeux !

Cameron se racle la gorge, et sa dulcinée tourne de grands yeux tristes vers lui.

« Jade, tu peux m'expliquer ta relation avec ce garçon ? »

Je roule les yeux exagérément.

« Sérieusement, papa, maintenant ?

— Jade… » me réprimande Pierrick.

Apparemment, mon ton a été un peu trop insolent.

« Vous savez, monsieur, si ça peut vous rassurer, mon frère est quelqu'un d'extrêmement gentil et sensible. Il a un grand cœur. »

Cœur que je viens de lui briser. Merci de me le rappeler. Pouffiasse.

« Hum, je tiens à savoir étant donné que tu as passé la nuit avec lui. »

Et merde !

Cette fois, c'est Lucie qui paraît intriguée.

« Vous avez couché ensemble ? » me presse-t-elle.

Je m'étouffe encore plus. Ainsi que mon père.

« Quoi ?! Mais jamais de la vie ! Et puis ce ne sont pas tes affaires !

— Jade ! » me rappelle à l'ordre mon père.

Mes poings se crispent sous la table, et des envies de meurtre me viennent.

« C'est mon frère », lance-t-elle doucement à mon égard.

Cameron lui intime de ne pas en dire plus et heureusement, sinon je l'emplâtre.

« Qu'est-ce qu'il t'arrive, Jade ? Je ne te reconnais plus, tu…

— Plus tard, papa, s'te plaît. »

Je n'ai pas envie que la sorcière se délecte de nos soucis.

« Non, Jade, tu me mens et maintenant tu réponds. Tu as vu ton langage, un peu ? »

Les autres ne savent plus où se mettre et moi je commence à bouillir de rage. Je déteste Lucie et sa putain de langue de vipère. Je déteste Cameron pour avoir une sorcière pour copine et je déteste mon père de nous avoir fait venir ici !

« Ta mère ne serait pas fière de toi. »

Un silence tombe, comme si tout le monde venait de réaliser que cette dernière phrase était complètement à éviter. C'en est trop. Je ne me contrôle plus. Je me lève d'un bond. Les joues rouges et ma colère au plus haut point.

« Je t'interdis de dire ça, tu m'entends ! Avec maman, je n'aurais jamais été comme ça ! »

Mon père se fige, je l'ai blessé, tant mieux. Il souffre autant que moi, désormais. Toutes les paires d'yeux sont braquées sur moi, et je jurerais voir un léger sourire flotter sur le visage de mon ennemie. Je me déteste d'avoir perdu pied.

Sans prévenir, je m'enfuis, renversant au passage ma chaise, qui tombe sur le sol.

Tout est calme lorsque je gravis les marches et que je m'enferme dans ma chambre. Retour à la case départ : je déteste cette nouvelle vie !

Je referme durement la porte derrière moi, je me laisse glisser contre elle et je pleure. Je pleure toutes les larmes de mon corps, toute ma haine et toute ma douleur…

# Chapitre 27

Bien après que la porte d'entrée a claqué, alors que plus aucune voix ne retentit dans la maison et que plus aucune lumière ne filtre sous ma porte, je pleure encore, enfin je sanglote. Mes joues sont encore mouillées et un plaid entoure mes épaules. Je me balance d'avant en arrière, en tailleur sur mon lit. Mon cœur évacue, il saigne, alors je pleure.

J'en veux à la terre entière, je ne veux plus voir personne et surtout pas mon père. Comment on peut être aussi ignoble envers son enfant ? Maman n'aurait jamais été comme ça avec moi. Mais maman n'est plus là… Qu'est-ce qu'elle ferait à ma place ?

Rien que d'y penser, j'ai encore plus mal.

Je hais Lucie, je hais Cameron et je hais mon père ! Ils n'ont pas de cœur !

Après tout, c'est peut-être ça la clé du bonheur : agir sans cœur, aussi froidement que de la glace. Peut-être…

J'essuie les larmes qui perlent encore sur mes joues. Il faut que j'arrête de pleurer, ça ne changera rien, sauf mes yeux qui vont ressembler à deux énormes boules de billard luisantes. Je m'empare de mon téléphone et fais défiler les contacts, je cherche le nom de ma meilleure amie. Et Pauline ? Qu'est-ce qu'elle ferait à ma place ? Elle ne pleurerait pas, sans doute. J'ai hâte de la voir et pourtant… Je ne souhaite pas lui montrer à quel point ma vie ici est naze… Alors je verrouille mon téléphone et le laisse retomber mollement sur ma couette. Je ne peux que me réconforter moi-même…

Et comme si, pour une fois ce soir, le ciel m'avait écoutée, on frappe à ma porte, d'abord faiblement, de sorte à ne laisser échapper qu'un bruit léger.

Je ne réponds pas. Si c'est mon père, il peut aller se faire foutre.

Le bruit s'intensifie. Je ne réponds toujours pas. Avec un peu de chance, la personne s'en ira.

« Jade ? »

Ce léger murmure m'interpelle, ce n'est pas mon père. C'est Cameron.

Je réponds encore moins.

« Allez, ouvre-moi, je sais que tu ne dors pas », insiste-t-il.

Je pèse le pour et le contre : soit je reste cordiale, soit je déverse ma colère sur lui.

« Laisse-moi tranquille. »

Ça va, option numéro un, j'ai été gentille. Je pourrais l'insulter d'avoir amené une vipère à la maison.

Après ma réplique, je tends l'oreille, il n'y a plus de bruit de l'autre côté. Il est parti ? Vraiment ? Bizarrement, je me sens déçue qu'il ait abandonné si vite. Vous savez, ce genre de moment où vos sentiments sont complètement contradictoires. Où vous désirez quelque chose autant que vous le détestez. J'aurais pu lui arracher les yeux s'il avait passé ne serait-ce qu'un pied dans ma chambre, mais un peu de présence ne m'aurait pas fait de mal à condition qu'elle soit chaleureuse. Et, avec Cameron, c'est tout ou rien. Il est gentil un coup sur deux.

Je tourne la tête vers la fenêtre, de nouveau seule face à moi-même.

« Hé, psst ! »

Je sursaute et tourne vivement la tête vers la source du bruit qui vient de me surpendre.

Je crois que, si je n'étais pas aussi triste, j'esquisserais presque un sourire. Seule la tête de Cameron dépasse par l'entrebâillement de la porte, et sa bouche est légèrement entrouverte tandis que, du regard, il me demande la permission d'entrer. Mais, pour mon ego, je n'avouerai jamais qu'il est mignon et je ne le lui dirai jamais, surtout ! Vu les tendances psychopathes de sa copine, non merci.

Alors, telle une gamine, je l'ignore et me retourne vers le mur dos à lui.

Apparemment ça ne marche pas, puisque j'entends la porte se refermer et des pas venir derrière moi.

« Tiens, je t'ai apporté ça. »

Je me retourne lentement, qu'est-ce qu'il m'a préparé encore ?

J'ai la surprise de le découvrir un pot de glace dans une main et une petite cuillère dans l'autre. Je ne savais pas que nous avions d'aussi gros pots de glace.

« Il paraît que les filles adorent ça quand elles sont tristes. J'ai pensé que ça te ferait plaisir. »

Il est adorable.

« Depuis quand t'es attentionné ? Et t'es pas avec ta pouffe ? »

Ma fierté me dicte d'être méfiante et piquante tout de même. Il rigole.

« Je ne suis pas qu'un connard, tu sais, et non, apparemment pas. »

Pas qu'un connard ? Ça j'en doute, parce que comment un type bien peut-il sortir avec une fille comme Lucie ?

« Après, c'est pas que c'est froid mais… »

Je rigole, eh oui, pour la première fois de la soirée je rigole vraiment, sans faire exprès, c'est peut-être nerveux, mais un petit son clair sort de ma bouche, le faisant sourire. Je m'empare finalement du pot de glace et de la cuillère. Je retire le plaid de mes épaules, j'essuie une dernière fois mes joues et je soulève le couvercle avant de retirer l'opercule de protection. C'est sous les yeux de Cameron que je prends une première cuillerée et me délecte de la morsure sucrée sur ma langue.

« Merci », je murmure, la cuillère toujours dans ma bouche.

Il hoche la tête comme pour dire « Pas de quoi ». Tandis que je continue de gratter un peu plus la crème glacée, lui se promène dans ma chambre. Il semble analyser chaque parcelle de celle-ci avant de s'arrêter sur mon mur photos et de les contempler en silence.

Ce silence qui règne à présent n'est pourtant pas gênant, il est presque agréable, doux et reposant. Je ne ressens plus le besoin de pleurer. C'est peut-être l'effet glace ou l'effet Cameron, je ne sais pas.

« Je crois que nous sommes juste partis sur de mauvaises bases, toi et moi. »

Le son de sa voix me fait presque sursauter, tant je me suis habituée au silence. Je hoche la tête. Il me fixe un moment, je ne détourne pas le regard, alors il s'approche pour venir s'asseoir à mes côtés.

« Je ne suis pas forcément celui que tu crois. »

Il a l'air pensif et ses yeux sont perdus dans le « lointain » tandis que moi je l'observe, presque pendue à ses lèvres. Alors ce Cameron arrogant, froid et abruti ne serait qu'une façade ?

« Bon, après je suis pas commode quand même. »

Je me disais aussi. Je ris presque jaune.

Je replonge ma cuillère dans le pot et la remplis généreusement.

« On repart de zéro, on prend un vrai départ, pas comme celui tout pourri de la plage, tu veux ? »

Je trouve l'idée amusante, il est vrai que ce jour-là fut le début de ma longue liste d'envies de meurtre envers la personne de Cameron. Après tout, pourquoi pas, ça me fera peut-être un allié dans ce nouveau départ qu'est ma vie aujourd'hui.

Il tend une main dans ma direction et déclare :

« Cameron, enchanté. »

Je ris face à cette main tendue, je plante alors la cuillère dans la crème glacée afin de dégager une main à lui tendre en retour. Il m'arrête :

« Attention, cela ne veut pas dire que je ne vais plus te casser les pieds, d'accord ? »

Je ris tandis qu'un sourire malicieux s'affiche sur ses lèvres.

« Jade. »

Je serre sa main avec beaucoup de détermination. Peut-être que tout n'est pas perdu.

# Chapitre 28

« Ça n'a pas été une journée facile pour toi, n'est-ce pas ?

— Hum… On peut dire ça comme ça », je murmure avec la cuillerée de glace dans la bouche.

Cameron a toujours les yeux dans le vague, comme s'il fixait quelque chose que lui seul peut voir.

« Tu veux en parler ? »

J'ouvre de grands yeux, il n'est définitivement pas normal ce soir.

« Le prends pas mal, mais… tu es bizarre. »

Je dis ça en plissant les yeux pour mieux l'examiner. Je détaille chaque partie de son visage et j'essaie surtout de déchiffrer son regard, qu'il a désormais braqué sur moi. Ça ne lui ressemble pas d'être subitement gentil. Je connais ses sautes d'humeur, mais là c'est fort. Certes, nous avons pris un nouveau départ, mais quand même !

« Bizarre ? me questionne-t-il.

— Ouais, enfin, t'as pas l'habitude d'être diplomate. »

Il ricane.

« Tu me connais mal, fillette. »

En même temps…

« Non, c'est juste que je suis au courant de ce qui est arrivé à ta mère et j'ai trouvé ça petit, ce que ton père a dit. »

Terrain glissant, mon garçon. Mes mâchoires se crispent lorsqu'il parle de ma mère. Je refuse de parler d'elle, surtout avec lui. Nous ne sommes pas « amis », il ne devrait même pas être au courant !

« C'est ta meuf qui a provoqué ça, je te signale. »

Il sourit.

« Oui, faut dire qu'elle a un sacré caractère. »

Je manque de m'étouffer de rire. S'il vous plaît, tuez-moi. Sa copine est une vraie hyène tout droit sortie de la savane. « Un sacré caractère » n'est qu'un doux euphémisme !

« Excuse-moi, mais cette fille est folle ! »

Je me fiche pas mal de le blesser ou pas, après tout, leur couple a déjà fait assez de dégâts.

« C'est ma copine » murmure-t-il, le regard à nouveau dans le vague.

Je roule les yeux avant de plonger à nouveau la cuillère dans le pot, bien entamé maintenant :

« Ouais et je ne comprends toujours pas ce que tu fous avec elle. »

Je n'ai même pas le temps de finir ma phrase qu'il me scrute, le regard sévère :

« Il y a beaucoup de choses que tu ne comprendras pas, Jade. »

J'ai comme l'impression qu'il a bien insisté sur mon prénom. Ai-je franchi une limite ? Serait-ce le retour du vrai Cameron ?

J'adopte le même ton que lui :

« Alors explique-moi. Pas la peine d'espionner ma vie si tu ne veux rien me dire en retour. »

Le bleu de ses yeux m'enivre presque. Si froid et pourtant tellement attractif. À eux seuls, ils expriment le feu et la glace qui alternent chez Cameron. Je ne le quitte pas des yeux, lui non plus. Un vrai duel s'installe, et personne ne semble vouloir flancher.

Je suis la première à rompre le silence :

« Tu l'aimes vraiment ? »

Il fronce les sourcils en se levant. Même s'il me tourne le dos, je peux voir qu'il est crispé, tant les muscles sous son fin tee-shirt blanc sont saillants.

« Ma vie privée ne te concerne pas, Jade. »

*Jade.* Mon nom dans sa bouche résonne comme une sentence. Sa voix est dure comme un roc et il est de nouveau le Cameron froid et distant.

« Bon, écoute, c'est bien beau ton petit discours de "soyons amis et gnagnagna". (Je prends une voix volontairement agaçante.) Mais, si c'est pour redevenir buté comme avant, tu peux partir. »

Il ne daigne toujours pas se retourner vers moi et recommence à parcourir la chambre. C'est déplaisant.

« Il y a des choses que tu n'as pas à savoir. »

Je ne peux m'empêcher de rire, il ne se retourne toujours pas.

« Ça y est, tu la joues en mode bad boy ? Waouh, t'es un gars trop secret. (Je roule les yeux et prends une cuillerée de glace qui commence à fondre.) Hé, tu fais quoi, là ?! »

Tandis que je ricanais, monsieur s'est permis d'ouvrir mes tiroirs. Mais il se prend pour qui !

Je me redresse d'un bond, posant au passage le pot, tandis que Cameron se tourne vers moi avec une photo à la main.

« C'est qui ? »

Je suis furieuse. Et après c'est à moi qu'on dit de ne pas fouiner ! Je rêve ! Je lui arrache la photo des mains tandis qu'il me questionne :

« C'est ton mec ? »

Je baisse les yeux sur la photo : Evan. Le cliché a été pris l'année dernière en plein été. Nous étions à la fête foraine et je me souviens que c'est Pauline qui nous a photographiés. Nous étions là, dans les bras l'un de l'autre, à rire, à respirer le bonheur.

Tout ça me paraît si loin.

« Je croyais que tu sortais avec Louis ? »

J'ouvre de grands yeux. Ils me saoulent tous avec Louis !

« Je ne suis pas avec Louis, bordel. »

Il mime un rapide « Oh » avec sa bouche avant d'essayer de récupérer la photo, mais je l'en empêche. Cette photo ne devrait même pas être dans la pièce.

Je suis perdue dans mes souvenirs tandis que Cameron se déplace à nouveau dans la pièce. Je n'y prête pas attention, bien trop occupée à refouler les souvenirs qui affluent en moi.

« C'est qui, alors ? »

Je me retourne. Retour à la réalité. Et Cameron est allongé sur mon lit, les bras croisés derrière la tête.

« Ma vie privée ne te concerne pas, Cameron. »

Je reprends son expression en insistant sur son prénom. Il ricane :

« C'est vrai, faut dire aussi qu'elle ne m'intéresse pas. »

Ouch.

Cameron reste Cameron.

Il n'a pas l'air d'avoir conscience de la dureté de ses paroles. Après tout, ce mec ne se préoccupe-t-il pas que de lui ?

Mes yeux lui lancent des éclairs et lui me sourit.

« En tout cas, ça ne doit pas être facile tous les jours de t'avoir comme copine », me nargue-t-il.

— C'est pas mon mec, j't'ai dit. (Je démarre au quart de tour sans m'en rendre vraiment compte.) Enfin, c'était mon mec. »

Ce dernier mot me fait l'effet d'une décharge, un long frisson me parcourt l'échine. La colère gronde dans mon cœur. C'était mon mec… *Arrête de vivre dans le passé, Jade !*

« Et pourquoi tu gardes une photo de lui ? »

Je me ferme brusquement. Ça ne le regarde pas. Je ne le sais même pas moi-même.

« Ce ne sont pas tes affaires. »

Il pousse un petit grognement déçu avant d'ajouter :

« Rhooo, on avait progressé. Je suis déçu, on dirait une palourde qui vient de se refermer. Comme ça. »

Il mime avec ses mains une coupe qu'il referme aussitôt.

Désespérant.

« Tu peux pas comprendre.

— Alors explique-moi. »

Je roule les yeux en soupirant tandis qu'il me lance un sourire en coin provocateur.

« Il faut un cours pour ça.

— On peut faire sans aussi. »

Il ne lâche pas l'affaire et je vois mes chances d'éviter le sujet diminuer.

« C'est une histoire beaucoup trop longue…

— Et moi j'ai toute la nuit. »

Il me fait un clin d'œil avant de tapoter l'espace vide à côté de lui.

Bon Dieu, mais dans quoi je m'embarque ?

# Chapitre 29

Je récupère le plaid en boule sur le lit et le replace autour de mes épaules. Cameron daigne se redresser un peu, et pour cause, il se penche et attrape le pot de glace toujours sur ma table de chevet. Il l'examine avec la tête d'un enfant intrigué avant d'y tremper son doigt et de le porter à ses lèvres.

« Ça a bien fondu, mais tant pis on fera avec. »

D'une main il tape sur sa cuisse, me faisant sursauter.

« Allez, j'ai de la bouffe, je suis paré pour t'écouter, maintenant. »

Je soupire face à son grand sourire provocateur. Ce garçon me rend folle.

« Qu'est-ce que tu veux savoir, Cameron ? » je demande, lasse.

Il exerce un haussement de sourcils accompagné d'un petit sourire.

« Tout. Qui est ce garçon qui te ferme comme une palourde ? Allez, parle. »

Désespérant…

« Il s'appelle Evan. »

*Je pensais que c'était l'amour de ma vie, mais il me l'a bien faite à l'envers pendant trois ans de relation et là je suis sûre qu'il coule des jours heureux avec cette pouffe de Molly.*

Mais ça, bien sûr, je le garde pour moi.

« Et ? » insiste-t-il.

Je ne me sens pas capable de le dire, du moins pas à lui. Alors, au lieu de lui raconter tout comme il l'espérait, je me défoule sur lui parce qu'il se trouve là, parce qu'il a ravivé ma douleur, parce qu'il persiste à vouloir déterrer des choses que j'essaie d'enfouir bien profondément.

« Oh et puis merde ! Pourquoi je devrais tout te balancer ! On se connaît à peine et la plupart du temps tu es détestable. Je ne vois pas pourquoi je devrais te raconter une partie de ma vie qui me fait mal. Donne-moi une bonne raison. »

Je me rends compte un peu tard que j'ai peut-être trop haussé le ton, j'espère que les murs sont insonorisés, sinon je risque de me faire tuer par les deux pères pour avoir troublé leur sommeil. Cameron, lui, semble impassible. Ma petite crise de nerfs ne semble pas l'atteindre, il a plutôt l'air agacé et préfère même remettre son doigt dans le pot de glace.

Je croise les bras autour de ma poitrine, les joues en feu. Je suis sûre qu'on pourrait me comparer à une tomate ! Je respire lentement. Ce garçon fait vraiment ressortir tout ce que j'ai de pire en moi !

« Parce que ça te fait du mal. »

Sa voix enfantine perce le silence qui vient de s'installer, et je dois dire que je ne comprends pas très bien cette affirmation qu'il vient d'exprimer comme si c'était évident.

« Hein ? je marmonne tandis que ma tension tente de retomber.

— Parce que ça te fait du mal, répète-t-il. La voilà, ma raison. »

En quoi c'est une bonne raison ?

Je ne sais pas s'il a la capacité de lire dans mes pensées ou si c'est mon sourcil levé qui trahit mon incompréhension, mais il s'empresse de m'expliquer, un peu agacé :

« Je t'explique : si ça te fait du mal, c'est que tu n'as pas tourné la page. Tu me suis ? »

Non.

« Donc, selon moi, la meilleure façon de tourner cette page est d'en parler ! Voilà ma bonne raison. »

Ça se tient. Il a peut-être raison, il est vrai que je ne me suis jamais vraiment livrée sur cette histoire. Pauline connaît les grandes lignes mais généralement, dès que j'ouvrais la bouche pour parler d'Evan, cela l'agaçait terriblement.

Il a l'air tout content de m'avoir « cloué le bec » mais, malgré ses arguments qui tiennent la route, je ne suis pas près de lâcher le morceau. Il veut que je me confie, alors c'est donnant, donnant.

« À une condition.

— Euh, ouais. »

Tiens tiens, la confiance de monsieur semble s'être volatilisée et il devient plus méfiant.

« C'est une confession contre une confession. »

Il réfléchit un moment les sourcils froncés, ce qui me semble durer une éternité.

« OK. »

Bien. Je souffle un petit coup et j'essaie de chercher les mots les plus appropriés pour commencer.

« Comme je te l'ai dit, ce garçon s'appelle Evan et récemment nous sortions ensemble depuis plus de trois ans.

— Attends, pouce. »

C'est une blague, là.

« Cameron, s'il te plaît, évite de me coup… »

Il lève un doigt comme pour m'imposer le silence. Je me tais, pas parce qu'il me l'a ordonné, hein ! Parce que je suis ahurie par son geste, soyons clair.

« Trois ans ensemble et il ne t'a jamais baisée ? »

Les bras m'en tombent. Je crois que c'est le bon moment dans les vidéos YouTube où le youtubeur peut rajouter le petit bruitage : *BRUH.*

Je lui mets une petite claque sur l'épaule.

« T'es lourd, là ! »

Il soupire avant de se laisser tomber à nouveau en mode allongé sur le dos et de croiser les bras derrière sa tête. Il me fixe ensuite, comme pour me dire de continuer.

« Je disais donc, après trois ans (J'insiste bien sur le nombre.) de relation, il m'a quittée à cause de mon départ pour cette foutue ville. »

Je soupire. Tout le monde n'a pas la force de gérer une relation à distance. C'est peut-être mieux ainsi. Je replonge les yeux sur la photo que j'ai toujours entre les doigts. Est-ce que cette époque me manque ? Je ne sais pas.

« C'est triste, ajoute Cameron. Et c'est juste ça qui te rend triste ? »

Je hausse les épaules.

« Je ne suis pas vraiment triste, je suis juste… en colère, je crois. Pendant notre relation, nous avons connu plus de bas que de hauts, et je ne comptais plus le nombre de fois où il m'avait trompée.

— Et tu n'as jamais rien dit ?

— L'amour rend aveugle.

— L'amour rend stupide. »

C'est vrai.

« Je crois qu'aujourd'hui la haine prend le pas sur la tristesse. Je lui en veux, je m'en veux d'avoir été aussi naïve. C'était mon premier amour.

— Et il s'est bien foutu de ta gueule. »

Merci, Cameron. Pitié, donnez-moi la force de ne pas le frapper. Avant que je n'aie pu lui sortir une réponse bien cinglante comme les siennes, il me questionne :

« Pourquoi tu gardes cette photo, alors, si tu le détestes ? »

Très bonne question. Pourquoi je la garde alors que je meurs d'envie de la déchirer ?

« Je ne sais pas. »

Cameron renifle comme s'il était en train de réfléchir. Un silence s'installe et soudain le génie se réveille.

« J'ai une idée ! »

Je le regarde, intriguée, tandis qu'il se lève pour contourner mon lit. Il se penche sous mon bureau et récupère un petit cylindre métallique servant de poubelle de bureau auquel je n'avais jamais prêté attention.

Il revient s'asseoir à mes côtés, place ensuite la poubelle entre ses cuisses. Son sourire malicieux m'intrigue encore plus et je meurs d'envie de lui tirer les vers du nez.

Il me prend la photo des mains sans me demander mon avis, mais je ne proteste pas, bien trop étonnée pour l'arrêter. Il la dépose sur une de ses cuisses avant de farfouiller dans une des poches arrière de son jean noir.

« Prends ça. »

Il dépose dans ma paume et sous mes yeux ébahis un briquet. Je lève de grands yeux vers lui, comprenant enfin son idée. Il me fixe intensément de la sévérité dense de ses prunelles azur et sa voix résonne, grave :

« OK, Jade. Maintenant, c'est toi qui décides. »

Il me montre la photo et la place au-dessus de la poubelle.

« Soit tu brûles cette photo et tu tournes la page, soit tu ranges cette photo dans ton tiroir et tu continues de te morfondre comme une prépubère. »

Ne lui a-t-on jamais appris le tact ?

Je réfléchis un instant, mais ma dignité prend le dessus, je ne veux plus être la petite fille naïve qui se faisait marcher sur les pieds par son petit ami, je veux qu'une nouvelle Jade voie le jour.

Alors j'approche le briquet, ma main tremble presque mais, sans me poser plus de questions, je fais rouler mon pouce sur la petite molette et une flamme dans les tons bleu et orangé émerge, comme sortie d'un long sommeil, elle danse un instant dans l'air, le temps de ma réflexion.

Je ne dois plus hésiter. Alors j'approche la flamme du papier glacé, celle-ci vient lécher la photo pour finalement la dévorer petit à petit. Je regarde les flammes engloutir la photo et Cameron lâcher le cliché dans la poubelle lorsqu'il commence à avoir peur pour ses doigts. Nous restons un moment dans le silence tandis que les flammes consument mon passé.

Une nouvelle Jade vient de naître.

Cameron dépose la poubelle sur le sol dans un son métallique et ajoute :

« Sage décision. »

Je le pense aussi. Il a fallu que ce soit ce garçon détestable qui m'aide à tirer un trait sur mon passé.

Je secoue la tête tandis que, dans mon esprit, je revois le cliché brûler.

*Tu ne dois plus y penser.* Et, pour me changer les idées, je reviens sur notre « marché ».

« À ton tour de te confesser. »

Je le vois sourire et il répond, tout fier :

« J'adore les pancakes, surtout avec du sirop d'érable. Hum, un ré-gal ! »

Il ferme les yeux en se caressant le ventre. Il semble partir dans un pays lointain rempli de pancakes et ça me fait rire un instant, mais j'insiste finalement :

« Nan, allez, pour de vrai. »

Il revient à la réalité et hausse les épaules.

« J'ai rien à confesser. »

Je secoue la tête, le sourire aux lèvres.

« Je suis sûre que si. »

Il secoue la tête négativement, alors je réfléchis à une quelconque question à lui poser. Une me vient en tête et innocemment je demande :

« Elle est où, ta maman à toi ? »

Je l'observe et remarque que son visage se ferme peu à peu et que ses yeux commencent à s'assombrir. De plus, lorsqu'il parle, sa voix est aussi tranchante qu'un rasoir :

« Là, tu viens de louper une occasion de fermer ta gueule.

— Hein ? »

C'est la seule chose que je trouve à dire face à son agressivité soudaine. J'ai dit quelque chose qu'il ne fallait pas ? On dirait…

« On avait un marché. J'ai fait une confession, alors à ton tour. »

Pour seule réponse, il se lève du lit et me lance froidement les yeux dans les yeux :

« Je n'ai pas de mère.

— Tout le monde a une mère ! »

Putain, mais je peux pas fermer ma gueule, moi !

Il ne répond pas et, après m'avoir fusillée du regard, il se retourne et se dirige vers la porte. Je me précipite pour le rattraper et je pose une main sur son bras tandis que sa main à lui est posée sur la poignée.

« Les amis doivent se parler », je lui fais remarquer.

Je l'entends ricaner et la réplique suivante me transperce :

« On ne sera jamais amis. »

Sur ce, il sort en claquant la porte, me laissant là, avec pour seul témoin de son passage un pot de glace fondue.

# Chapitre 30

*Quelques jours plus tard…*

« Excusez-moi, monsieur ! Vous pourriez m'indiquer le chemin de la gare, s'il vous plaît ? »

En face de moi, le vieux monsieur commence à me donner différentes explications que je m'efforce de retenir

*À droite puis tout droit et ensuite première à gauche.*

Pfiou, quelle expédition ! Je regrette presque de ne pas avoir accepté la proposition de mon père de m'y emmener. Je dois dire que notre relation a pas mal décliné ces derniers temps. Son boulot lui prend tout son temps et à cause de ça il est souvent à cran et multiplie les maladresses, comme la dernière fois avec maman. Du coup, je prends mes distances.

Je remercie le vieillard d'un sourire chaleureux, tout en me répétant ses instructions pour ne pas les oublier.

« OK, alors à droite puis tout droit et ensuite première à gauche », je murmure tout en accélérant le pas.

Nous sommes en plein été et les rues sont toujours aussi bondées, aussi parfois je dois jouer des coudes pour ne pas freiner ma course.

15 h 20. Moi qui espérais être en avance, me voilà en retard ! J'accélère encore le pas et c'est un petit peu essoufflée que j'aperçois enfin un panneau SNCF.

Ouf, je passe l'entrée et m'arrête finalement devant le tableau des arrivées, avec un peu de chance son train aura du retard. Loupé, il est arrivé depuis dix minutes déjà et, à en juger par les voies complètement vides, il est aussi reparti.

« Incorrigible, toi, dis donc ! Toujours en retard ! »

Je sens deux bras encercler mes épaules par-derrière et je souris instantanément : ma blonde est de retour ! Je me retourne et m'empresse de serrer Pauline dans mes bras.

« Ahh, tu m'as manqué, ma puuuuce ! »

Elle dit cela tout en me serrant fort contre elle. Je me sens enfin soulagée, complète. Tout ne peut qu'aller bien, maintenant ! Elle me repousse et m'examine à bout de bras.

« Je suis déçue, t'as pas trop bronzé ici ! Le soleil est nul ou quoi ? »

Je ris, pas croyable cette fille… Elle dépose un baiser super-sonore sur ma joue avant de placer ses poings sur ses hanches et de s'exclamer :

« Bon, partons à la conquête de ta super-maison ! Il est où, notre chauffeur ? »

Je ricane.

« Justement, toi qui aimes bien le sport, tu vas être servie. Le trajet se fait à pied. »

Elle paraît déçue.

« Ah bon ? Mais il est où, ton super-beau gosse ? »

Je roule les yeux.

« Ouh là, longue histoire. »

Il est vrai que, depuis le « repas de la discorde » et la petite soirée « confession » qui a mal tourné, nous ne nous sommes pas reparlé et je dois dire que j'ai tout fait pour. J'ai passé presque une semaine à l'éviter et à marcher tel un fantôme près des murs pour ne pas avoir à être confrontée à lui. Chacun a donc suivi son petit train-train de son côté comme au départ. Il a même apparemment oublié le job de garde du corps que lui avait attribué mon père. Je dois dire que, maintenant que je ne fréquente plus Louis, ce n'est plus vraiment nécessaire.

Mes journées se limitent à : films, plage, manger, dormir, plage, douche. Et tout ça en boucle. Aussi étais-je particulièrement impatiente à l'idée de revoir ma meilleure amie. Enfin un peu de piment dans cette routine. Et quel piment !

« On a de la marche, non ? »

Je hoche la tête.

« Donc tu peux me raconter », conclut-elle.

Je lui adresse un grand sourire tandis que nous nous mettons en route avec le bruit des roulettes de la grosse valise de Pauline derrière nous.

Finalement, grâce au papotage, le trajet paraît moins long qu'au début. Quand nous arrivons devant la maison, Pauline connaît tous les détails de mes histoires ici, en passant de Louis à Cameron, qu'elle trouve très con d'ailleurs ! Je cite : « Comme quoi être beau ne rend pas intelligent. »

Lorsque je pousse la porte d'entrée, Pauline a la bouche grande ouverte. Je crois même qu'elle manque de s'évanouir à la vue de l'intérieur, il faut dire que cette fille a toujours adoré ce qui fait luxueux.

« Oh non, la piscine ! »

Ma meilleure amie abandonne sa valise pour aller coller son nez à la baie vitrée et baver devant la terrasse et son étendue d'eau. Moi, je la maudis de faire autant de bruit, je n'ai pas envie que Cameron débarque. Remarque, il nous éviterait sans doute, mais je connais mon amie et elle a la langue bien pendue. Vu les caractères des deux, mieux vaut éviter la troisième guerre mondiale…

Je la regarde, elle a l'air d'une enfant dans un château de princesse, elle observe tout en tourbillonnant sur elle-même, faisant tourner les volants de sa robe d'été.

« Tu viens, on va poser tes affaires à l'étage. »

Malgré le nombre phénoménal de pièces ici, j'ai quand même insisté pour que l'on dorme dans la même chambre, comme avant. En même temps, le lit peut contenir facilement trois personnes, alors pas de souci de ce côté-là.

Elle traîne son immense valise dans l'escalier, tant bien que mal, et malgré notre délicatesse de mammouth personne ne montre le bout de son nez dans la maison. Il n'est peut-être pas là, finalement.

J'en ai la confirmation lorsque la porte ouverte de sa chambre me laisse voir qu'elle est vide. Je n'y accorde pas plus d'attention et j'ouvre la mienne.

« Oh-mon-Dieu ! »

Elle me percerait presque les tympans.

« Tu te rends compte que beaucoup de filles tueraient pour avoir une chambre comme la tienne !

— Sans doute », je réponds, un peu gênée, en haussant les épaules.

Elle rigole d'excitation avant de se laisser tomber en étoile sur le matelas moelleux du lit que nous allons partager.

« Ah ! Enfin de vraies vacances ! »

Je les attends toujours, moi, mes vacances.

Je tape dans mes mains, la faisant sursauter.

« Bon, qu'est-ce que tu veux faire ? »

Elle m'adresse un sourire malicieux et je devine son projet.

« Piscine », on lance en chœur.

Elle saute de joie en installant sa valise sur le lit pour pouvoir farfouiller dedans. Elle en sort un maillot de bain rouge et me demande la direction de la salle de bains pour aller se changer.

Une fois seule, je récupère le mien et l'enfile. Quelques instants plus tard, Pauline s'exclame joyeusement :

« *Vamos* à la piscine ! »

Nous rigolons toutes les deux avant de dévaler l'escalier vers cette eau qui nous appelle.

On ne perd pas de temps avec toutes les formalités des adultes : passer d'abord de l'eau sur sa nuque, sur ses bras. Ne pas rentrer trop vite…

Nous sautons, purement et simplement. Telles deux bombes, noyant la terrasse et les transats d'eau à la suite de notre *SPLASH* olympique.

Je fends l'eau qui m'entoure pour remonter à la surface récupérer un peu d'air, et je suis accueillie par un geyser en pleine figure. La bataille commence, ça me rappelle celle que nous avons disputée avec Cameron il y a quelques jours.

Je l'oublie très vite puisque chaque instant passé à rêvasser me vaut un arrosage. C'est la guerre et, immédiatement, je retombe en enfance.

Après beaucoup de rires et un match nul, nous nous adossons au rebord, essoufflées, le sourire sur les lèvres, en rigolant toujours. Le soleil commence à taper sur nos bras, séchant au fur et à mesure les gouttelettes sur nos peaux. On reste un instant à apprécier cette douce morsure, dans le calme et la sérénité. Je pose ma tête sur mes bras croisés sur le rebord et ferme les yeux un instant.

Un court instant, gâché par des rires et une porte qui claque. Je redresse vivement la tête tandis que ma meilleure amie hausse un sourcil.

« Ça va être énorme, ce soir ! »

Oh non, je reconnais cette voix insupportable.

« On pourrait mettre la sono là. »

Je jette un œil et j'observe celle qui est sans doute ma pire ennemie examiner le grand salon, accompagnée de son copain.

« Là on videra la table pour installer un bière-pong et… »

Je n'écoute plus ce que dit Lucie car je remarque que ma meilleure amie s'agite à mes côtés, comme pour sortir de l'eau. Je l'arrête, ils ne nous ont pas vues et c'est parfait, je veux en savoir plus sur cette fête organisée chez moi et dont je n'ai pas été informée.

Malheureusement, Pauline n'a pas les mêmes pensées que moi, elle se hisse sur le rebord pour s'y asseoir.

« Vous organisez une petite fête pour mon arrivée ? C'est gentil, ça ! »

Et merde, je sens toute l'ironie dans la voix de mon amie.

Le couple sursaute et un sourire de dégoût se peint sur le visage de Lucie.

« Oh, tiens, ta snob de colocataire s'est multipliée ?

— Je te demande pardon ? »

Pauline a LE regard, celui, légèrement plissé, qui signifie que le mode garce est activé et que la machine de destruction est en marche. Je la supplie du regard de se tenir tranquille. Elle se redresse alors et je vois mon ennemie la détailler. Eh oui, niveau corps de rêve tu as de la concurrence, cocotte.

Je crois que Pauline l'a aussi remarqué puisqu'elle accentue exagérément le roulement de ses hanches lorsqu'elle va au transat récupérer une serviette.

« Et à quelle heure commence la party ? » questionne Pauline sournoisement.

Lucie siffle entre ses dents :

« Vous êtes pas invitées. »

Pauline soupire :

« Nous habitons ici, chérie, alors bien sûr que nous sommes invitées. (Je la vois rouler les yeux.) À 20 heures nous serons prêtes, pas vrai, Jade ? »

Je hoche la tête tout en m'extirpant de l'eau, mais une question me brûle les lèvres :

« Et nos pères ? »

J'entends un léger « Gamine ! » de la part de la Barbie blonde mais je l'ignore.

« Week-end chez des potes, me répond Cameron.

— Bien ! s'exclame Pauline. On va aller commencer à se préparer. Bye bye. »

Elle prend ma main et tout en me tirant lance un clin d'œil à Lucie au passage.

Ça promet !

# Chapitre 31

En quelques heures, la maison est transformée en véritable boîte de nuit.

En fin d'après-midi, plein de Barbie ont infesté les lieux, armées de déco, de boissons et de multiples amuse-gueules. On ne reconnaîtrait presque plus la maison. J'ai dû retenir Pauline, qui mourait d'envie de mettre la pagaille dans ce tas de poupées aussi actives que des fourmis, et particulièrement d'embêter la reine : Lucie. Je crois qu'elle commence à bien la détester !

Nous avons donc regardé du haut des marches la maison changer d'apparence petit à petit. Une grande sono trône désormais au milieu du salon. Le canapé a été poussé contre le mur pour libérer un grand espace de danse. Une table croule sous les bouteilles d'alcool en tout genre, vodka, Soho et Get. Tout y est !

Nous voilà donc, à 21 heures, en train de choisir nos tenues de « combat » avec Pauline. Je ne sais pas quoi mettre et Pauline, occupée à se raser les jambes, ne semble pas être disposée à m'aider. Super…

Je serre la serviette que j'ai enroulée autour de ma taille pour qu'elle ne tombe pas tandis que je fixe désespérément mon armoire, comme si une tenue allait apparaître par magie.

De la musique s'échappe déjà d'en bas, me rappelant que le temps presse.

Pauline a renversé sa valise, en quête de LA robe.

« Dis, tu voudrais pas m'aider ? »

Ma meilleure amie relève vivement la tête et hausse un sourcil. Elle se redresse et, les mains sur les hanches, se positionne à mes côtés. Elle balaye vite fait le dressing en examinant les habits et en les palpant pour les juger de ses longues mains.

Elle tire finalement un cintre et sort la petite robe noire que j'ai portée à la toute première soirée à mon arrivée ici.

« Celle-là, elle est bien. »

Impossible. Je secoue la tête :

« Je l'ai déjà mise. »

Elle pousse un soupir et roule les yeux. Ensuite elle replonge ses mains dans les tissus et prend un air concentré. Comme si elle s'attelait à désamorcer une bombe.

Son visage s'éclaire d'un coup, elle m'offre un grand sourire et se détourne de mon armoire.

Attendez, quoi ? Elle est pas censée m'aider ?

J'évite de protester à l'instant où elle se remet à farfouiller dans sa valise en me jetant des coups d'œil.

« Ah ! Voilà ! »

Elle affiche une mine ravie, tandis qu'elle me tend une étoffe.

« Tu vas être magnifique ! »

Je détaille le tissu à bout de bras. Je dois dire que cette robe est particulièrement canon ! Mais elle est sans doute faite pour Pauline, pas pour moi. C'est un modèle très près du corps, et moi qui ai tendance à cacher mes fesses que je trouve trop rebondies… Le tissu est dans les tons nude avec des strass par-ci par-là et le décolleté… Waouh ! Elle fait très robe de soirée entre jeunes et je suis sûre que les post bad des réseaux doivent se l'arracher, mais ce n'est définitivement pas une robe pour moi…

« Bon, tu l'enfiles ou tu campes sur place ? »

Pauline me presse en maintenant d'une main sa serviette.

« Pauline, je ne crois pas que… »

Ma meilleure amie roule les yeux.

« Chérie, tu sais que je t'aime hein, mais décoince-toi… On est là ce soir pour faire rager l'autre pimbêche, alors réveille le sexy qui sommeille en toi. »

Je souris.

*Réveille le sexy qui sommeille en toi…*

Pourquoi pas, après tout. Ce serait assez satisfaisant de sentir le regard vert de jalousie de Lucie sur moi. Bon, après, je ne suis pas une bombe, mais je peux jouer le jeu !

« D'accord. »

Elle hoche la tête avec un pouce levé avant de retourner farfouiller dans sa valise pour chercher sa robe à elle.

Je me retrouve donc en tête à tête avec la fine robe. À nous deux, et je gagnerai cette bataille !

Une jambe après l'autre, je commence donc à enfiler la robe en prenant garde de ne pas trébucher dessus, sous peine de me rompre le cou ce qui donne lieu à de jolis bonds.

J'entends même Pauline rigoler.

Ensuite, je remonte le tissu sur mon corps. Elle me colle immédiatement comme une deuxième peau. Je me sens presque oppressée. Je passe les bretelles sur mes épaules. Et voilà. Je lisse légèrement la robe sur le devant de mes cuisses. Je suis un peu plus grande que Pauline, aussi cette robe paraît bien courte sur moi. J'ai aussi de plus gros seins, qui sont sacrément mis en valeur par le décolleté très prononcé.

Alors là, pour le coup c'est carrément sexy ! Mais qui est cette fille dans ce miroir ?

Je ne me trouve pas spécialement jolie mais je dois dire que cette robe, bien que courte, me procure un nouveau sentiment, une nouvelle force. Plus de confiance, peut-être.

« Putain, mais t'es bonne, meuf ! »

Je me tourne vers Pauline, qui a la bouche grande ouverte.

Non mais s'il vous plaît.

« Si j'avais été un mec, tu me ferais bander ! »

Elle pouffe et je l'accompagne. Cette fille me régale !

« Je suis jalouse. Elle te va mieux à toi qu'à moi. »

Elle affiche une moue boudeuse tout en croisant les bras. Je lui tire la langue.

« C'est le charisme, chérie. »

Je plaisante, avec un faux accent anglais très mal imité.

Mais ça la fait rire.

« J'enfile la mienne puis on se maquille et à nous la soirée ! »

Je remarque d'ailleurs que le volume de la musique a augmenté et qu'un brouhaha monte.

Pauline enfile une jolie robe rouge en velours un peu taillée comme la mienne et ensuite elle se frotte les mains.

« On va pas toucher à tes cheveux parce que ça fait sexy, ce petit côté sauvage, mais je vais te maquiller. »

Je m'installe donc sur mon lit sans rechigner et la laisse faire pendant une dizaine de minutes au moins.

« Tadaaaaa ! »

Elle attrape un petit miroir rond sur mon bureau et me le tend. Je découvre dans mon reflet un léger ombré dans les tons de ma robe surmonté d'un beau trait d'eye-liner.

« Rapide, simple et efficace. T'es une bombe ! »

Je la laisse me complimenter non sans être assez mal à l'aise et je la presse gentiment d'attaquer ses finitions. Elle sculpte de ses mains expertes des boucles à l'aide d'un lisseur – allez comprendre – dans ses longs cheveux blonds. Ensuite, tout comme moi, elle applique sur ses yeux un léger ombrage avant de surligner sa bouche à l'aide d'un rouge à lèvres M·A·C d'un rouge vif. Elle secoue vite fait ses boucles pour leur donner un effet coiffé décoiffé et elle proclame :

« Que la fête commence ! »

# Chapitre 32

Pauline fait valser sa chevelure de sa main fraîchement manucurée. C'est dingue ! Cette fille a le pouvoir de se faire les ongles en un temps record, et ils sont parfaits en plus. Elle se saisit ensuite de mon bras et me tire hors de ma chambre en s'exclamant à nouveau :

« Que la fête commence ! Youhouu ! »

Hilares, nous descendons l'escalier déjà squatté par des dizaines d'adolescents tous propres sur eux.

La musique résonne et bourdonne dans mes oreilles. J'ai déjà presque envie de danser.

Pauline est passée en mode séductrice, cela se voit à son roulement de hanches et aux petits sourires et clins d'œil qu'elle adresse par-ci par-là. Une vraie bombe de sexe, celle-là !

Je dois dire que, moi aussi, je me sens transportée ce soir. Plus confiante. Peut-être est-ce dû aux nombreux regards qui glissent sur mon corps ?

Nous avançons dans le salon parmi la foule endiablée. Une table offre différentes boissons, nous nous lançons un sourire complice avec ma meilleure amie et nous nous armons de deux grands verres que nous remplissons de Get.

Bon, mission numéro un : ne rien renverser sur ma robe.

Pauline commence à secouer la tête au rythme de la musique tandis que je bois une gorgée. Je manque d'avoir un haut-le-cœur tant le liquide me pique la gorge. Un goût de menthe emplit ma bouche, aussi j'avale d'un coup sec le reste d'alcool dans mon verre pour écourter le « supplice », grave erreur il me semble. Mais je n'y prête pas attention, je rejoins Pauline et nous dansons toutes les deux au milieu des gens. On se déhanche comme deux stars. Parfois on se bouscule, parfois on se marche sur les pieds, on se pousse, sans que cela gêne personne. La proximité avec les autres fait monter la température, si bien que je suis quasi sûre que mes joues sont rouges. On danse encore et encore jusqu'au changement de musique où nous décidons de nous écarter un peu, histoire de reprendre notre souffle.

Pauline se sert un verre de ce qui semble être de la vodka et le sirote avant de me taper sur l'épaule. Je me penche et elle hurle à mon oreille pour couvrir le volume beaucoup trop fort de la musique :

« On a pas croisé Miss Barbie et Kent, tiens. »

Je hausse les épaules.

Je me retourne et me remplis moi aussi un verre. Mais Pauline me retape sur l'épaule et hurle avant que je me retourne :

« Beau gosse à 9 heures. »

Je lève la tête et regarde en direction de la porte, où une tête blonde familière fait son entrée. Louis porte un pack de bière et il est tout sourire. Il discute avec quelques personnes sur son chemin.

« Waouh, Jade, tu baves ! »

Pauline rigole à gorge déployée, se pourrait-il que l'alcool ait déjà fait effet ?

« C'est Louis ! » je lui crie.

Elle ouvre de grands yeux.

« Ton Louis ? »

Je roule les yeux avant de porter mon verre à mes lèvres. Pitié, faites qu'il ne nous voie pas. La situation serait extrêmement gênante. La dernière fois que je l'ai vu, il semblait vouloir m'étriper.

Je déglutis mais je reprends contenance lorsque je ne l'aperçois plus aux alentours. Je blêmis alors quand je le vois pile en face de moi, et devinez quoi ? Il vient vers nous ! Au grand plaisir de Pauline on dirait, elle se lécherait presque les babines.

Louis semble un peu gêné. Il est particulièrement beau ce soir, il porte une petite chemise en jean et un simple pantalon noir, mais l'ensemble est divin. Il nous sourit.

« Salut, Jade. »

Je lui souris en retour en tentant de cacher ma gêne.

« Tu es ravissante. »

En effet, comme pour appuyer ses paroles, je remarque que son regard court le long de mon corps.

Face à mon mutisme, il ajoute :

« Je peux te parler ? »

Parler ? Sérieusement ? Maintenant ?

Je porte encore une fois le gobelet à mes lèvres et me tourne vers Pauline pour qu'elle vole à mon secours. Celle-ci roule les yeux et s'approche de Louis pour lui saisir le bras.

« Allez viens, beau gosse, arrête de te prendre la tête. »

Et, sur ces paroles, elle l'entraîne sur la piste de danse. Sans moi.

Alors je reste plantée là, avec pour seul compagnon mon gobelet en plastique plein d'alcool. Je dois dire que mes envies de séductrice sont vite retombées pour laisser place à une gêne profonde. Qu'est-ce que je suis censée faire, là ? Me mélanger à la foule ? Danser ? Rejoindre Pauline et Louis ?

« Hééé, Jade, salut ! »

Un mec vient de se planter devant moi, son visage me dit vaguement quelque chose et je suis obligée de faire un effort surhumain pour me rappeler son identité.

Bingo !

« Hé, salut, Kevin ?

— Kyle », rigole-t-il.

Le fameux Kyle, le gars à qui appartient la maison où se déroulait la fête le jour de mon arrivée dans cette ville. Il n'arrête pas de me sourire.

« Tu es toute seule ? »

Nan nan, je suis en compagnie de mes deux potes *seule* et *pas d'amis*, c'est l'éclate totale !

Je hoche la tête en souriant poliment.

« Viens avec nous ! On va lancer un jeu. »

La dernière fois que ce gars m'a proposé un jeu, ça a viré au drame, alors je refuse.

« Allez, quoi ! On va s'amuser et puis t'es toute seule, là. »

Bonne déduction, Sherlock !

J'hésite à suivre Passe-Partout. Petite référence à *Fort Boyard*. Sérieux, ce mec m'emmène chaque fois vers de nouveaux jeux.

Je n'ai pas le temps de refuser à nouveau qu'il me tire déjà de sa grande poigne. Alors je le suis jusqu'à un coin reculé du salon, à côté de la baie vitrée qui donne sur la piscine. Un joli coucher de soleil nous fait face, et dehors plein de gens sont autour de et dans la piscine. Il y a des gens tout mouillés, d'autres secs et d'autres carrément tout nus ! Quel joli mélange !

Kyle m'emmène vers un cercle de personnes assises en tailleur par terre. Tous des inconnus, a priori… En même temps, c'est pas comme si je m'étais vraiment intégrée.

Tiens, tiens, mais attendez… Ce ne serait pas le grand brun qui dansait tout nu dans mon salon, celui-là ? Gary, il me semble. Je le dévisage et je pense qu'il me reconnaît puisqu'il m'adresse un sourire gêné.

« Bon, les gars ! Voici Jade, elle joue aussi !

— Jouer à quoi, au fait ? »

De ce coin du salon, la musique est plus étouffée, ce qui nous permet de ne pas trop crier.

« Bah, action ou vérité », me lance une fille comme si c'était évident.

On me fait une place dans le cercle et je tente de m'asseoir sans que ma robe remonte trop, très très galère, je dois dire.

Je remarque qu'un des garçons tient une bouteille dans ses mains, je ne sais pas de quel alcool mais c'en est, alors je tends une main pour l'attraper. Il l'écarte, l'air sévère. Apparemment, cet homme n'est pas prêteur. Je le fusille du regard.

« À toi l'honneur, Kyle », s'exclame une petite brunette.

Il se frotte les mains, tout sourire.

« Alors…

— Jade ! Enfin je te trouve ! »

Je me retourne sous les cris de ma meilleure amie. Elle est hilare et tient la main de Louis, qui semble évoluer dans un monde de Bisounours vu son sourire béat. J'ai loupé quelque chose ?

Pauline se penche et s'appuie sur mes épaules :

« Vous faites quoiiii ? »

Je rigole.

« Tu es saoule ? »

Elle mime avec son pouce et son index une petite quantité et rigole.

« Un tout petit petit petit petit peu. »

Et elle part en fou rire.

Je tapote le sol à côté de moi et elle s'affale sans prendre garde, elle, à sa robe. Louis demande à une fille de se pousser et s'installe à côté de Pauline.

« On peut commencer, maintenant ? »

Kyle semble impatient et tout le monde s'exclame.

« Bon, honneur aux nouvelles, alooors, toi la blonde ! »

Kyle pointe du doigt ma meilleure amie, qui le défie du regard.

Bourrée, Dieu seul sait de quoi elle est capable !

« Action ou vérité ?

— Action ! » hurle mon amie.

Kyle se gratte la tête et Gary se penche pour « murmurer » un peu fort quelque chose à son oreille.

Ça a l'air intéressant puisque Passe-Partout hoche la tête en riant.

« Fais un suçon sensuel au garçon de ton choix ! »

Il paraît tout fier et je suis curieuse de savoir qui elle va choisir. Toutes les paires d'yeux sont plantées sur elle tandis qu'elle jette un regard à ses côtés.

Quoi ? Mais non…

Eh bien si. Ni une ni deux, elle grimpe sur les genoux de Louis malgré sa robe et commence à coller sa bouche pleine de rouge à lèvres sur le cou du blond. Il paraît d'abord surpris tandis que la plupart des mecs semblent déçus.

Tout le monde les regarde, y compris moi, et, si je pensais ressentir quelque chose pour Louis, j'ai désormais la confirmation que non puisque la situation m'amuse finalement.

Je les observe, Louis a les yeux fermés et Pauline met du cœur à l'ouvrage. Cependant, je détourne vite le regard lorsque je remarque que la main de Pauline s'aventure dans des endroits intimes. Je sens mes joues rougir. À ma droite, je tends la main et m'empare pour de bon de la bouteille de rhum. Je la porte à mes lèvres sous les protestations du propriétaire.

Pauline ne semble pas vouloir lâcher Louis, si bien qu'une fille s'exclame :

« Elle va lui causer une hémorragie interne avec ses conneries ! »

Les gens rigolent et je les accompagne, transportée ailleurs, complètement ailleurs. Je crois que l'alcool fait son effet. Je me sens guillerette. C'est rigolo.

Finalement, Pauline descend des genoux de Louis presque essoufflée, et lui est tout rouge. Nous remarquons tous qu'une marque violacée orne maintenant son cou, entourée de traces de rouge à lèvres.

*So sexy.*

Pauline me lance un clin d'œil et je lui souris. Elle se penche ensuite à mon oreille et me demande :

« Tu me prêtes ta chambre ? »

Je ne comprends pas trop pourquoi au départ. Mon cerveau a du mal à connecter les fils et à rassembler les infos. Je l'imagine en train de pédaler sur une bicyclette rouillée. Alors j'acquiesce sans trop savoir pourquoi et mon amie me dépose un bisou sonore sur la joue.

Elle se redresse sous les regards intrigués de tous et saisit Louis par la main. Il ne proteste pas et la suit. Ils disparaissent très vite dans la foule qui se déhanche sur du David Guetta.

Ainsi, je me retrouve à nouveau seule avec des presque inconnus. Le jeu continue et les défis aux questions osées s'enchaînent. Deux filles ont dû s'embrasser. Nous avons appris que Kyle est toujours puceau. Que la fille aux cheveux bleus du groupe s'est déjà fait arrêter par la police. Tout le monde a participé sauf moi et Gary le remarque très vite, à mon grand désespoir.

« Jade ! »

Je hausse un sourcil dans l'attente du grand dilemme de cette soirée :

« Action ou vérité ? »

Voyons voir… La dernière fois que j'ai pris vérité, ça a viré à la catastrophe. Alors tentons autre chose.

« Action », je réponds fièrement.

Kyle m'adresse un haussement de sourcils et Gary réfléchit un court instant.

Je l'observe, ses yeux pétillent d'un éclat de malice. Pitié, qu'il ne me demande pas de l'embrasser ! Il est tout sauf attirant, et même l'alcool ne me fera pas faire une chose pareille. De plus, l'image de lui dansant le pénis à l'air est toujours ancrée dans ma mémoire.

« Ton défi est d'aller rouler une pelle au roi de la soirée. »

Le retour de la bicyclette. Le roi de la soirée ? Je ne comprends pas très bien. D'un mouvement du menton, il m'invite à regarder à travers la baie vitrée. Je plisse les yeux pour essayer de discerner les gens dans l'obscurité tombante. Une silhouette en tee-shirt noir et jean kaki m'apparaît clairement : le roi de la soirée. Et je réalise : Cameron.

Il a un verre à la main et semble rire. Je cherche des yeux sa groupie et la trouve plus loin en compagnie d'un groupe de filles. Décidément, je suis définitivement maudite à ce jeu.

« Vous êtes fous ! » je m'exclame.

Une blonde secoue la tête :

« C'est le jeu, ma belle.

— Allez, Jade ! m'encourage Kyle.

— Vous voulez que je me fasse étriper par sa copine hystérique ou quoi ? »

Je me moque de savoir si dans ce groupe des gens apprécient Lucie.

Kyle commence à scander mon prénom et tout le monde le suit :

« Jade ! Jade ! Jade ! »

Je ferme les yeux, prise d'un mal de tête.

Et apparemment mon bon sens pédale aussi, puisque j'ai la surprise de me voir me lever sous les acclamations de mes camarades et me mettre en marche pour accomplir ce défi.

Je suis une nouvelle Jade, séductrice et sûre d'elle. Je vais gagner ce défi.

# Chapitre 33

Quand je passe la baie vitrée, une brise agréable vient soulever mes cheveux et envelopper mon cœur. Je respire mieux qu'à l'intérieur, où l'air n'est plus qu'un mélange d'effluves de drogue, de sueur et d'alcool. Je me sens légère et prête à accomplir des choses incroyables.

Oui, enfin, calmons-nous. Relever un stupide défi n'est pas une chose qu'on peut qualifier d'incroyable.

La terrasse est bondée, il y a autant de personnes dans la piscine qu'à l'extérieur. Je dois jouer des coudes pour trouver ma « proie ». Ce n'est pas difficile, il est au fond dans un coin, entouré d'une bande de garçons.

Tiens, tiens. Lucie n'est pas avec lui ?

Parfait, cela arrange bien ma petite affaire.

Je souffle un bon coup, après tout je dois juste l'embrasser. Embrasser Cameron Kent, le mec le plus sexy et imprévisible de la terre. Tous les ados font ça, non ? Je me motiverais presque intérieurement.

La musique qui hurle dans mes oreilles me rappelle que la fête derrière moi attend que je lui rende des comptes avec ce stupide jeu.

Ce soir, je suis une autre Jade. Sans doute que l'alcool que j'ai dans le sang participe à ma renaissance. Qu'importe, je redeviens sûre de moi. Je relève la tête fièrement et j'ajoute à mon pas quelques roulements de hanches.

Je sens plusieurs regards sur moi et, lorsque je réussis à me démarquer du troupeau d'adolescents entassés sur le bord de la piscine et que j'atteins ma cible, c'est tous les regards du petit groupe qui se fixent sur moi. Je leur souris en prenant volontairement une pose aguicheuse.

Une main sur ma hanche, que je fais généreusement sortir.

Je remarque que Cameron hausse instantanément un sourcil avant de promener son regard tout le long de mes courbes presque parfaitement dessinées.

« Qu'est-ce qu'il y a ? »

Cameron crie, tentant de couvrir la musique tandis qu'un de ses amis lui tend une cigarette fraîchement allumée. Il la porte à ses lèvres et aspire généreusement. Il ferme les yeux puis laisse échapper la fumée uniquement par ses narines. Cette vision me paraît très amusante. On dirait les taureaux en colère dans les dessins animés. Je ris intérieurement et cela me permet de me détendre encore plus.

Je hausse les épaules comme pour lui dire : rien rien.

*Allez, Jade, c'est maintenant ! Vas-y avant de te dégonfler...*

Je souris tandis qu'il passe la cigarette à un garçon à sa droite. Je transperce le petit groupe jusqu'à me retrouver nez à nez avec Cameron.

*OK... Alors comment je m'y prends, maintenant ?*

Je réfléchis à toute allure : est-ce que j'use d'une stratégie ou est-ce que je l'embrasse direct ?

Il me fixe, intrigué par notre soudaine proximité. Il doit se demander si je suis saoule. Je tente un sourire et, d'un mouvement de l'index, je lui indique de s'approcher. Il fronce les sourcils mais il doit penser que je veux lui expliquer quelque chose puisqu'il s'exécute, à ma grande surprise.

Depuis quand M. Kent fait ce qu'on lui dit ?

Alors qu'il avance son visage pour sans doute que j'avance ma bouche près de son oreille, moi, je me hisse sur la pointe des pieds sous le regard de ses camarades et, dans un rapide mouvement, je pose quelques doigts sur sa joue pour l'obliger à tourner la tête de sorte que mes lèvres rencontrent les siennes.

Nos bouches s'effleurent puis viennent s'écraser l'une contre l'autre. Je peux presque sentir sa surprise quand ma main glisse sur son torse.

Pendant un moment nous ne bougeons pas, et j'attends le moment où il va me repousser. Mais cela ne vient pas, je sens toujours le goût âcre de la cigarette, alors je bouge mes lèvres contre les siennes. Quitte à gagner mon défi, autant que ce soit agréable.

Mes lèvres caressent les siennes, je penche la tête. La musique résonne derrière moi mais elle semble lointaine, comme un son étouffé. En réalité, tout me semble être au ralenti, tout.

Alors, quand du bout de ma langue j'essaie de venir chatouiller ses lèvres mais que je les trouve prêtes à m'accueillir, je connais un grand retour à la réalité.

Mon cœur tambourine plus fort dans ma poitrine. Sa main se pose sur ma hanche et me serre contre son corps musclé, ses lèvres épousent les miennes à la perfection et se mettent à bouger dans un ballet exquis. Une autre main se glisse contre ma joue tandis que je ferme les yeux.

J'embrasse Cameron Kent, le mec le plus sexy et imprévisible de la planète. Et ça me plaît.

Je fonds sous la douceur de sa langue contre la mienne, de sa main qui me presse contre lui, de son cœur qui tambourine aussi vite que le mien.

Alors Cameron a vraiment un cœur ? Qui tambourine pour moi ? Impossible, c'est sans doute l'adrénaline.

Notre baiser est passionné, furieux. C'est comme si dans ce baiser nous déposions les armes et abandonnions la haine accumulée l'un envers l'autre. Ou alors je me fais des idées. Pourtant, je suis certaine que ce baiser ne trompe pas.

Je nous revois quelque temps plus tôt lorsque, après une dispute, il s'était jeté sur mes lèvres.

L'ardeur de son baiser se calme.

*Décolle-toi, Jade. N'y laisse pas des plumes. Ce n'est qu'un défi.*

Délicatement, je me détache de ses lèvres si pulpeuses. Je ressens pourtant l'étrange besoin de les goûter à nouveau.

Je me recule un peu tandis qu'il laisse ses mains sur ma joue et ma hanche. Nous nous observons, presque haletants. La musique comble l'énorme silence qu'il y aurait eu à cet instant.

Je le regarde et il me regarde. Personne ne bouge.

Que pense-t-il de ce baiser ?

Je laisse retomber ma main qui était toujours sur son torse et je tente un léger sourire, gênée.

Il n'y répond pas, il semble en transe. Sa bouche est entrouverte et, sous la faible lueur de l'extérieur, je peux discerner qu'elle est désormais rougie.

Rougie par moi, par mes lèvres.

Ses yeux brillent d'une lueur que je ne leur ai jamais vue. J'ai l'impression que rien ne peut gâcher ce moment, rien au monde.

« Alors toi, sale garce ! »

C'était oublier un détail, qui vient de s'exprimer dans le silence entre deux chansons.

# Chapitre 34

« Je vais te tuer ! »

Je fais lentement volte-face tandis que la musique se remet en marche, comme pour couvrir l'esclandre qui va suivre.

Lucie paraît très en colère, elle avance vite vers nous malgré sa robe moulante noire qui l'empêche de faire de grands pas. Son visage est fermé et ses yeux dans l'obscurité lancent des éclairs. Aïe aïe aïe.

« Comment oses-tu poser ta sale bouche de salope sur MON copain !? »

J'ai bien l'impression qu'elle va me sauter dessus.

Personne ne bouge, tout le monde attend. Moi compris. Le groupe de Cameron s'élargit un peu, comme pour ne pas avoir à se frotter à cette furie.

Je pose mes poings sur mes hanches, bien décidée à ne pas me laisser marcher sur les pieds. Elle s'avance toujours plus près, au point que je peux percevoir toute sa fureur. Avec son mètre quatre-vingts, elle me surplombe largement et martèle mon thorax de son index.

« Je t'avais prévenue ! Je ne sais pas ce qui me retient d'arracher tous tes cheveux un par un. Alors ça te plaît de piquer les mecs des autres ?! C'est quoi, ton problème, t'as pas compris qu'il ne voudra JAMAIS de toi ? »

Elle insiste bien sur le « jamais », avec un petit sourire. Elle trouve ça drôle ?

Si j'ai été saoule, là je suis sûre que j'ai complètement décuvé.

La moutarde commence à me monter au nez, et plusieurs répliques cinglantes se forment dans ma tête, viennent se glisser sous ma langue, prêtes à sortir. Mais, alors que je suis en train de choisir soigneusement ma réplique, un bras massif passe devant ma taille et me pousse légèrement en arrière : Cameron.

« Arrête, Lucie, tu te donnes en spectacle. »

Avec sa grosse voix, il n'a pas de mal à se faire entendre par-dessus la musique. Je ne peux pas voir son visage, mais rien qu'au timbre de sa voix je peux deviner qu'il est tout de même très calme.

Je discerne ensuite un petit ricanement suivi d'une horrible voix de crécelle :

« Moi je me donne en spectacle ? C'est la meilleure, celle-là ! Rappelle-moi qui joue à la traînée en embrassant MON copain devant tout le monde ? C'est pas du spectacle, ça, peut-être ?!

— Lucie, stop. »

La voix de Cameron est autoritaire et même moi j'en tremble. Pourtant Lucie rigole toujours.

« Mais il t'arrive quoi, à toi ! Elle t'a retourné le cerveau ou quoi ? Je ne te reconnais plus ! Ça y est, tu deviens son petit chien-chien ? »

J'ai tellement envie de la baffer, vous n'avez pas idée. Ma main me picote presque et dans ma tête je l'ai déjà assassinée plein de fois.

« Ta gueule, Lucie. »

Je tente de commencer à l'attaquer, mais Cameron se retourne un peu vers moi et ses yeux m'ordonnent clairement de ne pas poursuivre. J'en bouderais presque. Il me vole mes plaisirs personnels, là...

Lucie, elle, ne semble pas relever et continue à attaquer toujours plus Cameron :

« Elle t'a vraiment retourné le cerveau ! T'as encore de l'eau dedans ou quoi ?! »

Je ne comprends pas très bien cette dernière phrase, pourtant elle semble atteindre Cameron car, même dans l'obscurité, je peux voir les muscles sous son tee-shirt se contracter et ses poings se fermer.

« Je t'avais prévenue, Lucie, siffle-t-il entre ses dents. Dégage de ma baraque. »

Tous les jeunes qui se sont rassemblés autour de nous pour admirer le spectacle semblent trembler comme des feuilles.

« Et pourquoi je ferais ça ? se moque-t-elle.

— Ne joue pas avec mes nerfs. »

Les muscles de Cameron se crispent toujours plus, alors je pose ma main dans son dos comme pour essayer de le calmer.

« Hé, les gars, qu'est-ce qui se passe ? »

Ce cri sort de la nuit doucement, à cause de la musique, mais tout le monde l'entend, si bien que les têtes se tournent. La masse de jeunes semble se décoller un instant pour laisser passer Kyle. Cameron le dévisage, impassible. Il semble hors de lui et ses yeux sont animés d'une rage folle. Mais pourquoi, au juste ?

« Il se passe quoi ? » répète Kyle.

Personne n'ose lui répondre, alors il me questionne :

« C'est ton pari qui crée tout ce spectacle ? »

Cameron fronce les sourcils et se retourne pour m'observer. Son regard semble me questionner, mais il porte aussi un autre sentiment : de la déception ?

« Tiens, tiens, un pari en plus ! » ricane Lucie.

Cameron l'ignore et ne me lâche pas du regard tandis que je hoche lentement la tête pour répondre à Kyle.

Aussitôt, Cameron semble reprendre vie et nous laisse tous en plan alors que la foule se sépare pour le laisser passer.

Je fixe son dos s'éloignant un peu sans prêter attention aux filles trop maquillées qui sont réunies autour de Lucie.

Je ne peux pas rester là, il faut que j'aille voir Cameron. Alors, perchée sur mes petits talons, je tente de trottiner pour le rattraper.

« Cam ! Attends ! »

À cause de la musique, je n'entends pas les pas qui courent aussi derrière moi. J'aperçois juste une silhouette me dépasser légèrement et deux mains se poser sur moi et me pousser de toute leur force.

Je perds l'équilibre et je me sens tomber. Dans ma chute, je discerne une sacrée garce satisfaite. Et je comprends vite pourquoi quand mon corps entre en contact non pas avec le sol mais avec un liquide assez froid. Je tombe en un grand *SPLASH* dans la piscine.

# Chapitre 35

Je réussis à extirper ma tête de l'eau sous le regard de tous, et je m'accroche au rebord. Instantanément, je sens l'humiliation s'emparer de moi.

Après cette petite baignade je ne ressemble plus à rien, c'est certain. J'agrippe fort le béton. Je vais la massacrer ! Je hais Lucie. Je ne le dirai jamais assez ! J'entends des voix autour de moi, qui rient. C'est insupportable.

Je passe une main sur mon visage pour repousser mes cheveux.

« Je vais la buter, je grogne pour moi-même.

— Oh non, le seul endroit où tu vas aller, c'est te changer. »

Je lève la tête, certaine que l'on se moque de moi. Une personne est accroupie et me surplombe sur le bord de la piscine. Une personne à l'air à la fois sévère et compatissant.

Cameron me tend une main pour que je sorte de là. J'hésite à l'envoyer balader, mais après tout il m'a tout de même défendue tout à l'heure.

Mon regard est dur quand je le plante dans le sien et que j'attrape sa main. Il me hisse sans trop de mal.

Tout le monde a les yeux posés sur moi, dans l'attente de ma riposte. J'observe dans un coin Lucie qui pouffe avec ses amies, l'air satisfait. Je vais lui faire manger ses ongles manucurés, je le promets ! Je m'apprête à lui en toucher deux mots, mais le bras que passe Cameron autour de ma taille m'en dissuade.

« Suis-moi. »

Je soupire et m'exécute. Nous traversons le salon mais peu de gens se soucient de nous, bien trop occupés à se dandiner sur la piste de danse. La plupart sont bien éméchés.

Je me faufile à l'étage, escortée de Cameron. L'escalier est un vrai parcours du combattant avec ces ados partout quasi prêts à s'envoyer en l'air. J'accélère le pas, cette robe colle beaucoup trop à mon corps. Cameron passe devant moi en me lançant :

« J'espère pour toi que tu as fermé ta porte à clé ? »

Euh.

La réalité me percute. J'ai prêté ma chambre à ma meilleure amie et à mon ex-flirt.

Et merde !

« C'est-à-dire que Pauline y est avec Louis. »

Il roule les yeux.

« Mais t'es pas possible. »

Il saisit alors mon poignet et m'entraîne doucement un peu plus loin dans le couloir jusqu'à une porte donnant sur une pièce où je m'étais égarée lors de mon premier jour ici.

Il sort une clé de son jean et déverrouille sa chambre avant de me pousser à l'intérieur.

La situation est assez cocasse, je dois dire.

« J'aurais jamais pensé avoir à faire ça un jour, soupire-t-il en refermant la porte. Le prends pas mal, mais t'es pas très fute-fute parfois. »

Je lève les yeux au ciel.

« Tu crois vraiment que c'est le moment pour m'enfoncer, là ?

— Règle numéro un : quand une fête se déroule chez toi, tu fermes la porte de ta chambre.

— Merci, Einstein, je le saurai pour la prochaine fois. »

Je lui lance un sourire ironique, tandis qu'il ricane.

« Bon, maintenant je vais te donner de quoi éviter de goutter partout dans ma chambre et te changer parce que bon… ta robe est un peu transparente une fois mouillée. »

Il a l'air assez mal à l'aise et, lorsque je baisse les yeux sur ma poitrine, je comprends très vite. La honte : la robe laisse presque tout voir !

Je croise mes bras autour de ma poitrine et mes joues rougissent violemment. Il se détourne avec un léger sourire et se dirige vers une armoire de laquelle il sort une serviette propre.

« Tiens, sèche-toi. »

Je le remercie et je commence à tamponner la serviette sur tout mon corps pour faire partir toute trace d'eau. Je m'en sers ensuite pour recouvrir ma poitrine.

« Bon, c'est pas top, mais j'ai un vieux short de pyjama et un tee-shirt à te prêter. »

Je ne vais pas faire la difficile à ce niveau-là. J'accepte ce qu'il me tend et je le regarde, confuse.

« Bah, t'attends quoi ? Change-toi.

— Euh… là ? »

« Non non, dans la salle de bains déjà bien occupée par des jeunes en train de copuler, sans doute. Bon sang, Jade, bien sûr, LÀ. »

Et, pour ponctuer sa phrase, il se retourne en soufflant.

OK, je n'ai que quelques minutes alors. Je me débarrasse de ma robe qui colle et j'enfile le tee-shirt de coton à l'effigie du groupe Arctic Monkeys ainsi que le short trop grand pour moi.

« C'est bon. »

J'ai l'air d'un sac à patates, c'est certain, il ne fait pourtant aucun commentaire, il saisit juste ma robe et la balance dans ce qui semble être un panier de linge sale.

« Tu peux dormir ici si tu veux. »

J'apprécie sa gentillesse même si elle est due à la pitié que je suscite.

« Merci. Tu y retournes, toi ?

— Ouais », répond-il rapidement.

Je hoche la tête avant de lui poser la question qui me brûle les lèvres :

« Pourquoi tu m'as défendue ? »

Sa réaction ? Il hausse les épaules. Je suis un peu déçue, je l'avoue.

Il a déjà la main sur la poignée, alors je ne veux pas l'embêter plus longtemps, mais c'est lui qui prend la parole :

« Je sais pas. Parce que je pensais que tu avais fait ça par sentiment et je pars du principe qu'on ne doit pas blâmer les sentiments. Enfin, je me comprends. »

Je le fixe, cherchant à le déchiffrer :

« Par sentiment ? »

Est-ce que j'ai des sentiments pour lui ? Je ressens un petit pincement au cœur que je ne saurais interpréter, alors je laisse tomber et il reprend la parole :

« Ouais, je croyais, mais ce n'était qu'un pari, hein ? »

Ouch. En effet.

« Je suis désolée. »

Il hausse les épaules. Je me souviens alors de la déception dans son regard. Elle est là à nouveau, dansant dans ses prunelles.

« C'était agréable quand même. »

Il ose un petit sourire après cela.

J'acquiesce, c'est vrai que dire le contraire serait mentir. Ce baiser était presque extraordinaire. Délicat et sauvage à la fois.

Il fronce les sourcils face à mon silence.

« Tu devrais y aller, ton hystérique doit t'attendre. »

Il me fixe. Étrangement. Intensément.

« Qu'est-ce qu'il y a ? » je demande, intriguée.

Il lâche la poignée pour se tourner complètement vers moi et me déclare :

« Je ne suis pas amoureux de toi, Jade. »

Sa réplique m'étonne un peu. Pourquoi m'annonce-t-il cela ? Malgré moi, je trouve cette remarque cinglante. Pourquoi ?

« Je ne suis pas non plus amoureuse de toi, Cameron. »

J'appuie bien sur son prénom, je cherche quelque chose d'autre à ajouter mais je remarque qu'il se déplace pour s'approcher de moi. Il est près, trop près, et son regard est grave.

« Alors comment se fait-il que mes lèvres ne cessent de réclamer les tiennes ? »

Cette confession me cloue sur place. Je suis incapable de bouger. Attendez ?! A-t-il vraiment dit ça ?

En tout cas, une décharge électrique remonte le long de ma colonne vertébrale et ma bouche s'entrouvre de surprise.

Il examine mon visage attentivement. Trop attentivement. Je n'ose pas bouger, pourtant je tremble comme une feuille. J'ai clairement peur de la suite.

Perdue dans mes pensées, j'ai aussi la surprise de le voir porter sa main derrière ma nuque.

Il ne semble pas hésitant, il a l'air sûr de lui, comme toujours. Il se penche légèrement, et mes yeux se ferment dans l'attente du retour du bien-être que j'ai pu ressentir tout à l'heure. Ses lèvres effleurent légèrement les miennes et je trouve l'attente beaucoup trop longue. Elles se posent enfin, et je retiens mon souffle tandis que mon cœur bat dans ma poitrine.

Je hais ce mec et pourtant je le laisse m'embrasser, je le laisse me procurer des sensations divines. Cette fois, personne ne pourra nous arrêter, pas même Lucie…

*Lucie ?!*

J'ouvre instantanément les yeux tandis que sa bouche bouge toujours sur la mienne. Je place mes paumes sur son torse et le repousse.

« Arrête ! »

Il ne comprend pas très bien pourquoi. J'essaie, moi, de confectionner des phrases logiques et claires dans ma tête pour exprimer ma pensée. Je dois lutter pour faire taire les sensations qu'il a fait naître en moi.

Je me laisse tomber sur le lit tandis qu'il me fixe toujours avec des yeux ronds :

« Pourquoi tu me repousses ? »

Il semble vexé, je remarque aussi que ses lèvres commencent à être rougies et je trouve ça mignon. En face de moi, il me scrute et ne semble pas comprendre, alors je lui explique :

« Tu as une copine, Cameron. »

Il hausse les sourcils et se permet de me questionner :

« Et ? »

Mais c'est quel genre de type, ça ? Je ne porte pas Lucie dans mon cœur et j'ai énormément apprécié nos baisers mais, tout de même, la fidélité n'est-elle pas le pilier d'un couple ?

Alors, malgré moi, je m'emporte :

« Mais Lucie a raison, finalement. Tu as de l'eau dans le cerveau ! On n'embrasse pas une autre fille quand on a déjà une copine ! »

Lorsque je pose mes yeux sur lui, ce ne sont plus des yeux qu'il y a dans ses orbites mais des mitraillettes, rechargées à bloc, prêtes à massacrer tout sur leur passage. Y compris moi, et je le comprends lorsque je vois ses poings se fermer et que je réalise que j'aurais mieux fait de me taire.

Qu'est-ce qui le met en rogne ?

« Ferme-la, Jade, vraiment. »

Je lève un sourcil.

« Quoi ? C'est le fait de te dire que tu as de l'eau dans le cerveau qui t'énerve ? » je tente.

On dirait bien que j'ai désormais le diable en face de moi, et j'ai l'impression d'être allée beaucoup trop loin.

Pressentiment qui se confirme lorsqu'il bouge rapidement et qu'il vient cogner son poing contre un des murs de sa chambre en rugissant :

« Ferme-la ! »

Le choc fait énormément de bruit, si bien que je sursaute de surprise. Pourquoi réagit-il comme ça ? Je me bafferais de chercher à jouer au psychologue dans ces moments-là.

Finalement, je me redresse d'un bond.

« Cameron ! »

Il me tourne le dos, mais je l'entends respirer fort, très fort. Il me fait peur, on dirait une bête en pleine mutation. Un loup-garou qui se transforme, même.

Il ne me répond pas.

Je m'approche lentement derrière lui. Sur le mur, je peux désormais observer un trou, marque visible de sa colère. Ses épaules se soulèvent rapidement, au rythme de sa respiration. Il passe une main dans ses cheveux et je peux remarquer que ses jointures sont rougeoyantes. Je m'en veux, terriblement.

« Cameron. »

Ma voix n'est plus qu'un souffle quand je m'approche de lui et pose une main sur son épaule. Il se crispe à mon contact, il tremble aussi fortement.

« Cameron ? » je répète.

Cette fois encore, je pose mon autre main sur son dos et je frotte doucement, tentant de réparer mon erreur. J'aimerais comprendre.

Il se retourne enfin, et mon cœur se brise lorsqu'il m'offre un visage complètement déshumanisé. Ses traits semblent figés dans la colère et la haine, ses yeux sont brillants, luisants, et ses joues… ruisselantes.

J'entends tous les morceaux de mon cœur se briser et je me gifle intérieurement. Qu'est-ce que j'ai fait ?

Cameron pleure. Cameron pleure ! Cameron le dur à cuire, l'intouchable bad boy. Il serre les dents et je ne peux m'empêcher de souffler.

« Cameron… »

Je sens mes yeux me piquer aussi face à son visage, à un visage que je ne pensais jamais lui connaître. Il me dévisage tandis que sa poitrine est parcourue d'un léger hoquet. Je suis persuadée qu'il va me crier dessus, hurler jusqu'à se briser les cordes vocales, alors je ferme un instant les yeux. Et j'attends.

La seule chose que je ressens, c'est le contact brutal d'un corps chaud et tremblotant contre le mien. Deux bras entourent ma taille et un visage mouillé vient se nicher au creux de mon cou. Je ne réfléchis pas et j'entoure ce grand gaillard de mes petits bras. Mais qu'est-ce que j'ai fait ?

Je suis maintenant sûre que « de l'eau dans le cerveau » n'est pas une simple expression. Je suis persuadée que c'est le bouton d'amorçage de cette bombe nommée Cameron.

Je ne vois plus le garçon prêt à démolir tout le monde, non, là, j'ai dans les bras le petit garçon des photos aux dents manquantes.

Mais que t'est-il arrivé, Cameron ?

# Chapitre 36

Les rais de lumière qui filtrent par la fenêtre me réveillent en premier, suivis du chant des oiseaux.

C'est déjà le matin ?

Les souvenirs de la veille me reviennent, je me souviens de la crise de larmes de Cameron et du mal que j'ai eu à le calmer et à le coucher. Je n'ai pas eu le courage de l'abandonner lorsqu'il s'est assoupi. Il faut dire aussi que je n'avais pas d'endroit où aller, alors j'ai allongé mon corps tout près du sien dans ce lit.

Il ne doit pas être plus de 10 heures, je ressens un léger tambourinement contre mes tempes, c'est insupportable, alors je me tourne sur le côté en massant vaguement les endroits endoloris. Sans résultat concret.

Je me retrouve face à un Cameron complètement plongé dans les bras de Morphée. Il respire faiblement par sa bouche légèrement entrouverte, et ses cheveux foncés retombent en bataille sur son front.

Il paraît adorable, un ange tombé du paradis. Il porte toujours son tee-shirt de la veille, sous lequel sa poitrine monte et descend lentement dans cette phase de sommeil.

Comment va-t-il réagir à son réveil ? Quelle part de lui va dominer ? Le dédaigneux ? Le reconnaissant ? Le hautain ?

Je ne sais pas trop quoi en penser, alors je l'observe simplement et sans bouger.

J'observe la courbe délicate de ses lèvres charnues, j'observe ses longs cils, ses joues légèrement rouges, j'observe aussi le petit éclat que donne le soleil à son bout de nez.

Adorable.

Je souris presque malgré moi tandis que la scène d'hier soir se rejoue dans mon cerveau.

J'ai mal pour lui. Je ne sais pas ce qu'il s'est passé, mais je compte bien tirer cela au clair.

« Ne m'observe pas. »

Je sursaute sous cette voix autoritaire.

Le garçon qui est à mes côtés cligne lentement des yeux.

« Je ne t'observe pas, j'assure.

— Tu mens. »

Son ton me laisse penser que c'est Cameron le ténébreux qui gère ce corps à peine réveillé.

Je me détourne pour lui donner tort.

Il remue à mes côtés et je ne lui jette même pas un coup d'œil. Je sens qu'il s'extirpe du lit.

« Qu'est-ce que tu fais dans mon lit ? »

Je hausse un sourcil à cette question.

Vraiment ? Il nous fait le coup de l'amnésique ?

« Ne fais pas semblant qu'il ne s'est rien passé. »

Je me tourne vers lui pour appuyer mes mots et croise mes bras sur ma poitrine. Il m'agace déjà !

Il me fixe et sa bouche bouge légèrement :

« On a couché ensemble ? »

La mâchoire m'en tomberait presque, il se moque de moi et il sait que je sais !

« Non ! je m'exclame. Bien sûr que non ! »

Il me fixe toujours droit et immobile comme un piquet près de son lit.

« Alors il ne s'est rien passé. »

Il a prononcé cela avec un ton tellement ferme qu'un arbre aurait pu plier sous sa voix. Mais pas moi.

« Cam…

— Il ne s'est rien passé, absolument rien. »

Un duel de regards s'installe entre nous. Personne ne daigne lâcher, chacun reste campé sur ses positions.

Le temps semble suspendu.

A-t-il honte ? Nous savons tous les deux qu'il ne s'est pas « rien passé », pourquoi l'ignore-t-il ?

« Tu pourrais partir, maintenant ? Je dois me changer. »

Je suis surprise par le ton extrêmement doux de sa voix. Ce gars est un vrai mystère. Je serre les mâchoires mais, malgré tout, je me lève, vexée par son peu de reconnaissance. J'envoie valser la couette et je réponds à sa demande. Sous son silence, je traverse la pièce, ainsi que sous son regard intimidant. Il semble attendre quelque chose, et j'espère qu'il ne compte pas sur moi pour prononcer un mot !

Sa porte n'est plus qu'à quelques centimètres et il me suffirait de tendre la main pour attraper la poignée, mais il m'arrête :

« Attends. »

Je sens de longs doigts entourer mon poignet, sa main le serre, m'intimant de me retourner. Je pivote lentement et, tandis que son corps à lui se déplace vers moi, j'ai la surprise de le voir se pencher pour me déposer un chaste bisou sur la joue.

Je ne daigne pas lui sourire, même si des choses s'agitent en moi. Je trouve son comportement irrespectueux et je refuse d'être une de ses groupies qui lui pardonnent tout au moindre sourire.

Je l'observe alors juste, en essayant de ne transmettre aucune émotion par mon regard, lui a un petit rictus nerveux qui se forme aux coins des lèvres. Il doit sans doute se demander pourquoi il a fait ça. Je me le demande aussi.

Sans un mot, je me détourne et saisis fermement la poignée qui va me sortir de cette situation.

J'ai besoin de conseils. Je n'arrive pas à gérer ce garçon, j'ai besoin d'un conseil de fille, d'un conseil de meilleure amie.

Je connais donc ma prochaine direction, et c'est sans me retourner vers Cameron que je longe le couloir en piteux état, jonché de canettes en tout genre, de verres, de flaques, pour rejoindre ma chambre.

Je ne toque pas. Après tout, c'est ma chambre et je leur ai bien fichu la paix toute la nuit, alors à mon tour de profiter de ma meilleure amie !

J'entre donc presque en furie en tapant dans mes mains.

« Hop hop hop ! Allez, debout ! »

Eux ont eu l'idée de fermer les stores, aussi fait-il tout noir dans la pièce. Je tâtonne pour trouver sur le mur l'interrupteur qui commande les volets roulants, je l'actionne et petit à petit le jour commence à entrer sous les grognements de deux ours à peine réveillés.

Quand la lumière inonde la chambre, je les découvre enlacés sous les couvertures. Pauline a un bras qui traverse le torse de

Louis, elle cherche à cacher son visage dans le cou de son amant tandis que lui se cache les yeux d'une main.

« C'est pas vrai ! Jade ! » grogne ma meilleure amie.

Je l'ignore et vais ouvrir les fenêtres, ça pue le sexe ici, faites-moi penser à laver les draps au désinfectant !

« Debout ! Pauline, rassemble tes esprits, l'heure est grave. »

Encore endormie, elle tente de se redresser sur le lit en cachant sa poitrine nue avec le drap puis elle m'observe, tout intriguée :

« Vraiment ? Maintenant ? »

Louis grogne de plus belle en se retournant sur le ventre et en cachant sa tête dans l'oreiller. Ainsi, j'ai une belle vue sur son dos parfaitement musclé… Mais je m'égare !

« Oui, c'est urgent ! »

Et ça l'est. Je ne sais plus comment m'y prendre avec Cameron. Quoi que je fasse, dès que j'avance d'un pas, il recule de deux. C'est insupportable. Et je n'imagine même pas comment il doit être en couple !

Pauline hoche la tête et, comprenant la sévérité de ma demande, elle se tourne vers Louis et lui lance un regard pour lui demander de nous laisser, le pauvre.

Il souffle en tendant le bras hors de la couette, il récupère par terre un caleçon et tant bien que mal l'enfile sous les draps. Il se lève ensuite et s'étire en déclarant :

« Je vais à la douche. »

Il ramasse ses affaires sur le sol et s'en va penaud.

Bien, commençons !

# Chapitre 37

« Bon, alors, qu'est-ce qu'il y a ? »

Pauline se tord en deux pour récupérer dans sa valise un tee-shirt sans pour autant quitter le lit.

Par où puis-je commencer ? J'ai l'impression que tout s'embrouille dans ma tête et je ne suis plus sûre de vouloir parler de ça avec elle. Mais, au fond, je sais que je risque d'exploser si je ne me confie pas. Alors je me laisse tomber sur le lit, fatiguée d'avance. Et dire que quelques heures plus tôt une tout autre activité avait lieu ici. Je préfère ne pas y penser.

Je souffle.

« Ouh là, c'est grave ? » demande prudemment Pauline.

Je secoue la tête sans un mot.

« Bah, raconte, reste pas là à faire la sardine muette ! »

Je réfléchis encore un moment et tourne sept fois ma langue dans ma bouche comme qui dirait en cherchant les mots appropriés. Dois-je lui parler de la crise de Cameron ? Ça a l'air de dépasser le domaine du public, je ne sais pas si je dois le mentionner.

Connaissant la lourdeur et le manque de discrétion de ma meilleure amie, je ne dirai rien.

Je lui explique quand même la fin de soirée, le défi, la réaction de Cameron, Lucie qui me pousse dans la piscine et mon arrivée dans la chambre de Cameron, sa fausse déclaration et notre baiser. À la place des larmes de Cameron, j'invente juste une petite crise de colère suite à mon refus de continuer de l'embrasser. Elle a l'air de le croire et c'est ce qui me fait rire. Elle ne connaît vraiment pas Cameron.

Vraiment ? Si tout s'était passé comme je le lui raconte, il ne m'aurait jamais permis de dormir à ses côtés, par fierté ! Il m'aurait envoyée dormir dans la baignoire, je suis sûre.

« Ah, mais c'est là-bas que t'as dormi ? Avec lui ! »

Je la dévisage, incrédule, tandis qu'elle me lance plein de coups d'œil désireux d'en savoir plus. Mais qu'elle est bête ! Dormir avec un garçon ne signifie pas coucher avec lui. Sachant que le moment était peu propice et puis… c'est Cameron, quoi ! Le Cameron enchaîné à Lucie.

« Et du coup il s'est passé quoi ? » s'exclame Pauline en tapant dans ses mains.

Je roule les yeux.

« Je t'ai tout dit, Pauline. Nous n'avons pas couché ensemble ! »

Elle croise ses bras sur sa poitrine, boudeuse :

« Vous êtes nuls.

— Si tu veux, oui », je la taquine.

Elle me tire la langue tandis que je rêve en fixant le plafond.

« Mais alors pourquoi t'es fringuée comme ça ? »

Cette fille est incroyable ! Il lui a débranché les fils du cerveau, Louis, ou quoi ?

J'attrape un oreiller derrière moi et le lui lance en pleine tête.

« Pauline ! Tu m'écoutes quand je te parle ? Ma robe était mouillée ! »

Elle hausse rapidement les sourcils avec un sourire légèrement coquin :

« Mouillée de quoi ? »

Je ne comprends pas très bien et, lorsque j'enregistre ce sous-entendu sexuel, je reprends l'oreiller pour le lui relancer en plein dans la face.

« Tu es immonde ! »

Cette folle roule sur le lit, morte de rire.

« C'est impossible d'être sérieuse deux minutes avec toi ! » je déclare, aussi hilare.

Elle me lance en retour un grand sourire avant de me dire :

« Bon, c'est pas que j'aie faim, cocotte, mais j'ai faim ! »

Je comprends tout de suite le message. Je suis un peu déçue qu'elle ne m'ait pas plus aidée que cela, mais que voulez-vous ? Une autre fois peut-être.

Elle descend du lit et je l'imite mais, tandis qu'elle se dirige vers la porte, moi je m'octroie un petit rendez-vous avec mon armoire pour revêtir quelque chose de mieux. J'enfile un short de pyjama et un autre haut assez cocooning mais restant dans l'esprit de la chaleur d'été. Je jette en boule les affaires de Cameron sur mon lit, on verra ça plus tard. Je descends donc à mon tour.

Contrairement à ce que je pensais, le salon n'est pas peuplé de jeunes encore tout endormis, non, il est dans un état catastrophique mais tout le monde semble être rentré chez soi. J'en suis étonnée, je dois dire.

Je me fraye un passage entre les gobelets, les bouteilles et les paquets de chips pour rejoindre la cuisine. Trois personnes y sont déjà : Louis, Pauline et… Cameron.

Dommage, ça m'aurait arrangée qu'il joue à l'asocial, mais ce matin, au contraire, c'est au cuistot qu'il joue.

En effet, contrairement aux autres qui sont attablés au bar, Cameron est devant les fourneaux, une poêle en main ainsi qu'une spatule.

« Quel homme ! » j'entends Pauline ricaner quand je m'approche.

Je m'installe à côté de ma meilleure amie, alors qu'elle et Louis me sourient.

Cameron ne réagit pas. En même temps, je m'attendais à quoi ? Une fanfare ? Pour lui hier soir n'existe pas, alors autant faire pareil.

Je tends malgré tout le cou discrètement pour observer ce qu'il prépare : des pancakes. Il abandonne un instant son poste pour se baisser et récupérer des assiettes qu'il dispose devant nous.

« Waouh ! s'exclame Pauline. Tu as quelque chose à te faire pardonner ? »

Cameron dépose un autre pancake sur la pile déjà bien haute. Et la pousse finalement vers nous en grommelant.

« Absolument pas. »

Seulement, lorsqu'il attrape un tabouret et qu'il vient s'asseoir en face de nous, je jurerais le voir me regarder un instant en m'adressant une espèce de sourire nerveux.

Je t'ai eu, Cameron. Je n'ai pas rêvé.

« Humm, ça fait trop du bien de manger ! marmonne Louis, la bouche pleine.

— Espèce de porcinet ! On parle pas la bouche pleine, se moque Pauline. Au fait ? On va vraiment devoir tout ranger ? »

Cameron s'essuie la bouche en secouant la tête :

« Nous avons une femme de ménage. Je la payerai plus cette fois-ci. »

Louis avale bruyamment avant d'ajouter :

« Elle pourra venir pendant qu'on sera pas là », propose-t-il.

Je remarque que ma meilleure amie ouvre de grands yeux.

« On va où ?! »

Elle semble tout excitée, telle une enfant. Louis se gratte la tête :

« C'est-à-dire que vous, vous êtes pas censées venir. »

Mon amie pose ses poings sur ses hanches, visiblement déçue.

« Et pourquoi ça ? Vous allez où ?

— Cam… commence Louis.

— J'ai un shooting photo cet après-midi », le coupe Cameron en fixant Pauline les yeux dans les yeux.

Cameron a cette faculté de déstabiliser et, même si mon amie a un fort caractère, je la vois quand même frissonner.

« Et on peut pas venir ? »

Je ne sais pas trop pourquoi j'ai dit ça, enfin si, j'ai pensé à voix haute. Cette interrogation devait rester personnelle, et voilà que maintenant je me retrouve avec un Cameron qui me fixe.

« J'espère que y a pas ta meuf psychopathe. »

Le regard bleu enivrant se reporte sur Pauline :

« Connaissant ma sœur, commence Louis, elle a dû signer leur millième rupture encore. »

Décidément, Louis adore parler pour Cameron.

« Eh bien, tant mieux pour toi, Cameron ! Ce genre de fille, style Barbie, est fade, *so* plastique, si tu vois ce que je veux dire. »

Merci, Pauline, pour cette intervention.

Cameron détourne son attention de nous, il n'a clairement pas envie de s'attarder sur le sujet.

« Bon, eh bien marché conclu, tout le monde vient ! » proclame Louis.

Il prend les décisions, maintenant ?

Pauline tape dans ses mains tandis que Cameron débarrasse son assiette.

Et moi ? Je reste là, à fixer chaque mouvement que son corps musclé effectue, je l'imagine même déjà en train de poser.

Cameron… Cameron…

Joli mystère. Qu'est-ce que tu es en train de me faire ?

# Chapitre 38

« Tu t'habilles comment, toi ? »

Pauline me questionne tandis qu'elle fait face à sa valise.

« Je vais déjà aller à la douche, après on verra. »

Elle approuve et je disparais direction la salle de bains.

Là, je prends une bonne douche, pour laisser partir avec l'eau tous les souvenirs de la veille mais aussi pour essayer de me sortir de la tête les paroles de Cameron :

« *Alors comment se fait-il que mes lèvres ne cessent de réclamer les tiennes ?* »

Cette phrase n'arrête pas de me hanter et de tourner en boucle comme un disque endiablé.

Le pensait-il vraiment ? Ou a-t-il juste dit cela car il voyait en moi une opportunité d'avoir une nouvelle fille dans son lit ? Serait-il un connard à ce point ? Cela ne m'étonnerait même pas…

Oui mais il s'est quand même mis à pleurer devant moi ! Et un gars avec une fierté énorme comme lui ne craque pas devant n'importe qui. Suis-je plus que n'importe qui ? Je ne sais pas, je n'en sais rien. Tout se bouscule et se mélange dans ma tête et ça m'agace fortement, je dois dire.

Je me frictionne énergiquement avec du savon pour tenter d'échapper à toutes ces pensées. Peine perdue.

Après un rinçage, je m'enroule dans une serviette et je vais retrouver ma meilleure amie, qui a finalement choisi une tenue.

Elle porte un simple débardeur blanc rentré dans un short en jean. Classique mais efficace.

À mon tour, et je ne mets pas longtemps à me décider, j'opte pour une petite robe blanche légère qui met fortement en avant mon nouveau bronzage.

Tandis que j'enfile mes sous-vêtements, Pauline me questionne :

« Tu savais que Cameron était mannequin ?

— Vite fait », je marmonne en enfilant la robe.

Elle a l'air perplexe.

« Il touche vraiment à tout, ce garçon.

— Même au psychopathe », j'ajoute ironiquement.

Pauline me lance un air faussement horrifié avec la bouche grande ouverte. Elle a compris que je parlais de Lucie.

« Ah ouch ! Le karma va te punir, Jade ! »

Nous sommes hilares.

Je passe une légère touche de mascara sur mes yeux tandis qu'elle me presse.

« Faut se dépêcher, il est presque 11 heures. »

Les garçons nous ont dit que nous irions manger un bout en ville avant de filer au shooting de Cameron. Je m'active donc et récupère de petites sandalettes pour accompagner ma tenue, puis je m'empare de mon téléphone : j'ai deux messages de mon père. J'y jette vaguement un coup d'œil, il m'indique juste qu'il rentrera demain et me demande d'être sage.

Nous nous apprêtons à quitter la chambre quand une sonnerie nous stoppe, c'est son portable.

« Putain, c'est ma mère. Vas-y, je te rattrape. »

Je ricane, car ma meilleure amie va sûrement se prendre un savon puisqu'elle a légèrement oublié de donner signe de vie à sa mère.

Je ne l'attends donc pas et descends l'escalier. Les garçons doivent déjà y être.

Eh non ! Seul Louis est assis sur le canapé en train d'attendre, ses doigts tapotant paresseusement le cuir du canapé.

Je lisse ma robe et m'installe à ses côtés.

Il me détaille et me couve d'un sourire chaleureux.

« Ça va ? je lui demande.

— Très bien et toi ? »

Je hoche la tête et jette un coup d'œil autour de nous.

« Cameron va arriver.

— Pauline aussi. Je ne le cherchais pas spécialement. »

Il hausse les sourcils.

« Vous avez passé la nuit ensemble ? »

Les nouvelles vont vite, dis donc.

« Oui. »

Le silence s'installe, et je me sens mal à l'aise. Mais où est passée l'atmosphère détendue et cool que nous partagions avant ? Elle est sûrement restée dans le café où je l'ai « repoussé ». Je soupire intérieurement, m'en veut-il toujours ?

« C'était bien ? »

Je le regarde, intriguée, sans savoir où il veut en venir. Puis je comprends et bégaie :

« Ah non, non, non. Il ne s'est rien passé entre lui et moi. (On s'est juste embrassés, mais ça je me garde bien de le lui dire.) Ça ne colle pas trop entre lui et moi, à vrai dire. »

Je hausse les épaules, légèrement triste, je pensais vraiment m'en faire un allié. Pourquoi faut-il qu'il soit si compliqué ?

« Il t'apprécie. »

J'ouvre de grands yeux et je me demande bien d'où provient la gaieté qui s'empare de moi.

« Ah bon ? »

Il approuve de la tête.

« Je croyais qu'il n'aimait personne, pourtant. »

Louis rigole légèrement :

« Il n'est pas aussi méchant qu'il le laisse paraître, tu sais. Cameron a un cœur et des sentiments. Il aime des gens. »

Je repense à hier soir, oui il a un cœur.

« Des gens comme ta sœur…

— C'est une autre paire de manches, ça », soupire Louis.

Il a l'air légèrement désespéré :

« Raconte-moi, j'insiste.

— Ouh non ! s'exclame-t-il. Ce ne sont pas mes histoires. »

Il se lève, mais je le rattrape par le bas du tee-shirt et l'oblige à se rasseoir.

« S'il te plaît, Louis, j'ai besoin de comprendre certaines choses. »

Il soupire bruyamment :

« Je sais pas, Jade. Ma sœur et Cameron, ça date du jour où il a débarqué en ville en cinquième et je sais pas… Ils ne se sont plus quittés depuis. (Je l'écoute, vraiment intéressée. Un couple qui dure depuis presque sept ans ? C'est assez rare, surtout si on considère les deux personnages.) Mais c'est plutôt chaotique entre eux et je sais très bien que Cameron ne l'aime plus.

— Pourquoi reste-t-il avec elle, alors ? »

Cette fois, il se lève et détourne les yeux lorsque je lui intime de continuer :

« J'en sais rien, Jade, tout cela ne me concerne pas. »

Non non, c'est pas comme si *tout cela* impliquait ta jumelle et ton meilleur ami.

Donc, je ne saurai rien de plus aujourd'hui…

Je suis assez dépitée. La vie de Cameron est aussi passionnante qu'une série, on dirait bien.

« Hello ! »

Une petite tornade apparaît dans le salon, m'empêchant toutes supplications envers Louis.

« Salut, blondinet. »

Ma meilleure amie passe ses bras autour du cou du garçon et pose un baiser sur ses lèvres :

« On y va, les amis ? s'exclame-t-elle.

— On attend encore Cameron », lui indique Louis.

Elle tire une moue impatiente.

D'ailleurs, quand on parle du loup… Le voilà, en jean kaki déchiré aux genoux et marcel noir.

Nous le fixons tous tandis que lui ne semble pas s'intéresser à nous, il a l'air… perdu ?

Je ne sais pas vraiment, mais je dois dire que cela m'arrange qu'il ne nous fixe pas puisque je me sens irrémédiablement attirée par son corps sculpté. C'en est presque ridicule.

Je dois me faire violence pour détourner le regard. Lui porte enfin le sien sur nous et demande, penaud :

« On y va ? »

Il nous détaille tous. Comme d'habitude, le contraire m'aurait étonnée. Cependant, il s'arrête légèrement sur moi. Sans méchanceté ni froideur dans le regard, juste avec le plus profond des bleus possible.

Je me sens mal à l'aise, alors je tape dans mes mains et lance :

« Allons-y. »

Avec un grand sourire que je tente d'esquisser pour cacher mon trouble.

Le couple de blondinets se met en marche.

« On prend ta voiture, Cam ? » questionne Louis.

Il approuve d'un mouvement de tête et je passe devant lui en serrant fort mon portable dans ma main.

Alors que je m'apprête à sortir, une main calleuse vient saisir la mienne, m'envoyant comme une décharge électrique qui remonte le long de mon bras. Je me retourne, sachant très bien à qui je vais faire face.

« Tu es très belle, Jade. »

Il tente un petit sourire et je sens que lui aussi est mal à l'aise. Je suis étonnée de sentir mon cœur taper un sprint dans ma poitrine et je me sens presque rougir.

*Reprends-toi, Jade.*

La façon dont il a prononcé mon prénom se répète dans ma tête mélodieusement.

« Merci », je murmure, accompagnant mes paroles d'un grand sourire.

J'exerce une pression rassurante sur sa main avant de récupérer la mienne.

Décidément, cette robe est à ressortir plus souvent !

# Chapitre 39

« T'es mannequin depuis quand ? »

Lorsque le moteur de la voiture vrombit, Pauline ne peut s'empêcher de questionner notre conducteur.

« Peut-être un an, marmonne-t-il tandis qu'il prend une route s'éloignant de la ville.

— C'est pas en ville, ton shooting ? »

À force de cohabiter avec Cameron, j'ai appris à reconnaître les signes trahissant son agacement, et sa main traînant dans ses cheveux en est un.

Ainsi, c'est Louis qui répond :

« Non c'est un peu plus loin dans une grande ville. C'est le cœur de la région, en gros. Meilleur coiffeur, boutiques, restos… »

Pauline hoche la tête et se replace confortablement dans son siège à l'arrière.

À mon tour de poser une question :

« C'est loin ? »

Je ne m'attends pas à ce que Cameron me réponde, alors je fixe Louis dans l'attente d'une réponse.

« Une demi-heure, pas plus. »

Je le remercie avec un grand sourire et je sens un regard peser sur moi. Je lève les yeux vers le rétroviseur intérieur et j'y remarque une paire d'yeux plissés. Lorsque mon regard croise celui de Cameron, il le détourne automatiquement, me laissant contempler mon bout de reflet dans le miroir.

J'imite donc Pauline et je laisse retomber ma tête contre l'appuie-tête en fermant les yeux. Je tente de faire abstraction de la conduite de Cameron, qui donne des haut-le-cœur. C'est atroce. Où a-t-il eu son permis ?

Un silence s'installe. Personne n'ose parler. C'en est presque gênant mais c'est reposant, ça change du brouhaha de la fête d'hier soir. Ma tête leur dit merci, tiens. Finalement, je finis par m'assoupir et je me réveille seulement lorsque les roues de la voiture s'arrêtent et que des portières claquent.

Je suis dans la brume et il me faut un instant pour me rappeler ce que je fais ici, dans cette voiture garée sur un énorme parking avec trois paires d'yeux qui me fixent dans l'attente de ma sortie. Je rassemble mes esprits, légèrement gênée.

« Bah alors, la Belle au bois dormant, la sieste a été bonne ? » se moque Pauline.

Je lui tire une moue faussement agacée et elle rit.

Le petit groupe se met donc en route vers la sortie du parking.

Je sens quelqu'un passer près de moi et me glisser presque à l'oreille :

« Tu feras gaffe, t'as la trace de la ceinture de sécurité sur la joue. »

J'ouvre de grands yeux et je place instinctivement une main sur ma joue alors que je fixe la silhouette de Cameron qui me dépasse finalement pour rejoindre son meilleur ami.

Je tente de frotter, un peu débilement je dois dire puisque c'est loin d'être une simple trace de stylo.

Pauline passe un bras fin autour de mes épaules et rigole.

« Relax, chérie, il te fait marcher, cette enclume !

— Cette enclume ? »

Je ne comprends pas très bien comment ce mot peut figurer dans la phrase de mon amie. Et puis, soudain, les leçons tirées de mes années à ses côtés me reviennent : Pauline confond souvent les mots inhabituels.

« Cette enflure, Pauline ! Cette enflure ! »

Je ne peux m'empêcher de rire, ce qui fait se retourner les garçons devant.

Pauline m'a rejointe, et ils se demandent sans doute pourquoi nous rions comme deux hystériques.

J'en ai presque mal au ventre, mais je me calme lorsque Louis déclare :

« On va aller manger un bout quelque part, ça vous dit ?

— Tu as l'approbation de mon estomac ! » je déclare.

Mon acolyte hoche la tête aussi et nous les suivons dans cette ville qui paraît immense, jouant parfois des coudes dans la foule pour ne pas perdre nos guides. Finalement, nous nous arrêtons devant un petit restaurant : *Le Marmiton.*

L'enseigne est plutôt jolie, avec son chef dodu peint sur la façade. Mon estomac crie de plus belle.

Il a l'air pas mal réputé, puisque la terrasse est presque pleine.

Il en est de même à l'intérieur lorsque nous poussons la porte. Pauline souffle à mes côtés à la vue de cette queue interminable.

Eh oui, la demoiselle n'est pas patiente, alors son copain – Est-ce qu'ils sont en couple, d'ailleurs ? Elle n'avait pas un copain déjà ? Je lui en toucherai deux mots – lui passe un bras autour des épaules et lui colle un baiser sur la joue.

Je ne suis pas la seule à les observer, Cameron aussi les regarde mais avec une moue de dégoût.

Sur ce, nous attendons patiemment notre tour même si Pauline ronchonne. Je regrette moi aussi que ce ne soit pas un restaurant où on s'assoit directement et où les serveurs viennent prendre notre commande ! Ce restaurant est mal fichu !

Une serveuse derrière le comptoir nous accueille.

« Vous désirez ?

— Une assiette de pâtes carbonara, une salade tomate mozzarella… Jade, tu veux quoi ? »

Oh mince ! Je n'y ai pas du tout réfléchi. Je bégaie un instant alors que la serveuse paraît agacée. Je jette un coup d'œil derrière elle pour essayer de choisir un plat au pif.

« Un risotto au poulet pour elle », annonce une voix grave.

Je me retourne vers Cameron, intriguée, et le questionne du regard. Il ne me prête même pas attention, sa main pianote sur le comptoir.

« Et vous ? »

La serveuse l'interroge en le mangeant presque du regard.

Hé oh ! C'est toi qui dois nous servir à manger, pas l'inverse.

« Rien du tout. »

Elle hausse un sourcil, tout comme moi, mais se rattrape très vite. Le client est roi, après tout.

« Allez vous installer, ça arrive. »

Sur ce, nous suivons Cameron, qui a l'air de savoir où il veut se placer, et nous terminons dans un coin en terrasse avec en face de nous une grande place ornée d'une statue où grouille un monde effroyable.

Le brouhaha est incessant, si bien qu'il nous dissuade de parler entre nous. Moi, je rumine. Un risotto ? J'espère pour lui que c'est bon, mon estomac ne le lui pardonnera jamais sinon.

Je prends le temps d'examiner les alentours tandis que nous patientons et, point positif, l'attente n'est pas trop longue. Rapidement, un serveur arrive avec les trois plats en équilibre sur les bras. Je me demande comment il fait pour ne pas tout renverser.

Il demande à qui sont destinés, la salade, puis les pâtes et enfin…

« Le risotto ? »

Je lève timidement un doigt et il m'offre un grand sourire :

« Et un risotto pour la miss, un ! »

Il dépose le plat devant moi et prend ensuite un instant pour me détailler. Je n'y prête pas attention et m'intéresse à mon plat fumant.

« Ça ira, vous pouvez dégager. Merci. »

Cameron a la voix dure, si bien que je sursaute un peu et remarque que le serveur est tremblant et gêné. Il déguerpit sans demander son reste.

« Cameron… » le réprimande Louis.

Il l'ignore en détournant les yeux, et Pauline complète :

« Ouais mais t'as vu comment il a maté Jade, aussi. »

C'est donc pour cela que Cameron a été si froid ? Réellement ?

Au fond, cela me touche mais cela me remue aussi, ravivant des questions et sentiments en tous genres.

Je me reconcentre sur mon plat. C'est très joliment décoré : il y a d'un côté un dôme de riz crémeux et de l'autre de fins morceaux de poulet. Cameron a peut-être finalement bien choisi.

Tout le monde plante la fourchette dans son plat sauf Cameron, qui traîne sur son téléphone. Je porte une bouchée à mes lèvres et j'ai la surprise de découvrir qu'en effet c'est très bon !

« C'est bon ? » me questionne Louis.

Je hoche la tête vigoureusement et je sens Cameron à mes côtés sourire légèrement. J'en rougis presque !

« Pourquoi tu manges pas ? demande Pauline.

— Shooting », répond-il simplement.

Ce garçon parle vraiment comme si tous ses mots étaient comptés. Incroyable.

« Il est préférable de ne pas manger avant un shooting pour éviter les ballonnements, tout ça tout ça, quoi. »

Quel courage ! Impossible pour ma part de rater un repas.

Assise à côté de lui, je peux entendre ses gargouillements malgré le brouhaha.

Alors je mets un peu de riz sur ma fourchette et la lui tends. Il paraît d'abord surpris puis intrigué, comme le reste du groupe, alors je déclare :

« Mange ça. Ça va pas te tuer, tu es mort de faim ! »

Mon sourire semble avoir raison de lui puisqu'il s'approche un peu et récupère du bout des lèvres ce que je lui offre.

« Merci, murmure-t-il.

— Ça devient romantique à gerber, là », ricane Louis.

Immédiatement, je sens entre Cameron et moi un certain malaise.

Je rigole nerveusement.

« Hé ! Mais c'est pas ton ex, là-bas ? »

On tourne tous la tête à la réplique de Pauline, qui fixe quelque chose les yeux plissés.

Je suis son regard comme les autres et, en effet, sur la place d'en face, nous remarquons une grande silhouette blonde flanquée de deux groupies portant d'innombrables sacs, qui nous fixe l'air hautain et en colère.

Elle est vraiment partout, celle-là, décidément !

À son air, je crois qu'elle a vu notre petit échange, et je sens que ça va donner lieu à des représailles. Son regard me l'annonce clairement et je me tasse un peu sur ma chaise.

Louis lance un regard crispé à sa sœur de loin, et Cameron roule les yeux en soufflant. Quelle ambiance, tout à coup !

Rien ne change non plus lorsqu'elle s'éloigne d'une démarche de reine perchée sur ses talons.

Les représailles vont suivre, c'est certain.

# Chapitre 40

Le moins que l'on puisse dire, c'est que cela a jeté un froid sur la tablée. Tout le monde est retourné à son plat sans un bruit. Dégustant fourchette après fourchette dans le chaos de la ville grouillant de monde.

Les plats vite avalés, personne n'ose vraiment parler. Tout le monde sait que Lucie est très attachée à Cameron et tout le monde se demande plus ou moins comment va se manifester son mécontentement.

Je m'en fiche un peu, à vrai dire. La terre ne va pas s'arrêter de tourner parce que madame n'est pas contente.

Un rapide coup d'œil à mon téléphone m'indique qu'il est déjà 13 heures passées, je tape donc sur mes accoudoirs et questionne :

« On y va ? »

Les garçons hochent la tête tandis que Pauline sirote son verre d'eau.

« Je vais payer », annonce Cameron.

Louis se lève d'un bond.

« Non, mec, je m'en occupe. »

Un duel de regards s'installe entre les deux pendant un instant, et Cameron se retourne pour se diriger vers l'intérieur et atteindre son but. Louis se lance à ses trousses en grommelant. Ils disparaissent alors dans le restaurant.

Je reporte donc mon attention sur Pauline, qui me fixe étrangement.

« Quoi ? »

Elle hausse les épaules et se détourne :

« Rien rien.

— Pauline ? » j'insiste.

Elle se penche alors vers moi et me demande :

« T'es sûre qu'il ne s'est rien passé entre Cameron et toi ? »

Je fronce les sourcils. Il me semble avoir pourtant été claire ce matin.

« Non, Pauline, je te l'ai déjà dit. Il ne s'est rien passé entre lui et moi.

— Vous êtes très bizarres, comme… proches ou je sais pas quoi. »

Proches ? Cameron et moi ? Je ne pense pas.

Certes, son petit moment émotion m'a bien remuée, mais se pourrait-il que cela ait changé quelque chose entre nous ?

Je ne m'en suis pas rendu compte, en tout cas.

Je récupère moi aussi mon verre d'eau presque fini et le porte à mes lèvres :

« Tu te plantes complètement », je murmure.

Elle hausse les épaules et semble vouloir ajouter quelque chose mais les deux garçons reviennent et, à en juger par la moue de Louis, Cameron a dû réussir sa « mission ».

D'un signe de tête, il nous invite à les suivre, et nous nous dirigeons à nouveau vers la voiture.

« C'est un peu plus loin, l'endroit du shooting », précise Cameron alors que nous montons à bord.

On s'installe et la voiture démarre.

Nous traversons un grand marché puis une zone industrielle et, une dizaine de minutes plus tard, la voiture s'arrête dans une petite rue en face d'une espèce de hangar sophistiqué.

Louis et Cameron descendent, alors nous les imitons, curieuses.

Quand nous poussons la grande porte métallique coulissante, nous avons la très agréable surprise de découvrir un véritable palace dédié à la photo.

En effet, l'entrée nous montre que tout au fond un grand espace est aménagé pour les shootings, avec une grande toile blanche et différents éclairages tout autour. Sur un côté, il y a des cabines et des portiques pleins à craquer de vêtements, de l'autre nous avons le coin maquillage avec d'énormes fauteuils et miroirs. C'est incroyable ! L'atelier grouille de personnes, plusieurs femmes s'activent pour trier les vêtements et d'autres pour classer les accessoires. La maquilleuse semble elle aussi très occupée.

En face de nous, nous distinguons une silhouette courbée qui parle fort, ses paroles étant entrecoupées de *clac*.

Cameron, sûr de lui, lance quelques bonjours par-ci par-là et s'avance vers le monsieur maigrelet, auquel il donne une tape sur l'épaule. Celui-ci sursaute, l'air fâché, mais son visage se déride lorsqu'il aperçoit le jeune homme en face de lui.

« *Amore ! Buongiorno*, te voilà ! »

L'homme porte une petite moustache grise rebiquant vers le haut et trahissant un certain âge, il a aussi un fort accent italien.

Apparemment, il paraît ravi de voir Cameron. Ce n'est pas le cas de la grande et mince mannequin derrière, qui s'impatiente en roulant les yeux et en soufflant. Elle est très jolie, rousse. Avec ses cheveux légèrement bouclés, ses yeux vert clair et son visage parsemé de taches de rousseur, elle a tout pour plaire.

« Comment vas-tu, Giuseppe ? »

Cameron est tout sourire aussi, tiens.

« *Molto bene.* Cameron ! J'ai de grands projets pour toi aujourd'hui ! Va voir Céline, elle va t'expliquer. Prépare-toi et je suis à toi, *amore.* »

Le dénommé Giuseppe se penche légèrement sur le côté et nous observe.

« Tiens, tu es accompagné. Louis ! Oh, mesdemoiselles. »

Il s'approche de nous et nous examine, un sourire aux lèvres. Il attrape ma main à ma grande surprise et la porte à ses lèvres, comme le baisemain se faisait autrefois.

Je suis assez gênée.

« Puisque l'on ne me présente pas. (Il jette un regard suspicieux aux garçons avant de reporter son attention sur moi.) Je me nomme Giuseppe Mortelini, deuxième du nom et meilleur photographe de tous les temps ! »

Je ne le vexerai pas, mais je n'ai jamais entendu parler de lui.

Il adresse un sourire à Pauline et demande :

« Vous vous appelez ?

— Pauline et elle, Jade », dit-elle en me désignant.

Il hoche la tête et murmure :

« *Molto affascinante.* »

Sur ce, il laisse retomber ma main et se détourne.

Je ne suis pas sûre de ce que cela voulait dire.

Il s'adresse à nouveau à Cameron :

« Tu n'as pas amené *la tua bionda* ? Ta blonde ?

— Longue histoire, répond simplement Cameron en haussant les épaules.

— Ah, tant mieux, *amore* ! Trop fade, pas assez d'épices. »

Il balaye l'air de sa main. Décidément, personne ne l'aime, cette Lucie. Je jette un regard en douce à Pauline, qui ricane.

« *Bene !* Va rejoindre Céline. »

Il brandit à nouveau son appareil photo et reporte son attention sur la mannequin, qui nous fusille du regard. Impatiente. Ou égocentrique, au choix.

Elle se remet à prendre la pose dès que Giuseppe lui donne des indications.

« Vous voulez m'accompagner ? » nous propose Cameron, plus à Pauline et à moi qu'à Louis.

J'imagine que celui-ci doit déjà connaître un peu le milieu, et en effet il refuse. Quant à Pauline, elle déclare :

« Oh non, allez-y, moi je reste à regarder le shooting de mademoiselle. »

Elle me lance un rapide clin d'œil. Mais à quoi joue-t-elle ?

« Tu viens, Jade ? »

J'approuve, bizarrement timide, et je suis Cameron.

Nous arrivons devant les cabines, où une jeune femme nous accueille :

« Cameron ! »

Elle lui claque la bise et reprend :

« Ne perdons pas de temps. Giuseppe a signé un contrat avec une créatrice de mode. Tu illustreras son blog avec ses créations. Donc tu vas porter ses pièces. »

Elle se tourne vers le portique et farfouille dans les étoffes sous mon air étonné. Elle en sort différents cintres, qu'elle pose en désordre sur son bras.

Ensuite elle semble dénicher ce qu'elle souhaite puisqu'un large sourire s'affiche sur son visage. Elle tend à Cameron des affaires et lui ordonne :

« Allez hop, en cabine. Dépêche-toi. »

Il s'exécute et disparaît.

La dame semble prendre conscience que j'existe :

« Au fait, vous êtes ?

— Une amie », je bégaie.

Elle ne pose pas plus de questions et repart vers ses portiques.

Je ne me sens plus trop à ma place et je me trouve un peu bête de fixer en me tordant les doigts la porte de la cabine, d'où s'échappent parfois des jurons.

Finalement, quelques minutes après, elle s'ouvre et je reste sans voix. Ma bouche s'entrouvre.

Cameron est tout simplement magnifique. Si j'ai l'habitude de le voir en tenue d'adolescent décontracté, là, les vêtements mettent très bien en valeur l'homme qu'il est en train de devenir.

Il porte un slim noir légèrement troué aux genoux accompagné d'un léger col roulé noir et de boots en cuir noir aussi. La touche de couleur ? Un exquis manteau long beige. Typique bobo parisien.

Il est sublime, pourtant il ne semble pas aimer. Il tire sur son col.

« Vous êtes fou de me faire porter ça alors qu'il fait hyper-chaud ! On n'est pas en hiver ! »

Il râle et Céline lui flanque une tape sur le pectoral droit.

« Arrête de râler, tu es superbe ! Au maquillage, oust ! »

Il s'exécute et je le suis, encore bouche bée.

Il s'assoit sur un des fauteuils, et plusieurs femmes viennent le chouchouter. On lui arrange ses mèches rebelles, on le maquille légèrement et on lui enfile aussi une grosse montre de la même collection, et le voilà fin prêt. Comme ça, il me fait un peu penser à Francisco Lachowski mais en plus jeune. J'ai du mal à réaliser que ce garçon est bien Cameron, mon Cameron. Enfin, le Cameron que je connais !

« Tu baves, Jade. »

Il se moque en me narguant dans le miroir, je lui tire la langue. Il est beau et il le sait.

« Cameron ! Tu es prêt ? »

La voix de Giuseppe nous parvient du fond du hangar.

Cameron me lance un petit sourire :

« C'est parti ! »

# Chapitre 41

« *Magnifico, amore !* J'étais sûr que cette collection était faite pour toi ! » s'exclame Giuseppe à la vue de son petit prodige.

Il l'examine sous toutes les coutures tandis que Cameron râle :

« On crève de chaud, là-dedans ! »

Il tire d'un doigt sur son col roulé, et le photographe lui fait les gros yeux.

« En place ! »

La mannequin rousse qui posait précédemment récupère un peignoir de coton blanc pour couvrir son corps et laisse sa place sous les projecteurs à Cameron.

Elle se poste à nos côtés pour observer elle aussi la séance.

« *Va bene.* Tu poses le plus naturel possible. Pas trop sexy. »

Cameron semble renifler un coup et immédiatement son regard change.

La lueur d'agacement est remplacée par une attitude ravageuse et anormalement séductrice.

Il est clair que Cameron non seulement connaît son métier mais y excelle en plus. Il pose sous les ordres de Giuseppe, qui ne cesse de le complimenter. À chaque seconde, il montre un nouvel angle de lui toujours plus parfait. Un coup une main dans les cheveux. Un coup pensif. Un coup de profil séducteur. Il ne loupe pas un cliché, je suis sûre.

Je suis incapable de détourner mon regard de ce jeune homme. Si soigné dans les moindres détails. Rayonnant de la pointe des cheveux au bout des orteils sous ces éclairages aveuglants.

Je reçois un coup de coude dans les côtes qui me fait sursauter légèrement. Ma meilleure amie m'offre de généreux haussements de sourcils mesquins. Peut-être que cela se voit un peu trop que je me rince l'œil.

Je prends soin de rouler les yeux pour qu'elle lâche l'affaire, mais elle ricane silencieusement puis reporte son attention sur la star du jour.

Nous ne sommes pas les seules d'ailleurs à apprécier. La belle rousse a les yeux pétillants face à notre montagne de testostérone.

Elle le dévore des yeux en se mordant légèrement la lèvre inférieure.

Elle pourrait être tout à fait son genre et cela m'agace presque, si bien que je dois me détourner pour ne pas la fusiller du regard, et pour m'éviter d'admettre ce qui s'agite en moi.

Je respire un bon coup.

« Tenue suivante ! » proclame Giuseppe.

Cameron se frotte les yeux. Au loin je vois que Céline l'attend, les bras déjà chargés de cintres. La pauvre.

Toujours très professionnel, Cameron passe devant nous sans un regard. Il se presse juste en cabine pour accomplir son job.

La rousse semble déçue de ne pas avoir décroché un sourire et je fais claquer ma langue contre mon palais, satisfaite. Mais qu'est-ce qu'il me prend d'avoir ce genre de réaction ? N'importe quoi !

Quelques instants plus tard, Cameron rapplique dans un autre accoutrement toujours aussi élégant. Et il enchaîne ainsi les tenues du quotidien sous nos yeux émerveillés. Personne ne bouge. Personne ne parle. Sauf Giuseppe, qui s'extasie devant son modèle :

« *Perfetto ! Splendido !* »

Tenue après tenue, les compliments fusent, mais je crois bien qu'il nous achève définitivement lorsqu'il revêt la tenue dite « spécial sport ». Il ne porte qu'un léger et ample short de sport noir. Apparemment fait dans un nouveau matériau idéal pour le sport. Son torse est nu. Ses cheveux en désordre. J'en ai le souffle coupé.

« *Amore.* Fais quelques exercices pour me faire ressortir tout ça. »

Giuseppe semble parler de ses abdos, pourtant déjà bien visibles.

Cameron ne bronche pas et se contente le plus naturellement du monde d'effectuer une série de pompes et d'abdominaux sous nos yeux. Même Louis bave presque.

Ce serait mentir de dire que je suis capable de ne pas le regarder. Mon regard est comme figé sur lui. Je suis paralysée.

Il monte, il descend. Des petites gouttes de sueur perlent sur son front et ses muscles sont plus saillants que jamais.

Giuseppe pendant ce temps règle son appareil et, vu les yeux de Pauline, je jurerais qu'elle le supplie mentalement de prendre tout son temps.

Mais toutes les bonnes choses ont une fin, non ?

« En place ! »

Cameron se redresse, toujours avec ses yeux bleus ravageurs, et une assistante lui lance un ballon de basket. Et il pose.

Je crois mourir à chacun de ses mouvements. Ses courbes sont proches de la perfection et il devient difficile de résister.

Ma tête tourne. Ce n'est pas normal. Mon cœur s'agite beaucoup trop fort. Ce n'est pas normal. Je ne vois plus le garçon brisé d'hier soir, je vois un lion féroce et puissant. Le temps s'écoule affreusement vite et bientôt le photographe déclare :

« *Perfetto !* Je crois que nous avons fini ! »

Les lèvres de Cameron s'étirent légèrement et il hoche la tête. Mais, apparemment, ce n'est pas fini pour tout le monde.

« Attendez ! »

La jolie mannequin fait sursauter tout le monde avec sa voix aiguë :

« Il y a une partie de la collection sport pour femmes, non ? »

Giuseppe fronce les sourcils.

« Oui ? »

Le regard de la rousse pétille et je comprends bien avant qu'elle ouvre la bouche où elle veut en venir.

J'ouvre de grands yeux en même temps qu'elle ouvre la bouche.

« Pourquoi ne pas faire un cliché en "couple" ? (Elle mime des guillemets avec ses longs doigts.) Ça motiverait d'autant plus les gens de voir un duo parfait. »

Giuseppe n'a pas l'air emballé par l'idée :

« Oui, pourquoi pas…

— Parfait ! Je vais me changer ! »

Mais c'est pas vrai ! Ce monde grouille de Lucie ou quoi ? Je les imagine déjà collés serrés. Un joli mélange de mannequins, ils pourraient faire baver la terre entière.

Elle semble fière de son idée et je remarque que Pauline grimace.

De toute sa longueur, elle s'apprête à rejoindre les cabines, mais une personne qui s'est glissée parmi nous intervient :

« Non, Ilanna. Ça n'ira pas, affirme Céline. Tu es beaucoup trop claire de peau et lui beaucoup trop bronzé. Ça n'est pas harmonieux. On dirait l'hiver et l'été, sans vouloir t'offenser. »

Ladite Ilanna croise les bras sur sa poitrine et s'oppose :

« Mon idée est géniale, ça ira.

— Oui, c'est une bonne idée mais pas avec toi. »

Elles semblent camper toutes les deux sur leurs positions et tout le monde observe dans l'attente du dénouement.

« Il faut une fille comme toi ! »

Céline déclare cela en pointant son doigt. Je le suis et j'ai la stupeur de découvrir que son ongle manucuré me désigne.

« Jade ? » j'entends murmurer derrière moi.

Je cligne plusieurs fois des yeux.

« Elle est beaucoup trop petite ! déclare Giuseppe. Les habits ne sont pas à ses mensurations. »

Céline m'examine en plissant les yeux et ajoute :

« Ils la mouleront un peu, mais ça conviendra. On peut faire un essai. »

Giuseppe pousse un soupir théâtral :

« Soit ! On se dépêche ! »

Je reviens à la réalité et bégaie :

« Mais je… J'ai jamais posé, moi ! »

Un petit ricanement s'élève derrière moi, et la rousse se moque :

« Elle n'a aucune expérience ! »

Une image d'elle collée à Cameron se fixe dans mon cerveau et une montée d'adrénaline parcourt mon corps.

Ma meilleure amie traduit cette adrénaline :

« Y a un début à tout ! Allez, hop, elle y va. »

Elle place ses deux mains derrière mon dos et me pousse. Céline me prend le bras et m'entraîne avec elle. Instantanément, moi aussi je me retrouve avec des tissus dans les bras et poussée en cabine. Je me demande un moment ce que je fais ici, avant de m'activer. J'enfile machinalement les étoffes, et le résultat qui s'affiche dans le grand miroir m'effraie. Non pas que je ne sois pas jolie, non, mais la tenue est légèrement… courte.

Céline avait raison, le short est assez moulant et la brassière, n'en parlons pas.

« C'est bon ! »

J'entrouvre légèrement la porte et passe mon nez.

« C'est beaucoup trop court ! »

Elle roule les yeux, visiblement agacée.

« Tu te mets bien en maillot de bain ? Bah, là c'est pareil ! Allez, sors ! »

J'obéis à son ton autoritaire et elle ne prend même pas la peine de regarder le résultat, elle m'oriente immédiatement vers le maquillage.

De ses doigts agiles, elle m'applique rapidement du mascara pour « agrandir mon regard », dit-elle, et ensuite elle m'attache les cheveux en queue-de-cheval. Je me laisse faire, docile, et mon reflet dans le miroir me plaît. Mon ego se gonfle et je suis prête à affronter la rousse professionnelle. Après un sourire satisfait, Céline m'ordonne de rejoindre mon partenaire. Et, si je me sentais femme fatale, ma confiance s'écroule quand je sens le regard de Cameron peser sur moi.

Lourd et fermé. Il n'aime pas ?

Giuseppe, lui, semble satisfait du résultat, finalement :

« Allez, *bambini* ! Ne perdons plus de temps. Je veux du fougueux et de la passion ! »

Je suis très mal à l'aise lorsque je me place aux côtés de Cameron. Après tout, je ne m'y connais pas dans ce domaine.

« Cameron, guide-la », lui indique Céline, qui doit voir mon malaise.

L'appareil se braque sur nous et, dans un réflexe, mes bras entourent ma taille pour cacher mon ventre nu.

Le short me paraît beaucoup trop court.

Un bras entoure le bas de mes reins et m'attire. Cameron est repassé en mode professionnel et il fait glisser une de mes mains derrière sa nuque.

« Sensuel ! »

Il exerce une pression en bas de mon dos et je plonge mon regard dans le sien, la bouche légèrement entrouverte. Un clic a lieu.

« Pas mal ! »

Son bras puissant me colle à son torse. Mon ventre nu se retrouve contre ses abdominaux et je me sens rougir.

Je n'ai pas le temps de comprendre qu'une tête vient s'enfouir au creux de mon cou.

« Bougez plus ! » ordonne Giuseppe.

Crois-moi ! Je ne souhaite pas bouger.

Je suis concentrée, mais un petit chuchotement vient tout chambouler :

« Ne cache pas ton corps, ce serait vraiment dommage. »

Je crois que c'est ce qui explique que, sur ce cliché, je dois avoir l'air vraiment surprise. Cameron a vraiment dit ça ? Je dois comprendre quoi ?

Mon cœur cogne fort, trop fort. Ce n'est pas normal. Mon ventre s'agite.

« C'est pas très transcendant », soupire le photographe.

Je n'ai jamais été mannequin professionnelle, en même temps.

Cameron ne semble pas troublé, lui, il fixe son photographe, qui semble intrigué. Un message doit passer entre les deux hommes puisque l'Italien colle son appareil à son œil. Qu'a prévu Cameron ?

Je le découvre bien assez tôt. Il replace sa main derrière mon dos et je me sens basculer, cependant il me maintient comme ça, à la renverse. Je sens son autre main glisser sur ma peau nue et remonter légèrement le long de ma cuisse. Pour me maintenir, je place une main derrière son cou et une sur son énorme biceps. Et, quand je pense que la photo va enfin être prise, je suis à nouveau surprise. Cameron se penche au-dessus de moi, énormément.

Nous nous fixons. Ma respiration devient difficile lorsque nos nez se frôlent. Qu'est-ce qu'il va se passer ?

Le temps se fige, je n'entends plus que mon cœur qui tambourine. Il ne me lâche pas des yeux. L'attente est douloureuse, je n'ose pas imaginer la suite.

Il ne va pas faire ça, quand même ?

À ma surprise, il comble le vide. Des lèvres pleines et charnues goûtent les miennes. Les caressent légèrement. Mes yeux se ferment et mon cœur explose.

Cette sensation… Je la veux, encore.

Je réponds alors à son baiser.

*« Alors comment se fait-il que mes lèvres ne cessent de réclamer les tiennes ? »*

Je ne sais pas, Cameron, mais j'ai l'intime conviction qu'elles collent parfaitement ensemble. J'exerce une pression sur sa nuque pour le rapprocher et il soupire contre ma bouche. Nos lèvres dansent ensemble. Nos bouches s'accordent et se lient. Je ne veux pas que ça s'arrête.

Mon cœur cogne fort.

Mon ventre s'agite.

Ce n'est pas normal. Je n'ai plus connu ça depuis Evan.

# Chapitre 42

*Je n'ai plus connu ça depuis Evan.*

Cette phrase me terrifie autant qu'elle attise le feu en moi. J'aime et je déteste cette sensation porteuse de bien-être comme de peine. Cameron et moi ne sommes pas compatibles, je ne dois pas m'attacher à lui. Mais n'est-ce pas déjà le cas ? Pourquoi suis-je incapable de stopper ce baiser ? Ce serait pourtant si simple.

Non, mes lèvres continuent d'explorer les siennes. Mes yeux sont clos, et je suis dans ma bulle. J'ai l'impression que nous sommes hors du temps. Deux êtres en symbiose, deux êtres intemporels. Ou alors peut-être que je m'emballe un peu.

Cela devient une habitude, ces baisers, à tel point que j'en viens à connaître par cœur les mouvements sensuels de sa bouche.

Tout est silencieux autour de nous, ce qui renforce mon sentiment de solitude. J'ai des frissons dans tout le corps et notamment aux endroits en contact avec sa peau. Je suis sûre que, s'il ne me maintenait pas, mes jambes se déroberaient sous mon poids. Je suis une poupée de chiffon dans ses bras, une poupée guidée par les battements rapides du cœur de son partenaire. J'ai peur que tout cela ne s'arrête, que la réalité ne me frappe : rien n'est vrai, tout est pour la beauté du shooting. J'ai atrocement peur. Aussi, lorsque Giuseppe décide de casser notre moment, je n'ai plus qu'une boule de stress dans l'estomac, énorme et râpeuse. Une boule que je ne devrais pas ressentir.

Je ne suis pas amoureuse de Cameron. C'est juste le temps d'une séance photo.

Je me conditionne en vain.

« La photo du siècle ! » beugle le photographe en fixant son appareil photo.

Cameron m'aide à me redresser en fuyant mon regard.

Dure réalité. La chute est amère.

Je serre les dents, j'encaisse.

Il se détache de mon corps, plus aucun picotement, seulement des espaces froids. Je fixe mes pieds et me tords les doigts alors que tout le monde paraît joyeux autour de nous.

« Couple goal ! s'exclame ma meilleure amie. Je suis presque jalouse ! »

Jalouse de moi ? La bonne blague. Je tente de lui sourire pour la remercier. Ça sonne faux.

« Ouais, c'était pas mal. »

Je lève la tête à cette remarque quelque peu hautaine. C'est la jolie rousse, elle ne me regarde pas, elle a la tête haute et les yeux dans le vague. J'ai du mal à croire qu'elle m'a adressé un compliment. Sa bouche maquillée de rouge s'agite à nouveau :

« Enfin, bon, c'est un peu de la triche lorsqu'on fricote de base avec le mannequin. »

Elle ajoute un haussement de sourcils et tourne les talons sans nous accorder plus de considération.

Je ne vois pas très bien où elle veut en venir.

« Elle croit vraiment que vous êtes ensemble ? Toi et Monsieur Muscle. »

J'entends à peine la remarque de Pauline et je cherche justement ledit Monsieur Muscle des yeux.

Introuvable, il semble avoir disparu, mais Céline, qui se trouve devant les cabines, me donne à penser qu'il a filé se changer.

Louis, lui, regarde les photos par-dessus l'épaule de Giuseppe.

Ma meilleure amie me fixe.

« Bah alors, t'en fais une tête, pour une future star ! »

Elle me considère avec gravité, mon visage ne peut pas lui mentir à elle.

« Qu'est-ce qu'il y a ? » me murmure-t-elle.

Je secoue la tête. Trop de choses se bousculent dans ma caboche. Le nom de Cameron tourne en boucle, comme un vieux disque rayé. Je ne sais pas ce que je veux, je ne sais pas quoi penser, je ne sais pas comment interpréter les signaux que mon corps m'envoie. Je ne sais pas.

« Pas maintenant, s'il te plaît. »

Je lui offre un sourire qui tire plus vers le rictus qu'autre chose, mais je m'applique pour ne pas l'inquiéter. Elle me considère de haut en bas avant de prononcer sa sentence :

« Tu n'y échapperas pas. »

Je sais qu'elle aurait continué si Giuseppe n'était pas intervenu, tout guilleret.

« Regarde, *amore.* Celle-ci est parfaite. »

Il me tend l'appareil, que je m'empresse d'examiner. Une photo immortalise la scène qui a fait chavirer mon cœur. Elle nous représente, lui et moi, on pourrait presque croire en effet que nous nous fréquentons intimement en dehors de ce shooting.

Je suis tellement émerveillée que j'en oublie presque que mon short est beaucoup trop court sur la photo.

Je m'en fous pas mal. Mes yeux sont juste fixés sur le point de contact de nos bouches. Je peux encore, en fermant les yeux, ressentir la douceur de ses lèvres sur les miennes. Encore.

« Oui, elle est plutôt bien. »

Je sursaute à cette voix derrière moi et à ce souffle sur mon épaule.

Cameron regarde lui aussi la photo par-dessus mon épaule, il s'est changé et porte de nouveau son jean et son marcel.

« Elle va faire le buzz sur le blog ! »

Giuseppe semble aux anges, c'est incroyable. J'aimerais me réjouir autant que lui, mais mes pensées restent perdues au loin. Dans des contrées où mes idylles seraient réelles.

J'ai tellement la tête ailleurs que je pense rêver lorsque des doigts caressent ma paume droite tandis que Giuseppe fait défiler les photos. Je cligne plusieurs fois des yeux et baisse le regard.

C'est *sa* main, la main qui me maintenait quelques minutes plus tôt, cette main à la fois forte et délicate. Ses doigts longs et malicieux. Ils m'effleurent en traçant de petits cercles lents.

Mes yeux remontent vers son visage, il ne me regarde pas, ne sourit pas, il écoute simplement les louanges du photographe en approuvant parfois de la tête. J'en viens à me demander s'il a vraiment conscience de son geste. Et probablement que je ne le saurai jamais, vu que Giuseppe s'en mêle :

« Allez ! Fichez le camp, je dois envoyer ces photos et je vous appellerai pour vous donner l'avis de la créatrice. Oust, du balai. *Pronto !* »

À ces mots, je sens deux mains agripper mes épaules et me tirer en arrière.

Je suis d'abord assez surprise, mais le visage de l'habilleuse qui m'apparaît me déride.

Elle m'embarque et me pousse immédiatement en cabine.

Je me change le plus vite possible pour ne pas la faire attendre et je sors avec les habits qui m'ont fait, le temps d'un instant, rayonner.

Je sens le regard de Céline qui me scrute :

« Pas besoin de te démaquiller, ça va bien avec ta tenue. »

Elle m'offre un sourire chaleureux et me débarrasse avant de tourner les talons. Des clés teintent à mon oreille et la voix de Louis m'annonce :

« En voiture, la populace, on rentre à la maison ! »

Pauline le suit déjà, tout comme Cameron, les yeux sur son téléphone. Je suis le petit cortège et nous nous installons dans la voiture.

# Chapitre 43

Le trajet jusqu'à la maison a été très silencieux, mis à part les quelques plaisanteries que s'échangeaient mon amie et Louis. Cameron ne m'a pas adressé la parole, et mon ego, qui avait été regonflé, est désormais complètement à plat. Je hais ce mec et les sensations qu'il me procure ! Je n'ai donc fait aucun effort pour réchauffer l'ambiance de la voiture et apaiser la gêne palpable. J'ai l'impression que personne n'ose interpréter ce shooting, moi la première. Si seulement je n'avais pas accepté de l'accompagner.

« On fait quoi, maintenant ? »

Au ton de ma meilleure amie, je sens bien qu'elle essaie d'apaiser la situation lorsque nous arrivons enfin à bon port et que nos pas crissent sur les gravillons de la cour.

« Comme tu veux, ma belle », répond Louis avec un sourire niais collé sur le visage.

Il est gaga d'elle ou quoi ?

Elle lui retourne un sourire avant de questionner l'autre mâle de la bande :

« Cameron ? »

Celui-ci a déjà un pied à l'intérieur de la maison et affiche son éternel regard agacé. Il nous dévisage un par un avant de hausser les épaules d'un air théâtral et de déguerpir en vitesse.

« Ça lui arrive d'être aimable ?

— Parfois », répond Louis à la question de Pauline.

Elle roule les yeux et nous entrons dans la maison.

« Je vois pas trop ce qu'on pourrait faire, je soupire.

— On a qu'à barboter un peu en attendant l'appel de Giuseppe, propose Louis.

— Et s'il arrive tard ? » questionne Pauline.

Louis passe un bras autour de ses épaules et la taquine :

« Et alors ? Je ne suis pas le bienvenu ici pour dormir ?

— Non, tu ronfles », le coupe mon amie, déclenchant mon hilarité.

Il tire une moue faussement triste avant de vite passer à autre chose en retirant son tee-shirt et son short.

« Tu fais quoi, là ? le gronde Pauline.

— Tous à l'eau ! »

Louis crie cela en courant en caleçon gris à travers le salon en direction de la piscine.

« Il est fou.

— M'en parle pas », je ricane.

Elle me prend le bras et nous décidons d'aller enfiler nos maillots pour rejoindre Louis. Ce sera un bon moyen de me changer les idées, non ?

Nos maillots rapidement enfilés, nous quittons ma chambre, mais Pauline m'arrête :

« Tu devrais aller chercher l'autre grognon.

— Pourquoi ? »

Je n'ai pas spécialement envie de passer du temps avec lui. Il me met très mal à l'aise et je déteste ça.

« C'est con de le laisser tout seul. »

Je hausse les épaules :

« C'est pas mon problème.

— Jade ! »

Elle roule les yeux en soupirant.

« OK, OK, je vais le chercher », je capitule.

C'est en traînant les pieds que j'atteins sa chambre. J'hésite un instant. Est-ce que j'ai réellement envie de sa présence ? Après tout, je n'ai qu'à descendre et prétexter qu'il n'a pas daigné descendre.

Mais je juge que ce serait mesquin de ma part et que j'ai plus de cœur que lui, alors je toque d'abord faiblement, puis plus fort. N'obtenant pas de réponse, je prends le risque d'entrer, quitte à le trouver dans une situation embarrassante.

La porte s'ouvre et je le découvre assis sur son lit, son PC sur les genoux et des écouteurs enfoncés dans les oreilles. Il ne remarque pas tout de suite ma présence, si bien qu'il sursaute lorsqu'il m'aperçoit en face de lui, qui plus est en maillot de bain.

« Je ne pensais pas que ça allait aussi vite entre nous, Jade », se moque-t-il en retirant ses écouteurs.

Je roule les yeux et ne relève pas le sous-entendu.

Sa façon d'être si détendu avec moi confirme mon idée que tous nos baisers ne sont rien pour lui et encore moins le dernier, qui n'était que purement professionnel. Et pourtant… J'y aurais presque cru, à son insistance, à ses soupirs, à sa petite caresse. J'y aurais presque cru, mais ce n'est que Cameron.

Cela me grise encore plus et je ne peux m'empêcher de parler sèchement :

« On aimerait que tu sois sociable et que tu nous rejoignes à la piscine. »

Je ne le quitte pas des yeux, de mon regard froncé et dur. J'espère qu'il ressent à quel point je suis blessée et perdue. À quel point je le déteste de semer le trouble en moi.

Il détourne le regard en fermant son ordinateur, je le vois hocher la tête et je l'entends dire :

« D'accord, je vais venir, juste le temps de me changer.

— Très bien », je le coupe en tournant déjà les talons.

Vite, il faut que je sorte d'ici.

« Jade ? »

Et merde !

Je prends tout mon temps pour me retourner. Son ton est grave et je me pose mille questions. Va-t-il parler de notre baiser ? Je suis littéralement en train de me coacher et de me préparer à ce qu'il va me dire.

*« Ah, au fait, pour tout à l'heure, ne te fais pas d'idées, c'était professionnel, hein. »* Je l'entends déjà prononcer cette phrase et j'en profite pour monter des remparts autour de mon cœur.

Je lui fais désormais face et soutiens son regard. Il semble chercher ses mots et je le supplie mentalement d'abréger. Il passe une main dans ses cheveux et je l'entends dire :

« J'aimerais avoir une discussion avec toi ce soir. »

Je m'attendais à tout sauf à ça.

« Pourquoi ce soir ? » je parviens à demander.

Il retarde juste l'échéance, et mon cœur n'en meurt que plus doucement d'impatience. Il hausse les épaules :

« Comme ça. »

Je l'observe un moment tandis qu'il me dévisage aussi. Je tente de décrypter son regard, mais peine perdue. Le bleu de ses yeux ne reflète aucune émotion. Seulement le néant, les profondeurs de la mer. Ce gars est une énigme et malheureusement j'ai toujours aimé les énigmes, alors j'accepte sa discussion, quitte à m'y fracasser.

Au moins je serai fixée.

« C'est d'accord. »

Il sourit rapidement tandis que moi je ne laisse rien paraître et, alors que je tourne les talons, clôturant la conversation, il me lance :

« J'arrive. »

Je sors la tête haute de sa chambre, mais, lorsque j'atteins l'escalier, l'angoisse me prend aux tripes et je commence sérieusement à paniquer.

# Chapitre 44

Mon cœur tambourine au rythme de mes pas, qui portent mon corps le long de l'escalier.

Dehors, on entend des rires et des exclamations. Je découvre le petit couple – ou je ne sais pas quoi – en train de s'éclabousser de grandes gerbes d'eau.

Je plaque donc un sourire sur mon visage et fais mon apparition sur la terrasse.

« Elle est bonne ? je questionne.

— Super ! me répond Pauline.

— Il descend ? » demande Louis.

Je fais un signe de tête pour leur annoncer que oui, monsieur arrive.

Louis sourit de toutes ses dents avant de sauter sur ma meilleure amie et de lui plonger la tête sous l'eau dans de grandes exclamations. Je les observe près d'un des bords de la piscine en les jalousant un peu. Ça aurait pu être moi que taquine Louis. Ai-je bien fait de tout plaquer ? N'aurais-je pas pu être heureuse à ses côtés ? Peut-être, seulement, lorsque je le regarde, je n'éprouve vraiment rien de plus que de l'amitié.

Je soupire silencieusement.

« Elle est bonne ? »

Tout le monde se retourne vers la voix grave qui vient de s'élever. Nous découvrons un Cameron prêt aux épreuves aquatiques dans son bermuda de plage. Il dépose son téléphone sur un des transats et trempe un orteil.

« Nickel ! » le renseigne son meilleur ami selon le même schéma que Pauline et moi plus tôt.

À la surprise générale, Cameron décide de se démarquer et d'effectuer une entrée en bombe. Il prend de l'élan et après un saut atterrit lourdement dans l'eau, éclaboussant tout sur son passage.

Petite pensée pour son téléphone, qui apprend sans doute à nager.

« Mec ! » proteste Louis en rigolant.

Cameron réapparaît peu de temps après à la surface et en profite pour réaliser quelques longueurs. Ses mouvements sont fluides et agiles, et je remarque que je suis incapable de détourner le regard de son dos musclé.

« Tu baves », me murmure-t-on à l'oreille.

Je fronce les sourcils en découvrant ma meilleure amie qui me taquine. Je lui tire la langue.

« Il veut qu'on parle ce soir », je murmure à mon tour.

Je ne sais pas trop pourquoi d'ailleurs, puisque la nage de Cameron est très bruyante. Seul Louis plisse les yeux, suspicieux, en essayant de capter notre échange.

Pauline ouvre de grands yeux et agite rapidement ses sourcils, qui me lancent des sous-entendus sexuels.

« Pauline ! » je la réprimande en lui jetant de l'eau au visage.

Elle ricane, elle n'est jamais sérieuse.

« Vous parlez de moi ? s'immisce Cameron derrière moi.

— Toujours », je ricane.

Il prend une moue fâchée et je trouve cela adorable, si bien que j'en oublie presque mon ego rabougri et mon angoisse pour ce soir. Je pose une main sur son torse et le pousse en rigolant, il se laisse alors tomber et s'écrase dans l'eau en se bouchant le nez.

« Téléphone ! » crie Louis.

En effet, je tends l'oreille et je distingue la sonnerie.

Je lance un regard à Cameron, nous nous demandons tous les deux s'il s'agit de Giuseppe. Je retiens mon souffle tandis que le mannequin s'extirpe de la piscine et essaie de récupérer son téléphone sans le mouiller plus qu'il ne l'est déjà :

« Allô ? »

On entend vaguement une voix à l'autre bout de l'appareil, Cameron hoche la tête, met le haut-parleur, et aussitôt nous entendons clairement le photographe et son fort accent italien :

« … à la créatrice, et elle m'a immédiatement répondu !

— Giuseppe, s'il te plaît, ne nous laisse pas en plein suspense.

— Tu es sur haut-parleur ?

— Oui.

— Coucou, *bambini* !

— Giuseppe… » supplie Cameron pour nous tous.

Son pied tape frénétiquement contre le sol et il passe rapidement une main dans ses cheveux mouillés. L'eau ruisselle sur sa peau, soulignant ses muscles tendus. Cameron stressé ?

« Oui oui, je disais, elle m'a immédiatement répondu et… elle a adoré ! »

Bizarrement, c'est comme si nous poussions tous un soupir en même temps. Nos cœurs recommencent à battre et des sourires apparaissent. Surtout chez Cameron. Il a l'air plus joyeux et son visage retrouve des couleurs.

« Elle t'a trouvé splendide, *amore*. Une merveille ! Je crois même que tu vas devenir son chouchou. Je lui ai laissé ton numéro au passage !

— Merci », murmure Cameron.

Dans la piscine, son meilleur ami lève deux pouces, visiblement fier de lui.

« Les photos seront en ligne demain sur son blog pour présenter sa nouvelle collection ! Ton compte Instagram va exploser ! (J'entends Cameron ricaner. Deux fois plus de groupies à ses pieds, il ne va pas refuser.) Je lui ai aussi présenté vos photos de couple. »

Je sens le regard de Cameron sur moi et je n'ose pas le croiser. Je commence à stresser. Je n'ai jamais voulu être mannequin, mais cela me ferait énormément plaisir de présenter une nouvelle collection aux côtés de Cameron !

La scène se rejoue dans ma tête et j'en ai presque des frissons. Je me reconcentre sur la voix de Giuseppe pour ne pas sombrer dans les signaux que m'envoie mon cœur.

« Elle a adoré ! Surtout la dernière ! Elle figurera sur son blog avec les autres. Elle a aussi pensé qu'un couple phare serait un bon tremplin pour la collection. »

À partir de ce moment-là, je n'écoute plus vraiment. Mon cœur bat fort, très fort. Notre photo a plu. Je ressens comme une grande fierté.

Bien sûr, je suis aussi un peu inquiète. Je ne connais rien de ce monde et ce monde ne me connaît pas. Pourtant, ma tête et mon cœur vont apparaître sur un célèbre blog. Je jubile autant que je stresse.

« Fêtez bien votre victoire, *bambini. Ciao !* »

Cameron raccroche et au même moment on me saute dessus, me faisant basculer. Une voix me vrille les tympans :

« Ma copine va être une superstar ! »

Elle me serre très fort dans ses bras tandis que je rigole dans son cou.

« Pauline, tu m'étouffes », je la taquine en lui chatouillant les côtes.

Elle se détache, hilare, et se laisse tomber dans l'eau de bonheur.

Louis m'offre un grand sourire, et au-dessus de moi on me tapote l'épaule. Je sursaute et me retourne en me tenant au bord. Cameron m'observe, accroupi, un sourire aux lèvres :

« Bien joué, partenaire. »

Je ne peux m'empêcher de sourire. C'est un carton plein !

# Chapitre 45

« Quand tu seras devenue célèbre, tu pourras m'acheter une Ferrari ? »

Pauline m'offre une bouille de bébé dans le miroir.

Celle-ci s'est mis en tête que notre photo allait faire le buzz et qu'en un claquement de doigts je deviendrais célèbre. Elle est marrante mais aussi légèrement agaçante car, depuis que nous avons rejoint la salle de bains pour retirer nos maillots tout dégoulinants, elle n'arrête pas de sauter partout.

« Oui, Pauline, avec une grande villa, même. »

Je rentre dans son jeu tandis qu'elle me tire la langue, boudeuse. Elle arrange sa coiffure pendant que j'agrafe mon soutien-gorge.

« Pour fêter ça, ce soir c'est pizza ! » s'enthousiasme ma meilleure amie, un tube de rouge à lèvres en main.

À la mention de ce soir, l'imminence de la discussion avec Cameron me frappe.

Me prélasser au soleil et batailler dans l'eau avec mon amie m'a littéralement fait oublier cette perspective.

Je suis légèrement stressée mais, vu le comportement agréable de Cameron cet après-midi, je me détends un peu. Après tout, aujourd'hui a l'air d'être une bonne journée. Pourquoi tout finirait mal ?

« Au fait, tu devais pas me parler ? »

Mon amie marmonne en tapissant ses lèvres de maquillage. Elle dit cela comme si elle avait lu dans mes pensées ou comme si mon calme et mon attitude pensive soudaine m'avaient trahie.

« Si si », je murmure en enfilant ma petite robe blanche.

Lorsque le tissu recouvre bien mon corps, je jette un coup d'œil dans le miroir, où je découvre Pauline les mains sur les hanches attendant mes explications.

« Cameron m'a demandé si on pouvait avoir une discussion ce soir. »

Elle plisse le nez et je l'interroge du regard.

« C'est une bonne chose, je pense.

— Tu crois ? » je la questionne un peu brusquement.

Elle roule les yeux :

« Oui, vous êtes chiants à jouer au chat et à la souris. »

Je ne comprends pas très bien, alors je reste muette et elle continue :

« Il te kiffe, ce mec ! »

Un fou rire me prend :

« Cameron, me kiffer ? »

J'en aurais presque les larmes aux yeux.

Elle me regarde, perplexe et légèrement agacée.

« Déjà, il te mate clairement, ensuite il est jaloux.

— Jaloux ?

— Bah oui, au resto avec le serveur. »

Je murmure un « Ah », me remémorant cette partie de la journée.

« Ensuite il t'a embrassée.

— C'était professionnel, Pauline.

— *C'était professionnel* », m'imite-t-elle avec une grimace avant de soupirer.

Voilà pourquoi cette fille si différente de moi est ma meilleure amie, parce qu'elle sait me bousculer.

« Vu comment il te bouffait des yeux avant et après, crois-moi, c'était pas que professionnel. »

Je saisis ma brosse à cheveux et démêle mes mèches encore humides :

« J'en sais rien, Pauline », je soupire.

Elle semble réfléchir un moment, les deux mains à plat sur le marbre du lavabo. Elle m'observe avec, je le sens, une question au bord des lèvres. Une question, pour connaître ma meilleure amie par cœur, que je devine déjà. Une question que j'aimerais qu'elle ne pose pas :

« Et toi ? Vis-à-vis de lui, tu ressens quoi ? »

Je prends le temps de réfléchir aux bons mots à employer. Comment répondre quand moi-même je n'en sais rien ?

Je hausse les épaules simplement, désirant clôturer cette conversation au plus vite. Ce n'est cependant pas le cas de tout le monde.

« Allez, parle-moi. »

Je lâche un énorme soupir en fronçant les sourcils.

« J'en sais rien, Pau, je déteste son caractère mais en même temps il peut être méga-gentil. »

Je hausse les épaules en me rappelant la scène d'hier soir – ou plutôt de ce matin –, je le revois en larmes, effondré dans mes bras. Cette montagne de muscles toute tremblante.

Je n'arrive pas à le comprendre. Un coup c'est blanc, un coup c'est noir.

J'ai l'impression de me promener sur une pièce avec, du côté pile, un caractère d'acier et un esprit buté et, du côté face, un caractère tout à fait différent, compréhensif, agréable. J'aime cette face. Je me souviens du soir où nous avons brûlé la photo d'Evan. Ce soir-là, nous avions pris aussi un nouveau départ. Le moins que l'on puisse dire, c'est que cela n'a pas été très fructueux.

« Tu rêves, meuf. »

Je marmonne un « Hum », elle met alors ses mains autour de sa bouche en porte-voix et proclame :

« Allô, allô, est-ce que ma meilleure amie pourrait développer ses pensées ? (Je ris rapidement.) Nan, sérieusement, ça a l'air de bloquer à ce sujet. Développe avec moi, je suis là pour ça, hein. »

Je lui offre un pâle sourire et continue :

« Je sais pas quoi te dire. Il est incroyablement sexy, on va pas se mentir, mais… Des côtés de sa personnalité gâchent un peu tout alors qu'il peut être parfois si doux. Je te jure, des fois il est vraiment très attachant et… »

Pauline renifle un peu fort et je la dévisage.

« T'es amoureuse, ma pauvre fille.

— Dis pas n'importe quoi ! je m'exclame. Je ne suis pas amoureuse de lui. »

Elle hoche la tête, peu convaincue.

« Je te promets ! Je ressens pas du tout les mêmes choses qu'avec Evan ! J'étais éperdument amoureuse et je peux te dire que je ne ressens aucun truc comme avec Evan. »

Et c'est vrai, mis à part le dernier baiser qui a un peu trop fait battre mon cœur et enflammé mes lèvres.

« Tu sais, reprend Pauline, chaque amour est différent, car chaque personne est unique. Tu penses que tu n'aimeras plus jamais aussi fort qu'avec Evan, mais c'est faux, tu peux aimer tout autant, même plus, et tu ne t'en rendras peut-être pas compte parce que ce sera différent. (Je l'écoute sagement, touchée par la profondeur de ses paroles.) Arrête de prendre pour repère Evan, c'est après la douleur que vient le vrai bonheur », proclame-t-elle avec philosophie.

Je lui souris et elle m'offre un haussement de sourcils, fière de sa tirade. Mais, comme c'est le genre de fille à prononcer toujours la phrase de trop, elle ricane :

« Dommage que ton bonheur soit le roi des cons. »

Je ricane avec elle, tandis que je cherche à associer le mot bonheur avec Cameron.

Tout se bouscule dans ma tête et tout me paraît compliqué. Envisager une histoire avec lui me paraît brouillon, voire chaotique. Pouvons-nous seulement nous entendre ?

Je n'ai pas envie de me prendre la tête, ça viendra plus tard dans la soirée, alors je tente de dévier la conversation pendant que j'applique un léger parfum de vanille dans mon cou.

« Et toi ? Avec Louis ? »

Elle me lance un sourire malicieux.

« Je vais là où le vent me porte. »

Elle retouche une dernière fois ses cheveux.

« Tu sais que tu n'es là que pour les vacances et que Louis va aller à la fac ici ? »

Elle lève les yeux au ciel.

« Pourquoi faut-il que tu compliques toujours tout ? Je viens à peine d'arriver, je laisse les choses se faire. Nous n'avons pas tous une vie digne d'une série, ma chère. »

Elle m'adresse un clin d'œil et mon cœur se serre. Peut-être devrais-je lui rappeler que je lui ai déjà brisé le cœur et que j'ai mal pour lui à l'idée qu'elle décolle le peu de scotch qu'elle a mis dessus.

« Bon, on va les commander, ces pizzas ? »

J'acquiesce en me promettant de garder un œil sur lui.

# Chapitre 46

« Ce soir c'est pizza, les mecs ! »

Nous déboulons dans le salon, Pauline en tête, toute guillerette.

Les garçons sont assis bien confortablement sur le canapé, ils se sont eux aussi changés, mais leurs cheveux sont encore humides, seuls témoins de notre après-midi piscine. Ils se tournent à cause de notre boucan.

Je remarque que Cameron me lance un regard en biais avant de déclarer :

« Pas pour nous. »

Louis a l'air surpris lorsqu'il comprend qu'il parle de lui et moi, et je le suis tout autant. Je ne pensais pas qu'il allait m'emmener quelque part.

« Vous allez où ? »

Pauline s'approche de Louis, visiblement perdu, et s'assoit sur un des accoudoirs du canapé. Elle soupire en passant un bras autour des épaules du blondinet.

« Il semblerait que nous soyons en tête à tête ce soir, chéri. »

Les sourcils de Louis se froncent d'incompréhension. Cameron n'a-t-il donc pas fait part de ses plans à son meilleur ami ?

« Je déclenche la troisième guerre mondiale, ce soir, mon pote », le renseigne Cameron.

Je roule les yeux. S'il part avec cette idée, ça risque de mal se passer.

Il reçoit en guise de réponse une tape derrière la tête de la part de ma meilleure amie.

« Fais-lui du mal, tu vas voir !

— Ne refais plus jamais ça ! » grogne-t-il, menaçant et les yeux noirs.

Je lève les yeux au ciel et j'annonce un cessez-le-feu avant qu'une guerre n'ait vraiment lieu dans le salon.

« Bon, on se calme ! Cameron, on y va. »

Je lui adresse un petit signe de tête vers la porte d'entrée. Il se lève et passe devant moi sans un mot. Super !

Sur le coup, je hais Pauline de me l'avoir énervé. Cette soirée ne va pas être de la tarte. Je lui jette un regard assassin et elle m'adresse un grand sourire candide.

La porte d'entrée claque, et je sursaute.

Cameron n'a pas semblé daigner m'attendre, alors je redescends sur terre et me décide à le rejoindre.

L'air est doux dehors, il fait chaud mais pas trop, ce qui me permet de ne pas grelotter dans ma robe légère.

Cameron a enfoncé ses mains dans son bermuda en jean et il semble m'attendre en jouant du bout de son pied avec les petits gravillons gris.

« Hey. »

Il lève la tête et je tente d'analyser son regard. Une activité que je pratique souvent ces temps-ci. Il a l'air toujours un peu en colère. Ce mec a une fierté énorme !

« Ta pote est tarée, crache-t-il.

— Et toi tu es une tête de mule, c'est pire ! » je le réprimande.

Il roule les yeux, agacé, et je mets directement les choses au clair :

« Écoute, Cameron, si c'est pour que tu fasses la tronche toute la soirée et que ça tourne en engueulade, c'est pas la peine, je rentre tout de suite. (J'ai l'impression d'être une maman qui dispute son fils.) Tu réagis comme un enfant ! »

Il ne dit rien et se contente de m'examiner, les yeux plissés. Finalement, il passe une main dans ses cheveux et avance.

« On va où ? » je le questionne.

Il hausse les épaules.

« Je ne sais pas, je pensais qu'on pourrait aller dans un resto ou dans un bar ? Enfin… Comme tu veux. »

Il a l'air de s'être énormément radouci :

« À la plage ? » je propose.

Il sourit.

« Pourquoi pas. »

Je lui souris en retour et nous nous dirigeons vers la plage sans un mot. Ce n'est pas gênant, car le silence est comblé par les discussions des gens qui nous entourent.

En ce début de soirée, les gens flânent encore dans les rues et surtout dans la grande allée. Les petits restaurants sortent les chaises et dressent les tables en terrasse. De la musique s'élève même de certains. J'observe tout ça avec bonheur. J'aime l'été.

« C'est drôle. »

Je me retourne vers Cameron, qui me dévisage, le sourire aux lèvres :

« Qu'est-ce qui est drôle ?

— Toi. »

Je ris légèrement :

« Pourquoi je suis drôle ? »

Il fixe son regard droit devant lui en souriant toujours, l'air malicieux :

« Cette façon que tu as de regarder le monde avec de grands yeux de petite fille. C'est drôle. »

Il ne croise pas mon regard et je trouve ça assez gentil venant de sa part.

« Je prends ça comme un compliment. »

Il ricane, et le silence s'installe à nouveau jusqu'à ce que nos pieds foulent le sable tiède. Nous avons retiré nos chaussures et c'est un véritable bonheur de sentir cette caresse.

La plage n'est plus tellement peuplée. Quelques personnes s'attardent les pieds dans l'eau, des mouettes se promènent aussi, sous le soleil qui ne va pas tarder à décliner.

« On s'assoit ? » propose Cameron.

J'accepte et mes fesses viennent se caler sur le sable à ses côtés.

Il passe une main dans ses cheveux et brise le silence :

« Nous devions parler, non ?

— Tu voulais parler, je rectifie en le taquinant.

— Toi aussi, tu es censée dire quelque chose. »

Je hausse les épaules :

« Dire quoi ?

— Des phrases, des mots, des sons », se moque-t-il.

Des phrases ? Des mots ? Des sons ? N'ont-ils pas déjà été prononcés maintes fois ?

« Pour dire quoi, Cameron ? je le questionne. Des choses que l'on s'est déjà criées à plusieurs reprises ? On était censés prendre un nouveau départ. »

Ce soir, j'ouvre mon cœur car j'ai le sentiment que rien n'avancera sinon.

« C'est vrai, murmure-t-il. Tu te souviens ? (Il pointe l'horizon du doigt.) C'est ici qu'on s'est rencontrés pour la première fois. »

J'approuve de la tête en repensant à ce premier après-midi. Notre relation a débuté par des cris :

« Je te trouvais terriblement snob et hautaine.

— Et moi, con et malpoli. »

Il renifle et marque une pause.

« Peut-être qu'on n'est pas faits pour s'entendre.

— Peut-être », je murmure.

Et pourtant ça sonne faux dans ma bouche. Malgré nos nombreuses disputes, nous finissons toujours par nous parler pour améliorer la situation, en quelque sorte.

« Pourtant, j'aime bien comme tu es, là. »

Il m'examine et je détourne le regard en continuant :

« La plupart du temps, je te déteste car tu es exécrable et tu t'amuses à blesser les gens. Mais j'ai pu voir d'autres facettes de toi. »

Je pense notamment à sa crise de larmes, mais pas que.

« Tu n'es pas qu'un con…

— Merci, me coupe-t-il en ricanant.

— De rien. Je pense que tu es une personne très intéressante mais aussi très complexe, et que tu n'es pas celui que tu veux bien laisser paraître. »

Il replie ses genoux contre sa poitrine avant de les entourer de ses bras musclés. Sa mâchoire est crispée et il ne fixe que les soupçons de vagues qui viennent mourir sur le sable.

« On est pas bien, là ? Sans querelle, juste à parler à cœur ouvert ?

— Si, c'est apaisant. Pourquoi tu es gentille comme ça avec moi ?

— Et toi ? Pourquoi tu ne t'es pas encore levé pour me hurler dessus et partir en faisant la gueule ? »

Du regard, je détaille chaque recoin de son visage, ses cheveux sont légèrement en bataille et son nez est plissé :

« Il se pourrait que j'en ai marre de jouer au connard. »

Il trace de son index des symboles dans le sable.

« Et pour combien de temps, Cameron ? Demain, tu auras remis ton masque. »

Cette fois, il me fixe.

« Je ne le fais pas exprès, Jade. »

Mon prénom a une valeur de sentence dans sa bouche, une sentence exquise.

Il passe cette fois ses deux mains dans ses cheveux.

« Hier soir, quand nous étions tous les deux dans ma chambre, je ne t'ai pas menti. Tout était vrai. Je ne fais pas exprès de te blesser, c'est juste que… (Je veux comprendre. La phrase qui me hante a donc une importance pour lui et mon cœur l'a compris, il s'emballe.) Tu me plais, Jade. »

Mon cœur s'arrête, le temps s'arrête, ce n'est pas vrai. Il n'a pas dit cela. Lorsque je vais ouvrir les yeux, je serai dans ma chambre en train de rêver. Pourtant, j'ai beau cligner des yeux, il est toujours à mes côtés et je suis toujours ancrée dans le sable.

« Je suis maladroit car je ne sais pas comment m'y prendre.

— Je… Je te plais ? » je bégaie.

Ses yeux transpercent les miens. Il me sonde, il sonde mon âme.

Voit-il combien ses mots m'ont atteinte ? Combien mon âme est chamboulée ? À quel point j'ai peur de ce tourbillon dans mon ventre, de ma tête qui s'embrouille ? Le sent-il ? Et si Pauline avait raison, finalement ?

J'ai la tête qui tourne.

« Mais je ne suis pas amoureux de toi. »

*Crac.*

Je ne comprends plus rien, des espoirs que je pensais avoir s'envolent, laissant un vide douloureux. Il ne sera jamais à moi, c'est Cameron.

Je refoule mon chagrin en tentant de ne pas croiser son regard. Le ciel s'est teinté de gris, reflétant mes pensées, c'est comique.

« Hé. (Il semble voir qu'il m'a blessée, alors il pose une main sur la mienne et questionne :) Qu'est-ce qu'il y a ? »

Je secoue la tête et je me pose mille et une questions. Dois-je lui dire ce que je ressens ? Après tout, c'est une discussion à cœur ouvert. Je souffle un bon coup :

« Rien, c'est juste que… Je ne sais pas, je… Je ressens des trucs qui… qui m'empêchent de raisonner. Je te déteste la plupart du temps, mais… »

Je ne pourrai pas continuer. Je me hais d'être aussi faible et de ne pas être cette lionne qu'est Pauline.

Je l'observe la mine triste, lui a le visage penché. Je ne me contrôle plus, j'avance mon visage près du sien et j'embrasse doucement ses lèvres. Je les embrasse comme si ma vie en dépendait. C'est la seule façon que j'ai trouvée de lui faire comprendre ce que moi-même je ne comprends pas. De transmettre l'inavouable.

Il ne me repousse pas, il me laisse faire, il attend que je panse mes blessures et, lorsque enfin je me retire, il murmure :

« Jade…

— Excuse-moi… Je… »

Je cherche comment me justifier sans paraître trop niaise, mais il ne m'en laisse pas le temps :

« Jade. Je ne suis pas amoureux de toi et je ne pourrai pas l'être, mais je ne peux pas nier l'attirance que je ressens pour toi. C'est peut-être pour ça que tu me fais péter des câbles. Tu es extrêmement belle et j'aimerais malmener tes lèvres aussi longtemps que je le voudrais, mais… »

Le fameux mais.

« Je ne veux pas être en couple. Je ne peux plus rentrer dans cette case, Jade.

— Pourquoi ? » je le questionne dans un hoquet.

Mon cœur fait les montagnes russes avec lui.

« Il y a des choses que tu ne peux pas comprendre. »

Il porte une main à ma joue tandis qu'une petite bourrasque fait voler mes cheveux. Décidément, le temps se gâte autant que mon humeur.

Je hais cette phrase, justement j'aimerais tout comprendre. Pouvoir décrypter chaque partie de cet homme, de ce mystère ambulant.

« Nous n'avons pas forcément besoin de rentrer dans une case, Jade. Il y a une alchimie que nous ne pouvons ignorer.

— Je ne te comprends pas. »

De son pouce, il me caresse la joue, et cette caresse me fait l'effet d'une brûlure. J'ai mal, très mal.

Voilà pourquoi je redoutais l'amour. Je me souviens alors des blessures et de cette inconditionnelle douleur qu'il comporte. Je suis trop conne.

Comme pour apaiser mon esprit, les lèvres de Cameron viennent chatouiller les miennes, je souhaiterais résister, mais je n'en ai pas la force. Aimer fait mal. Espérer encore plus.

Je m'accroche à ses lèvres comme à une bouée, si bien que, lorsqu'il se détache, j'aimerais l'implorer de continuer. Je ne me comprends plus.

*Ressaisis-toi.*

« Je prends ce baiser pour quoi, alors ? »

Au-dessus de nos têtes, le ciel ronronne, caché par de gros nuages. Cameron ne semble pas s'en préoccuper. Il hausse les épaules :

« Comme une preuve que je veux être bien plus que ton ami mais bien moins que ton copain. »

Ce gars est tordu, affreusement tordu.

Qui accepterait cela ? Qui s'embarquerait dans cette situation instable ? Je dois être folle.

Je sens une goutte d'eau sur mon nez et, pendant un instant, je me demande si c'est moi qui suis en train de pleurer, mais, lorsque plusieurs autres gouttes s'abattent sur nous, je comprends que c'est le ciel qui souffre. La pluie, d'abord fine, devient intense.

Nous nous levons d'un bond, je prends mes chaussures dans une main et celles de Cameron dans l'autre. Nous laissons notre discussion sur le sable et il me tire par la main. Nous nous mettons à courir sur le sable désormais humide. Nous sommes rapidement trempés et nous courons jusqu'à atteindre les petits commerces. Par chance, l'un d'eux a toujours sa tonnelle dépliée. Nous nous glissons dessous. Cameron secoue ses cheveux mouillés, et je commence à avoir froid.

« Ça va ? »

Je hoche la tête et il tire sur ma main, qu'il a toujours dans la sienne.

« Viens là. »

Il m'attire contre son torse, me frictionne les bras pour créer un peu de chaleur et me regarde avec un petit sourire. Je le questionne alors du regard.

« Dans les films, c'est pas à ce moment-là que je suis censé t'embrasser ? »

Je ne peux retenir un petit rire.

« Ça fait beaucoup de baisers en très peu de temps, ça, monsieur Kent. »

Il me serre un peu contre lui et sa main retrouve sa place sur ma joue.

« On est plus obligés de les compter. »

Il ponctue cela par le plus tendre de tous les baisers qu'il m'ait jamais offert. Ce baiser semble simple et pourtant j'ai le sentiment qu'il scelle quelque chose entre nous, et je suis sûre que plus rien ne sera pareil désormais.

# Chapitre 47

« Ça a l'air de s'être calmé », j'annonce.

Cameron tend une main hors de la tonnelle pour vérifier si des gouttes d'eau tombent encore.

« En effet, nous pouvons rentrer. »

Je suis toujours contre son torse, alors je m'éloigne un peu et prends le chemin du retour, Cameron sur les talons

Les passants sont moins nombreux maintenant et le ciel s'est teinté de jolies couleurs rouges et orangées. C'est beau. Les nuages sont repartis aussi vite qu'ils étaient arrivés, et pendant un instant j'ai presque l'impression que le ciel se calque sur mon humeur.

Quelle heure est-il ? J'ignore combien de temps a duré notre petite escapade. Le silence est revenu entre Cameron et moi lorsque nous remontons l'allée des commerces. Les gens sont désormais attablés autour d'un bon repas qui attise mon appétit.

Dans un restaurant, un karaoké semble être lancé et un homme s'égosille à chanter juste en suivant le rythme des notes de musique qui flottent dans l'air. J'hume toutes les bonnes odeurs. Je ne peux m'empêcher de profiter de ce moment, je crois que, s'il y a bien une chose que j'ai apprise avec Cameron, c'est de profiter de l'instant présent car on ne sait pas de quoi demain sera fait. Je suis tellement ailleurs que je ne remarque pas tout de suite ses doigts qui cherchent les miens. Je baisse les yeux et j'observe ma main qui se lie fermement à celle de Cameron. Avec un petit sourire, je le nargue :

« Bien moins qu'un couple, hein. »

Il hausse les sourcils.

« Je peux te lâcher si tu veux, c'est pas un souci.

— Non ! » je m'entends répondre très spontanément.

Il hoche la tête avec un petit sourire narquois.

« On devrait rédiger un contrat de relation, dit-il.

— Un peu comme dans *Cinquante Nuances de Grey.* Avec ce qu'on doit faire et ne pas faire ?

— Pourquoi pas. »

Cette idée me paraît assez drôle.

« On l'appellerait *Charte de la relation inconnue.* »

Je lui donne une tape sur l'épaule. J'aime bien cette atmosphère entre nous : détendue. Pour combien de temps ?

Des points d'interrogation trottent tout de même dans ma tête. Dans quoi je m'embarque ? Suis-je vraiment prête à jouer de nouveau avec mon cœur ? Je me suis promis de ne plus souffrir, et pourtant j'ai l'impression de me diriger tout droit dans un mur.

*Plus que des amis mais bien moins qu'un couple.* Qu'est-ce que ça veut dire, ça ? Comment suis-je censée le comprendre ? Toutes ces questions me grisent et m'attristent, et je serre un peu moins la main de Cameron.

Il ne semble pas le remarquer et nous continuons à marcher vers la maison avec une légère brise rafraîchissante dans les cheveux, et toujours dans le silence. Je n'ose pas parler, de peur de rompre ce lien que nous avons établi. Je marche sur des œufs…

La maison n'est plus très loin et intérieurement je n'ai pas envie de rentrer voir les autres, je ne veux pas briser ce cocon et affronter l'interrogatoire de ma meilleure amie en prime. Mais apparemment il le faut. La maison approche de plus en plus.

« Et si on rentrait pas ? »

Je cligne des yeux. Est-ce que j'ai dit ça ?

Seulement, lorsque je fixe Cameron, c'est lui qui a la bouche ouverte et qui attend ma réponse. Il ne veut pas rentrer non plus, ça me soulage.

« Et pour aller où, Cameron ? »

Je ne tiens pas à lui montrer que je suis contente de ne pas rentrer et de prolonger mon moment à ses côtés.

Il me désigne alors sa voiture, garée sur le trottoir d'en face comme d'habitude. J'attends qu'il développe.

« Je vais t'emmener quelque part. »

J'ouvre de grands yeux, intriguée, et ma tête se penche légèrement. Je demande :

« Où ? »

Il me lâche, laissant un vide contre ma paume, et je referme la main pour ne pas y penser. Il farfouille dans ses poches de bermuda et en sort un trousseau de clés qu'il fait tinter.

« Monte et tu verras.

— On dirait un psychopathe », je me moque.

Il roule les yeux et déverrouille sa voiture avant de s'y engouffrer. Je fais le tour et l'imite. J'attache ma ceinture et je m'agrippe à la petite poignée de la portière :

« T'as peur ? » s'étonne mon chauffeur.

Je souris légèrement et j'énonce tout haut ce que tout le monde pense tout bas :

« Le prends pas mal, hein, personne n'a osé te le dire avant, mais t'as vraiment une conduite horrible. »

Il me fusille du regard et déclare :

« Premier point du contrat : on ne prend pas ses aises avec moi. »

Pour ponctuer sa phrase, il allume le moteur, le fait vrombir et appuie férocement sur la pédale, nous faisant détaler sur le bitume.

Je suis plaquée contre le siège et je me cramponne tandis qu'il rigole et ralentit :

« D'autres choses à dire sur ma conduite ?

— Ne refais plus jamais ça », je le préviens.

Mais qu'est-ce que je fais dans cette voiture avec ce fou furieux ?

Il se moque de moi et reporte ses yeux sur la route.

« On va où, alors ?

— Hum, premièrement, chercher à manger. »

Il est vrai que, si Pauline et Louis ont englouti des pizzas, nous, nous avons le ventre bien vide. Surtout Cameron, qui n'a rien mangé ce matin. J'approuve et il se concentre sur la route.

Nous arrivons en quelques minutes à un fast-food très éclairé, un peu en dehors de la ville. Les grandes fenêtres nous laissent voir qu'il est déjà bien peuplé. Alors que je pense qu'il va arrêter sa voiture sur une place de parking, il se dirige vers la file du drive et attend patiemment notre tour à la borne de commande.

« Tu prends quoi ? me questionne-t-il quand arrive notre tour.

— Euh… »

Il nous considère un moment, moi et mon mutisme, et se tourne vers la borne en déclarant :

« Une boîte de neuf nuggets avec une frite et un Coca, plus un double cheeseburger, une grande frite et un Sprite.

— *Ce sera tout ?*

— Oui », confirme-t-il.

La voix disparaît et la borne crépite, nous invitant à aller au prochain comptoir.

« Ça fait deux fois aujourd'hui que tu commandes pour moi.

— Ça fait deux fois aujourd'hui que tu es trop lente. »

Je plisse le nez face à sa petite pique et quelques minutes plus loin nous récupérons notre commande.

Cameron paye sous mes protestations, mais il triomphe car j'ai oublié que je n'avais pas d'argent sur moi, ni de téléphone :

« On a pris à emporter, ce qui signifie que l'on va manger quelque part.

— Bravo, Einstein. »

J'ignore sa réplique :

« Donc, je repose ma question : où allons-nous ? »

Il me fixe un instant et déclare :

« Tu verras. »

# Chapitre 48

J'ai beau le torturer, il ne lâche rien, pas un indice !

Cela fait plusieurs minutes que nous roulons et par la vitre j'ai pu discerner que nous avions quitté la ville. Maintenant nous roulons sur une petite départementale et je commence à m'impatienter, mon ventre aussi.

« Cameron ! Allez, dis-moi. »

Pour la centième fois, il ne me répond pas et je souffle. Je n'ai jamais vraiment aimé les surprises.

Pour faire passer le temps, je me penche et farfouille dans le sac en papier à mes pieds pour y dégoter une petite frite à me mettre sous la dent.

« Pitié, Jade, laisse ces frites tranquilles. On arrive. »

Je roule les yeux à ses mots, quand il braque le volant de la voiture.

Nous sommes immédiatement secoués. Je jette un œil par la vitre et je remarque que nous avons quitté la route pour nous engager sur un petit chemin de terre. Je colle un peu plus mon nez pour mieux distinguer le paysage : de l'herbe et au loin une forêt qui approche.

C'est quoi, ce coup foireux ?

« OK, alors c'est le moment où tu vas m'annoncer qu'en fait t'es un dangereux criminel et que tu vas me zigouiller ? »

Il soupire.

« Tu es insupportable. Tais-toi pour une fois. »

Me taire alors que nous sommes dans un lieu désert, qu'il fait presque noir et que… C'est une forêt, quoi !

La voiture s'arrête.

« Descends », m'ordonne-t-il.

Je récupère le sac à mes pieds et je l'imite en sortant de la voiture.

Il verrouille les portières d'une main, et me tend l'autre pour que je m'approche. Je le rejoins et lui offre la mienne. Décidément, ça devient une habitude. J'aime bien, cela dit.

Il tire sur ma main et nous suivons un chemin de terre qui nous conduit à la lisière de la forêt. L'odeur de la nature me saute au nez. Les arbres sont immenses et immobiles, comme de grands gardiens sages. La petite brise fait à peine frémir les feuilles. Le feuillage touffu cache le ciel et obscurcit notre route. Je serre la main de Cameron et je crois que c'est pour cela qu'il trouve bon de me dire enfin où nous nous rendons.

« Avant, j'aimais bien venir ici, à moto. J'y ai mon petit repaire. J'y suis retourné y a pas longtemps. »

Il hausse les épaules et ça ne m'avance toujours pas. Je me laisse guider et j'ai la surprise de le voir nous faire quitter le petit sentier, puis nous nous enfonçons à travers les arbres. Cameron exerce une pression sur ma main comme pour me rassurer. Nous marchons encore un peu pour finalement déboucher sur une espèce de cabanon de jardin en bois.

J'ouvre de grands yeux.

« Quand je l'ai trouvé la première fois, il était en piteux état, alors je l'ai rénové avec mon père. »

Il a l'air assez nerveux, ce qui m'étonne un peu. Il me jette un coup d'œil avant de tirer sur la petite porte qui grince.

« Bienvenue dans mon palace. »

Dès que je pose un pied à l'intérieur, j'examine tout. L'endroit est assez petit mais très propre.

Il y a un matelas par terre, avec une table de chevet à côté. Des posters de Marvel sont placardés sur les murs de bois. Il semble y avoir l'électricité, car une ampoule pend au plafond. Il y a aussi une table basse avec quelques canettes vides dessus.

« Waouh… C'est charmant. »

Et c'est vrai, l'endroit est très agréable et je l'envie d'avoir eu ça dans sa jeunesse.

Je pose le sac sur la petite table.

« Bien, mangeons ! » s'exclame Cameron.

J'acquiesce et il s'assoit en tailleur à la table avant de sortir son repas. Je l'imite.

Nous mangeons donc dans la bonne humeur. Il m'explique que lorsqu'ils ont déménagé, lui et son père, il avait tout de suite considéré cet endroit comme son refuge. Son père acceptait même qu'il y dorme parfois.

Je l'écoute avec attention et j'omets de lui parler de sa mère, dont il ne parle jamais. Je ne veux pas tout casser. Je ne me rappelle que trop bien la fois où j'ai essayé…

Tout le long du repas, il me raconte des anecdotes dont je me délecte. Cet endroit, ce moment me plaisent vraiment.

« J'aimerais rester ici cette nuit », je murmure en espérant qu'il n'ait pas entendu.

Un petit sourire étire ses lèvres.

« De toute façon, il est tard. Je n'ai pas envie de reprendre la voiture. »

Je le remercie d'un petit sourire. Il laisse ses ordures devant lui et se dirige vers son lit pour s'y laisser tomber. Je l'observe de loin alors qu'il croise ses bras derrière sa tête. Il lève la tête et me questionne :

« Tu viens ? »

Je me redresse en lissant ma robe blanche, un peu nerveuse. Je m'allonge à ses côtés, laissant un petit espace entre nous.

« Qu'est-ce qu'on fait, maintenant ? demande Cameron.

— On pourrait rédiger notre contrat, je propose.

— Pourquoi pas, rit-il. Alors, règle numéro 1. (Il réfléchit.) Pas de surnoms gnangnans. À bannir les mon cœur, mon amour, mon bébé et autres. »

J'approuve, cela ne me dérange pas, je n'ai jamais été fan de ces surnoms.

« Règle numéro 2, j'annonce, on a le droit de se tenir la main. »

Il rigole.

« Règle numéro 3, continue-t-il, on ne s'immisce pas dans la vie privée de l'autre.

— Règle numéro 4, on a droit à toutes les marques d'affection d'un couple : bisous, câlins… »

Il me lance un regard que je n'arrive pas à déchiffrer, je le soutiens un instant.

Puis je détourne les yeux, le rouge commençant à me venir aux joues.

« Règle numéro 5, continue Cameron, pas de jalousie. »

Ouch. Cela veut donc dire que lui ou moi avons le droit de fréquenter d'autres personnes ? Mon cœur se serre étrangement. Après tout, c'est Cameron. Je ne dois pas être la seule fille à être venue ici. Combien ont défilé dans son lit ? Combien de filles a-t-il promis de rappeler ? Je n'ose pas y penser.

Dans quoi je m'embarque ?

Il bouge, alors je tourne la tête. Il est sur le côté et il m'observe, je me tourne aussi, face à lui. Je plonge mes yeux dans les siens si bleus. Je m'y perds et j'oublie tout, toutes mes craintes. Je place mes espoirs entre ses mains, je me laisse bercer par son regard.

Une main s'approche de mon visage, un pouce glisse sur ma lèvre inférieure. Sa bouche est entrouverte, il respire lentement. Il ne me quitte pas du regard tandis que son pouce caresse mes lèvres.

« J'ai envie de t'embrasser », je murmure.

Il sourit.

« La règle numéro 4 ne s'y oppose… »

Il n'a pas le temps de finir sa phrase que mes lèvres sont déjà sur les siennes, que nos souffles se mélangent et que nos langues se lient dans une passion délirante.

# Chapitre 49

Le baiser se fait plus intense, plus langoureux, et respire la passion. J'oublie très rapidement toutes ces règles et notre situation incroyable. Je me concentre juste sur le mouvement de sa bouche contre la mienne. Le vent souffle dans les branches des arbres, et moi je suis dans ses bras.

Il me surplombe légèrement tandis que j'ai peur d'ouvrir les yeux de crainte que le rêve ne s'arrête. Mon cœur tambourine fort.

Ma main derrière sa nuque exerce une pression comme pour l'attirer plus fort contre moi, plus près. Je ne sais pas pourquoi, mais je ressens l'étrange besoin de son contact. Il s'est appuyé sur son coude pour se maintenir au-dessus de moi. Son corps musclé recouvre le mien – j'ai déjà connu cette proximité avec Evan, mais j'avoue que celle que je partage avec Cameron m'intimide.

Son pouce caresse ma joue tandis que ma main glisse dans ses cheveux comme ma langue glisse sur la sienne. J'aimerais que cela ne s'arrête pas, mais j'ai la frustration de le voir se décoller. Il se soulève et observe mon visage, sans rien dire. Ses yeux lagon m'examinent et son pouce caresse toujours ma pommette.

Je grogne. Et la petite pression que j'effectue sur sa nuque semble le persuader de revenir m'embrasser. Le vide qu'il a laissé est comblé à nouveau et je soupire contre ses lèvres. De bonheur ? Je ne sais pas.

Profiter du moment. Il faut profiter du moment avec Cameron.

C'est ce que je fais. Ce soir, je compte profiter et lui montrer que je ne suis pas la petite fille prude et naïve qu'il croit.

De ma main libre, je me fraye un passage jusqu'au bas de son tee-shirt, le long de son ventre. Un frisson parcourt mon corps lorsque je caresse les muscles tendus de ses abdominaux. Je les effleure du bout des doigts avec une certaine satisfaction, je dessine leur contour alors que notre baiser ne perd pas en vigueur. Ma main remonte vers ses pectoraux et vers son cœur. Il bat vite. Serait-ce un signe d'amour ou est-ce seulement une preuve que la situation est extrêmement riche en émotions ? Probablement que je ne le saurai pas.

« Attends », murmure-t-il contre mes lèvres.

Que fait-il ? Je panique mais me calme lorsque je vois qu'il ne rompt notre baiser que pour faire glisser son tee-shirt par-dessus sa tête.

Je ne peux m'empêcher de l'admirer. Sa peau bronzée, sa musculature marquée, sa poitrine qui se soulève rapidement. Tout en lui m'attire.

Il interrompt ma contemplation en revenant à moi, mais cette fois pour s'attaquer à mon cou.

En effet, ses lèvres pulpeuses viennent titiller mon cou. Il le parsème de petits bisous. Il fait cela tout le long avant de s'attarder au creux du cou un peu au-dessus de la clavicule.

Là, il dépose des baisers plus appuyés. Il s'attarde.

Je soupire de plaisir. Je ne veux pas qu'il s'arrête.

J'enfonce mes mains dans ses cheveux et je ferme les yeux sous ses suçotements. Sa main descend ensuite sur ma hanche, qu'il agrippe par-dessus le fin tissu de ma robe. J'aimerais qu'il me l'enlève, j'aimerais que les choses s'accélèrent. Pour ponctuer ma pensée, une de mes mains retourne vers son torse, l'effleure légèrement avant de descendre, d'atteindre ses abdominaux et de continuer à descendre, jusqu'à rencontrer finalement le haut de sa braguette.

Et je suis prête à faire péter le bouton quand ses longs doigts s'enroulent autour de mon poignet et que la bouche de Cameron se détache de mon cou pour articuler :

« Hé, doucement, Jade. (Il pose ma main sur son torse et plonge son regard dans le mien.) C'est trop tôt. Et puis, nous ne sommes pas en couple… Je me sentirais sale d'avoir pris ce que tu as protégé durant trois ans alors que tu aimais de tout ton cœur ce garçon.

— Cameron, j'en ai envie. »

Il sourit faiblement.

« Maintenant. Mais tu ne vas pas le regretter plus tard ? »

Je ne comprends pas ce qu'il cherche à me dire. Je veux profiter du moment présent, et le moment présent me dit de foncer. Pourquoi coupe-t-il mon élan ?

« Réfléchis-y et, lorsque tu seras sûre, on en rediscutera. »

Je déglutis, étrangement vexée. Et s'il n'en avait tout simplement pas envie ? Et si mon inexpérience le répugnait ?

Il caresse ma joue, sans doute ai-je l'air triste. Mon ego est touché. Je le voulais. Maintenant.

Il se redresse et s'assoit à mes côtés en passant une main dans ses cheveux.

« Crois-moi, Jade, tu me remercieras. »

Peut-être que oui, peut-être que non. Là, je me sens juste honteuse et terriblement déçue. Je pensais sauter le pas avec lui ce soir et il m'a stoppée dans mon élan. Je tente un sourire crispé.

« Boude pas. »

Je ris nerveusement en replaçant une mèche de cheveux derrière mon oreille.

« Il en faut plus pour m'ébranler ! »

Je me sens ridicule parce que cela sonne faux, tout comme mon rire. J'en prends conscience lorsque Cameron me fixe, un sourcil levé et les lèvres encore gonflées de notre passion. Il doit penser que je suis folle.

Mon regard se perd dans la contemplation du plafond, et je le sens bouger à mes côtés.

« 22 heures. On fait quoi, on dort ? »

À ces mots, je me tourne, lui offrant mon dos.

« Je veux bien », je murmure.

Je préfère fuir plutôt que de lui avouer que je suis vexée. Il n'est pas si tard et je ne suis pas fatiguée, mais c'est ainsi.

Aussi, quelques secondes plus tard, l'ampoule suspendue au plafond s'éteint et il s'allonge près de moi.

J'arrête de respirer, les yeux perdus dans le noir. Un bras vient se poser autour de ma taille et une bouche tout près de mon oreille. Une bouche qui effleure mon lobe et me murmure malicieusement :

« Ne t'en fais pas. »

Le ton de sa voix me confirme alors que non, ce n'est pas qu'il n'a pas envie de moi. Et mon cœur s'apaise. Peut-être que finalement Cameron a un cœur et qu'il essayait vraiment de prendre soin de moi. Mon cœur se gonfle et mes joues s'empourprent. Je recouvre sa main sur mon ventre et la serre.

« Bonne nuit, princesse. »

# Chapitre 50

« Debouuuuuut ! »

Je hurle à pleins poumons dans l'oreille de Cameron, endormi à mes côtés. Heureusement que nous sommes perdus dans une forêt, sinon les voisins auraient rappliqué immédiatement pour se plaindre.

Je me suis accordé quelques minutes pour l'admirer, paisiblement endormi, le souffle léger et son torse nu offert à mon regard – il n'a pas pris la peine de remettre son tee-shirt avant de s'endormir. Puis je me suis mise à crier.

Il se réveille en sursaut, les yeux écarquillés et l'air paniqué. Il cherche sur mon visage la raison pour laquelle je m'égosille ainsi, et je lui adresse un grand sourire.

Il pose une main sur son cœur comme pour le calmer et s'écrie :

« Il t'arrive quoi, là ?! »

Je hausse les épaules, penaude, tandis qu'il me scrute en plissant les yeux dans l'attente d'une réponse :

« Oh, rien, c'est seulement ta punition car tu as enfreint la règle numéro 1 : pas de surnoms gnangnans. »

Il me fusille du regard.

« Mais tu es une grande malade, toi ! »

Il se laisse tomber lourdement sur le matelas et enfouit sa tête dans l'oreiller.

Je ricane de ma petite blague. Je suis fière de mon sadisme même si j'avoue que ce surnom n'était pas déplaisant, mais je ne le lui dirai pas. Je suis de bonne humeur aujourd'hui, j'ai passé une agréable nuit dans les bras de Cameron. Je ne suis plus vexée, je dois même avouer que sa réaction était… mignonne ?

Et je crois qu'il a bien fait. La fièvre est montée beaucoup trop vite hier soir, et je pense que je m'en serais mordu les doigts. Mais rien ne s'est passé, tout va bien.

Et je suis en pleine forme !

« Allez, debout ! »

Mes deux mains accrochent son biceps et le remuent. Il grogne et je continue de plus belle.

Il se tourne sur le ventre et cache sa tête sous l'oreiller, je grimpe sur son dos et, les mains sur ses omoplates, je le secoue encore.

Un son étouffé s'élève de sous l'oreiller.

« OK, dis-moi maintenant où tu as planqué la putain de bouteille d'alcool que tu t'es enfilée ? »

Je ne suis pas saoule, je suis juste de bonne humeur. Je roule les yeux et me dégage de son dos pour poser mes pieds nus sur le sol.

Les petits oiseaux chantent dehors et, vu la chaleur qui règne à l'intérieur, le soleil doit déjà briller.

« T'es hyper-chiante », grogne-t-il.

Il n'a pas bougé d'un poil et je contemple les petites fossettes qu'il a en bas du dos.

« On doit y aller ! » je lui annonce.

Là, il repousse enfin l'oreiller et se redresse, les yeux plissés et une moue fatiguée sur les lèvres. Il passe ensuite une main dans ses cheveux en bâillant à s'en décrocher la mâchoire.

« La main devant la bouche ! » je le réprimande pour le taquiner.

Il prend un air las et marmonne :

« T'es pas hyper-chiante, t'es archi-chiante !

— Merci », je réponds avec un grand sourire.

Je lui tourne le dos et commence à ranger nos déchets de la veille dans le sac en papier. Le sol grince et j'en déduis que Cameron s'est levé :

« Il est à peine 9 heures ! s'indigne-t-il en consultant son téléphone.

— Oui, mais nous étions censés rentrer hier soir et nous n'avons prévenu personne. »

Il ne semble pas voir où est le problème :

« À cette heure-là, Pauline a déjà dû mettre le FBI à nos trousses, je lui explique.

— Quelle idée d'avoir une meilleure amie aussi folle », se moque-t-il.

J'ignore sa remarque. Il est vrai que Pauline a un fort tempérament et une énergie débordante, mais c'est comme ça, c'est ma meilleure amie depuis toujours et ce n'est pas près de changer. N'en déplaise à monsieur Cameron.

Il se frotte les yeux, et j'enfile mes chaussures.

« Tu te sens de conduire ? » je lui demande.

Il hausse un sourcil, ne voyant pas où je veux en venir, alors je lui explique :

« Si tu es trop fatigué, je peux conduire à ta place. »

Il se met à rire :

« Toi ? Conduire ? T'as même pas le permis, je te rappelle ! »

Je croise les bras sur ma poitrine :

« Et alors ? Je suis en conduite accompagnée, je te signale. »

Son rire redouble d'intensité :

« Règle numéro 6, tu touches pas à ma voiture ! »

Je fais claquer mes mains sur mes cuisses.

« Non mais t'es un pur cliché !

— Pardon ? »

Je m'explique :

« C'est quoi, cette obsession qu'ont les mecs avec leur voiture ? Tous !

— Et t'as vu ça où, toi ? rigole-t-il en enfilant son tee-shirt.

— Partout ! Dans les séries : regarde Damon Salvatore avec sa voiture… Et puis dans les livres aussi ! »

Il a l'air dubitatif, je continue :

« Hardin Scott dans *After*, pareil. Tous les mêmes », je ricane.

Il rigole aussi, mais plus pour se moquer de moi qu'autre chose.

Il farfouille dans le tiroir de sa table de chevet et dégote justement ses clés de voiture :

« Une femme au volant est un signe annonciateur de catastrophe, et je tiens trop à ma vie. (Il me lance un clin d'œil.) En route ! »

Il passe devant moi et je souffle :

« Connard. »

Il ne semble pas l'entendre puisqu'il me laisse sortir et referme le petit cabanon un sourire aux lèvres, sans doute fier de sa réplique. Quel macho, celui-là !

En plein jour, la forêt paraît magnifique ! Les rayons de soleil font scintiller les feuilles, rendant leur vert éclatant. La même odeur de nature qu'hier soir emplit mes narines, et je prends un énorme plaisir à humer cet air si pur. Mes pas craquent sur le sol recouvert d'herbe et de brindilles tandis que je suis Cameron. J'observe tous les grands arbres qui entourent ce coin de paradis et se dressent fièrement à nos côtés. J'aperçois même un petit écureuil sauter de branche en branche. Je me surprends à espérer qu'il ne loupe pas une branche, au risque de s'écraser par terre.

« Tu te dépêches ? »

Cameron m'appelle, il est déjà loin devant moi, alors je trottine pour arriver à ses côtés :

« C'est vraiment beau », je murmure.

Il hausse les épaules sans vraiment s'attarder :

« Une forêt, quoi. »

On arrive ensuite sur le petit chemin et, après l'avoir suivi quelques minutes, nous retrouvons la voiture.

Cameron balance le sac en papier dans le coffre et s'installe au volant. Le moteur vrombit et, tandis qu'on s'éloigne, je ne peux m'empêcher de me retourner pour ne pas oublier ce lieu et les bons moments que j'y ai vécus.

« On y retournera, ne t'en fais pas. »

La phrase de Cameron résonne dans l'habitacle comme une promesse, alors je me mets à sourire. Tout est si parfait, jusqu'à présent.

Et si cette « relation » ne s'annonçait pas si effrayante que ça ?

À moins que ce ne soit le calme avant la tempête ? Je préfère ne pas y penser, alors je ferme les yeux très fort pour faire fuir tout ça et ne garder en tête que le positif, notamment notre complicité qui s'installe peu à peu.

« Tu vois, si tu n'avais pas fait ta casse-pieds, tu n'aurais pas à somnoler dans la voiture », ricane Cameron.

Si seulement je n'avais que sommeil… J'aimerais qu'il puisse entrer dans ma tête et ressentir le poids de mes doutes. Connaît-il ça, lui aussi ? J'aimerais bien. Cela prouverait qu'il ne ressent pas que de l'attirance physique pour moi.

Je lui souris pour ne pas l'inquiéter et il se reconcentre sur la route.

Nous regagnons la ville rapidement. Les rues commencent doucement à s'animer sous le soleil et l'air salé. Les boutiques ouvrent, les gens vont chercher leurs croissants à la boulangerie, d'autres sont déjà en maillot de bain et s'apprêtent à profiter de la plage. La ville s'active comme une fourmilière. Nous la traversons et bientôt le toit de la maison que nous partageons se dessine, suivi de la façade. La voiture retrouve rapidement sa place sur le trottoir et le moteur cesse son activité.

Cameron range ses clés et descend. Pour ma part, je marque une pause. Retour à la réalité.

Je descends à mon tour et, tandis que Cameron se dirige vers un conteneur à ordures pour jeter nos déchets, je m'avance vers la maison. Près de la porte, j'entends du bruit provenant de l'intérieur. Pauline est-elle excitée au point de faire un vacarme pareil ?

Alors que j'ai déjà la main sur la poignée, prête à l'abaisser, la porte s'ouvre et laisse apparaître une silhouette aux traits fatigués :

« Il était temps que vous rentriez », soupire ma meilleure amie.

Le vacarme continue derrière elle. Mais alors, si ce n'est pas elle qui faisait du bruit, qui est-ce ?

# Chapitre 51

« Mais qu'est-ce qui se passe ici ? » tonne la voix de Cameron derrière moi.

Je sens qu'il tend le cou pour essayer de comprendre d'où peut provenir le raffut à l'intérieur. Pauline nous facilite la tâche en ouvrant un peu plus la porte et en nous laissant finalement entrer. Quand je pénètre dans le petit couloir, les voix se font plus fortes et j'entends clairement la voix de Louis grogner :

« Tu te rends compte que tu te donnes en spectacle, là ! »

J'aurais aimé que dans sa réplique le nom de son interlocuteur soit prononcé, mais malheureusement je vais devoir le découvrir par moi-même.

Cameron sur les talons, je fais mon entrée dans le salon et quelle n'est pas notre surprise lorsqu'une silhouette élancée, aux cheveux blonds et au visage trop maquillé, apparaît.

Lucie. Elle a les mains sur les hanches tandis que son jumeau en face a le visage légèrement rouge.

Ils se fusillent du regard et, impérativement, Cameron réagit :

« Qu'est-ce que tu fais là, Lucie ? »

Elle feint la surprise. Comme si notre entrée ne s'était pas remarquée plus que ça. Quelle actrice !

« Quand on parle du loup ! » clame-t-elle.

Louis roule les yeux.

« Tu es ridicule », siffle-t-il.

Sa sœur l'ignore et sort plutôt de son sac riquiqui son téléphone portable. Tout le monde l'observe, sans un mot. Elle fait glisser son doigt sur l'écran, elle semble chercher quelque chose. Mais, sérieusement, que fait-elle ici ? Et pourquoi son altesse Lucie vient-elle taper un scandale ? Elle n'a pas une manucure à faire au lieu de s'occuper de nous ?

Je me prépare à intervenir quand elle pointe l'écran de son téléphone dans notre direction, nous offrant une vue sur le contenu qu'il affiche. Je plisse les yeux pour mieux voir, alors que la blonde s'exclame :

« Je peux savoir ce que c'est, ça ?! »

Cameron jette aussi un coup d'œil par-dessus mon épaule pour découvrir le cliché de nous deux pris lors du shooting d'hier.

J'examine l'écran et je constate que cette photo est publiée sur un blog. La créatrice n'a pas perdu de temps !

Lucie nous fixe, et Cameron glisse à mes côtés pour aller s'installer confortablement sur le canapé. Il ne dit pas un mot, il sort lui aussi son téléphone et ne prête pas plus attention que ça à ce qui l'entoure. Je suis moi-même étonnée de son comportement détaché et j'en reste sans voix. Ce mec n'a vraiment aucune considération pour personne.

« Tu n'as rien à dire ? »

Je sens que tous les yeux sont braqués sur lui et il hausse les épaules sans détacher le regard de son écran. Puis il sort le plus simplement et le plus calmement du monde :

« Mais qu'est-ce que tu veux que je te dise, Lucie ? »

Il plonge ses beaux yeux bleus dans ceux de son ex-petite amie et soutient son regard. Aucune lueur ne s'y reflète, il la regarde juste et je pourrais presque affirmer qu'il est capable d'analyser son âme. La Barbie ne sait pas quoi répondre mais se reprend bien vite :

« Tu te fiches de moi ! Tu crois que c'est normal que je tombe sur ça ? Et sur Internet, en plus ! Vraiment, Cameron, tu…

— Lucie ! la coupe-t-il. On n'est plus ensemble. »

Je remercie le ciel que les yeux de Lucie ne soient pas deux mitraillettes, sinon nous serions tous morts, c'est certain. Ses poings se crispent et je peux presque imaginer ses longs ongles s'enfoncer dans sa chair. Un instant, j'ai mal pour elle.

Son visage devient rouge malgré le fond de teint qu'il y a dessus et elle se met presque à hurler :

« Sérieusement, Cameron, ne dis pas de bêtises ! Nous avons toujours été ensemble ! »

Celui-ci ricane et secoue la tête :

« Non, non, tu m'as plaqué hier et c'est fini. (Il soupire de façon théâtrale.) C'est lassant, à force. On baise, on s'engueule, on se quitte. Je ne veux plus de ça.

— Et puis il est avec Jade, maintenant ! »

Je fais volte-face vers ma meilleure amie, prête à l'égorger. Nous savons toutes les deux qu'elle a dit cela juste pour enfoncer Lucie. Elle me lance un regard comme pour me dire que c'était la seule solution.

Un ricanement monte de derrière moi.

« Jade ? Vraiment ? (Je me tourne vers elle, mais elle ne regarde que Cameron.) Allons, chéri, aie au moins la gentillesse de me remplacer par quelqu'un de mon niveau ! »

Le duel de regards revient entre eux deux, mais elle semble cette fois très amusée. Elle secoue la tête, faisant voler ses cheveux blonds autour d'elle. Elle me lance un sourire provocateur et se dirige vers moi en roulant un peu trop des hanches. À ma hauteur, elle saisit une mèche de mes cheveux et l'enroule autour de son doigt.

« Tu as quitté un mec qui te trompait pour en prendre un autre pareil ? Je te croyais plus intelligente. »

Je fronce immédiatement les sourcils. Comment sait-elle pour Evan ? Dans cette pièce, tout le monde est censé être au courant mais pas elle !

Je ne vois qu'un seul coupable, et ça me déchire le cœur. Louis n'aime pas assez sa sœur pour lui avoir confié ce genre de choses. Non, le coupable est Cameron, et je suis affreusement déçue. Le regard désolé qu'il me lance me confirme encore plus qu'il est fautif.

Je suis vexée, vexée qu'elle connaisse cette part innocente de moi-même, et je crois bien que je vais bientôt lui exploser au nez.

« Cameron ne vaut pas mieux que les autres, susurre-t-elle. Il va te baiser et te jeter. Tu ne comptes pas pour lui. »

Deuxième K-O, elle est forte, la garce. En même temps, je n'ai pas ouvert la bouche et heureusement car les choses auraient pu dégénérer. Je pourrais passer pour une faible aux yeux de tous, mais la voir déballer son venin la rend cruelle aux yeux de tous justement et elle se punit elle-même.

« Et ça ne va pas tarder ! »

Avec un sourire satisfait, elle dégage d'une main les cheveux qui cachent la base de mon cou pour révéler à tous quelque chose que je ne peux pas voir.

Les yeux de Louis s'obscurcissent, et je comprends. Les moments partagés avec Cameron hier soir me reviennent en tête.

Je pose par réflexe une main sur ce qu'elle cherche à dévoiler.

Je vois rouge désormais, je respire fort, mon cœur tambourine et moi aussi je m'apprête à lui faire mal, très mal.

« Ma pauvre Lucie, moque-toi de moi, je m'en fiche, car toi aussi tu as été trompée. Je crois que tu seras ravie d'apprendre que c'est de mes lèvres qu'il rêvait et non des tiennes quand vous étiez ensemble ! »

Cameron se redresse d'un bond et je le vois me prévenir du regard de ne pas aller plus loin. Mais je n'en ai pas fini, je veux qu'elle ait mal comme elle m'a fait mal. Et ça a l'air de marcher, puisque son visage s'est décomposé et qu'elle ouvre de grands yeux meurtris. En d'autres temps, j'aurais pu éprouver de la pitié pour elle et de l'empathie, mais là seule la satisfaction trône en moi.

Je m'apprête à ouvrir la bouche de nouveau, mais Cameron se place devant moi et d'une voix ferme s'impose :

« Tu ferais mieux de partir, Lucie. Tu n'es plus la bienvenue ici. Tout est fini, alors pars. »

Elle secoue la tête frénétiquement tandis que ses yeux rouges se remplissent de larmes.

« Non, c'est faux ! Dis-lui que tu n'es pas avec elle, que tu m'aimes moi ! Tu es amoureux de moi, Cameron ! »

Je la vois poser une main sur la joue de celui-ci, qui ferme les yeux. Elle se radoucit dans l'attente d'une réponse favorable, et je crois que la réponse qui suit me brise le cœur autant qu'à elle.

« Je ne suis amoureux de personne, Lucie.

— Non ! crie-t-elle, désespérée. (Ses poings se ferment et elle frappe la poitrine de Cameron en hurlant :) Non ! On se connaît depuis bien trop longtemps ! On a grandi ensemble. Ne la laisse pas tout gâcher, je t'en prie ! »

Cameron lui saisit fermement les poignets et lui lance :

« Ça n'a rien à voir avec Jade. Toi et moi, ça ne fonctionnait plus depuis longtemps. Je ne t'aime plus depuis longtemps. »

Ces mots sonnent comme une sentence et j'éprouve même de la peine pour Lucie, qui semble anéantie. Elle pleure sous nos regards. Mais Lucie n'est pas faible, Lucie ne se laisse pas abattre, alors elle siffle entre ses dents, le visage baigné de larmes :

« Tu me le payeras, Cameron, vous me le payerez tous ! Je vais te faire vivre un enfer ! » menace-t-elle Cameron, l'index pointé sur son torse.

J'inspire profondément et Lucie bouscule son ex-copain pour sortir, la tête haute, toujours en roulant des hanches. L'atmosphère est tendue et électrique, et la porte claque tandis que tout le monde semble revenir à la réalité.

Louis, qui n'avait pas parlé jusque-là, se lève et annonce :

« Je vais y aller pour m'assurer qu'elle ne fasse pas une connerie. À plus. »

Il ne nous prête pas plus d'attention et claque lui aussi la porte.

« Eh ben… » j'entends souffler ma meilleure amie.

Je me tourne vers elle au moment où Cameron annonce d'une voix ferme :

« J'vais prendre une douche. »

# Chapitre 52

Je me laisse tomber mollement sur le canapé, lasse.

« Ma vie est un véritable chaos », je soupire.

Pauline grimace et s'assoit à mes côtés en essayant de dédramatiser.

« Mais non, tu peux bécoter le mec le plus sexy de la ville et tu vas devenir une star. »

Je roule les yeux car il n'y a absolument rien de positif.

« Ouais, un mec qui ne veut de moi qu'à temps partiel et qui me laisse me coltiner son ex-petite copine folle à lier !

— À temps partiel ? »

Je ne prends pas le temps de lui expliquer. Je suis sûre qu'elle ne comprendrait pas de toute façon, alors j'appuie ma tête sur le haut du canapé et je ferme les yeux.

Je sens une main dans mon cou, des doigts effleurent ma peau.

« C'est bien voyant. Je ne sais pas ce que vous avez fait, mais…

— Rien, Pauline, on n'a rien fait, je la coupe, agacée. Je ne savais même pas qu'il m'avait fait un suçon. »

Elle grimace :

« Comment Lucie sait pour Evan ? »

Je hausse les épaules :

« À ton avis…

— Il aurait fait ça ? »

J'ouvre les yeux et je la fixe, blasée :

« C'est Cameron, il fait tout et n'importe quoi. »

Elle approuve, consternée.

« Tu devrais aller lui parler, m'annonce-t-elle.

— Ça va aller, merci. »

Elle me fixe, insistant pour que je monte affronter Cameron :

« Je risque de lui tordre le cou, alors crois-moi, je préfère rester là.

— C'est pas une bonne idée », soupire-t-elle en se levant.

Elle se faufile dans la cuisine pour se remplir un grand verre d'eau.

J'en profite pour cogiter.

Dois-je la jouer mature ou dois-je bouder ? Mais pourquoi tout est aussi compliqué, d'abord ? Pourquoi je suis tombée sur le seul mec détraqué à l'ex complètement tordue ?

Je décide néanmoins d'affronter mes démons et, sous le regard satisfait de Pauline, je grimpe à l'étage. La porte de la salle de bains est ouverte, ce qui me permet de conclure qu'il a fini sa douche, alors je me dirige directement vers sa chambre.

Devant la porte close, j'hésite. J'aurais mieux fait de ne jamais le rencontrer. Je m'en veux presque de penser que j'ai eu tort de le laisser entrer dans ma vie. Il me complique l'existence alors qu'en venant ici j'espérais qu'elle serait plus simple.

Quelle grave erreur…

Ma main se lève et je serre le poing, que je laisse suspendu un moment dans le vide en me demandant si c'est vraiment une bonne idée. Ne devrais-je pas plutôt le laisser venir à moi ?

Je frappe finalement à sa porte pour ne pas laisser les interrogations m'envahir et la boule dans mon estomac grossir de plus en plus.

*Toc, toc, toc.* Trois petits coups aussi frêles que mon assurance.

« Ouais ! » tonne une voix derrière la porte.

Je ne prends pas la peine d'attendre que monsieur ouvre la porte, car je risquerais de patienter longtemps, alors je la pousse.

Il est debout en plein milieu de sa chambre et ne porte qu'un boxer blanc. Ses cheveux sont trempés et il les frictionne avec une serviette. Il s'arrête à ma vue et ses petites mèches mouillées retombent un peu sur son front. Il est mignon.

Je tente de faire abstraction de son corps particulièrement dénudé. Je dois rester sérieuse.

« Qu'est-ce que tu veux ? » grogne-t-il alors que je ne disais rien.

Vraiment ?

« C'est un peu lassant à la longue, non ? » je soupire.

Il ne semble pas comprendre et m'interroge du regard.

« On se dispute, on s'embrasse, on se dispute et ainsi de suite. Tu ne trouves pas ? »

Il roule les yeux :

« Si tu es venue me réprimander, c'est pas la peine. »

Ses yeux se ferment.

« Non, Cameron, je suis venue pour te dire que tu es un connard. »

Il se fige et me fusille du regard.

« Et je ne te parle pas de ce qui s'est passé avec Lucie parce que je pense que c'était nécessaire, mais… (Je m'arrête un instant car je ne sais pas comment dire cela.) Mais tu as l'air programmé pour blesser les gens. Il me semble que tu m'as dit que je te plaisais, les gens normaux ne blessent pas la personne qui leur plaît ou pas intentionnellement du moins. (Il ouvre la bouche pour dire quelque chose mais semble se raviser, alors je continue :) Je sais pas sur quel pied danser avec toi, Cameron. Tu seras toujours le même. Il faut se rendre à l'évidence, tu n'aimeras jamais que toi. »

Il ne dit pas un mot et je suis surprise qu'il ne s'emporte pas ou qu'il ne m'ait pas interrompue.

« Alors c'est ce que tu penses de moi ? »

J'approuve de la tête.

« Du moins c'est ce que tu laisses voir. »

Je ne suis pas un monstre, alors je lui accorde le bénéfice du doute.

Il se met à ricaner :

« Eh bien, tu as raison, je n'aimerai jamais personne d'autre que moi. Tu t'attendais à quoi, réellement ? Nous ne sommes pas dans un livre, chérie, la gentille petite héroïne ne filera pas le parfait amour avec le bad boy. C'est des conneries, tout ça, et tu as eu tort d'y croire. »

Je suis sous le choc et sans voix. Est-ce qu'il a vraiment dit tout cela ou je l'ai simplement rêvé ? À en juger par son regard noir de fureur, j'en déduis que nous sommes vraiment dans la réalité.

Je suis touchée. J'ai appris à connaître Cameron, mais ces vérités qu'il me jette en pleine face et que je n'ai pas voulu voir me font terriblement mal. C'est le néant en moi, un néant douloureux au point de me faire crier :

« Mais tu t'entends parler ! Tu es un monstre, Cameron. J'aimerais ne jamais t'avoir rencontré. Tu sais quoi ? Oublie ton stupide arrangement, je ne veux pas être avec un pervers narcissique ! »

Je n'ai plus de souffle, alors je respire profondément avant de reprendre tout doucement :

« Tu pourris ma vie avec tes sautes d'humeur, tu pourris mon cœur à être un coup super-mignon et une autre fois super-odieux. Tu avais peut-être raison, nous ne sommes pas faits pour nous entendre, nous sommes une cause perdue. »

Je regarde sa poitrine se soulever rapidement, tous les muscles de son corps semblent crispés, sa mâchoire est serrée et ses yeux ne sont que deux trous remplis de fureur.

« Je ne veux plus de toi, je continue. À cause de toi je risque de subir les foudres d'une folle à lier, tu sèmes le chaos dans ma vie et je veux que tu en sortes immédiatement. Ne m'adresse plus jamais la parole. »

Je n'ai pas remarqué que de petites perles transparentes roulaient sur mes joues. Mes yeux pleurent toute ma douleur, toute ma déception. J'ai été tellement naïve, il ne m'aimera jamais. La preuve, j'espère encore qu'il va prendre la parole pour me détromper, posséder mes lèvres pour me montrer que non, nous ne sommes pas une cause perdue, mais il n'en fait rien. Il est simplement là, en colère, prêt à exploser à chaque instant. Il me fait un peu penser à un taureau enragé.

Comment en sommes-nous arrivés là ?

Nous devions simplement discuter pour qu'il comprenne qu'il m'avait blessée, pas sceller notre rupture.

Faut croire que les êtres incompatibles existent, et il est néfaste pour nous deux d'être ensemble.

J'essuie rageusement mes larmes pour ne pas lui montrer que ma force n'est qu'extérieure et que je souffre énormément. Il n'a pas l'air de s'en soucier, de toute façon.

Je l'examine une dernière fois.

J'aurais pu être celle qu'il laisse embrasser ses lèvres si roses chaque soir et chaque matin.

J'aurais pu être celle qu'il laisse se réfugier dans ses bras musclés quand rien ne va.

J'aurais pu être celle que sa voix console.

J'aurais pu le posséder.

Dans une dimension parallèle, où Cameron ne serait pas aussi con.

Meurtrie, je tourne les talons en me convainquant que j'ai eu la bonne réaction. Je ne veux pas rester plus longtemps avec lui, j'ai besoin d'être seule, alors je claque la porte, comme pour valider notre arrangement.

# Chapitre 53

J'ai eu tort de risquer mon cœur, et maintenant je m'en mords les doigts. Mes poings se serrent et mes ongles s'enfoncent dans la chair de ma paume, si fort…

On toussote derrière moi et je me retourne.

Pauline se tient là en plein milieu du couloir, hésitante, se tordant les doigts.

« Ça va ? » murmure-t-elle.

Quelle question ! Elle n'a pas besoin de réponse, car à ma tête cela doit bien se remarquer. Elle s'approche de moi et passe un bras autour de mes épaules.

« Certaines relations sont vouées à l'échec.

— J'ai pas envie d'en parler », je la coupe sèchement.

Et si la matinée avait bien commencé, là, je me sens d'une humeur massacrante.

Pauline a un léger mouvement de recul, surprise, et j'éprouve tout de même un peu de remords. Elle hésite un peu avant de me tendre un objet, mon téléphone :

« Il était sur la table en bas et… il arrêtait pas de vibrer. »

Elle hausse les épaules tandis que je jette un coup d'œil à l'écran, où les notifications Instagram et Snapchat s'affolent. J'ai donc plusieurs demandes d'abonnement qui décorent mon écran de verrouillage.

« On dirait que votre photo fait un carton », ajoute Pauline.

Toujours mon smartphone en main, je me dirige vers ma chambre, Pauline sur les talons. Je cherche le fameux blog avant de rapidement tomber sur la photo qui suscite déjà de nombreuses réactions, avec différents commentaires.

*« Waouh couple goal ! »*

*« Mais il était pas en couple avec une blonde lui ? »*

*« Putain je suis jalouse là… »*

*« What ?! Mais elle a archi rien d'exceptionnel cette fille ! »*

Ça va du plus sympathique au plus désagréable.

Je verrouille rapidement mon téléphone et le jette sur mon matelas. Je veux me sortir de la tête cette photo, cette preuve du semblant d'affection qu'on avait l'un pour l'autre. Cette photo ne traduit que d'innombrables promesses en l'air et de vaines tentatives d'union de nos cœurs. Que des foutaises… Rien de plus.

« OK, tu veux pas en parler, s'incruste Pauline, mais tu n'as pas le droit de pas me laisser t'aider. »

Elle me prend la main et m'offre un sourire chaleureux.

« Cette petite tête toute triste… Allez, hop, on va se changer les idées ! »

Je tente de protester, mais elle me pousse déjà vers la sortie de ma chambre.

« Tu m'oublies ce mec. On va se faire un peu de shopping avant midi. »

Du shopping ? Je ne suis pas comme elle à vénérer ça comme si c'était le remède à tout, mais après tout je n'ai rien de mieux à faire. Alors bon, je la suis.

Quelques heures et quelques achats plus tard, nous rentrons. Une grosse voiture que je connais est garée dans l'allée. C'est donc sans surprise que je découvre les deux papas en train de discuter dans le salon.

« Les filles ! s'exclame mon père. Pauline, comment vas-tu ?

— Bien, merci, et vous ? »

Mon père roule les yeux en rigolant puis en s'adressant à Pierrick :

« Je l'ai vue grandir, et elle continue à me vouvoyer.

— Que veux-tu, les mauvaises habitudes ont la peau dure, rigole son acolyte avant de se présenter à mon amie. Pierrick, enchanté. »

Il lui claque la bise et elle répond :

« De même !

— C'était bien, votre petit week-end ? » je questionne.

Mon papa se laisse glisser sur le canapé en cuir et s'exclame :

« Super-bien ! C'était sympa de voir que je ne suis pas le seul à avoir pris des rides depuis la fac. »

Je dépose les sacs à mes pieds et vais l'embrasser sur la joue.

« Ne dis pas n'importe quoi ! On dirait un jeune homme de vingt ans !

— Sur un malentendu, ça peut passer, se moque Pierrick. Et vous ? Vous avez pas fait trop de bêtises ? »

Pauline grimace.

« Hormis la maison qui a failli prendre feu, les amendes pour la voiture… Non, rien de particulier ! » ironise-elle.

*Et un cœur en miettes*, je complète dans ma tête.

« La routine, quoi ! ricane mon père.

— Où est mon fils ? »

Pierrick tend le cou vers l'escalier, et Pauline le renseigne :

« Dans sa chambre, du moins il y était quand nous sommes parties. »

Le paternel de Cameron hoche la tête sans plus s'en préoccuper, il est sans doute le mieux placé pour connaître son fils.

Je prends place à côté de mon père et pose ma tête sur son épaule. Sa présence me réconforte inconsciemment, et j'aurais finalement préféré qu'il reste ici pour préserver mon cœur à ma place.

« Au fait, annonce Pauline alors que tous les regards se tournent vers elle, votre fille va devenir une star !

— Pauline, je soupire.

— Tiens donc, s'étonne mon père.

— Ouais, enfin… Pas vraiment. »

Mon père et Pierrick me regardent, et ce dernier fait tourner légèrement son whisky dans son verre en attendant mon explication.

« Cameron a été contacté pour être l'égérie d'une nouvelle création et du coup on l'a accompagné à son shooting et… on m'a proposé de poser aussi. »

Mon père semble avoir perdu ses mots et il cligne plusieurs fois des yeux.

« Je… Je ne savais pas que Cameron jouait au mannequin. (Il jette un coup d'œil à Pierrick.) C'est pas un peu… risqué, toute cette exposition ? »

Pierrick hausse les épaules et ajoute :

« Je ne pouvais pas l'empêcher de vivre non plus. »

Les deux pères ne se lâchent pas du regard, et un échange muet a lieu entre eux. Avec Pauline, on est un peu larguées.

« La popularité n'est pas nécessairement dangereuse », défend Pauline.

Mon père a du mal à détourner le regard de son vieil ami, et c'est Pierrick qui rompt leur échange :

« Et si vous nous montriez cette photo ? »

Pauline acquiesce mais moi je suis plutôt réticente car je sais pertinemment que mon père va grincer des dents. Mon amie dégaine son téléphone puisque j'ai laissé le mien dans ma chambre. Elle bidouille deux trois trucs et montre fièrement la photo aux deux pères, en commençant par Pierrick. Il l'examine un instant puis me lance un regard, et je me sens presque rougir. Vient le tour de mon père, et je m'attends au pire.

« Waouh… Euh, bredouille-t-il. Et tout le monde peut voir cette photo ? »

Il n'a pas l'air en colère, disons qu'il semble plutôt mal à l'aise. Je hoche la tête sans trop le regarder.

« Mais Cameron n'avait pas une copine ? » questionne mon paternel.

Son ami hausse les épaules en buvant une gorgée :

« Oh, tu sais, Cameron et Lucie, je n'ai jamais eu l'intention de les marier. En revanche, je ne savais pas qu'il y avait quelque chose entre toi et lui. »

Mon père fronce les sourcils en me détaillant.

« Oh non ! je m'empresse de m'écrier. Il n'y a rien. Il n'y a jamais rien eu. »

Je tente un sourire crispé en repensant à tous les baisers que nous avons échangés.

« Tant mieux, alors ! Je ne suis pas très fier de sa réputation de bourreau des cœurs », grimace Pierrick.

On redonne le téléphone à ma meilleure amie, et Pierrick déclare :

« Bon, et si nous mangions ? Je meurs de fin !

— Moi aussi, approuve mon père. Après nous irons t'inscrire à ton nouveau lycée, Jade. »

Ah oui… Le lycée. Une autre épreuve qui va s'offrir à moi et que j'appréhende déjà.

# Chapitre 54

« Tu peux aller chercher Cameron, Jade, s'il te plaît ? » me demande Pierrick.

Il s'active aux fourneaux tandis que mon père sort de quoi dresser la table. J'hésite un instant, sous le regard insistant de M. Kent. Je n'ai pas vraiment envie de parler à Cameron, et Pauline m'interroge du regard pour me demander si je souhaite qu'elle y aille à ma place.

Mais je ne vais pas me dérober. Embrouille ou pas embrouille.

Je récupère au passage les sacs avec nos achats pour les monter dans ma chambre, et je gravis les marches lentement.

Je dépose tout sur mon lit et jette un coup d'œil curieux à mon téléphone, où les notifications ne cessent d'affluer. Je traiterai ça plus tard.

Passons au cas Cameron.

Je traverse le couloir et place mon oreille contre sa porte, je n'entends rien.

J'élève la voix pour l'avertir :

« On t'attend à table ! »

Je ne reçois pas de réponse. Je tends l'oreille, mais toujours aucun bruit. Peut-être que je n'ai pas parlé assez fort.

Je l'imagine affalé sur son lit, ses écouteurs enfoncés dans ses oreilles. Alors je toque vaguement sans attendre de réponse et pousse la porte en claironnant :

« Hé oh ! Je t'ai dit que… »

Je m'arrête net. La pièce est vide. Pas de Cameron.

C'est une blague.

Bon, eh bien tant pis. Je jette un coup d'œil dans la salle de bains, mais là non plus aucune trace de Cameron. Je roule les yeux et redescends.

« Il arrive ? » questionne son père.

Je hausse les épaules :

« Il n'est pas dans sa chambre.

— Peut-être dans la salle…

— Ni dans la salle de bains. »

Pierrick grogne en laissant s'abattre le torchon sur la table dans un claquement.

« Il est chiant ! Combien de fois je lui ai dit de me prévenir quand il sort ! »

Il a l'air pas mal énervé, et je ne comprends pas très bien. Je ne cherche pas d'excuses à Cameron, mais la réaction de son père semble légèrement excessive.

« Il est très tête en l'air », dédramatise mon père.

Derrière nous, une sonnerie stridente provenant du four retentit, le dîner est prêt !

Après notre copieux repas, dans une ambiance assez tendue, mon père m'invite à gagner le véhicule familial direction le lycée. Je n'ai pas particulièrement hâte, même si je dois admettre que je suis tout de même impatiente de voir à quoi il ressemble.

Louis m'a dit un jour que c'était cool là-bas. J'espère.

Le moteur vrombit et mon père s'oriente à l'aide du GPS. La voix de femme qui résonne nous indique la direction, et finalement nous nous rendons compte que ce n'est pas très loin de la maison.

« Tu pourras y aller à pied », propose mon père en s'engouffrant sur le parking avant de se garer.

Je détache ma ceinture et sors de la voiture.

« Sans doute. »

Les portières claquent et je suis mon paternel vers les grandes grilles du lycée. Sur le côté il y a un portillon ouvert, alors nous nous frayons un passage pour arriver dans une espèce de petite cour.

Au fond de celle-ci s'élève un grand bâtiment très moderne, mélange de bois et de béton, c'est très joli mais surtout immense ! Nous nous avançons, remarquant les bancs et les tables de ping-pong qui parsèment la cour. Des portes vitrées se dressent devant nous, et mon père les pousse. Le hall dans lequel nous débouchons est immense aussi, et plusieurs couloirs s'y rejoignent. Ça ressemble un peu à l'intérieur de mon ancien lycée. La machine à café, le grand panneau d'affichage et la pendule jamais à l'heure me semblent familiers, et ça me rassure. En face de nous, il y a une espèce de petit comptoir où une dame s'active derrière son ordinateur.

Au moment où mon père l'aborde, elle sursaute et je peux ainsi la détailler. Elle a dans la quarantaine, brune aux yeux verts avec des lunettes.

« Je peux vous aider ?

— Bonjour, je souhaiterais inscrire ma fille. »

La dame jette un œil à son ordinateur et s'exclame :

« Pas de souci ! Mme Fore, la directrice, est occupée, mais patientez un peu et ça devrait être bon !

— Très bien, merci », sourit mon père.

Elle lui rend son sourire et se lève brusquement. Elle disparaît par la porte située derrière elle en faisant claquer ses talons.

Y a plus qu'à attendre.

Pour passer le temps, j'observe les murs décorés de photos, et notamment celles des bacheliers. Je cherche celle de cette année et je scrute les visages. Je repère rapidement Louis mais aussi Kyle, qui arborent tous deux de grands sourires en tenant leurs diplômes devant eux :

« Regarde, papa ! »

Je lui montre de mon index.

« C'est pas le garçon que tu fréquentais, ça ? »

Je soupire.

« C'est lui qui t'a fait ça ? »

Je sens des doigts dans mes cheveux et rapidement mon cou est mis à nu. Je plaque une main dessus.

« Non ! C'est compliqué, je soupire.

— Cameron ? » questionne mon père.

Au même moment, mes yeux se posent sur son visage sur la photo. Il tient lui aussi son diplôme mais ne sourit pas plus que ça. Je me souviens aussi qu'il a décidé d'arrêter ses études. Un gâchis selon son père.

Perdue dans mes pensées, je ne prends pas le temps de répondre à mon père, qui en tire des conclusions :

« Chérie… (Je me tourne vers lui.) J'estime que tu es une grande fille et qu'avec tous ces événements tu as atteint une certaine maturité, mais fais attention à toi. Cameron est un bon gars, cependant... je ne pense pas que ce soit une bonne chose que tu le fréquentes de cette façon. »

Il me lance un sourire compatissant, et mon cœur se serre.

Oui, papa, j'ai grandi trop vite et non, papa, je ne suis pas pour autant une grande fille. Je ne sais pas me protéger, c'est pourquoi je blesse mon cœur en le laissant se fracasser contre les falaises de l'amour. Je me sens soudain triste et mes paroles n'en sont que plus froides :

« Il n'y a rien entre Cameron et moi et il n'y aura jamais rien. »

Je serre les dents parce que c'est dur à dire, les yeux de mon père se plissent et son sourire est triste désormais. Il ouvre la bouche pour dire quelque chose mais la referme lorsque je réarrange mes cheveux de sorte à cacher le suçon.

Une voix s'élève derrière nous :

« Monsieur ? »

On se retourne tous les deux pour découvrir une belle femme à la peau noire, joliment vêtue d'un tailleur rouge. Elle s'avance et tend la main à mon père :

« Je suis Mme Fore. Bienvenue. (Mon père lui serre la main.) Vous me suivez dans mon bureau ? »

Elle ne perd pas de temps et nous entraîne dans son bureau, vaste pièce où trônent une énorme table et un ordinateur dernier cri. Une bibliothèque remplie de dossiers et de livres anciens couvre le mur derrière.

Elle s'assoit sur son siège et nous invite à prendre place sur les deux chaises devant son bureau. Elle farfouille dans son tiroir et en sort un dossier et des papiers.

« Alors, vous êtes donc ici pour inscrire mademoiselle ?

— Oui, approuve mon père de la tête, Jade Astier. »

Elle note mon nom et commence son interrogatoire :

« Alors, quelle classe ?

— Terminale, je réponds.

— Filière ? questionne-t-elle tout en notant.

— Scientifique.

— Spécialité demandée ?

— SVT. »

Son stylo s'active et elle tend finalement un papier à mon père :

« Très bien, remplissez ça, s'il vous plaît. »

Mon père complète le formulaire tandis que la directrice continue de me parler :

« Pourquoi changes-tu d'établissement ?

— On a déménagé.

— Comment as-tu connu ce lycée ?

— Par des amis qui habitent ici. Cameron Kent ? Louis Preston ? »

Elle semble songeuse tout d'un coup.

« Ah oui, M. Kent… En espérant que vous ne serez pas aussi turbulente que lui !

— Vous pouvez en être sûre ! je m'empresse de répondre.

— Il était brillant, cela dit. Et toi ? Quel niveau avais-tu l'année dernière ?

— Je tournais aux alentours de 16 de moyenne. »

J'évite de mentionner la fin de seconde catastrophique due à la mort de ma mère, elle le verra bien toute seule avec mes anciens bulletins.

« Le bac de français ? enchaîne-t-elle.

— 17 à l'écrit, 13 à l'oral.

— C'est suffisant. Tu as un bon profil. Ici, nous espérons former le top du top ! (Elle se tourne vers mon père.) Vous pourrez me faire parvenir son dossier ? »

Mon père approuve et lui rend au passage la feuille de renseignements. Elle y jette un coup d'œil et s'exclame :

« Parfait ! Ma secrétaire fera des copies et vous les enverra, j'ai juste besoin d'une signature. »

Elle indique un petit endroit où mon père signe, ainsi que moi. La directrice se lève et on l'imite.

« Bienvenue à Prévert, mademoiselle Astier, me sourit-elle. Les manuels scolaires sont remis à la rentrée. »

Sur ce, après l'avoir saluée, nous tournons les talons pour rentrer à la maison.

Mine de rien, nous sommes restés presque deux heures, et je dois dire que j'ai particulièrement hâte de commencer ma scolarité ici.

# Chapitre 55

« Vous avez des nouvelles de Cameron ? »

C'est la première chose que nous demande Pierrick, à peine avons-nous franchi le seuil de la maison. Mon père secoue la tête et je réponds pour nous deux :

« Non. »

Je vois les narines de M. Kent se dilater et il se tord les mains. Il semble tendu en ce moment mais, encore une fois, je ne comprends pas pourquoi, donc je n'y porte pas plus d'attention. Cameron est comme ça et ça ne m'étonne pas vraiment, son père semble sur le point de mettre une équipe du GIGN sur le coup alors que son fils est sorti depuis la fin de la matinée seulement.

Je cherche Pauline des yeux dans le salon, mais personne à l'horizon.

« J'aimerais te parler », sonne la voix de Pierrick, qui s'adresse à mon père.

J'observe les deux hommes et je remarque que le père de Cameron me fixe, et mon père aussi.

Ils veulent que je parte.

« OK, OK, j'ai compris. »

Je tourne les talons pour gravir l'escalier et me réfugier dans ma chambre. En poussant la porte, je trouve Pauline en pleine conversation téléphonique, affalée en étoile sur mon lit. Elle tourne la tête vers moi lorsqu'elle m'entend et abrège la discussion :

« Ouais, je te rappelle plus tard ! »

Elle raccroche et laisse tomber son téléphone sur la table de chevet.

« C'était Léa », me précise-t-elle.

Je hoche la tête en me rappelant notre copine de classe. Du genre très timide, elle complétait parfaitement notre duo. Après mon déménagement, je n'ai malheureusement pas trop eu de nouvelles.

« Evan a rompu avec Molly. »

Je ne savais même pas qu'ils étaient ensemble et ce n'est pas ce qui me frappe le plus, non, ce qui me frappe c'est que je n'ai plus ce petit pincement au cœur à la mention de son nom. Je suis nostalgique, certes, mais bien moins meurtrie qu'avant.

Comme si ma douleur s'était portée sur quelqu'un d'autre désormais : Cameron.

« Que veux-tu que ça me fasse ? je réplique.

— Je sais pas », marmonne mon amie.

Je m'empare de mon téléphone et fouille à la recherche d'un numéro. Quand je le trouve, mes doigts tapent sur le clavier.

« Alors, ton nouveau bahut ?

— Il est cool, je chuchote.

— Mais encore ?

— Hum hum. »

Je n'écoute plus vraiment ce qu'elle raconte, je suis bien trop concentrée sur ma tâche :

« Tu m'écoutes, oui ? »

Je ne réponds toujours pas car mon doigt vient de cliquer sur « envoyé ».

« Jade ! »

Je lève vivement la tête :

« Oui ?

— Tu fais quoi ? » me demande-t-elle, suspicieuse.

Je lui montre l'écran de mon téléphone :

« J'ai envoyé un message à Cameron pour savoir où il est encore allé fourrer son nez.

— Je croyais que vous ne vous parliez plus.

— Faut croire que le destin joue avec mes nerfs », je bredouille.

Elle me prend le téléphone des mains et lit à voix haute :

« Coucou, j'opère une trêve momentanée pour te demander où tu es passé. Ton père s'inquiète un peu pour rien, alors, si tu pouvais me répondre pour apaiser la maison, ce serait gentil. Merci. »

Elle hausse un sourcil :

« Maman Jade ?

— N'importe quoi ! »

Elle rigole avant de prendre à nouveau un air grave.

« C'est vrai que son père est un peu beaucoup parano, là, non ? »

J'approuve.

« C'est vrai, quoi, son fils de dix-huit ans est parti depuis une demi-journée seulement, ça va, y a pas mort d'homme !

— Écoute, c'est pas nos histoires. Peut-être que son père ne lui fait pas confiance. »

Elle fait mine de réfléchir :

« Très probable.

— Eh oui ! »

Elle claque des doigts et affiche un large sourire.

« J'ai passé l'après-midi à éplucher les commentaires de réaction sur la photo et figure-toi que c'est super-positif !

— Ah bon ? »

Réellement, je ne pensais pas que tout ça prendrait une telle ampleur. Je dois avouer que ce sont surtout les autres photos de Cameron illustrant sa beauté qui suscitent tout cet émoi, ce n'est pas une simple photo de « couple » comme on en trouve des centaines.

« Oui ! Y a même un compte fan de vous deux sur Instagram ! C'est fou !

— Waouh… Euh.

— La nouvelle Kendall Jenner !

— Bien sûr, Pauline, bien sûr ! »

Elle se moque de moi mais au fond je sais qu'elle est fière. Petite, j'avais du mal à assumer mon corps plutôt en formes, mais avec la puberté il s'est affiné et je dois dire que je me plais, maintenant.

« Tu signeras bientôt des autographes dans la rue. »

Je la pousse sur le lit et elle roule en rigolant.

« N'empêche, c'est fou comment en un rien de temps tout se sait sur les réseaux sociaux. Hier personne ne te connaissait et aujourd'hui des inconnus fantasment sur ton corps. C'est dingue !

— Ça s'appelle le progrès !

— On est vieilles, se languit-elle.

— Parle pour toi ! » je ricane en faisant référence aux deux mois d'écart que nous avons.

Elle me jette un oreiller à la tête et je ris de plus belle.

« Au fait ! Louis nous a invitées chez lui en début de soirée, ça te dit ? »

Je réfléchis un instant, et un panneau « Lucie ! » clignote dans mon cerveau. Ses menaces de ce matin me restent en tête, et je suis assez intelligente pour ne pas jouer avec le feu.

« Je ne crois pas que…

— Lucie ne sera pas là, me coupe-t-elle, il me l'a juré. »

Je reconsidère alors la proposition et la trouve loin d'être désagréable.

« Pourquoi pas, je réponds.

— Cool, je le préviens ! »

Quelques heures plus tard, nous sommes devant la porte d'entrée de chez lui. Mon père a accepté de m'y conduire même s'il a toujours des a priori sur Louis. Nous avons négocié de passer la nuit chez lui, ce qui n'est possible que parce que Pauline pourra nous « surveiller ». Je crois qu'il n'a pas compris que c'était moi qui allais devoir surveiller des gens ce soir.

« Hey », nous salue Louis après quelques coups frappés à sa porte.

Il doit être 19 heures quand il nous invite à entrer. Je me repère vite dans sa maison, même si la première fois que je suis venue c'était tout noir.

Même Cookie son chat vient se frotter à moi.

Une légère musique s'élève du salon, et Louis nous indique :

« Y a mes parents, venez. »

Il nous présente un couple en pleine préparation du souper.

« Papa, maman, voici Jade et Pauline, des amies. »

Sa mère, une jolie blonde, nous offre un grand sourire en essuyant ses mains sur son tablier. Je fixe son père quand il se retourne : Louis et Lucie sont son portrait craché ! Des cheveux jusqu'aux yeux.

« Enchanté, les filles, dit-il d'une voix grave. Vous nous faites le plaisir de dîner ici ?

— Si cela ne dérange pas, bien sûr, je réponds.

— Vous rigolez ! Louis nous a beaucoup parlé de vous. Je suis Kara et mon mari s'appelle Frederick. »

Je suis ravie que Lucie n'ait pas parlé de nous aussi, car sinon les parents auraient deux avis différents :

« On va monter.

— Je vous appelle quand c'est prêt ! »

On suit notre ami jusqu'à sa chambre :

« Sympas, tes parents ! s'exclame Pauline.

— Merci », chuchote-t-il.

Il tente d'attirer Pauline à lui pour l'embrasser, mais celle-ci le repousse en rigolant.

« Ah non ! Je ne suis qu'une amie ! »

Elle lui lance un clin d'œil tandis que je me sens un peu mal à l'aise. Alors, pendant qu'ils s'embrassent, je consulte mon téléphone.

Pas de message de Cameron. C'est vraiment le roi des cons.

« Ça vous dit d'aller en soirée après ? propose Louis. Inauguration d'un nouveau bar en ville. »

Je grimace tandis que Pauline semble tout excitée :

« Je ne sais pas trop », je réplique.

Pauline fait une moue déçue alors que Louis s'adresse à moi.

« Réfléchis-y », me sourit-il.

Je lui rends son sourire et une question me vient en tête :

« Au fait, Cameron ne t'aurait pas dit où est-ce qu'il s'est terré, par hasard ?

— Si. »

Il se gratte la nuque, visiblement mal à l'aise. J'attends sa réponse, qui tarde à venir.

« Son père est en train de péter un plomb.

— Il est parti une semaine chez un pote à nous à quelques heures d'ici. »

J'en reste bouche bée. Il n'est pas parti qu'une demi-journée, non, il part pour une semaine.

« C'est une blague ! Sans prévenir personne ! peste Pauline.

— Pourquoi ? » je demande fermement.

Louis me fixe avec un sourire triste et un regard compatissant. Il semble chercher ses mots :

« Il m'a dit… avoir besoin de s'éloigner de cette ville. »

S'éloigner de cette ville ? Il ne cherche pas à s'éloigner de ce lieu, non, il cherche à s'éloigner de moi. Et ça, ça me blesse profondément.

Nos éclats de voix me reviennent en tête, ainsi que toutes les choses que je lui ai lancées. Je m'en veux mais j'ai trop d'ego, alors je préfère le haïr lui.

Cameron est vraiment le roi des cons.

« J'accepte la sortie de ce soir », je décrète.

J'ai besoin de me vider la tête et d'oublier sa crinière et ses yeux si bleus.

# Chapitre 56

Le repas que nous ont offert les Preston était à tomber. Ils sont extrêmement gentils et dotés d'un sens de l'humour hors pair. Je crois que ça faisait longtemps que je n'avais pas autant ri. Après cela, nous sommes retournés dans la chambre de Louis suivis par son chat, lui aussi voulant être de la partie.

La « fête » commence vers 21 h 30 et il est à peine 20 heures.

« Bon, qu'est-ce que vous voulez faire, les filles ? questionne Louis.

— Je ne sais pas trop… je réponds.

— De toute manière on n'a pas de quoi se changer. On devra y aller comme ça », bredouille Pauline.

Heureusement que j'ai eu la bonne idée de me changer avant de partir à l'inscription du lycée, enfilant un short en jean et un haut découvrant mes épaules.

Pauline, elle, porte une combi-short fleurie dans les tons bordeaux.

« Ce n'est que l'inauguration d'un bar, vos tenues vont très bien, ajoute Louis. Mais, si vous le souhaitez, vous pouvez taper dans les affaires de ma sœur. »

Je m'étrangle.

« Et risquer la mort immédiate ?

— Elle n'est pas là, constate Louis.

— Oui mais peut-être qu'on la croisera là-bas, peut-être que par mégarde on salira ses habits, énumère Pauline. Peut-être qu'on laissera une affreuse odeur dessus. Peut-être que…

— OK OK OK ! J'ai compris ! clame Louis. Je vais aller prendre une douche. Si vous voulez mater un film, l'ordi est dans le premier tiroir du bureau. »

Sur ce, il farfouille dans son armoire et récupère quelques affaires avant de disparaître. Je m'avance donc vers le tiroir en question après avoir consulté mon amie du regard.

« Alors, voyons voir », je soupire en m'asseyant sur le lit avec ma meilleure amie.

J'allume l'ordi et je me rends compte que Louis est peut-être le seul adolescent à ne pas protéger son ordinateur par un mot de passe. On accède à l'écran d'accueil et rapidement je jette un coup d'œil aux dossiers présents. Il y en a un qui porte le nom de *Cameron.*

Comme cela ne nous regarde pas, nous décidons de ne pas l'ouvrir. Il doit s'agir de simples photos d'eux.

Notre choix se porte finalement sur Netflix, et différentes propositions de films s'offrent à nous. On regarde vite fait avant de sélectionner une série que nous connaissons bien toutes les deux : *Riverdale.* Nous lançons d'un commun accord la saison 1 même si nous l'avons déjà vue, en nous posant bien confortablement dans le lit de Louis, l'ordi entre nous.

L'épisode n'est pas tout à fait fini lorsque Louis débarque dans la chambre. Ses cheveux sont légèrement humides. Il a enfilé un polo noir et un bermuda en jean. Il sent fort le parfum d'homme.

« Waouh. Quel homme ! » s'exclame Pauline.

C'est vrai qu'il est pas mal, mais je ne peux m'empêcher d'imaginer Cameron dans la même tenue, et c'est pour cette image que mon cœur bat fort avant de faire une chute libre lorsque je me souviens qu'il est parti loin de moi.

« Vous regardiez quoi ?

— *Riverdale*, je précise.

— C'est un truc pour les meufs, ça, non ?

— Non ! » s'exclame-t-on à l'unisson avec mon amie.

Louis rigole :

« De toute façon, j'ai pas trop le choix pour tuer la dernière demi-heure. »

Je tapote la place à côté de nous sur le lit et nous voilà trois à suivre les aventures d'Archie, Betty, Veronica, Jughead et bien d'autres.

« Ouais, c'est ce que j'ai dit : c'est un truc de meufs, se moque Louis au quart du deuxième épisode.

— Arrête ! geint Pauline.

— Et si on y allait, non ? »

On accepte sa proposition. Louis range son ordi avant de fouiller le tiroir à la recherche de quelque chose. Il le trouve finalement et le glisse dans sa poche. J'en déduis que ce sont des chewing-gums.

On descend, ses parents sont dans le salon, sur le canapé devant un film. Ils nous saluent et s'exclament en chœur lorsque nous sortons :

« Amusez-vous bien ! »

Dehors, Louis se dirige vers sa voiture.

« Le bar est pas tout près, donc, à moins que vous ne vouliez vous fatiguer avant la soirée, on prend la voiture. »

On acquiesce et il démarre.

C'est après avoir tourné dans les petites rues étroites de la ville que nous arrivons finalement à l'heure devant un grand bar à l'enseigne colorée : *Le Diam's*.

Le nom fait très vieille boîte passée de mode que fréquentaient nos parents dans leur jeunesse. Un panneau est placardé devant indiquant : *Consommation gratuite ce soir*. De la musique s'échappe déjà du bar, très très fort. Si bien que, lorsque nous entrons, elle me vrille les tympans.

Il y a pas mal de monde qui danse au fond de la salle. Le bar est divisé en deux, il y a d'un côté sur une estrade des tables où certaines personnes en sont déjà à plusieurs verres. En bas, l'espace est aménagé en piste de danse avec de grosses enceintes qui déversent la musique.

Ça fait très boîte de nuit, même les éclairages violacés y sont.

Les deux barmans s'activent derrière leur comptoir, tout transpirant déjà. Ils enchaînent les bières mais aussi les cocktails forts.

« Vous voulez un truc à boire ? » demande Louis assez fort pour couvrir la musique.

On hoche la tête. Alors que Pauline demande une bière, moi je tente d'innover en demandant à Louis de me commander un cocktail pas trop fort. Il se fraye un chemin jusqu'au bar en jouant des coudes et revient quelques minutes après avec trois verres en équilibre. Il nous fait signe de la tête de le suivre et nous montons sur la petite estrade pour nous asseoir à une table. Là, il répartit les verres.

Pauline examine celui de Louis et il comprend vite pourquoi, alors il précise :

« C'est du Coca. Je conduis après. »

Elle approuve et je trempe mes lèvres dans ma boisson. Un goût mentholé me prend la gorge, accompagné d'une touche de citron. Ce n'est pas mauvais, alors j'en bois une gorgée.

Nous restons là un moment à essayer de discuter en admirant les gens qui se dandinent sur la piste de danse. Je finis ma boisson et on me tape sur l'épaule. Je vois une jeune fille châtain clair se tenir derrière moi avec une de ses copines. Elles doivent avoir notre âge, pas plus. Je l'interroge du regard et elle me questionne :

« C'est toi la fille qui a posé avec Cameron Kent ? »

Je fronce les sourcils alors qu'une lueur d'espoir apparaît dans ses yeux.

« Oui, c'est moi. »

Elle tape dans ses mains et rigole :

« J'en étais sûre !

— Il est ici ? questionne sa copine.

— Euh… » je bloque.

Louis vole à mon secours :

« Il a préféré ne pas venir. »

Les filles affichent une moue déçue, mais très vite les questions reprennent :

« Vous êtes ensemble dans la vraie vie ? »

« Il est comment en vrai ? »

« C'est quoi ton Instagram ? »

« Vous vous êtes connus comment ? »

Malgré la musique, on entend rire Louis et il s'exclame :

« Les filles, les filles ! C'est pas un interrogatoire.

— Pardon, s'excuse l'une d'entre elles avant de tourner les talons. À plus tard. »

Vraiment, elles sont parties aussi vite que ça ?

Pauline secoue la tête :

« Mais c'est que tu vas devenir un personnage public, maintenant.

— N'importe quoi », je rigole.

Louis finit son verre et propose :

« Allons danser ! »

On accepte et on rejoint le dancefloor. La musique n'est pas trop mal et rapidement le rythme nous entraîne.

On bouge avec les gens dans une chaleur surhumaine. Je ferme les yeux et me donne presque corps et âme à ma danse, pourvu qu'elle me fasse tout oublier. Très vite, je perds Pauline et Louis dans la foule et j'ai soif, alors je me dirige en jouant des coudes vers le comptoir.

Un barman me questionne du regard.

Je ne sais pas trop quoi choisir. En pianotant des doigts sur le comptoir, je jette un œil à la carte et mon regard s'arrête sur un truc au pif.

« Un whisky-Coca, s'il vous plaît. »

Il ne me demande pas mon âge et me sert. Je le remercie et je tente une gorgée. C'est bon et il fait horriblement chaud, alors je finis par renverser la tête et boire tout d'un coup. Peut-être que je n'aurais pas dû.

Qu'importe, je ne pense plus à rien en rejoignant la masse de gens. Je me remets à danser et bientôt une main se pose sur ma taille.

Je me retourne et découvre un visage que je ne connais pas.

Un jeune homme aux cheveux clairs et aux yeux noisette me sourit, il est très mignon avec ses fossettes. Il semble avoir dans la vingtaine. Il se penche à mon oreille :

« Tu es très mignonne. »

Je lui souris pour le remercier. J'ai les joues en feu, la musique est très entraînante, alors, je ne sais pas pourquoi, je prends sa main et l'invite à danser avec moi.

L'alcool a dû bien me monter à la tête, car je n'ai pas l'habitude de boire. Je le laisse poser ses mains sur ma taille tandis que moi je pose les miennes autour de son cou.

On danse un moment comme ça, et je suis tellement emportée que je ne réagis pas quand ses mains descendent de ma taille pour se poser sur mes fesses. Je m'en fiche pas mal, je sais que je ne le reverrai jamais. Pourquoi ne pas en profiter ?

Je lui souris et je crois qu'il prend ça pour un feu vert puisqu'il approche son visage du mien et tente de m'embrasser.

J'ai bien dit « tente » puisqu'une main se pose sur son épaule et le tire en arrière.

« Tu fais quoi, toi ?! » tonne une voix au-dessus de la musique.

Il se retourne promptement et on découvre derrière lui Pauline et Louis, un verre à la main. Louis est menaçant :

« Laisse ma pote tranquille. »

Mon partenaire rigole et s'avance vers Louis, provocant :

« Sinon quoi ? »

Les deux hommes se toisent.

« Sinon il sera obligé de te réduire en miettes, ce serait bête de défier le champion junior de boxe, non ? » bluffe Pauline.

Je tente d'ouvrir la bouche pour cracher la vérité, je n'ai pas envie qu'il parte, moi. Mais le regard que me lance mon amie me fait refermer la bouche immédiatement.

La technique semble marcher puisque le jeune homme s'éloigne en pestant.

« Champion de boxe, hein ? rigole Louis.

— J'ai trouvé que ça ! se défend Pauline. Jade, tu peux pas te tenir tranquille ? C'est pas sérieux, ce genre de mecs-là.

— Je ne cherche pas du sérieux », je bougonne.

Après tout, personne n'a souhaité me l'offrir. Ni Evan ni Cameron.

Je veux oublier.

« Je vais aux toilettes, déclare Pauline, et vu la queue m'attendez pas avant un moment. »

Elle soupire en s'éloignant. Louis me tend le verre qu'il avait à la main.

« Tiens, je t'ai pris un verre. »

Je le prends volontiers, bien que je trouve ça irresponsable de me faire boire plus. Je ne me plains pas et j'avale le contenu, qui semble être de la vodka. Louis me détaille tandis que je bois d'un trait. Il ne fait aucun commentaire et je dépose mon verre sur une petite table en bois aux abords de la piste, là où j'ai mis le précédent.

J'entraîne Louis pour danser et nous nous amusons tous les deux, même si j'ai la tête qui tourne et de plus en plus de mal à mettre un pied devant l'autre.

Je mets ça sur le compte de l'alcool.

Très vite, je me sens mal. J'ai envie de vomir.

Je fais un signe à Louis pour lui dire de ne pas s'inquiéter, et je tente mollement de rejoindre un coin à part. J'ai extrêmement chaud.

À côtés des toilettes des hommes, il y a une espèce de petit endroit reculé.

Je m'adosse au mur et tente de me sentir mieux. Peine perdue, mes membres sont lourds et ma vision se trouble, si bien que rapidement je ne distingue que du flou.

J'appuie la tête sur la surface solide et je me promets de ne plus jamais boire.

Je distingue une forme qui s'approche de moi. Grande, forte, c'est un homme. Je reconnais malgré le flou des cheveux clairs.

Sans un bruit, je sens ses mains se poser sur mon corps et tout va très vite. Une de ses mains caresse ma cuisse de façon explicite et l'autre vient se poser sur mon sein. Le malaxant fort.

Je tente de crier mais ma bouche est pâteuse, je tente de le repousser mais mes bras sont lourds, je tente de penser à une solution mais mon esprit est embrumé.

Sa main passe sur mes fesses et me colle contre ce corps musclé, contre une horrible bosse.

Je suis perdue. À ce moment-là, tout espoir m'abandonne. Je prie pour que quelqu'un réagisse, mais personne ne semble voir ce qui se passe. Je ne peux pas crier, les gens doivent sûrement penser que c'est un couple un peu trop alcoolisé qui se bécote. Je prie de toutes mes forces et cela semble marcher, puisque d'un coup il me lâche et s'enfuit sur le côté vers je ne sais où.

Mes jambes se dérobent sous moi et je tombe mollement le long du mur.

« Jade ! Jade ! Ouvre les yeux ! »

Quelques minutes plus tard, j'entends cette voix lointaine m'appeler et on me tape sur la joue. La voix est féminine et je distingue de longs cheveux blonds. Pauline ?

Elle tente de me relever mais n'y parvient pas.

Une autre silhouette arrive quelque temps après.

« Qu'est-ce qui se passe ? »

Je ferme les yeux et ma tête roule sur le côté. C'est à partir de ce moment-là que tout n'est plus que flou et néant absolu.

# Chapitre 57

« Je m'en veux tellement…

— C'est pas ta faute, Louis. »

J'entends des voix lointaines, des voix inaudibles, des voix qui parlent comme dans un tunnel. Ça me fait vibrer les tympans et je dois me concentrer pour comprendre le sens de tous ces mots. Je sens de grosses gouttes perler sur mon front. Mon esprit a aussi du mal à réfléchir. J'ai l'impression de sortir d'un coma de trente ans. Mais qu'est-ce qu'il s'est passé ? Je ne pensais pas que l'alcool ne me réussissait pas à ce point.

Je tente d'ouvrir les yeux, j'ai beaucoup trop chaud. Face à cet effort, mon cœur semble s'emballer et mon corps se réveiller, je ressens immédiatement une grande angoisse.

Ça tambourine dans ma poitrine et je manque d'air. Alors je me redresse en hurlant et en suffoquant.

« Respire, Jade ! »

Ma tête tourne et j'ai la bouche pâteuse. Je cherche l'air comme la voix me l'a conseillé. Une fois que mes poumons ont eu leur dose, je m'adosse à ce qui semble être une tête de lit moelleuse. Je me calme et j'analyse le monde autour de moi.

« Ça va ? »

Je reconnais ma meilleure amie à mes côtés, l'air très inquiet. Louis est assis de l'autre côté, la tête dans les mains. Mais qu'est-ce qui se passe ? Y a eu un mort ?

Je tente de faire fonctionner ma mémoire pour me rappeler la soirée d'hier. Rien. Gros trou noir. Ce n'est pas normal, quelque chose cloche.

« Comment tu te sens ? me questionne lentement Pauline.

— Mal… » je souffle difficilement.

C'est vrai, j'ai l'impression que tout mon corps me fait défaut. Du côté de Louis s'élève un petit hoquet.

Je tourne mollement la tête, au moment où Louis lève vers moi la sienne. Je remarque qu'il a les yeux rouges et gonflés.

« Je suis tellement désolé. »

Je fronce les sourcils, je ne comprends rien, alors je cherche le regard de ma meilleure amie pour qu'elle m'explique. Elle prend un air grave et cherche ses mots :

« Ma puce, tu… tu as été… droguée. »

Je ne sais pas si j'ai la réaction adéquate mais je me sens soudain très amusée, j'aurais bien ri si ma gorge n'avait pas été aussi serrée.

Ils se fichent de moi. J'ai dû être bien bourrée hier et faire n'importe quoi et là ils se vengent de moi en me faisant marcher, c'est ça, non ? Ou alors je suis en train de rêver, option numéro deux.

J'affiche un grand sourire et leur expose ma théorie en articulant difficilement :

« Arrêtez de vous foutre de ma gueule, je ris presque. On est dans un rêve ? »

Tandis que je fixe Pauline, je remarque que la porte de la chambre dans laquelle nous sommes tous réunis s'ouvre.

« Elle s'est réveillée ? »

Je connais cette voix, malheureusement je n'arrive pas à la remettre, et c'est seulement lorsque mon cerveau colle un nom sur le visage que je me mets à blaguer :

« Ah bah oui, on est dans un rêve si Cameron est présent. »

Je souris bêtement et le jeune homme qui est en face de moi me détaille, l'air grave, sourcils froncés. C'est un rêve, c'est sûr, Cameron ne peut pas être ici.

Il se déplace et dépose le verre d'eau qu'il avait à la main sur la table de chevet. Une question me vient : depuis quand mes rêves sont-ils aussi réels ?

Il me fixe gravement en s'installant sur le lit à mes côtés.

« Jade, ce n'est pas un rêve. Je suis bien ici, vu que vous ne pouvez pas rester tranquilles plus de cinq minutes sans moi…

— Je l'ai appelé… le coupe Pauline. On ne savait pas quoi faire, avec Louis ! On était terrorisés ! »

Je la distingue vraiment et je vois qu'elle pleure maintenant à chaudes larmes. Mon sang se glace.

« Tu as été droguée, Jade. »

Et Cameron ne fait rien pour me rassurer. Ce n'est pas vrai, ce n'est pas possible. La réalité me tombe dessus et, bizarrement, je suis désormais convaincue que tout est bien réel.

« Qu'est-ce qu'il s'est passé ? » je questionne un peu vite.

Et de m'être précipitée me fait mal à la tête.

« Tout est ma faute… pleurniche Louis.

— Mec, dis pas ça », dit fermement Cameron.

Tout ça commence à m'énerver fortement. Je ne me souviens de rien et ça me déplaît. Je sens au fond de moi que quelque chose s'est produit.

C'est Louis qui reprend :

« Hier soir… Je sais pas si tu te souviens. Je suis allé te chercher un verre et, au comptoir, y avait ce gars avec qui tu as dansé… (Je remarque que Cameron crispe la mâchoire, Louis hoquette et continue :) Il m'a bousculé et j'ai percuté un gars qui a renversé sa boisson sur moi et qui a commencé à s'énerver, j'ai calmé le truc et, quand je me suis retourné, le mec me tendait tout sourire ton verre. (Il se prend à nouveau la tête entre les mains.) Tout est ma faute. Si seulement je ne t'avais pas donné ce verre…

— On pense que c'est lui qui t'a droguée », explique Pauline.

Tout s'embrouille et j'ai du mal à mettre toute cette histoire bout à bout. Pourtant mon cerveau turbine à mille à l'heure.

Au regard de mon amie, je sais qu'ils ne me disent pas toute l'histoire.

« Et ensuite ? » je la questionne.

Elle me regarde d'un air désolé en essuyant une larme au coin de son œil.

« Quelqu'un a essayé d'abuser de toi. »

Elle fond en larmes tandis que je mets du temps à assimiler cette info.

« C'est grâce à Pauline que tu ne t'es pas fait violer, poursuit Cameron avec un brin de colère dans la voix.

— Par qui ?! je m'empresse de demander.

— Si on le savait, je pense qu'il ne serait déjà plus de ce monde », grogne Cameron.

En d'autres circonstances, j'aurais trouvé cela mignon, là, plus rien ne compte.

Un inconnu a posé ses mains sur moi, j'ai été droguée. Cette phrase tourne en boucle dans ma tête et ça me répugne. Je risque de péter un plomb, j'ai beau me creuser la mémoire, rien ne me revient. Que m'a-t-il fait ? Qui est-il ? Est-ce que Pauline est vraiment arrivée à temps ?

Ma tête tourne et j'ai un haut-le-cœur. Dans un effort surhumain, je repousse la couverture en bousculant la montagne de muscles qui est à mes côtés. J'ai encore du mal à croire que Cameron soit vraiment là.

Mes jambes me soutiennent difficilement quand mes pieds nus touchent le sol froid.

Je me félicite de me rappeler où se trouvent les toilettes chez Louis et j'y fonce. Je me jette à genoux sans prendre garde à la douleur lorsqu'ils heurtent le sol. Je penche la tête en ayant à peine le bon sens de pousser mes cheveux sur le côté et je rends tripes et boyaux. Je recrache les dernières traces de cette soirée dans d'horribles spasmes. Je vomis toute ma haine.

Lorsque je me calme, c'est désormais des larmes qui inondent mes joues, des torrents de larmes. Mon cerveau n'est même pas capable de me transmettre pourquoi elles coulent, je ressens juste de l'humiliation.

Mon corps tout entier tremble.

J'entends qu'on se précipite aux toilettes, j'entends qu'on tombe à genoux à mes côtés et je sens un bras puissant m'attirer à lui. Je me retrouve le nez dans un cou familier, et mon nez peut renifler une odeur qui m'a manqué malgré sa courte absence. Je pleure toute ma souffrance, ma colère et mon soulagement de l'avoir à mes côtés. Tellement d'émotions qui se bousculent et qui me font perdre la tête.

Cameron me caresse les cheveux en me berçant et je me fiche de savoir si nous sommes censés être en guerre l'un contre l'autre. Je pleure dans ses bras et il me murmure dans un élan de colère :

« Je te promets que je tuerai celui qui t'a droguée et celui qui t'a touchée. »

Mes sanglots redoublent.

# Chapitre 58

« Je la ramène à la maison. »

Cameron me soutient, un bras fort autour de mon bassin. Ma tête tourne toujours et un marteau piqueur donne du fil à retordre à mes tempes. J'ai la désagréable impression de n'être qu'une poupée de chiffon, toute molle, flasque. Je suis sûre aussi que mes cheveux sont tout emmêlés, que mon teint rendrait envieux un zombie et que mon mascara m'a transformée en panda. Je me sens immonde et horriblement sale.

Pourquoi ces choses-là n'arrivent-elles qu'à moi ?

Égoïstement, je ne fais aucun effort et laisse Cameron supporter tout mon poids. Poupée de chiffon.

Louis ne pleure plus, il a juste l'air triste, Pauline lui frotte le dos en lui murmurant des choses. Il a les yeux dans le vide. À notre vue, mon ami stoppe tout mouvement et attend les ordres de Cameron. Ce mec est fait pour être un leader.

Est-ce vraiment le moment de penser à ça ?

Je n'ai plus le contrôle de mes pensées, alors je laisse éclore toutes les idées qui naissent. Sans les filtrer.

« Reste ici avec Louis, Pauline. Il a besoin de toi », ajoute-t-il en baissant le ton.

Il me soutient comme il peut tandis que Pauline questionne :

« Et vos pères ? Vous allez leur dire quoi ? »

Cameron sort son téléphone de sa poche et y jette un coup d'œil.

« 14 heures. Avec un peu de chance, ils sont allés traîner en ville. »

A-t-il vraiment dit 14 heures ?

J'ai dormi beaucoup, non ?

Je tente d'effectuer des calculs inutiles, mais ma tête m'ordonne vite de cesser toute forme de résistance. Aujourd'hui c'est porte close.

Je cligne des yeux rapidement tandis que mon amie hoche la tête :

« Tu me tiens au courant ? »

Cameron approuve avant de me faire asseoir sur le bord du lit. Il inspecte la pièce du regard, puis se baisse et récupère quelque chose.

Il s'agenouille ensuite face à moi et je comprends qu'il va tenter de m'enfiler mes chaussures. Je lui tends un pied après l'autre avec la mécanique d'un robot. Je pourrais me vanter : le grand Cameron noue mes lacets ! Mais la situation n'est pas très glorieuse, alors je le laisse faire, n'étant pas capable de formuler de moqueries. Il saisit ensuite ma main.

« Allez, lève-toi. »

Je fronce les sourcils et réalise cet effort.

« N'oublie pas son téléphone ! » j'entends Pauline préciser.

Comment j'ai fait pour ne pas le perdre, celui-là ? Il m'aime trop, c'est pour ça. Cameron passe de nouveau son bras autour de moi et me fait quitter cette chambre.

Arriver jusqu'à la porte d'entrée m'apparaît comme un périple sans fin. Nous ne sommes qu'à la fin du couloir et déjà mes jambes menacent de lâcher. Et, comme si le ciel n'avait pas assez pitié de moi, sur le côté une porte s'ouvre et une tête blonde apparaît.

Toute pétillante de fraîcheur, Lucie fait papilloter ses grands cils en nous voyant et laisse échapper un petit ricanement. Je dois vraiment être horrible. Elle semble vouloir dire une mesquinerie, mais Cameron la devance :

« Je ne te conseille pas d'ouvrir la bouche. »

Elle rigole de plus belle, une main devant la bouche.

« Eh bien ! dit-elle quand même. Je ne pensais pas qu'elle pouvait être encore plus minable que d'habitude. »

Dans une synchronisation déconcertante, on la fusille du regard et, même flasque, je meurs d'envie de l'étriper.

Ce n'est pas le jour, et je sens qu'il me faut beaucoup d'énergie pour ne pas me jeter sur elle et la défigurer une bonne fois pour toutes.

Cameron décide de jouer la carte de la maturité et ne réplique rien, il continue de me faire avancer tandis qu'un « Salope » m'échappe.

Je hais cette fille, un sentiment accentué par les effets secondaires de la drogue, on dirait. Ce n'est qu'une peste. Mon cerveau me repasse en boucle des bribes de phrases qu'elle a prononcées il y a de cela une éternité, il me semble.

*« Tu me… Cameron… Je vais… enfer ! »*

Je fronce les sourcils, comme si je demandais à mon cerveau ce qu'il cherche à me dire, et je comprends finalement qu'il me met en garde. Les mots deviennent alors limpides :

*« Tu me le payeras, Cameron, vous me le payerez tous ! Je vais te faire vivre un enfer ! »*

Ma bouche s'ouvre en grand et je m'arrête, obligeant Cameron à en faire autant. J'essaie d'assembler différentes pièces de puzzle.

Se pourrait-il que Lucie ait commandité tout cela ? Ce n'est pas possible ! Elle ne serait pas capable d'une telle chose ! Je me tourne, mais elle a déjà disparu dans la pièce d'où elle était apparue.

« Qu'est-ce qu'il y a ? »

Ma gorge est serrée à cette idée. Lucie n'est pas une psychopathe à ce point, si ?

Il faut que j'en parle à Cameron, mais une fois de plus mon corps refuse de coopérer et une violente migraine me prend. Je titube.

« Jade, est-ce que ça va ? »

Je secoue la tête.

« Ramène-moi à la maison, s'il te plaît. »

Je pourrais le supplier, tellement je me sens oppressée ici. L'air paraît lourd autour de moi.

Cameron se remet en marche et rapidement nous atteignons l'entrée. J'ai la joie de ne pas croiser les parents de Louis et donc de ne pas me donner en spectacle. Cameron pousse la porte et une grande bouffée d'air frais m'envahit. J'inspire fort cet air qui semble vouloir me nettoyer et je me laisse guider.

On arrive à la voiture, et Cameron prend tout son temps pour m'installer comme il faut sur le siège passager. Il évite tout mouvement brusque et règle même l'appuie-tête. Un vrai gentleman. Il passe de l'autre côté, derrière le volant, et met le contact. Après quelques minutes de route, tout est silencieux. Mon compagnon prend garde de ne pas rouler trop vite, mais je me sens tout de même très mal.

« Cam », je murmure.

Il ne réagit pas et ses doigts pianotent sur le volant tandis que nous sommes arrêtés à un feu.

« Cameron », j'insiste.

Il me porte un regard las mais aimable tout de même.

« Ça va pas trop bien. »

Il fait les gros yeux.

« Ah non ! Tu vomis pas dans ma voiture ! Ou sinon tu nettoies ! »

J'ai un haut-le-cœur à cette pensée :

« On est bientôt arrivés, de toute façon. »

Et il a raison, quelques minutes plus tard nous voilà devant la maison. Je n'ai qu'une hâte, c'est qu'on me fiche la paix et qu'on me laisse dormir.

Mais encore une fois… le ciel est contre nous.

« Fait chier ! Les parents sont là », peste Cameron à la vue des voitures garées.

# Chapitre 59

« Merde, tu penses que tu peux faire en sorte de paraître bien ? »

Il me questionne avec insistance et j'approuve d'un mouvement de tête.

Je peux au moins essayer ça.

« OK », souffle-t-il.

Il fait tout de même le tour de la voiture pour m'ouvrir la portière et m'aider à descendre. Je le remercie d'un son rauque.

Il ne me soutient pas et je tente de mettre un pied devant l'autre le plus naturellement possible malgré mes jambes tremblotantes et mon horrible sentiment de fatigue extrême.

Cameron reste à mes côtés et veille à ce que nous arrivions correctement à la porte d'entrée.

Il me questionne du regard avant de pousser la porte tandis que je plaque un grand sourire sur mon visage.

Tout semble calme à l'intérieur, si bien que nous nous demandons presque s'ils ne sont pas partis faire un tour.

Nos traits commencent à se dérider, mais seulement pour un temps car finalement des sons étouffés nous parviennent de la terrasse. Mon cœur s'accélère. Si mon père apprend toute la vérité, je suis finie.

Cameron tend le cou, je fais de même et je les découvre bavardant sur la terrasse avec un couple inconnu au bataillon. J'interroge d'ailleurs Cameron du regard, mais il me fait comprendre qu'il ne les connaît pas non plus.

Qu'importe, voici une belle diversion !

Cameron me prend par la main et me tire le plus discrètement possible vers l'escalier, nos pas se font légers et aussi silencieux que des fourmis, mais cela ne suffit pas.

« Cameron ? »

On fait volte-face dans un même mouvement vers le père de Cameron, qui nous observe avec attention. Ses petits yeux sont plissés et il me fait penser à son fils ainsi.

« Je vois que tu as écourté ton séjour chez ton ami. »

Le ton de son père est étrangement froid et sévère. Cameron se crispe à mes côtés et ses traits sont glacés. J'avais presque oublié que Cameron était parti du jour au lendemain.

Par ma faute…

Je balaye cette idée de ma tête, ce n'est pas le moment.

Il faut croire que finalement le fils a prévenu le père.

« Ouais, répond Cam. Ça craignait là-bas. »

Pierrick croise les bras sur sa poitrine.

« Surtout très imprudent de ta part… »

Cameron grogne et serre ma main plus fort avant de me tirer pour gagner l'étage, mais Pierrick n'en a pas fini avec nous :

« Où allez-vous ? Jade, ça va ? Tu as l'air… ailleurs. »

Il emploie ce mot pour ne pas me vexer car je sais pertinemment que mon attitude est plus que bizarre. Malgré mes efforts, je ressemble seulement à une marionnette désarticulée.

J'agrandis alors mon sourire et lui réponds piteusement :

« Tout va très bien. »

J'espère qu'ainsi il nous laissera partir et que son absence n'attirera pas mon paternel.

Il me scrute et cela semble interminable, si bien que son fils s'impatiente et lui jette un mensonge à se mettre sous la dent :

« Ils ont fait la fête hier chez Louis et elle a un peu trop bu. Elle expérimente la gueule de bois, que veux-tu ! »

Il hausse les épaules et son père soupire :

« Ces jeunes… »

S'il savait qu'en réalité je me suis fait droguer, il ferait moins le fanfaron.

Mais pas le temps de s'attarder.

« Je vais bien, Cameron exagère. Pas la peine d'inquiéter mon père ! »

Je tente de le convaincre et il hausse les sourcils, Cameron s'impatiente et me pousse vers l'escalier.

Je manque de me casser les dents sur une marche, il me rattrape de peu et j'espère que cette scène est restée entre nous, sinon ça risque de décrédibiliser toute notre petite histoire.

« Doucement, Cam. J'ai pas les mêmes aptitudes que toi, là. »

Il bredouille quelque chose et je lui indique :

« J'aimerais prendre un bain. »

Je me libère de sa prise et me dirige vers la salle de bains. Ma tête tourne atrocement, si bien que je me rattrape à la poignée et ferme les yeux pour calmer les tourbillons qui s'emparent de mon corps.

« Saloperie, grogne Cameron. Ça va ? »

Je tente d'approuver, toujours les yeux fermés.

« Viens. »

Il me reprend la main, et c'est lui qui m'aide à m'introduire dans la salle de bains tandis que je retrouve mes esprits.

Il me fait asseoir sur un petit tabouret qui traîne là et s'agenouille devant la baignoire. Il tripote les robinets et le son de l'eau claquant contre la paroi s'élève très vite.

« Quelle température ?

— Très chaud », je réponds en me massant les tempes.

Une petite pause s'installe entre nous, comblée seulement par le brouhaha apaisant de l'eau. Je remarque aussi que Cameron attrape un gel douche avant d'en verser dans l'eau. Très vite, de la mousse se forme et des effluves de vapeur tournoient au-dessus du bain. Le grand miroir commence même à se couvrir d'une fine couche de buée.

J'observe Cameron, une main dans l'eau pour tester la température. J'observe sa nuque et je suis touchée par ses attentions. Le Cameron du départ n'aurait jamais fait tout cela. Il se serait moqué de mon état et ne serait probablement même pas revenu. Mais il est là, et je me surprends à penser que sa présence me fait du bien.

Perdue dans mes pensées, je n'ai pas immédiatement remarqué que le bruit de l'eau s'était arrêté. Je m'en rends compte seulement lorsque Cameron se place en face de moi et annonce :

« C'est tout bon. »

Il me regarde avec gravité. Je tends la main et me maintiens à son bras pour m'aider à me relever. Il ne bouge pas.

« Merci. »

Il reste pourtant planté là et semble embarrassé.

« Tu as besoin d'aide pour… Enfin… pour…

— Me déshabiller ? Ça ira. »

Il a l'air gêné et je trouve cela mignon, mais c'est Cameron et son naturel revient vite au galop :

« Chez les Kent, on loupe pas une occasion de mater ! »

Il me lance un clin d'œil et je suis tiraillée entre l'amusement et un affreux pincement au cœur. C'est Cameron, il est libre comme l'air.

« Si t'as besoin d'un truc, tu cries », m'indique-t-il.

Je le remercie encore une fois et il s'efface de la pièce.

# Chapitre 60

Je trempe d'abord le bout de mes orteils dans l'eau. La température est parfaite, j'y engouffre donc tout mon corps petit à petit, lentement.

Ma silhouette se fond dans le blanc de la mousse qui crépite. De mes deux mains j'agrippe les rebords de la baignoire et je laisse aller ma tête en arrière. Je laisse le mouvement de l'eau qui s'agite à chacun de mes mouvements me bercer. Il m'emporte loin, très loin. Je ne sais d'ailleurs pas si c'est une bonne chose. J'en reviens à ce qui est désormais ma hantise. Mon esprit tente de reconstituer la soirée d'hier à partir des informations qu'on m'a données. Mais je pédale dans la semoule.

C'est très dur de me concentrer, surtout pour me rappeler un homme qui m'a fait des attouchements. Je me rappelle d'une masse blonde et puis… rien d'autre. Je bouillonne intérieurement. Je m'en veux d'avoir été aussi stupide. Pourquoi j'ai bu autant ? *Pour oublier Cameron.*

Et voilà où tout cela nous mène. Si seulement mon cœur n'avait pas jeté son dévolu sur lui, tout aurait été plus facile. Je n'aurais pas une ex hystérique à dos et je ne me serais pas fait droguer.

J'accroche plus fort le rebord, presque à m'en faire mal. Je me hais d'avoir été aussi stupide. Quelque part, un homme a la satisfaction d'avoir touché le corps d'une jeune fille préalablement shootée.

Une colère noire monte en moi, tandis que j'imagine une scène horrible. Et si Pauline n'était pas arrivée à temps ? Où serais-je à cet instant et en quel état ? Je ne peux empêcher quelques larmes de couler. Elles roulent sur mes joues aussi vite que mon cœur tambourine dans ma poitrine. Mes yeux sont en train de se noyer, et je prie pour que mon mal-être soit évacué avec mes pleurs.

*Toc, toc, toc.*

Je sursaute.

« Jade… Euh… Je peux entrer ? Mon père m'a donné des serviettes propres à te faire passer. »

J'essuie mes joues, ce qui est très bête puisque je suis dans un bain, donc j'inonde encore plus mes joues. Je me racle la gorge et vérifie que les parties intimes de mon corps sont bien cachées par l'eau et la mousse.

« Tu peux entrer », je lui réponds.

La porte s'ouvre sur un Cameron qui lève immédiatement les yeux au ciel.

« Promis, je regarde pas. »

Il avance à tâtons vers le lavabo, où il veut sans doute déposer les serviettes. Il réussit à me faire sourire et je suis heureuse qu'il ne le voie pas. Ses attentions me touchent et je n'oublie pas qu'il est revenu exprès pour m'aider. Je ne suis pas devenue amnésique pour autant.

Je décide de mettre nos problèmes de côté pour l'instant et de vivre le moment présent :

« Merci, Cam. (Je cherche mes mots.) Pour tout ce que tu fais pour moi. »

Mon ton baisse à la fin de la phrase, j'ai aussi ma fierté.

Il brise sa promesse et ses yeux viennent accrocher les miens. Je vérifie que ma nudité est toujours couverte. Je le vois ensuite froncer les sourcils et demander abruptement :

« T'as pleuré ? »

Sa voix est grave et la mienne ne veut pas sortir, alors je me contente de secouer la tête en évitant soigneusement le bleu de ses yeux.

J'entends un mouvement à mes côtés et rapidement un index et un pouce viennent soulever mon menton.

Cameron, accroupi à côté de la baignoire, m'impose son regard. Je n'arrive pas à le supporter, et mes yeux me picotent. Il s'adoucit :

« Tu n'aurais pas dû vivre ça. »

Il penche la tête sur le côté et me dévisage, plein de pitié. Son regard me fait plus mal qu'autre chose, je ne suis pas un petit animal chétif. Je ne veux pas qu'il me regarde comme ça.

Plus mon cerveau turbine et plus j'ai du mal à contenir ma peine. Les yeux embués, je laisse échapper la question qui me brûle les lèvres dans un sanglot :

« Pourquoi t'es parti ? »

Ses yeux s'ouvrent en grand et perdent leur éclat. Il semble plongé dans ses pensées lui aussi et sa main retombe le long de son corps. Ma poitrine monte et descend rapidement. Il passe une main dans ses cheveux :

« Je… Je sais pas, Jade. »

Il ment, nous savons très bien pourquoi.

« À cause de moi… » je complète.

J'ai sans doute dit tout haut ce qu'il pensait tout bas. Il me fixe en marquant une pause, il semble chercher ses mots. Il a l'air aussi désorienté que moi. J'ai même peur qu'il ne réponde pas et qu'il se cache sous un de ses épais silences.

« À cause de nous, Jade. »

Je suis surprise par sa réponse et, la bouche ouverte, je l'invite à poursuivre.

Il se frotte le menton, où de la barbe commence à apparaître.

« Tu l'as bien vu. Ça ne marche pas, toi et moi… »

J'aurais préféré qu'il se taise, finalement. J'ai peur de la suite. Va-t-il vraiment me porter le coup de grâce ? Là maintenant ?

Je déglutis mais l'écoute tout de même.

« Quoi qu'on fasse, ça échoue. Le destin semble contre nous. Non… C'est plutôt nous qui sommes contre nous-mêmes. Rien ne va dans notre sens et…

— Abrège, s'il te plaît », je le coupe froidement, sentant déjà où il veut en venir.

Il détaille mon visage, les yeux doux voire tristes, et ajoute :

« Je suis parti parce que je ne peux pas supporter cette situation de guerre. J'avais besoin de m'éloigner de toi. Je… Je suis pas quelqu'un pour toi. Tu es beaucoup trop bien. »

Oh non, pitié, pas ce vieux discours du « C'est pas toi, c'est moi. Je ne suis pas assez bien pour toi ».

Mon cœur me lance dans ma poitrine et j'ai mal. Ses paroles ne sont que des sentences.

« Et je suis un putain d'égoïste, bordel. Je suis comme toi, tu sais. J'ai un cœur là-dedans. (Il tapote son torse à l'emplacement du cœur et je ne vois pas où il veut en venir. J'ai totalement décroché.) Et ce cœur ne veut pas te laisser partir. (Il cherche mon regard, que je lui offre volontiers, surprise.) Je suis amoureux de toi, Jade. »

Il se racle la gorge et pèse ses paroles suivantes :

« Depuis le début. C'est peut-être cette connerie de coup de foudre ou je sais pas quoi. J'ai toujours été détestable envers toi car ça me faisait peur. Ça me fait peur ! Je pensais que si tu me détestais ce serait plus facile. Mais tout me ramène à toi. »

Dans un élan, il pose sa main sur ma joue et je ferme les yeux à ce contact.

Je ne sais plus quoi penser. Mon cœur, lui, le sait. Ces révélations sont étrangement satisfaisantes. J'ai envie de le serrer dans mes bras mais je sais qu'il n'a pas fini de parler.

« Alors peut-être que dans une heure on va se disputer à mort, mais je peux plus faire semblant. Il y a bien longtemps que je n'ai pas été amoureux. C'est si… étrange. J'ai envie de t'étriper tout comme je te désire. »

Son pouce caresse ma joue.

« Quand je suis parti, chez mon pote Zack, j'ai pris conscience que je ne voulais pas finir comme lui. Seul à vingt-trois ans, sans travail, avec la prison comme une épée de Damoclès au-dessus de la tête. Je voulais pas de ça comme avenir. (Il rit.) Je sais qu'on n'est pas le premier janvier, mais j'ai pris quand même quelques résolutions. »

Je renifle, le coupant dans son élan. Ma main vient recouvrir la sienne et porter sa paume à mes lèvres. Je l'embrasse tendrement.

« Mais j'ai peur, Jade. Je vais te faire du mal. Je ne serai jamais ce petit ami parfait que tu mérites, je ne t'achèterai jamais de fleurs. Je ne devinerai jamais ce qui te tracasse. Je ne ferai pas de shopping avec toi. Je ne suis pas… romantique. (Il fait une grimace.) Je suis pas ce mec-là et je pourrai jamais changer. Et ça me fait peur, j'ai peur de ce que je pourrais te faire. Te briser. »

Je pose à nouveau un baiser sur sa paume, et maintenant c'est mon cœur gorgé d'amour qui prend le relais.

Je plante mes yeux dans les siens :

« Cameron… Être heureux, c'est savoir accepter ses peurs. (Je dis cela alors que moi-même je suis emplie de doutes et que je ne sais absolument pas dans quoi je m'embarque.) Tu ne seras jamais ce garçon-là et tant mieux. C'est ennuyeux d'être comme les autres. Tu es unique. Je ne suis pas parfaite non plus, tu sais. Mais on va apprendre ensemble. On va recoller petit à petit nos morceaux de cœur.

— Ils sont depuis longtemps entre tes mains. »

Et je sais que c'est vrai, c'est comme si je l'avais toujours su. Cameron est un personnage complexe, et ça lui coûte beaucoup de me dire tout ça. C'est pour ça que je sais qu'il ne triche pas avec moi sur ce coup-là.

« Qu'est-ce qu'on est alors, maintenant ? » me questionne-t-il.

Je hausse les épaules :

« Deux paumés amoureux. »

# Chapitre 61

« Deux amoureux paumés », répète-t-il.

Je sonde son regard, lorsque j'y aperçois une petite flamme danser. Une petite flamme d'espoir. Je bouge, créant de petits bruits d'eau, et murmure :

« Je crois que je vais sortir de là parce que la situation est gênante, je ricane.

— Je ne suis pas comme tout le monde, renchérit-il en riant. J'aime faire mes déclarations dans des lieux insolites. »

Ses yeux pétillent tandis qu'il rit.

Ça c'est sûr, oui, il n'est pas comme tout le monde, il défie toutes les normes possibles et imaginables.

« Et t'en fais beaucoup, des déclarations ? » je le taquine.

Il hausse les épaules :

« Ouais, dès qu'il y a une fille mignonne dans les parages. Je lui prends bien la tête d'abord et puis hop ! c'est dans la poche. »

Il m'offre son plus beau sourire et je lui donne une tape sur les pectoraux, laissant une trace d'eau sur son tee-shirt.

« Hé ! Mon tee-shirt ! se plaint-il.

— T'es un psychopathe, j'ajoute. Allez, sors d'ici. »

Il me considère un instant. Déjà que mes joues étaient légèrement rougies par l'eau chaude, là je suis cramée.

« Allez, Cameron ! » j'insiste.

Il se relève sans faire d'histoires, époussette son pantalon aux genoux et me lance en tournant les talons :

« Je t'attends dans ta chambre. »

Et la porte se referme sur lui.

Quand je me retrouve seule, je prends le temps de réfléchir à ce qu'il vient de se passer et, si son odeur ne flottait pas dans la pièce, je jurerais avoir rêvé. Mais ce n'est pas le cas et je dois me rendre à l'évidence. Je suis désormais « la petite amie » de Cameron et ça, c'est extrêmement flippant. Je crains le pire.

Je passe ma paume sur la surface de l'eau, pensive. J'observe mes doigts tout fripés, signe que je dois sortir de cette baignoire. L'eau se vide dans un petit gargouillis et j'enroule une serviette autour de mon corps.

Je considère mes vêtements de la veille, qui me répugnent. Ils sentent l'alcool, la fumée et une odeur non identifiable. Ils me rappellent aussi que des mains étrangères les ont touchés. Des frissons hérissent les poils de mes bras. Il faut que j'oublie ça. Mais est-ce seulement possible ? La même scène se rejoue dans mon esprit et se termine par la même chose : une masse blonde. Ça pourrait être n'importe qui…

N'importe qui m'a touchée.

Je secoue la tête pour refouler un sanglot rebelle.

Je m'observe dans le grand miroir, ma peau est rougie, mes cheveux relevés en chignon s'échappent de partout et j'ai une mine fatiguée. Je fais peur à voir. Et pourtant Cameron Kent m'a fait une déclaration.

Je jette mes affaires sales dans le panier à linge et, en tenant la serviette, je me dirige vers ma chambre. Quand je traverse le couloir, je tourne la tête vers le bas de l'escalier et je distingue mon père les yeux plissés. Il ne dit rien quand je l'interroge du regard et fait demi-tour.

J'espère qu'il n'a pas vu Cameron sortir de cette salle de bains. Sinon il doit se faire des films, à coup sûr. Je ne me laisse pas déstabiliser et, lorsque je pousse la porte de ma chambre, une grosse masse est affalée sur mon lit, parlant fort au téléphone.

« Oui, elle va mieux… Et Louis ? »

Il écoute ce que son interlocuteur raconte et je parie que c'est Pauline.

Tandis qu'il ne me prête aucune attention, j'attrape des affaires propres et je les enfile, cachée bien comme il faut derrière la porte de l'armoire.

Mission commando effectuée ! Appelez-moi pour le prochain *Mission impossible.*

« D'accord, prends soin de lui et on se retrouve cet aprèm. Il prend sa voiture ? OK, ça marche, à plus. »

Sur ce, il raccroche.

« Eh ben, tout le monde est déboussolé. C'était Pauline. Louis s'est endormi à l'instant et elle a organisé une petite sortie shopping. Ça te va ? »

Oh que oui ! J'approuve et je lui souris. Si le shopping pour moi n'est pas une thérapie, ma meilleure amie, elle, l'est. Et je ressens le besoin de la voir.

Il pose son téléphone et m'observe d'un regard profond. Je me sens extrêmement mal à l'aise, alors j'évite son regard.

« Viens là, s'il te plaît », m'appelle-t-il.

Il s'est assis au bord du lit, là où nous étions il y a quelque temps à parler d'Evan. Il me semble que cela fait une éternité.

J'obéis et je me retrouve devant lui. Il prend une de mes mains, la caresse un instant. Rapidement deux gros bras encerclent ma taille, nous collant l'un à l'autre. Il pose sa tête sur mon ventre, et je ne sais plus où me mettre. Cet élan de tendresse de sa part me déstabilise. Je n'ai pas l'habitude de cette facette de sa personnalité. Alors je pose mes mains dans ses cheveux, que je caresse, ils sont si doux. Il reste un instant comme ça et je pourrais presque penser qu'il dort, mais non, son habituel sarcasme revient :

« Jolie culotte noire, au fait. »

J'ouvre de grands yeux et mes mains s'immobilisent. Je le sens rire contre mon ventre et je réfléchis à toute allure. Il m'a regardée, depuis le début ?

« J'aurais aimé voir plus », me taquine-t-il.

Ouf, je suis soulagée. Ne mettons pas la charrue avant les bœufs dans cette relation.

« T'es incorrigible », je ris.

Je le sens hausser les épaules.

« Je sais. »

Et c'est tant mieux, parce que, s'il n'était pas comme ça, je pense que je ne l'aimerais pas autant.

Je caresse ses cheveux et je l'entends me questionner :

« Tu crois qu'on peut faire du beau avec du moche ? »

Euh… ?

« Qu'est-ce que tu veux dire par là ? »

Il bouge un peu pour me regarder dans les yeux, ses bras toujours autour de ma taille.

« Est-ce que tu penses qu'avec un connard comme moi on peut avoir une jolie histoire ? »

La colle. Je n'en sais rien, c'est pour cela que j'ai si peur de me jeter complètement dans cette histoire.

« Je ne sais pas, Cameron. »

Il soupire.

« Je veux que tu me promettes une chose. »

Je lève un sourcil, intriguée.

« Oui ?

— Si je te fais souffrir, quitte-moi. »

Je cligne des yeux. Cameron reste Cameron et il me fera toujours mal. Je ne peux pas lui promettre ça. Je suis une battante et, quitte à y laisser des plumes, je me battrai.

« Non », je souffle.

Il me dévisage.

« Pardonne-moi pour tout le mal que je t'ai fait et pour celui que je vais te faire.

— Ce n'est pas obligé, rien ne dit que tu es contraint de me blesser.

— Je ne sais pas si tu es hyper-folle ou hyper-amoureuse », me coupe-t-il.

Je hausse les épaules :

« On va dire que je suis folle et que je t'apprécie pas mal. »

Je l'aime, même. Mais je ne me sens pas prête à lui dire ces mots, « je t'aime ». Ils ont encore une signification que j'assimile à Evan et j'attends qu'ils prennent complètement sens pour Cameron.

Il ricane nerveusement. Nous ne pouvons pas nier l'attirance qui s'est créée, à nous maintenant de la chouchouter et de ne pas la laisser mourir, et ça, ça me fait clairement peur. Tout s'est fait rapidement, trop rapidement peut-être.

J'éprouve une sensation étrange, brute en émotions et forte en rebondissements. Je suis terrifiée par cet amour que je n'arrive pas à contrôler. Mon esprit s'est imprégné de lui ; Cameron s'est glissé sous ma peau, délogeant Evan. Mon cœur porte son nom, en lettres majuscules rouges.

Il soupire :

« Quand on y pense, ta vie aurait été tellement plus simple si on ne s'était jamais rencontrés. »

Je me suis souvent dit ça quand dans des moments de colère j'avais envie de l'étriper, quand je cherchais déjà une cachette où planquer son corps pantelant.

Quand je niais qu'il me rendait folle justement parce que je suis folle de lui.

Je pose une main sur sa joue.

« Ma vie était bien monotone avant toi. »

Je lui souris pour le rassurer.

« Tu es vraiment folle, Jade, se moque-t-il.

— Je crois bien, finalement. »

Ses yeux sont tellement vivants que ça fait plaisir à voir.

Mon pouce caresse sa joue.

« J'y connais rien à l'amour et…

— Je vais te réparer, ne t'en fais pas. »

Je préfère le couper car ce qu'il allait me dire paraissait bien trop douloureux pour sortir de sa bouche maintenant.

Il n'a pas confiance en lui, et je ne sais pas si Lucie est la seule responsable de cette peur de l'amour que je vois dans ses yeux.

Il me regarde fixement et ses beaux yeux bleus sont calmes et sereins.

« Embrasse-moi. »

Il murmure ça avant que sa bouche vienne s'écraser sur la mienne dans un soupir et que ses mains se perdent dans mes cheveux, m'attirant toujours plus près de lui, me suppliant de ne pas partir.

# Chapitre 62

Notre baiser se poursuit encore quelque temps, où nous apprenons à nous découvrir hors conflit dans une sérénité presque déconcertante. Je suis désormais sur ses genoux et, si je suis inconfortablement installée, je n'en dis rien, je ne veux pas briser ce petit cocon qu'on a eu tant de mal à construire.

Je souris contre ses lèvres accueillantes.

Un son qui retentit contre la porte, suivi d'une voix, vient interrompre ce moment.

« Jade ? C'était bien, hier ? demande mon père. Je peux entrer ? »

J'ouvre de grands yeux, et Cameron ricane contre mes lèvres.

« Tiens, tiens… Beau-papa. »

Je fronce les sourcils en me redressant promptement, sans relever la remarque de mon nouveau petit ami. Je remets de l'ordre dans mes cheveux et j'ouvre la porte.

« Papa ! »

Il pousse un peu plus la porte, de sorte à jeter un coup d'œil à l'intérieur, et il semble surpris d'y trouver Cameron tout sourire. Mon père se fait méfiant :

« Je dérange ? »

Je secoue la tête, me déplace vers Cameron et le tire par le bras pour qu'il s'en aille.

« Non non, il s'en va. »

Les yeux de mon père se plissent et je ne sais pas si c'est le fait qu'il ne soit pas dupe ou les nombreux indices qui nous pointent du doigt : comme des cheveux en pétard, des joues roses, des lèvres rougies, mais il annonce en croisant les bras :

« J'ai loupé un épisode ?

— Euh… »

C'est la seule chose que je trouve à dire.

Cameron se racle la gorge, moins mal à l'aise que moi.

« C'est assez… récent. »

Mon père nous dévisage tour à tour.

« Vous ne vous hurliez pas dessus il y a quelques jours ? »

Pas faux. Cameron se gratte la tête et marmonne :

« Y a que les cons qui changent pas d'avis. »

Mon père continue de nous dévisager tandis que je mets un coup de coude dans les côtes de Cam pour sa vulgarité. Il ne bronche pas face à ma force de mouche. Mon père questionne :

« Je peux te parler un instant, Jade ? »

Je lance un regard à mon complice, qui hausse les épaules avant de s'échapper de la pièce, me laissant seule face à mon paternel.

Ce dernier referme doucement la porte derrière lui.

« Jeune fille ? Explications.

— Euh. Ben…

— En français ? »

Il n'a pas l'air fâché, il semble plus dans l'incompréhension je dirais.

« On dirait bien qu'on sort ensemble. »

Je marmonne ça tandis que ça sonne bizarrement dans ma bouche. Comme si c'était irréel :

« Jade… »

Il soupire et s'assoit sur le bord de mon lit, où Cameron se tenait plus tôt :

« Assieds-toi. »

Je m'exécute sans le quitter des yeux.

« Je ne vais pas y aller par quatre chemins. Je n'ai rien contre ce garçon, mais… ce n'est pas le meilleur de tous. Il n'a pas forcément une bonne réputation ici.

— Papa, je…

— Laisse-moi parler, s'il te plaît, je suis ton père et, que tu le veuilles ou non, tu resteras toujours ma petite princesse, d'accord ? (Il me sourit.) Et un papa veut ce qu'il y a de mieux pour sa petite fille. »

Il marque une pause et semble réfléchir :

« Je cherche les bons mots, mais les mots les mieux appropriés ne seront toujours que ceux de la vérité, pas vrai ? J'ai peur pour toi, Jade. Il n'y a pas si longtemps tu étais encore avec Evan, et là… Tu t'engages avec un garçon qui risque tout autant de te faire souffrir, ma puce. »

Il passe une main dans mes cheveux :

« Ça crevait les yeux que vous vous cherchiez, mais je ne pensais pas qu'un garçon comme ça pouvait t'attirer. Et puis, il n'avait pas une copine, lui ?

— C'est compliqué », je lâche seulement.

Il ne cherche pas plus à comprendre et tant mieux.

« Je ne veux pas qu'il t'arrive quelque chose. »

Si tu savais, papa ! Hier, on m'a droguée et touchée. Youhou ! Mes poings se crispent à cette pensée et je refoule mes larmes.

Je prends mon courage à deux mains :

« Écoute, papa, je ne comprends pas que tu parles aussi gravement de lui. Certes il a un sale caractère, mais il sait se montrer agréable, crois-moi. Il ne vous présente qu'une façade, à vous, j'ai appris à le découvrir et, même si j'ai parfois envie de le noyer, je veux voir où cela nous mène. Je ne te demande pas ta bénédiction, je veux juste que tu me laisses faire. Je ne suis plus la petite fille qui a déménagé, j'ai grandi grâce à lui, fais-moi confiance. »

Mon père déglutit.

« Si tu le dis. Écoute, je te laisse gérer mais, au moindre faux pas de sa part… N'oublie pas que je sais comment castrer efficacement un homme. »

Je tente un sourire, et lui ricane jaune. Il frotte sa barbe naissante et dit :

« Bon, c'est tout ce que j'avais à dire, je pense. »

Il se lève en tapant ses paumes sur ses cuisses et je le raccompagne jusqu'à la porte, où il se retourne.

« Encore une chose, ne grandis pas trop vite, s'il te plaît. Tu as bien le temps.

— Ne t'en fais pas, papa. »

Je peux lire de la peine dans son regard. Je suis la seule femme qui lui reste. Il dépose un bisou sur mon front et me murmure :

« Je t'aime, ma fille. »

Et je crois que c'est la phrase de la journée qui me fait le plus de bien. Elle rebondit en moi et entoure mon cœur d'une armure. Rien ne sera perdu tant que mon papa sera là. Je suis pourtant incapable de lui répondre au risque de fondre en larmes. Je renifle et hoche la tête tandis qu'il sort.

Je remarque qu'en face Cameron attend patiemment les bras croisés. Il offre un rictus aimable à mon père et vient me rejoindre.

« Laisse-moi deviner. (Il prend une voix grave pour imiter mon père.) Ce garçon est un vrai salopard, éloigne-toi tout de suite. »

Je lui mets un coup de poing dans l'épaule et il feint d'avoir mal.

« Même pas ! C'est moi qui mène la danse. »

Je fais valser mes cheveux en arrière comme le feraient les garces dans les films, ou Lucie tout simplement.

Cameron bredouille :

« Oh eh, non… J'accepte de te supporter, mais c'est sûrement pas toi qui vas porter la culotte, OK ? »

Je lui mime de se taire d'un signe de main et retourne dans ma chambre en claquant la porte d'une façon théâtrale, puis je m'y adosse en riant toute seule.

J'entends tambouriner légèrement derrière moi et je ricane de plus belle.

« Hé, madame la comtesse, les autres viennent nous chercher dans dix minutes ! Finis de te préparer. »

J'entends à sa voix qu'il s'éloigne dans le couloir et je hurle :

« J'en ai pour cinq minutes ! »

# Chapitre 63

Dire que je ne suis pas prête en cinq minutes est un doux euphémisme. J'ai à peine eu le temps de changer de tenue, car la précédente ne me plaisait pas vraiment. J'ai donc enfilé une jupe patineuse avec un petit crop-top blanc. Il me reste encore à brosser mes cheveux indisciplinés et à ajouter une touche de mascara, mais déjà j'entends Cameron qui m'appelle :

« On va partir sans toi ! »

Je ne prends pas le temps de répondre. Ils ne feraient pas ça, quand même ? Je m'active et je m'en sors avec cinq minutes de plus.

Avant de partir, j'attrape un sac à main et y fourre mon téléphone et mon porte-monnaie, le kit du shopping. Ensuite, je dégringole l'escalier comme si la mort était à mes trousses mais je ne vois personne dans le salon, j'entends juste les mêmes voix qu'à notre arrivée vers le coin piscine. Je n'y fais pas attention. J'enfile une paire de sandales avant de sortir.

Un air lourd m'accueille, la chaleur est vraiment étouffante ici en été ! Je mets ma main en visière et remarque la voiture de Louis garée maladroitement sur le trottoir. Par la vitre, Pauline me fait signe de me dépêcher. Je presse le pas et gagne la voiture. Je prends place à l'arrière, où Cameron me lance un regard las.

J'attache ma ceinture et nous démarrons, Pauline se retourne et m'explique :

« On va en ville, là où on était pour le shooting de Cameron la dernière fois. Apparemment, les boutiques sont top ! »

Elle tape dans ses mains, toute joyeuse, et je jurerais entendre Cameron souffler d'ennui.

Je lui souris pour la remercier, et tout le monde se cale dans son fauteuil pour somnoler le temps du trajet. Sauf Louis, qui nous sert de pilote. Il n'a pas dit un mot, d'ailleurs.

Je prends garde cette fois à ne pas m'endormir au risque d'avoir une jolie marque au réveil. Une fois, pas deux. Cameron s'est endormi, tout comme Pauline à l'avant. La nuit a été courte pour nous et pourtant j'ai l'intime conviction que dormir serait une torture. En effet, lorsque mes paupières sont closes, je revois sans cesse la scène atroce d'hier.

Mon cerveau la passe en boucle, cherchant à l'analyser et à trouver le moindre petit indice qui désignerait le coupable. Jusqu'ici… Rien. Mis à part que c'était un homme blond.

Perdu dans mes pensées, je croise le regard de Louis dans le rétroviseur intérieur. Il m'examine rapidement avant de détourner le regard.

Je sais qu'il s'en veut, est-ce pour ça qu'il agit bizarrement ?

La pensée que ce soit Louis qui m'ait agressée m'a déjà traversé l'esprit, mais je ne peux pas me résoudre à ce que ce soit lui. Il est si gentil…

Je me laisse aller contre l'appuie-tête derrière moi, résignée. Cameron bouge, et mon esprit arrête de me tourmenter pour se focaliser sur lui.

Une petite demi-heure plus tard, nous sommes pris dans les bouchons à l'entrée de la ville. Louis peste au volant, et tout le monde est bien réveillé. Après une bonne quinzaine de minutes de patience, nous voilà sortis d'affaire. Nous nous garons sur le même parking que la dernière fois, et la petite tribu descend.

Pauline est tout excitée à l'idée de ses nouveaux achats et je dois dire que je commence à l'être aussi. Les garçons, eux, ne montrent pas plus d'enthousiasme que si on leur avait offert un jeu de société à la place d'une console de jeux.

On trottine devant avec mon amie, même si nous ne savons pas vraiment où nous allons.

Mais, à la sortie du parking, un des garçons nous guide.

« À gauche. »

On suit les directives et, après avoir longé une ruelle, nous arrivons à un carrefour où toutes les rues qui s'y rejoignent sont bordées de boutiques.

C'est tellement cliché, mais l'excitation monte et on se précipite Pauline et moi sans vraiment regarder si les garçons nous suivent.

On s'engouffre dans la première et on s'active.

Je sens tout de même quelqu'un planer derrière moi et, en me retournant, je vois Cameron m'observer les mains dans les poches.

Je lui présente un petit haut rayé.

« Qu'est-ce que t'en penses ? »

Il hausse les épaules :

« Mouais… »

Décidément, je ne dois pas compter sur lui pour avoir un avis objectif. Je garde quand même l'article pour un prochain essayage en cabine.

Cameron s'ennuie et il le fait bien comprendre, il déambule partout en critiquant tout à voix haute.

Lorsqu'il sort une remarque déplacée, je fais volte-face et lui donne une tape sur l'épaule :

« Mais ça va pas, la tête ! Arrête d'être ronchon ! »

Il bougonne et tourne les talons. Je ne vois pas vraiment où il va même en me tordant le cou, alors je me concentre de nouveau sur mes articles. J'en ai suffisamment pour passer aux essayages.

Malgré le monde, les cabines sont relativement désertes, et le vendeur a l'air content lorsqu'il me tend un petit numéro correspondant au nombre d'articles que j'ai, soit quatre.

Je le remercie et tire le rideau. Sur les trois premières affaires, deux me vont : un short et le petit haut rayé qui n'a pas emballé Cameron.

« Jade, t'es là ? m'appelle Pauline.

— Oui oui ! »

J'entends le rideau à côté se fermer et elle me confirme :

« Je suis à côté. »

Je me consacre à mon dernier choix. C'est une sorte de combinaison-short ressemblant plus à une petite robe, bleu pastel. Le haut est à bretelles et tombe en cache-cœur sur le devant.

Je suis assez mitigée et, quand je l'enfile, je le suis tout autant.

« Pauline, tu peux sortir ? J'ai besoin de ton avis !

— Trente secondes. »

J'ouvre le rideau et attends patiemment ma meilleure amie.

« Vous êtes ravissante ! »

Je me retourne vivement vers la voix qui m'a complimentée. C'est le vendeur de tout à l'heure. C'est assez étrange de remarquer ça, mais il a les yeux qui brillent. Je tente un pâle sourire.

« Merci.

— Ah oui ! Canon ! » s'exclame cette fois Pauline.

Elle me fait tourner pour m'examiner sous toutes les coutures et approuve de la tête. Nous notons aussi que le vendeur s'est approché de nous.

« Elle vous va à merveille. Le bleu fait ressortir celui de vos yeux. »

Il ne doit pas être plus âgé que nous, peut-être le même âge que Cameron et Louis. Et je ne sais pas s'il fait son travail de vendeur ou s'il sort du cadre. Ce n'est pas pour autant que j'en perds ma politesse.

« C'est très gentil. »

Je replace une mèche de cheveux derrière mon oreille, et le garçon tend une main vers mon bras. Je fronce les sourcils mais, avant qu'elle ne me touche, elle est interceptée.

« T'es gentil mais ça ira. Va bander sur d'autres filles, celle-là, c'est la mienne. »

Je lève les yeux et croise le visage coléreux de Cameron, il toise le garçon, dont je peux sentir la peur. Il est vrai que Cam mesure bien une tête de plus et est deux fois plus imposant.

Je pose une main sur son bras pour lui signifier que tout va bien. Il reporte son attention sur moi tandis que le jeune homme prend la fuite avec un regard de mépris.

« On peut vraiment pas te laisser seule deux minutes, toi ! »

Il paraît fâché. Au moins le vendeur, lui, m'a complimentée. Je suis bête d'en attendre autant de Cameron. Je retourne en cabine, tire fort sur le rideau. Je me contemple un instant dans la glace. Je la prends !

Je sursaute en voyant une tête à travers le rideau.

« T'es super-belle, au fait. »

Mon petit ami m'offre un sourire carrément craquant et je ne peux m'empêcher de fondre. Je m'approche de lui et dépose un baiser sur ses lèvres boudeuses avant de lui intimer de partir.

Je me change donc après tout cela et nous passons en caisse avec Pauline avant de retrouver le soleil éclatant du dehors.

Les garçons ne sont plus trop emballés par le fait de nous suivre et ils boudent derrière. Louis me rattrape et m'arrête :

« Je peux te parler une seconde ? »

Il me tire à l'écart tandis que les deux autres passent devant nous.

Louis se fait hésitant :

« Écoute. Euh… Je voulais savoir si tu m'en voulais.

— Pourquoi ? » je demande, étonnée.

Il se frotte la nuque, nerveux.

« C'est quand même moi qui t'ai refilé le verre de trop et qui n'ai pas fait attention à toi. »

Il baisse les yeux sur ses pieds avant de shooter dans un caillou.

« Louis… Tu ne pouvais pas savoir ce qu'il y avait dedans ! Et puis je suis grande, j'aurais dû faire attention.

— Je suis vraiment désolé que tu aies vécu ça. »

Je l'arrête et plante mes yeux dans les siens.

« Tout va bien. On va retrouver ce salaud et justice sera faite. »

Je lui offre un sourire et il tente d'en faire autant, mais il n'a pas l'air convaincu.

« Je ne t'en veux pas. Vraiment », j'insiste.

Il souffle un petit « Cool » et Cameron vient nous rejoindre.

« Bon, j'en ai marre de faire le toutou dans vos boutiques de nanas. Louis, viens, j'ai un truc à faire. »

Alors qu'ils partent déjà, je questionne :

« Vous allez où ?

— Le plus loin possible de vous », se moque Cameron.

Je fronce les sourcils et ils s'éloignent tous les deux.

Je rejoins mon amie et notre après-midi shopping continue.

Alors que le début de soirée approche, nous terminons nos « folies ». Je n'ai pas acheté grand-chose, contrairement à Pauline, qui tenait à faire le plein pour la rentrée.

Nous ne savons toujours pas où sont les garçons, alors j'envoie un message à Cameron. Il ne me répond pas, bien entendu, mais on les retrouve quelques instants après. Ils tiennent dans leurs mains deux grandes boissons dans des gobelets transparents. Cameron m'en tend un :

« Smoothie à la fraise. »

Il tire sur sa paille tandis qu'il me tend la mienne. Je m'apprête à la saisir, mais je remarque que de la cellophane recouvre son poignet. Je lui lance un regard interrogateur, mais il m'ignore sans pour autant retirer sa main. Je l'examine alors. Sous la couche transparente se cache un petit dessin que je ne distingue pas très bien, alors je prends sa main pour retourner son poignet.

Sur sa chair tendre est dessiné un petit triangle vide aux traits fins avec le mot *cruciati* écrit en dessous en petites lettres.

« Pourquoi tu as fait ça ? je le questionne, vraiment intriguée.

— Et pourquoi pas ? » me répond-il.

Il est clair qu'il ne souhaite pas en dire plus et ça m'agace.

Que signifie ce tatouage ? Il ne l'a sûrement pas fait par hasard. Et ce petit mot, que veut-il dire ?

Je me torture l'esprit tandis que Louis propose que nous rentrions. On approuve tous et on se met en route.

Sur le trajet, je sens une main se glisser dans la mienne, d'abord hésitante. Je resserre un peu mes doigts sur les siens, le sourire aux lèvres. Cameron se fait plus sûr et sa main m'accroche vraiment. On se jette un petit regard et on sourit comme deux adolescents lors de leur premier flirt. C'est plaisant. Je savoure ce moment où Cameron n'est pas trop sauvage et j'attrape volontiers tous ses témoignages d'amour.

Louis se retourne et son regard se pose sur nos mains. Une ombre semble passer sur son regard et il plisse les yeux, mais très vite il affiche un sourire. Il est vraiment bizarre en ce moment.

À l'entrée du parking, on croise une bande d'adolescentes. Elles nous dévisagent avant de s'exclamer.

Il est vrai que la cote de popularité de Cameron a beaucoup augmenté, et ses shootings vont se multiplier à la rentrée. Il est pas mal apprécié des filles dans la tranche d'âge 14-17 ans aussi.

« Excusez-nous, s'avance une jeune fille d'à peine seize ans, les cheveux teints en rose, on pourrait avoir une photo ? »

Cameron n'a pas l'air emballé, mais je l'encourage d'un sourire. Il prend donc la pose avec tout le petit groupe. Elles sont aux anges et je les comprends tellement.

Mais elles ne semblent pas vouloir s'arrêter aux photos et une flopée de questions nous assaillent. Je dois dire que cela me rappelle hier soir, quand des jeunes filles sont venues m'interroger.

« Ça fait combien de temps que vous êtes ensemble ? »

Cameron n'est pas très à l'aise, alors je réponds à sa place.

« C'est tout récent », je déclare.

Pour ne pas dire que ça date de ce matin.

« Mais tu sortais pas avec une blonde avant ? »

Mauvaise question. Cameron fronce les sourcils et sa voix n'exprime aucune émotion quand il annonce :

« Je n'ai plus rien à voir avec cette garce. »

Je lui caresse la main, lui dis de ne pas trop s'emporter. Une grande blonde déclare :

« Moi je te préfère, Jade, en tout cas ! Tu es bien plus belle.

— Merci », je lui souris.

Que de compliments aujourd'hui.

« Ça te dérange si on envoie ces photos à *What's up Cameron* ?

— À quoi ? demande-t-il.

— C'est un profil Instagram où y a plein d'actualités sur toi. »

Il hoche la tête, pensif.

« Je ne savais pas que ça existait. »

Tiens, tiens, après les comptes fans voilà un compte people.

Mais où tout ça va-t-il l'emmener ? Je dois avouer que je m'inquiète assez, il est connu que les personnages publics n'ont pas la vie facile et que leurs moindres pas sont épiés.

« Faut vraiment qu'on y aille, s'impatiente Louis. Mes parents vont criser sinon. »

J'imagine mal ses parents le disputer parce qu'il est rentré après l'heure vu comme ils sont très souples avec leurs enfants, mais on ne sait jamais, alors on dit au revoir aux filles et on monte en voiture.

# Chapitre 64

« Pourquoi tu as fait ce tatouage ? »

Allongée sur Cameron, la tête sur son torse, je caresse le petit triangle sous le film transparent. Cameron dépose un baiser sur mon front.

« Parce que j'en avais envie. »

L'art de contourner une question par Cameron Kent.

Je lève les yeux vers lui.

« Quelle signification il a pour toi ? »

Il hausse les épaules. Je sens bien qu'il n'a pas envie d'en dire plus, mais il le faut. Je me rends compte qu'il en sait beaucoup plus sur moi que je n'en sais sur lui.

« S'il te plaît… » j'insiste.

Il soupire.

« Peut-être qu'un jour je te le dirai. »

Je fronce les sourcils et je m'apprête à protester, mais il me devance. Il se redresse sur un coude de sorte à être en hauteur par rapport à moi. Il ne dit rien et on reste un moment comme ça : lui à caresser ma joue et moi à le contempler, les effluves de son parfum dans l'air de sa chambre me chatouillant les narines.

Lorsque nous sommes rentrés, nous n'étions pas décidés à trouver une activité, alors nous nous sommes simplement posés tous les deux, Pauline étant restée dormir chez Louis.

« Tu sais ce que c'est, ton défaut ? »

Je ricane.

« C'est bête, je commençais à penser que tu étais romantique.

— Je n'ai jamais prétendu l'être. »

Je roule les yeux.

« C'est bien vrai… Mais tu pourrais me laisser espérer ! »

Il se moque de moi et poursuit :

« Tu es trop curieuse, c'est ça ton défaut. »

Je croise les bras sur ma poitrine :

« Je trouve au contraire que c'est une qualité ! »

Il secoue la tête, plus grave.

« Non, tu fouines partout.

— Et alors ? »

Un de ses bras passe autour de ma taille et désormais c'est son corps qui pèse sur le mien, sa tête dans mon cou. Je l'entends chuchoter, son souffle caressant ma clavicule :

« Certaines choses méritent d'être enterrées à tout jamais. »

Je ne comprends pas très bien, mais je sais que c'est intimement lié à ce tatouage.

Qui es-tu donc, Cameron ?

L'atmosphère devient très tendue. La légèreté qui nous enveloppait quelques instants plus tôt s'est envolée.

« Je commençais aussi à penser que tu étais drôle, c'est bête. »

Je dis cela de manière à détendre l'ambiance et j'espère que Cameron préférera saisir ma perche plutôt que de se renfermer sur lui-même.

Il grogne.

« Moi ? Pas drôle ? »

Je sens qu'il bouge pour me surplomber totalement cette fois. Je n'ai pas le temps de respirer plus de deux fois que déjà des doigts agiles me titillent les côtes. Une irrépressible envie de rire me prend et je me tords dans tous les sens, le suppliant de me laisser tranquille.

« Tu vois comme tu ris ! Ose redire que je suis pas drôle, pour voir ! »

Des larmes perlent à mes yeux.

« S'il te plaît, arrête, je le supplie avec difficulté.

— Dis que je suis drôle. »

Il arrête un instant de me chatouiller et je m'exclame :

« Non ! »

Il me défie du regard et reprend de plus belle.

« OK ! Tu es drôle ! »

Il ricane :

« Je préfère ça. »

Il a un horrible sourire sur le visage et je lui frappe le torse :

« Méchant ! »

Il me considère un instant avec un petit sourire.

« Tu veux un lot de consolation ? »

Je n'ai pas le temps d'en dire plus que sa bouche joueuse s'empare de la mienne. J'agrippe son dos pour l'attirer plus près de moi.

Ses lèvres sont douces et fermes à la fois. Impitoyablement, elles s'approprient les miennes et les malmènent. Mes mains passent sous son tee-shirt et entrent en contact avec la peau lisse et chaude de son dos. Ses muscles sont durs sous ma main tandis qu'il descend de mes lèvres à mon cou. Sa bouche se fait plus douce et il parsème la fine peau de baisers. Je ferme les yeux de plaisir.

Soudain, alors que rien ne semble pouvoir nous arrêter, une voix hurle :

« À table, les enfants ! »

Cameron grogne comme un animal contrarié. Ça devient vraiment une habitude de se faire couper en plein moment de tendresse.

Je lui jette un regard, navrée, et il se redresse en passant une main sur son visage. Je me lève aussi et lui plante un bisou sur la joue.

« Descends d'abord, j'arrive. »

Sa voix est rauque et je l'interroge du regard.

« Laisse-moi le temps de me calmer. »

Je ne comprends pas très bien, puis mon regard descend vers son short et je détourne immédiatement le regard à la vue de son renflement. Je deviens cramoisie tandis qu'il me fixe étrangement, comme s'il ne comprenait pas ce qui me met mal à l'aise.

« Je… À toute. »

Je déguerpis rapidement et retrouve nos deux pères, qui mettent la table. J'arrange mes cheveux avant de proposer mon aide.

Quelques instants après, Cameron descend, penaud, et on s'installe à table. Je dois dire que je n'aime pas particulièrement ces moments, l'ambiance est assez froide et formelle. Le plus souvent, ce sont les adultes qui parlent. Cette fois, c'est Pierrick qui prend la parole :

« Alors, j'ai entendu dire que c'était officiel entre vous. C'est bien ça ? »

Je manque de m'étouffer, mon père fixe son plat des yeux et Cameron roule les siens.

« En effet, mais je te vois venir, p'pa, ça ne concerne qu'elle et moi. »

Pierrick se racle la gorge :

« Vous êtes grands, de toute manière. »

Il est certain qu'il aurait aimé en savoir un peu plus, mais ce soir il sera comme moi : confronté aux réponses vides de Cameron. Et, comme il ne peut pas embêter son fils sur ce terrain, il en trouve un autre :

« Qu'est-ce que tu as là ? »

Il désigne de son couteau le poignet droit de Cam.

« Un tatouage, répond celui-ci.

— Et on peut savoir ce qu'il t'a pris ?

— Tu l'as dit : je suis grand. »

Pierrick semble partagé entre la volonté de sermonner son fils et celle de le laisser grandir. Après tout, il a dix-huit ans. Une chose est sûre, son combat intérieur est intense, il se reflète sur les rides de son visage.

L'ambiance ne s'améliore pas et le repas se déroule rapidement. J'aide à débarrasser et le père de Cameron l'informe qu'il souhaite lui parler, alors je remonte seule.

Ma meilleure amie n'étant pas là, mon seul compagnon est mon téléphone, alors je décide de mettre mon défaut à profit.

Rapidement, je tape dans le moteur de traduction le mot *cruciati*. C'est du latin et cela veut dire *torturé.*

Pourquoi ce mot ? Torturé ? Une autre pièce s'ajoute au puzzle qu'est Cameron, mais elle ne parvient à s'emboîter nulle part. J'ai beaucoup trop peu d'informations sur lui. Une idée stupide me passe par la tête et je me surprends à taper sur Internet : Cameron Kent. Les résultats sont peu concluants, je ne tombe que sur des informations d'un auteur du même nom.

J'abandonne, Internet me fait défaut cette fois. Je décide de consulter mes notifications et, lorsque j'arrive sur Instagram, je me souviens qu'une jeune fille cet après-midi a mentionné l'existence d'un compte en l'honneur de Cameron. *What's up Cameron*, il me semble. Ni une ni deux, mes doigts pianotent sur le téléphone et le trouvent rapidement. De nombreuses publications y sont postées. Il y a même une photo de nous qui officialise notre couple. C'est du délire.

Je clique sur la plus récente et j'observe la légende :

« *Cameron a décrété "ne plus rien avoir à faire avec cette garce" en parlant de Lucie. Aïe, en espérant que Lucie va s'en remettre.* »

Ce compte est vraiment très bien documenté. Je fais glisser les commentaires et je tombe sur un qui me glacerait presque le sang.

« *Ne t'en fais pas, va, ma vengeance ne traînera pas.* »

Signé Lucie.

Je me fige littéralement. Au départ, je ne la prenais pas vraiment au sérieux, mais ça fait beaucoup de menaces quand même et sa voix aiguë ne cesse de tourner dans mon esprit.

« *Tu me le payeras, Cameron, vous me le payerez tous ! Je vais te faire vivre un enfer !* »

Je ferme les yeux comme pour empêcher tout cela de me torturer, mais peine perdue, je dois avouer que j'ai peur d'elle.

C'est un cauchemar, ma théorie sur le fait qu'elle soit l'organisatrice de mon agression se confirme un peu plus et ça me rend malade qu'elle soit capable de faire ça. Que nous réserve la suite ?

Je laisse tomber mon téléphone lorsque des petits coups résonnent à ma porte. Cameron apparaît et je le dévisage comme s'il s'agissait d'un fantôme.

« Tout va bien ? »

Je hoche la tête, car aucun son ne semble vouloir sortir de ma bouche. J'aimerais lui faire part de mes craintes, mais je n'y parviens pas.

« Cool, alors. Je vais aller me coucher… Tu…

— Reste », je le coupe.

Il paraît surpris, nous n'avons dormi que peu de fois ensemble mais là j'ai vraiment besoin de lui. Il hésite mais se hisse sur mon lit.

« Tu es sûre que ton père ne dira rien ?

— Fais-moi juste un câlin, s'il te plaît. »

Il m'interroge du regard, assez perdu, mais il me prend dans ses bras en s'allongeant.

« Tu es sûre que ça va ? »

Je le serre fort et hoche la tête contre lui, et il n'insiste pas.

Il est tôt mais nous nous endormons rapidement.

# Chapitre 65

« On se réveille, petite marmotte. »

J'entends dans mon état comateux le bruit des volets qui s'ouvrent, et bientôt toute la pièce est baignée d'une douce lumière. Je tente, moi, de poser un visage sur cette voix.

Je sens ensuite un corps se glisser à mes côtés dans le lit et mon premier réflexe est de l'enserrer de mes deux bras engourdis. Cameron s'est endormi à mes côtés, cela ne peut être que lui. Mais, lorsque je serre, mes bras tombent sur un tour de taille beaucoup plus frêle, alors je lève la tête. Mes yeux ont du mal à faire la mise au point et à envoyer l'information à mon cerveau.

« Pauline ?

— Ravie de voir que cette poigne de fer ne m'était pas destinée », se moque-t-elle.

Je grogne et me pelotonne contre elle un peu plus.

« Il est où, Cameron ?

— Parti faire du sport avec Louis. Il est passé pour venir le prendre et il m'a déposée ici ensuite. »

Je hoche la tête, même si la seule chose que je comprends, c'est que mon amoureux ne m'a pas laissé le plaisir de me réveiller à ses côtés.

« Et Louis ? Ça va ? je marmonne.

— Beaucoup mieux ! »

Je me décolle et me frotte les yeux pour chasser le sommeil avant de m'étirer.

« Il fallait que je te parle justement à propos de lui », j'indique à mon amie.

Elle fronce les sourcils et m'interroge du regard, impatiente.

« Je le trouve un peu… bizarre.

— C'est-à-dire ?

— Je ne sais pas… Il s'en veut quand même beaucoup, je trouve. C'est suspect. »

Elle me considère un moment avant de devenir hilare :

« Attends, tu crois que ce serait Louis qui t'aurait droguée et touchée ? Sérieusement ?

— Je ne sais pas. »

Je passe une main dans mes cheveux tandis qu'elle reprend son sérieux :

« C'est ton ami, Jade !

— Je sais, je sais. C'est toi qui es venue à ma rescousse, tu n'as pas vu…

— Non, tu sais bien que je te l'aurais dit sinon. Il est parti avant que j'arrive. Sans doute qu'il m'a vue rappliquer. »

Je réfléchis un instant.

« Possible… Tout cela est super-étrange. »

Je pousse un profond soupir en serrant un coussin contre moi.

« Je ne vois pas pourquoi il aurait fait cela.

— Moi non plus, mais ce n'est pas mon seul suspect, je lui précise. Sa sœur aussi est louche. Elle arrête pas de répéter qu'elle veut se venger et…

— OK OK, stop, Jade. Là, t'as les neuronnes qui fusent et il n'est que 9 heures du matin. »

Elle rigole légèrement et je fais de même, mais c'est plutôt un petit rire nerveux.

« Je sais. Il y a trop de mystères en ce moment. »

Pauline a beau me dire de me calmer, je sais très bien que tous ces petits mystères l'intriguent tout autant que moi. Nous avons ça dans le sang.

Je me souviens que, petites, nous avions monté un club de détectives à l'école primaire et nous avions découvert entre autres que c'était Johan Perez qui volait le goûter du petit Kevin tous les matins.

Sacrée époque.

Maintenant, nos mystères sont tout autres. Ils sont plus graves, si je puis dire.

Je me tords donc les doigts sous le regard suspicieux de mon amie. Elle attend plus de précisions et je les lui donne volontiers. Peut-être qu'à deux on peut y voir plus clair.

Je lui parle alors du fameux tatouage intrigant de Cameron. Du petit mot *torturé* qui est désormais inscrit à jamais sur sa peau. Je lui parle de tous les secrets qui l'entourent et de sa volonté de rester un personnage mystérieux.

Elle ne fait aucun commentaire, elle a juste les yeux plissés et semble réfléchir.

J'enchaîne alors en lui montrant le compte Instagram créé pour Cameron et le petit commentaire de Lucie.

« Ma vie était tellement plus simple avant…

— On signe où pour la sortir en série ? »

Elle se moque doucement.

« Je pense que Lucie est du genre à beaucoup parler et à ne pas beaucoup agir, tu sais, comme les petits chiens : ça aboie mais ça mord pas. »

Je ricane face à cette image que Pauline me donne.

« Je pense qu'on dramatise beaucoup, continue-t-elle. Cameron cherche juste à jouer le bad boy et Lucie à être intéressante, rien de plus. »

Elle replace une mèche de cheveux derrière son oreille, pensive.

J'aimerais lui dire qu'elle se trompe sur Cameron. Le souvenir de l'avoir vu s'effondrer dans mes bras est toujours vif, il ne joue pas un rôle, j'en suis persuadée. Comment expliquer alors le fait qu'un gros mystère plane autour de sa mère ? Pierrick ne l'a jamais mentionnée non plus.

J'aimerais lui dire que rien ne colle avec lui, que chaque fois que j'essaie de le déchiffrer il met un gros coup de pied dans les pièces du puzzle.

J'aimerais lui dire, mais…

« Non, le vrai souci pour l'instant, c'est de trouver qui t'a agressée. Je pense que tu devrais en parler à ton père. »

Je me redresse d'un bond :

« Quoi !? Jamais de la vie ! »

Elle connaît mon père et nous savons toutes les deux qu'il lancerait une chasse à l'homme pour trouver cette ordure.

« C'est vrai, mais… On aurait un point de vue adulte.

— Laisse tomber, Pauline. C'est hors de question. »

Elle paraît déçue, mais je ne reviendrai pas sur ma décision. Mon père ne pourra rien faire de plus. Porter plainte sans preuves ou pistes ne mènera à rien, et je n'ai pas besoin en ce moment d'un père parano.

« On peut parler d'autre chose ? » je la supplie.

9 heures et on se prend déjà la tête…

« Sans problème, réfléchit-elle. T'as dormi avec Cameron cette nuit, alors ?

— Oui. »

Mes joues deviennent légèrement rouges.

« Et vous avez… ? »

Elle laisse sa phrase en suspens, mais le sous-entendu est clair.

« Non ! » je m'exclame.

Quand j'étais avec Evan, mon amie savait que parler de sexe avec moi ne servirait à rien. On dirait qu'elle a changé d'avis, sans doute grâce à la réputation de Cameron.

« Ça va, ça va ! Je me renseigne juste. »

Elle me lance un petit sourire et je lui demande, assez gênée :

« Et vous ? Avec Louis, vous avez… ?

— Carrément ! » rigole-t-elle.

Suis-je bête ! Je me rappelle que, la première nuit qu'elle a passée ici, c'était dans ma chambre et… avec Louis.

Mes joues prennent une teinte de plus en plus rouge. Je me demande si je devrais lui parler de la dernière fois dans le petit cabanon, j'hésite mais je me rappelle que, s'il y a une personne qui ne me jugera jamais, c'est bien elle.

« En fait… »

Elle tend le cou, intriguée subitement.

« La dernière fois… Je voulais mais il m'a arrêtée en quelque sorte.

— Sérieusement ? »

Elle paraît choquée.

« On n'était pas officiellement en couple et il voulait pas que je le regrette.

— Mignon mais lourd », ajoute ma meilleure amie.

Elle réfléchit un instant en fixant le plafond.

« Vous êtes en couple maintenant, si tu en as envie, je vois pas pourquoi tu devrais te priver.

— J'attends que ça vienne de lui. »

Elle me dévisage, lasse.

« Chérie, si la femme s'est battue pour son indépendance, c'est aussi pour revendiquer ses désirs. C'est pas seulement aux hommes de prendre les choses en main ! »

Je mordille une petite peau autour de mon pouce. Elle n'a pas tort.

« C'est vrai… »

À ce moment-là, mon téléphone vibre et je me précipite pour voir qui m'envoie ce message.

Je suis heureuse de voir que c'est Cameron et je suis encore plus heureuse lorsque je le lis :

```
> Je rentre me doucher et après on reste
tous les deux, j'ai envie de passer du temps
avec toi :)
```

# Chapitre 66

« Pouah, tu empestes la testostérone, fils. »

Je descends avec Pauline au moment même où la voix de Pierrick s'offusque.

Encore dans l'escalier, j'entends rire Cameron.

Quand nous arrivons dans le salon, nous le découvrons en train de courir après son père hilare pour le prendre dans ses bras.

Il ne porte qu'un simple tee-shirt de sport noir qui lui colle au corps, sa peau nue est recouverte d'une fine épaisseur de sueur et ses cheveux sont en pétard. M. Kent, lui, est impeccablement propre sur lui. Avec sa petite chemise blanche et ses mocassins cirés, il ne semble pas du tout apprécier l'idée que son fils puisse le salir.

« Cameron, grogne-t-il. Reste tranquille. »

Je remarque mon père qui sort de la cuisine, une pomme à la main ; lui aussi, la situation semble l'amuser. Cameron obéit à son père lorsque nous faisons remarquer notre présence avec Pauline. Il se tourne vers nous et sourit. Avec la grâce d'un félin, et plus précisément d'une panthère, il s'approche de moi.

« Hey », je laisse échapper.

Il se tient à distance respectable et c'est vrai, je remarque tout comme son père qu'il sent l'homme. Il dépose un bisou sur mon front en signe de bonjour et je l'en remercie. Provoquer une crise cardiaque chez mon père n'est pas encore au programme.

« Il est rentré chez lui, Louis ?

— Oui, approuve Cameron, il a dit qu'il avait un truc à faire. »

Pauline semble déçue et tire la tronche.

« Je vais me doucher, annonce Cameron. Je reviens. (Il se penche à mon oreille et ajoute :) Rendez-vous dans une demi-heure. »

Il quitte la pièce non sans m'avoir rapidement embrassée.

Je considère ensuite mon amie, qui affiche un visage de dégoût en faisant faussement la grimace. Je secoue la tête avant de remarquer que mon père paraît, lui, un peu gêné. Je ne m'y attarde pas et j'entraîne mon amie à l'étage.

Ayant eu la bonne idée de me doucher avant Cameron, je n'ai donc plus qu'à enfiler une tenue correcte plutôt que ce pyjama, coiffer mes cheveux rebelles et me maquiller rapidement.

« Je vais m'ennuyer toute la journée, s'apitoie Pauline en s'affalant sur mon lit.

— Mais non ! » je rigole.

Elle me tire la langue.

« Bien sûr que si… »

Elle roule sur le lit en se plaignant.

« Oh, Louis, pourquoi es-tu Louis ?

— Laisse Shakespeare tranquille », je me moque en lui lançant un coussin à la figure.

Elle le serre théâtralement contre elle en soupirant avant d'éclater de rire.

« Pourquoi il m'emmène pas faire une virée romantique, le mien ? Pourquoi c'est le mec le plus détestable de la planète qui prend cette initiative ?

— Sois pas jalouse », je la nargue.

Je me souviens alors qu'avec Louis nous avions déjà eu droit à un moment à deux comme ça, seuls sur la colline. Je ne dis rien et me plante plutôt devant mon armoire.

« Qu'est-ce que je pourrais mettre ? »

Je parle plus pour moi-même, mais ma meilleure amie s'impose et prend les devants. Elle farfouille avant de dénicher un petit tissu bleu que je reconnais vite.

C'est la petite combi-short que j'ai achetée hier. Il y a même encore l'étiquette.

« Tu es sûre ? je questionne.

— Absolument ! »

Je ne résiste pas et l'enfile donc, bien en face du miroir.

C'est vrai qu'elle me va bien, sans vouloir me vanter.

Je récupère une brosse et je m'active.

Après quelques coups dans les cheveux et un peu de mascara, me voilà fin prête et parfaitement dans les temps puisqu'on vient frapper à ma porte quelques secondes plus tard :

« Entre ! »

Cameron fait son apparition et je ne peux m'empêcher de le détailler des pieds à la tête. Il porte cette fois un tee-shirt blanc accompagné d'un jean noir troué aux genoux et de Converse basses. Un vrai dieu. Le simple lui va tellement bien.

Lui aussi semble m'observer et il a un petit sourire en coin. Il me rejoint en quelques enjambées lorsqu'il voit que mon regard se fait insistant et m'embrasse doucement.

« Ça va ? » me demande-t-il.

Je hoche la tête et un bruit de dégoût nous parvient derrière :

« Beurk… S'il vous plaît ! Je suis encore là ! »

Pauline ne semble pas du tout ravie de ce petit moment.

« Bah, casse-toi, lui répond simplement Cameron en me prenant dans ses bras.

— Non, tant que je suis ici, c'est aussi ma chambre », répond-elle pour l'embêter.

Il hausse les épaules :

« Bon, eh bien tais-toi, alors. »

Elle lui jette un regard menaçant qu'il ignore. Au contraire, une idée germe dans sa tête et je sens une main glisser sur ma taille et une autre sur ma joue.

Il me regarde un moment dans les yeux avant de poser ses lèvres sur les miennes d'abord en les effleurant seulement, puis en insistant.

Nos bouches se lient et nos langues se caressent jusqu'à ce que Pauline dépose les armes.

« Vous êtes pénibles ! » souffle-t-elle en se levant.

Cameron se détache un peu et l'arrête.

« Reste. On va y aller. »

Elle retourne s'allonger sur le lit et je récupère mon sac avant que Cameron me prenne la main pour me tirer vers la sortie.

« À plus, Pauline », je lance amicalement.

Quand on ouvre la porte, elle ne peut s'empêcher de crier :

« C'est ça, partez ! Et ne vous retournez pas. Bande de traîtres ! »

Nous l'ignorons mais j'avoue qu'un petit rire m'échappe.

Nous descendons main dans la main sous le regard de nos deux pères. L'un semble être plus à l'aise face à notre couple que l'autre. Cameron s'adresse à lui :

« Papa, ne nous attendez pas pour midi, on reviendra en fin d'après-midi, normalement.

— C'est même impératif », s'interpose mon père.

Je lui lance un sourire pour le rassurer, mais je sais pertinemment qu'il y a de cela plusieurs semaines, lorsque mon paternel a demandé à Cameron d'être mon garde du corps, il n'aurait jamais soupçonné une telle chose entre nous.

Il s'adresse à Cameron :

« Sois sage avec ma fille. »

Cameron approuve de la tête et tire sur ma main.

« À plus tard ! » lance-t-il.

On gagne rapidement la voiture et, tandis que mon copain boucle sa ceinture, il pose la question fatidique :

« Qu'est-ce que tu veux faire ? »

Je réfléchis un instant, plusieurs choses s'offrent à nous mais une seule me tente réellement :

« La cabane », je réponds après un temps.

Il semble intrigué par mon choix et j'ajoute : « On pourra vraiment être que tous les deux. »

Il sourit faiblement tandis que je joue avec mes doigts.

« Va pour la cabane. »

# Chapitre 67

« On va passer prendre quelque chose à manger avant. »

Cameron s'arrête à un feu et tourne la tête vers moi.

« McDo ? Chinois ? Indien ? Italien ? T'as le choix. »

Je réfléchis un instant. La dernière fois que nous sommes allés à la cabane, nous avions copieusement mangé McDo.

« Va pour chinois. »

Il approuve, une main sur le volant, et démarre dès que le feu passe au vert. Je remarque alors que sa conduite ne s'est pas améliorée. Je m'enfonce un peu plus dans mon siège en espérant secrètement que ce soit juste sa conduite qui me rend malade et non le fait que j'appréhende notre petit moment à deux.

J'ai un mauvais pressentiment.

Pourtant, je ne laisse rien paraître, je reste de marbre, avec un beau sourire collé sur le visage. Il me le rend lorsqu'il tourne la tête vers moi, et mon poids dans la poitrine ne fait que s'alourdir un peu plus.

Je chasse ces pensées lorsque nous arrivons à un petit restaurant chinois qui possède un drive. Je ne m'y connais pas trop au niveau de leur cuisine, alors je laisse Cameron choisir encore une fois.

Une fois les repas réceptionnés, nous repartons, l'habitacle parfumé à souhait.

Ainsi, nous empruntons de nouveau la longue route qui mène vers le petit cocon de Cameron, jusqu'à arriver à l'orée d'une forêt qui m'est désormais familière. Je n'ai plus peur que Cameron ne soit un psychopathe et qu'il m'amène ici pour me démembrer comme la première fois.

Il gare la voiture et en gentleman m'aide à descendre, je lui offre un petit sourire timide et il récupère notre repas à l'arrière. Il glisse sa main libre dans la mienne et nous marchons sur le petit chemin partiellement recouvert de feuilles mortes. La nature est plutôt calme aujourd'hui, les oiseaux chantent gaiement et les arbres frémissent dans un murmure, sous une légère brise. Cela m'apaise, comme les craquements que nos pas causent sur les brindilles au sol.

On coupe et, en accélérant le pas, nous voyons bientôt le petit cabanon se détacher dans le paysage.

Cameron lâche ma main et fouille dans sa poche pour en sortir la clé. Il déverrouille son petit coin de paradis et pousse la porte.

Rien n'a changé, si ce n'est que le lit est fait. Une agréable atmosphère de calme et de sérénité s'en échappe.

Je rentre la première, suivie de près par mon copain.

« Il n'est que 10 heures, on a le temps avant de manger », déclare celui-ci.

J'approuve de la tête avant de le voir se jeter lourdement sur le lit, faisant craquer le sol. Il cale un oreiller sous sa nuque et tend les bras vers moi avec une petite voix :

« Câlin. »

Je rigole face à cette attitude enfantine mais tellement adorable. Je ne me fais pas prier et je retire mes chaussures avant de le rejoindre.

Il m'accueille dans ses bras et je pose la tête sur son torse, contre son cœur.

Je me sens rougir et je suis extrêmement flattée lorsque j'entends que celui-ci bat très vite, mais je ne dis rien, de crainte que le Cameron prétentieux ne gâche ce moment avec une réplique gonflée d'ego.

Je le sens caresser mes cheveux, lentement, et moi je passe un bras autour de sa taille. Ma respiration se fait plus lente, je guette chacun de ses mouvements. Il dépose un baiser sur ma tête.

Je prends appui sur mon bras et me soulève, me détachant de son corps.

Je le surplombe désormais et mon cœur bat vite, trop vite. Il tambourine comme s'il allait transpercer ma poitrine. Mon ouïe diminue aussi. J'entends seulement les échos de mon cœur qui bat. Lui semble paisible, pas du tout tiraillé par ce qui m'habite moi.

Il a toujours une main dans mes cheveux, qu'il ramène vers mon visage pour la poser sur ma joue. Je prends ça pour un feu vert, alors j'approche mes lèvres des siennes et les pose délicatement. Dans un doux baiser.

Je ferme les yeux quand je le sens m'attirer à lui un peu plus, qu'il presse ses lèvres plus fort et que sa langue cherche à se frayer un chemin. Je l'accueille volontiers.

Il pousse un soupir de plaisir et je prends ça pour un autre feu vert.

Les paroles de Pauline tournent toujours dans mon esprit :

*« C'est pas seulement aux hommes de prendre les choses en main. »*

Alors, un peu gauchement, je passe une jambe par-dessus son corps pour être à califourchon sur lui.

Il paraît un peu surpris, car l'intensité de son baiser diminue, mais il ne dit rien et se reprend. J'ai toujours un poids dans l'estomac qui grandit en même temps que le désir.

Notre étreinte est de plus en plus passionnée, et le ballet de nos bouches toujours plus intense et féroce.

Je passe donc à la deuxième étape : je glisse ma main libre sous son tee-shirt, ma paume entre en contact avec sa peau tiède et je soupire contre ses lèvres. Je remonte son tee-shirt et interrompt notre baiser pour le faire passer au-dessus de sa tête. Il a l'air intrigué mais se laisse faire, je reviens à lui en me collant contre son torse nu. Sa main continue de se balader dans mes cheveux et son autre main vient se poser sur ma taille, qu'il agrippe tandis que mon bassin commence à onduler sur son bas-ventre.

Il retourne la situation pour me surplomber à son tour. Il me regarde un moment, ses lèvres sont rougies et ne demandent qu'à être embrassées encore et encore. Je viens les chercher et nos bouches se scellent à nouveau.

Je veux aller plus loin, alors je fais glisser une des bretelles de ma combi-short sur mon épaule.

Là, Cameron s'arrête et coupe notre contact, il a les sourcils froncés et le souffle court.

« Jade… » parvient-il à articuler.

Je le supplie des yeux, je ne veux pas qu'il s'arrête là.

« S'il te plaît. »

Il me caresse la joue.

« Comme je te l'ai dit la dernière fois : je ne veux pas que tu regrettes, je veux que tu y réfléchisses vraiment…

— Mais j'en ai envie, je le coupe. Pas toi ? »

Il sourit.

« Si, bien sûr que si, mais…

— S'il te plaît », je l'interromps à nouveau.

Il sourit avant de déposer un baiser sur mon nez.

« Comme tu voudras. »

C'est alors lui qui, d'une main, descend l'autre bretelle et fait glisser le tissu sur ma peau. Je suis face à lui, en soutien-gorge, et, lorsqu'il s'arrête pour me regarder, je me sens atrocement gênée et ridicule. Je ne porte pas de lingerie sophistiquée comme Lucie aurait pu le faire et je n'ai pas une aussi grosse poitrine…

Mais le regard qu'il pose sur moi, doux, tendre et empli de désir, balaye tous mes doutes : c'est de moi qu'il est amoureux.

Il m'embrasse doucement, avant de répéter la même chose sur ma joue pour finir dans mon cou. Il est d'abord doux, puis torride. Il embrase ma peau alors que sa main descend vers ma taille. Nous y revoilà comme la dernière fois. Je ferme les yeux tandis que ses doigts courent sur ma peau, l'électrisant, ils effleurent le tissu qui cache mes seins et le caressent doucement. Je respire plus fort et mes yeux se ferment.

Je sens un autre sentiment se mélanger au désir. Bien plus fort et qui me coupe la respiration. Sous mes paupières closes se rejoue le théâtre de mon agression.

Cameron m'embrasse dans le cou comme l'imposteur le faisait, il me touche également comme celui-ci.

Je suffoque et je suis obligée d'ouvrir la bouche pour respirer correctement.

La panique me gagne et se répand dans mon corps comme du poison :

« Cam… » je murmure, les yeux embués.

Ma voix est trop faible et celui-ci ne m'entend pas. J'ouvre grand les yeux pour que la scène cesse et que l'ordure disparaisse, mais peine perdue, l'image est figée dans mon cerveau.

« Cameron ! » je répète plus fort.

L'air me manque et ma poitrine se soulève vite, des larmes roulent sur mes joues.

Cette fois, j'ai parlé plus fort et il me porte un regard intrigué, qui se transforme en panique quand il me voit en pleurs et tremblante.

« Jade ! Qu'est-ce qu'il y a ? »

Il essaie de déchiffrer la moindre information dans mes yeux, mais il n'y trouve que des larmes. Je me redresse alors rapidement et tente de trouver de l'air. Je respire vite et fort. J'ai l'impression de mourir.

Cameron me frotte le dos.

« Respire ! Calme ta respiration. »

Il frictionne mon dos plus fort.

« Je suis là, tout va bien ! »

Je m'agrippe à un de ses bras et j'essaie de me caler sur sa voix. L'air arrive plus facilement à ma trachée et bientôt je ne suis plus qu'une petite marionnette désarticulée, tremblante et larmoyante.

J'éclate en sanglots et deux gros bras m'attirent. Je m'y réfugie volontiers.

Il me berce doucement, attendant que je me calme en murmurant des petits « Chut » apaisants.

Je m'accroche à lui comme si ma vie en dépendait.

Lorsque mes larmes ne sont plus que de petites perles et que mon corps a cessé ses spasmes, je me laisse aller contre lui.

Il sent que je suis calmée et il me questionne :

« Ça va ? »

Je secoue négativement la tête sur son torse chaud.

« Tu as fait une crise d'angoisse, m'indique-t-il. Pourquoi ? »

Je tente de parler mais je ne veux pas lui avouer que, lorsqu'il me touchait, c'est à cette horrible soirée que ça me faisait penser.

Mais Cameron est perspicace et il le devine tout seul :

« C'est à cause de ton agression ? »

Je lui réponds en me serrant plus fort contre lui. Il respire fort lui aussi et crache :

« Je vais le buter, ce salaud. Même après, il continue de te faire du mal ! »

Je ne sais pas quoi dire, alors j'essuie une larme.

C'est un fiasco total, il devrait être en train de me transformer en femme, là, pas de menacer mon agresseur. Je m'en veux terriblement.

Il me pousse à bout de bras pour m'observer, mais je détourne le regard.

« J'aimerais me reposer un peu », je lui indique.

Il hoche la tête et me regarde m'allonger en boule sur le matelas. Je ferme les yeux, tout cela ne peut être qu'un cauchemar, rien d'autre.

Cameron me caresse la joue avant de s'allonger à mes côtés.

# Chapitre 68

Je remue faiblement, je ne me suis pas vraiment reposée. Non, impossible, trop de pensées se bousculent, trop de flash-back.

Je m'en veux aussi. Terriblement.

Je m'en veux d'avoir gâché ce moment entre Cameron et moi. Il aurait pu être parfait et tellement romantique. Mais, par ma faute, tout est fichu. Je suis une copine toute cassée. Pourtant je lui en veux à lui aussi, je lui en veux d'être parti, rien de tout cela ne serait arrivé sinon. Le pire, c'est que je sais que je n'ai pas le droit d'être en colère contre lui.

Je ne me suis pas reposée, trop torturée. J'ai plutôt écouté chacun de ses mouvements pendant quelque temps, quelques minutes, quelques heures peut-être.

Je pose mes deux mains sur mon front avec un soupir de désespoir, quand me parvient une voix grave :

« Ça va ? »

Je le sens se rapprocher et je sens le matelas s'affaisser lorsqu'il vient à mes côtés. J'ouvre lentement les yeux, il paraît inquiet, ses yeux bleus sont aussi agités que l'océan. Il ne sait pas trop où se mettre, c'est flagrant.

« Je crois… » je souffle.

Il ne paraît pas convaincu, tout comme moi. Ça sonne assez faux.

Je me redresse et m'adosse au mur de bois. Un silence assourdissant s'est imposé et je décide de le rompre tant je le trouve insupportable :

« Je suis désolée. »

Je baisse automatiquement la tête, mais deux doigts me relèvent le menton. Cameron m'oblige à le fixer et c'est presque insoutenable.

« De quoi ? questionne-t-il.

— D'avoir tout gâché. »

Je me sens honteuse, alors je dégage mon menton pour tourner la tête le plus loin possible de lui. Il saisit ma main comme s'il avait besoin de me toucher :

« Jade, commence-t-il, tu as vécu un traumatisme. C'est grave, ce qu'il t'est arrivé, OK ? »

Je ne réagis pas, qu'est-ce que je pourrais dire, de toute façon ?

« On a toute la vie pour baiser. Tu n'as rien gâché, princesse. C'est normal et j'attendrai l'éternité pour que tu te rétablisses s'il le faut. Crois-moi, je suis bien placé pour savoir qu'une blessure ne se guérit pas en un claquement de doigts. »

Il laisse sa phrase en suspens et je ressens la douleur qu'il cherche à cacher. Une chose est sûre, lui n'est pas guéri.

Il renifle un instant et j'ose le scruter. *Dis-moi, Cameron, parle-moi de ta blessure.* Je n'ose pas le questionner de peur qu'il ne se renferme, d'autant plus lorsque, comme pour passer à autre chose, il dit en tapant sur ses genoux :

« Maintenant, tu viens manger un bout. »

Il s'éloigne alors vers la table basse, où notre repas nous attend.

Je le fixe un instant, ne sachant quoi dire. Une phrase me trotte dans la tête. Je l'ai sur le bout des lèvres, elle me pique la langue, elle tourne en boucle dans mon cerveau comme la douce mélodie d'une boîte à musique. Elle paraît être une évidence, mais j'ai peur de la laisser s'échapper. J'ai peur mais je la libère, me libérant par ailleurs.

« Je t'aime, Cameron. »

Je ressens comme un coup au cœur. Cette phrase me heurte et m'étourdit.

Comme une onde de choc, je la regrette instantanément et la panique me gagne. Est-il prêt à entendre ça ? Étais-je prête à le dire ? J'aimerais la remballer, la replonger au plus profond de mon cœur. Elle a dû choquer Cameron aussi, vu que celui-ci est immobile au milieu de la pièce, dos à moi. Il ne bouge pas, ne dit rien. Je vois seulement ses épaules se soulever lentement au rythme de sa respiration et ses muscles se contracter.

L'absence de réponse me blesse comme une lame acérée, alors je bafouille :

« Excuse-moi, c'était idiot, je… »

Il se tourne lentement et je vois pour la première fois ses yeux pétiller d'une façon que je ne leur connais pas. Serait-ce de l'espoir ? Ils sont tellement beaux, si vivants.

« Je t'aime aussi. »

Sa voix n'est pas très assurée, elle n'est que doutes mais il l'a dit. Et je le reçois en plein cœur. Comme une flèche que Cupidon m'aurait lancée. Alors je me sens plus légère.

Un élan d'amour me gagne et je me précipite dans ses bras, au risque de le faire trébucher. Dur comme un roc, il n'en fait rien, il me réceptionne juste avant de me serrer très fort. Je savoure la chaleur de ses bras et leur réconfort. Ciel, si je pouvais choisir ma façon de mourir, ce serait de cette manière. Nous restons là un instant, corps contre corps, cœur contre cœur, blessure contre blessure.

Et j'aimerais que le temps s'arrête. J'aimerais briser la pendule de nos vies ou au moins stopper les aiguilles.

Mais nous sommes maudits. Tous nos moments semblent être maudits, un gargouillis provenant de mon ventre se manifeste, cassant l'ambiance.

Cameron rigole contre mon crâne.

« J'en connais un qui souhaite de l'attention. »

Il me tient à bout de bras avant de déposer un baiser sur mon front. Je me sens vaciller un moment. Mon cœur est entre ses mains, je ne peux plus le nier. Je fonds en sa présence.

Il m'attire finalement vers la table, m'arrachant à mes pensées. Je ne me fais pas prier et je me permets de regarder l'heure sur mon téléphone. Je remarque alors qu'il est midi passé et que mon ventre a le droit de me disputer, sachant que je n'ai rien mangé ce matin.

On commence donc notre repas sous le regard des héros Marvel figés dans le papier glacé des posters.

« Hum, un régal », s'extasie Cameron en fermant les yeux.

C'est vrai que la cuisine chinoise est difficilement égalable.

« Ça fait du bien, surtout. »

Si j'avais peur qu'un malaise ne plane entre nous, il n'en est rien. Cameron ne s'empêche pas de blaguer et je ne m'empêche pas de rire bêtement.

Un petit son s'élève de mon téléphone et je constate rapidement que c'est un message de Pauline.

« C'est qui ? demande-t-il.

— Pauline, elle s'ennuie. »

Je réponds vaguement tandis que Cameron décide de ne pas ménager ma meilleure amie :

« Tant mieux, s'ennuyer rend intelligent, elle en a bien besoin. »

Il retourne à ses nouilles tandis que je m'offusque :

« Cameron ! »

Il rigole, visiblement fier de lui.

Mon écran s'allume de nouveau et je roule les yeux en prenant mon mobile. Si Pauline s'embête, ce n'est pas une raison pour me harceler.

Mais je remarque alors que le téléphone de Cameron s'allume aussi. La notification m'indique que le compte people de Cameron m'a identifiée dans une publication.

« Toi aussi ? » je lui demande en lui montrant l'écran.

Il secoue affirmativement la tête, et tous les deux nous allons découvrir la nouvelle qui le concerne.

« Qu'est-ce qui se passe encore… »

Je me dirige vers l'application en mâchant un bout de rouleau de printemps et j'atterris sur la photo d'un petit garçon blond aux cheveux courts assis dans un hamac.

La photo semble vieille et le garçonnet ressemble étrangement à l'homme que j'ai en face de moi.

Je lui jette un regard plein de questions et je vois que lui est tout aussi perdu que moi.

Alors, pour m'éclairer, je lis le long texte qui accompagne la photo :

*« Si notre beau Cameron Kent commence à briller dans le mannequinat et qu'il suscite de plus en plus de convoitises, l'histoire de ce personnage intrigue : en effet, il est assez mystérieux et nous ne savons que très peu de choses sur lui, si ce n'est qu'il vit avec son père. Une question reste alors, mais où est maman Cameron ? Une question particulièrement agaçante par son manque de réponse. Eh bien, mes chers lecteurs, aujourd'hui en exclusivité nous savons ! Nous savons enfin grâce à une source sûre qui s'est confiée. Enfin ! Si le jeune homme semble avoir un avenir resplendissant, il n'en reste pas moins qu'il cache un lourd passé.*

*Un passé horrible que nous vous révélons. Alors que notre apollon préféré n'avait que quatre ans, sa mère, en monstrueuse génitrice, a tenté machiavéliquement de le supprimer en le noyant durant le bain de notre petit chou. La cause ? Une vengeance et un amour passionné pour le père de Cameron qui quelque temps avant avait réclamé le divorce. Quelle tragédie et quelle honte ! Cameron, si tu passes par là, nous te soutenons ! »*

Le sang bat dans mes oreilles, je suis abasourdie et sonnée. Qu'est-ce que c'est que cette histoire ? Ce ne peut pas être vrai ! Ça doit être encore une bêtise qu'ils ont écrite pour attirer du monde.

Je porte mon regard sur Cameron pour qu'il me rassure, je m'attends à le voir rigoler à pleines dents face à cette absurdité, mais il n'en fait rien. Au contraire, son visage me glace le sang.

Il est extrêmement pâle et ses yeux expriment tellement de fureur que ce n'est pas humain.

Alors je comprends que tout est vrai.

# Chapitre 69

« Cameron… »

Ma voix n'est plus qu'un murmure étranglé, je suis sous le choc de ces révélations mais aussi de la vision d'horreur que j'ai devant moi.

Le visage de Cameron n'est plus qu'un masque de colère, de haine et de douleur.

Ses narines frémissent comme celles d'un taureau en colère. Le bleu de ses yeux a viré à un noir profond où danse une lueur meurtrière. Son visage, aux mâchoires serrées, est dur et fermé.

Je frissonne de tout mon être.

Sa main se crispe dangereusement sur son téléphone, il ne me prête pas attention. La tempête fait rage en lui.

Ces fragments de son passé me touchent énormément, alors je n'ose même pas imaginer ce que lui ressent. Publiés sur les réseaux sociaux en plus, bientôt tout le monde sera au courant. Je manque sérieusement d'air et j'ai peur :

« Cameron, parle-moi. »

Il regarde dans le vide et son manque de réaction m'étonne.

On dirait que tout afflue en lui et qu'il attend que tout soit condensé pour éclater.

Fébrilement, je tends une main vers la sienne, toujours crispée sur son téléphone, prête à le broyer.

Je pose ma main, mais notre contact est bref. Il se dégage brusquement et la suite arrive très vite.

Il bondit sur ses jambes, furieux, et un gros bruit s'ensuit. Terrifiée, je constate que son téléphone gît en mille morceaux sur le sol de bois. Cameron se tient debout, tremblant, la tête baissée. Je n'ose plus rien dire cette fois. Il a besoin d'extérioriser, je comprends sa souffrance, je ne la ressens que trop bien, si bien que mes yeux s'embuent de larmes.

Lui fait les cent pas, les mains sur la tête, des ombres du passé dansant sur son visage. Je sursaute à nouveau quand son poing s'abat sur un des murs dans un craquement horrible. Le mur est solide, il a dû se faire mal plus qu'autre chose. Et pour cause, ses phalanges commencent à se teinter de rouge. Mais il ne semble pas avoir mal, il ne secoue pas la main, il regarde le mur comme s'il était la cause de tous ses maux.

Une larme s'échappe sur ma joue et je ne peux m'empêcher de me lever.

Je me précipite contre lui, collant ma poitrine à son dos. Je ne sais pas trop ce que je cherche à faire, mais le voir ainsi me fait atrocement mal. Je veux lui montrer qu'il n'est pas tout seul face à ça.

Il ne réagit pas entre mes bras, je le sens respirer fort et vite, il tremble aussi, et mon oreille sur son dos me permet d'entendre son cœur battre la chamade.

Je le serre un peu plus contre moi.

« Cameron… »

Je le supplie plus qu'autre chose, je le supplie de se reposer sur moi. J'essaie de le réconforter et de lui dire que tout ira bien. Mais ce ne sera pas le cas, je l'ai vu pleurer à la mention d'une simple phrase qui prend désormais tout son sens.

« *T'as encore de l'eau dans le cerveau ?* »

Je comprends désormais le sens sadique et mesquin de cette phrase de Lucie.

Tout est clair dans ma tête et confus en même temps. Tout prend sens. Le mal-être de Cameron, son tatouage, son arrogance aussi, ainsi que son manque de confiance en l'amour.

Un enfant n'aurait jamais dû vivre un truc pareil.

« Lâche-moi », je l'entends ordonner après un moment.

Je déglutis, étonnée. Pourquoi me repousse-t-il ?

« Non », je réponds d'un ton ferme aussi.

Il inspire profondément et je m'en veux instantanément d'avoir jeté de l'huile sur le feu.

« Je n'ai pas envie de te faire mal, alors lâche-moi. »

Il appuie sur tous les mots, qui s'enfoncent en moi comme des lames acérées. La machine Cameron est en route et rien ne semble pouvoir l'arrêter.

Je lui obéis à contrecœur, mes bras se décrochent de lui et il bouge aussitôt.

Il marche rapidement dans le petit cabanon et semble chercher quelque chose.

Je l'observe, nerveuse. Il fouille dans la table de chevet et trouve ce dont il a besoin. Des clés tintent dans sa main, ses clés de voiture plus précisément. Il les serre fort et je le vois se diriger à grands pas vers la porte.

« Eh ! Où tu vas ? » je questionne.

Il ne me répond pas et ouvre violemment la porte, si bien que j'ai peur qu'elle ne sorte de ses gonds.

Il s'enfonce à grandes enjambées dans la forêt et je le suis prestement en priant pour qu'il ne fasse pas de bêtises.

Il est rapide et je dois trottiner pour rester à sa hauteur.

« Cameron ! » je l'appelle.

Il ne se retourne pas et je le regarde avancer vers son but comme un félin le ferait vers sa proie.

Je lève les yeux au ciel, lui aussi semble triste puisque l'air est lourd et de couleur étonnamment grise.

Je ne m'attarde pas plus et presse le pas pour ne pas le perdre.

Je manque de me briser la cheville en trébuchant sur une branche, mais je me reprends vite. Aucun oiseau ne chante, personne pour me donner l'espoir que la situation n'est pas désespérée. Personne, même le soleil m'a abandonnée.

Bientôt je vois la voiture se dessiner et Cameron y est presque. Je cours pour y arriver en même temps et pour qu'il ne parte pas sans moi.

Il claque sa portière quand j'arrive du côté passager. J'entends qu'il allume le moteur, alors je grimpe.

Je n'ai jamais vraiment eu peur de lui, mais là je suis terrifiée. J'ai du mal à respirer et je ne sais pas ce qu'il a en tête. Il n'est pas tout à fait inconscient, puisqu'il attend que j'attache ma ceinture pour démarrer.

Mais, alors que le moteur ronronne, qu'aucune vitesse n'est encore enclenchée et que Cameron a les mains croisées sur le volant, je prends une décision. Je ne m'attache pas, au contraire je tends rapidement la main. Elle vient rencontrer un métal froid et, avant que Cameron n'ait pu réagir, je tourne le poignet et je tire.

Le moteur se coupe et les clés finissent dans ma main. Je les cache rapidement sous ma cuisse, même si j'ai l'air ridicule.

Cameron se tourne vers moi l'air furieux et me fusille du regard. Mais je ne me démonte pas, je veux savoir ce qu'il compte faire.

« Rends-moi ça. Tout de suite. »

Sa voix est extrêmement ferme et colérique.

Je secoue la tête, incapable de soutenir son regard.

« Jade ! Dépêche-toi. C'est pas un jeu. »

Cette fois, je plante mes yeux dans les siens, il ne faut pas qu'il remarque que je ne suis pas du tout sûre de moi.

« Je ne te laisserai pas conduire dans cet état. »

J'essaie de mettre toute la fermeté dont je suis capable dans ma voix et j'essaie de la contrôler pour qu'elle ne tremble pas.

Il me détaille avec un horrible rictus sur les lèvres, il ricane même faiblement.

Il s'enfonce dans son siège et lève la tête en fermant les yeux.

Ses mains sont toujours sur le volant, et je peux voir celle qui saigne de plus en plus. Il tente de maîtriser sa respiration. Il inspire et expire lentement, à un rythme presque douloureux.

« Je ne suis pas ton ennemie, Cameron, je suis là pour t'aider. »

Il ricane encore avant de passer ses mains sur son visage et de s'avachir contre le volant. J'attends qu'il me dise quelque chose, mais rien ne vient. Je l'observe jusqu'à ce que je remarque que des petits sursauts l'agitent.

*Oh non.* Mon cœur se serre et je pose une main sur ses omoplates.

« Regarde-moi. »

Il n'obéit pas, alors j'insiste avec autant de douceur que je peux.

« S'il te plaît. »

Il se redresse un peu mais garde le visage tourné vers sa vitre. Je l'entends renifler. Il ne veut pas me regarder, alors je tends une main qui accroche sa joue et je tourne sa tête vers moi. En face de moi, je n'ai plus le visage d'un homme en feu et colérique, non, en face de moi j'ai un petit garçon blessé et torturé. Ses yeux sont rouges et je peux voir maintenant que des larmes coulent sur ses joues. Il se libère doucement de ma prise alors que je suis sous le choc et il s'essuie le visage avec son bras. J'ai mal, extrêmement mal de le voir comme ça, et je souhaiterais tuer le responsable. J'ai aussi l'impression qu'il a terriblement besoin de moi, alors ma voix remplit l'habitacle :

« Parle-moi. »

Je caresse sa cuisse pour lui témoigner que je ne suis là que pour qu'il aille mieux. Il renifle encore et sa voix rauque tranche :

« Qu'est-ce que tu veux que je te dise ? (Je m'apprête à répondre mais il continue :) Que je n'étais pas désiré par ma mère et qu'elle a voulu me tuer pour récupérer mon père ? Je crois que c'est déjà dit, non ? »

Je secoue la tête, au bord des larmes. Comment peut-il être aussi dur avec lui-même ?

« Non, je murmure, je veux que tu me racontes tout en détail. »

Il secoue la tête, toujours avec le même rictus.

« Je ne peux pas. »

Il me lance ensuite un regard à fendre le cœur, ses yeux me supplient de ne pas l'abandonner et des larmes perlent encore.

Instinctivement, je me penche par-dessus la boîte de vitesses et je serre très fort son corps musclé mais pourtant si fragile contre le mien. Il ne me rejette pas, au contraire, il me serre lui aussi en cachant son nez dans mon cou.

« Mon amour, ne rejette pas mon aide, laisse-moi être là pour toi comme tu l'as été pour moi après mon agression.

— J'y arriverai pas », murmure-t-il.

Et je le sens trembler encore. Je caresse son dos avec ma main en essayant malgré l'espace restreint de le bercer.

« Tu es bien plus fort que tu ne le crois. »

Je caresse ses cheveux et il rompt notre contact, le visage ravagé de larmes. Il me regarde un instant tout près de moi et je plante un baiser sur ses lèvres salées.

Il ne peut plus faire demi-tour, la vérité a déjà pointé son nez.

Il se réinstalle dans son siège et passe une main dans ses cheveux.

« Je ne pense pas que tu sois prête à entendre certaines choses, murmure-t-il.

— Et toi tu n'étais pas prêt à les vivre. »

Je pose une main sur celle qui n'est pas blessée, consciente que je lui demande beaucoup. Il hoche faiblement la tête :

« Je t'aurais prévenue », commence-t-il d'une voix rauque.

Il pèse ses mots et se lance dans une tirade :

« J'avais quatre ans quand ça s'est passé. Entre mon père et ma mère, ça n'allait plus du tout. Bien sûr, j'étais trop petit pour le comprendre, j'avais juste remarqué que ma mère n'était plus aussi gentille avec moi et que mon père l'était un peu trop. Le temps a passé et je m'y suis habitué, mais un jour mon père a demandé le divorce. Il n'est pas parti tout de suite de la maison pour ne pas perturber notre existence. »

Il s'arrête un instant pour raccorder ses pensées tandis que je l'écoute avec attention.

« Ma mère n'était pas d'accord et elle a vite sombré dans la folie. Un jour, pensant que mon père m'aimait plus qu'elle, par pure jalousie… »

Il me regarde et secoue la tête, je lui presse la main. S'il ne veut pas continuer, je comprendrai, mais il ne s'arrête pas :

« Ça faisait longtemps qu'elle ne m'avait pas donné de bain et, ce jour-là, elle était étrangement gentille envers moi et a proposé à mon père de prendre le relais. J'étais tellement content. Ma mère s'occupait de moi… »

Il s'arrête pour rire jaune.

« Ça a heureusement intrigué mon père, si bien qu'il n'était pas bien loin lorsqu'elle m'a plongé la tête sous l'eau et l'a maintenue. »

Il grimace de dégoût, et je ressens toute sa haine dans sa voix. La scène est sûrement en train de se rejouer devant ses yeux, je peux presque la voir.

« Si mon père n'avait pas été à la maison, je ne serais pas là aujourd'hui.

— Qu'est-ce qu'il s'est passé ensuite ? »

Je ne peux m'empêcher de me montrer curieuse.

« Mon père est intervenu et a porté plainte, ma mère s'est enfuie de la maison et quelques jours après on a appris qu'elle s'était pendue chez son frère. »

J'ai un mouvement de recul. Un haut-le-cœur me surprend et je me sens pâlir.

Cameron, lui, ne cille pas, il est retourné à cette époque et rien ne semble pouvoir le stopper. On dirait que cela ne le touche même plus alors que moi je suis horrifiée. Ses yeux sont pourtant vides.

« Les années ont passé et mon père faisait tout pour que j'oublie l'inoubliable. (Cameron sourit.) Quelque temps après, quand j'avais douze ans, mon père n'est pas venu me chercher au collège. Le principal m'a dit qu'il était à l'hôpital... Le frère de ma mère voulait se venger, et il a commencé par mon père. Il l'a poignardé, mais pas suffisamment pour qu'il y perde la vie, alors on l'a envoyé en taule. »

Il me regarde un instant pour voir comment je digère tout ça. J'ai du mal à tout assimiler. Pierrick s'est fait poignarder ? Et un homme veut la mort de toute la famille alors que c'était sa sœur le monstre ?

J'ai envie de m'arracher les cheveux tellement je souffre pour lui. Cette histoire est digne d'un film et j'en veux à la terre entière qu'il ait eu à subir ça.

« Ne pleure pas », me dit-il.

On dirait que les rôles se sont inversés, lui semble calme, juste profondément meurtri, moi je suis en colère, je pleure et j'ai des pulsions de meurtre.

« Mais l'histoire ne s'arrête pas là. (Il continue. Il prend subitement mes mains dans les siennes et s'élance :) Je t'aime et... je ne veux pas que tu me voies différemment après ce que je vais te dire. Je suis moi, Cameron Kent, d'accord ? Et je le serai toujours. »

Je ne comprends pas très bien où il veut en venir, sa phrase n'a aucun sens pour moi mais il m'éclaire. Il prend une profonde inspiration :

« On a dû déménager, je suis arrivé ici en cinquième et j'ai rencontré Lucie. Elle était différente à l'époque, la popularité et la superficialité ne lui étaient pas montées à la tête. On s'est mis ensemble tout de suite et jusqu'à aujourd'hui… C'est la seule personne, avec toi maintenant, qui connaît toute l'histoire et mon vrai moi. »

Il baisse les yeux, savoir que Lucie et Cameron ont été très amoureux ne me gêne pas, mais je suis quand même un peu vexée qu'il ait eu du mal à me le dire alors qu'à elle il le lui a dit tout de suite. Mais je ravale tout cela, ce n'est clairement pas l'endroit, ni le moment, ni même nécessaire.

Alors je continue sur sa lancée :

« Ton vrai toi, c'est-à-dire… Ton toi tourmenté ? »

Je pèse mes mots, on dirait qu'il peut s'effondrer à tout moment. Il secoue la tête en fermant les yeux :

« Les services de sécurité nous ont conseillé de prendre une nouvelle identité en déménageant, nous ne savions pas si mon oncle avait des complices. »

Je cligne des yeux plusieurs fois et mon cerveau semble refuser l'idée.

Il se penche et fouille dans la boîte à gants devant moi. Il en tire une petite carte plastifiée. Dessus, il y a la photo d'un enfant, le même visage que la photo des réseaux sociaux et le même visage que celui qui est en face de moi. Je frissonne, et mes yeux se portent sur le nom.

*Nom : Morreau*

*Prénom : Alexis*

« Morreau Alexis, je murmure, le souffle coupé.

— Je n'aurais jamais pensé entendre ce nom dans ta bouche un jour. »

Je regarde la carte d'identité. Cameron n'est pas Cameron Kent. Je n'arrive plus à parler, aucun mot ne sort de ma bouche.

« Dis quelque chose, s'il te plaît. »

J'en suis incapable, tout se met en place dans ma tête. Son père ne voulait pas qu'il s'expose par peur qu'il ne se fasse reconnaître et que leur passé ne les rattrape. Voilà pourquoi il est aussi protecteur avec lui. Et, maintenant, le tatouage prend tout son sens. J'ai la tête qui tourne.

« Tu t'appelles donc en réalité Alexis. »

Il secoue la tête :

« Non, je suis Cameron et je le resterai. Cet ancien moi est mort en même temps que ma génitrice, il n'existe plus. »

J'appuie ma tête contre le siège et je respire lentement. Tout s'agite dans mon cerveau, mais une pensée trône pourtant.

« Et Lucie est au courant de tout ça ? »

Il hoche la tête et maintenant je comprends où il cherchait à aller. Sa vengeance planait au-dessus de nos têtes. Voilà, tout est clair. C'est elle qui a orchestré mon agression et balancé ça sur Cameron.

« C'est la seule coupable possible », ajoute-t-il, comme s'il avait lu dans mes pensées.

Rapidement, je sors les clés de leur cachette et les lui tends. Il démarre pour mettre un point final à son passé.

# Chapitre 20

Il n'a jamais été un très bon conducteur, et aujourd'hui c'est encore pire que d'habitude. La voiture roule vite, comme pour narguer les panneaux de signalisation qui défilent derrière la vitre.

J'observe l'homme que j'aime, quel que soit son nom, tendu comme un arc, ravagé par le passé. Ses yeux bleus bordés de rouge, fixés sur la route, ne sont que de pâles reflets d'une âme fracassée, mal-aimée. Je n'aurais jamais pensé que tant de souffrance pouvait habiter un homme.

Tous ses muscles sont tendus, sa mâchoire crispée ressort plus carrée que d'ordinaire. Ses joues sont rouges. Le silence qui règne entre nous est affreux, même le poste de radio n'ose diffuser sa musique tant l'air est électrique.

J'aimerais qu'il me parle, je préfère l'entendre hurler plutôt que de le voir s'enfermer dans un mutisme glaçant.

Je l'observe, presque malade de cette situation.

Aujourd'hui devait être un jour spécial pour moi, le jour où j'allais devenir une femme, je n'avais pas prévu que ce jour me forgerait aussi en tant que femme à la dure réalité de ce monde. C'est douloureux de voir souffrir l'être qu'on chérit le plus.

Je me masse les tempes sans vraiment savoir quoi faire ni quoi dire. Bientôt, nous serons chez les Preston, bientôt, Cameron ou Alexis ne pourra se contenir.

Je ne sais pas ce qui nous attend, mais je détalerais bien dans l'autre sens même si crier justice est ma priorité. Je ferme fort les yeux en espérant que tout ceci est un cauchemar, un vilain cauchemar monté de toutes pièces par mon esprit.

Mais rien ne change quand je les ouvre, nous sommes tous les deux dans cette voiture, chaque minute nous rapprochant un peu plus du chaos. La boule que j'ai au ventre est toujours là, bien ancrée dans mes entrailles.

Je tapote des ongles sur mon téléphone, il ne réagit pas. Je déverrouille alors celui-ci, je n'ose pas retourner voir le post mais il le faut, il faut que je l'envoie à Pierrick, il est le seul à pouvoir aider son fils. Cette histoire les unit au-delà des liens du sang. Je prends une rapide capture d'écran et je compose le numéro du paternel avant de lui envoyer l'image.

J'imagine déjà le choc qu'il va avoir quand il va apprendre que ce qu'il essayait de tasser depuis des années ressurgit telle une ortie.

Quand je lève les yeux de mon téléphone, la voiture se gare. Devant la maison, il y a plusieurs véhicules et j'appréhende déjà le scandale que ça va être.

Cameron claque la portière derrière lui et n'attend pas que je descende pour s'éloigner à grands pas vers la maison familiale de son ex-copine et du copain de ma meilleure amie. Je parviens à le rattraper au moment où son poing s'abat sur la porte pour frapper. Des talons résonnent derrière celle-ci et bientôt la porte s'ouvre sur la mère de Louis. Toujours aussi belle, elle arbore un grand sourire en nous voyant.

« Cameron ! Jade ! Que puis-je faire pour vous ?

— Je dois voir Lucie. »

Il ne cache pas sa colère et son mépris lorsqu'il s'adresse à elle. Son masque se raidit et elle questionne :

« Tout va bien ? »

Cameron ne prend pas la peine de se faire inviter, il pousse la porte un peu plus et pénètre dans la maison sous le froncement de sourcils de la mère.

« Elle est là ?

— Euh, oui… À l'étage. »

Mon copain hoche la tête et se détourne, je sens un bras me retenir alors que j'allais le suivre.

« Il y a aussi Pauline avec Louis en haut. »

Je la remercie d'un hochement de tête et me détourne alors qu'un autre grand sourire se plaque sur son visage. Elle n'a donc pas la moindre crainte face au ton dur de Cameron qui demande à parler à son ex-petite amie.

Je ne me tourmente pas trop et j'accélère. Dans le couloir, je remarque que toutes les portes sont fermées et, pour n'être venue ici que peu de fois, je ne sais pas laquelle est à qui, mais Cameron, lui, le sait. Il se déplace vite et ne prend pas le temps d'annoncer son entrée dans la chambre.

« Mais grave ! T'as tellement raison, un vrai looser non mais… »

Derrière Cameron, je ne vois pas grand-chose, alors je tords le cou et j'aperçois Lucie, coupée en plein appel téléphonique. Elle pose son téléphone sur sa poitrine en s'exclamant :

« Qu'est-ce que vous foutez là ? »

Et, dans un gros manque de respect, elle reporte le téléphone à son oreille et commente :

« Attends, Sab, je te rappelle après : y a des cafards dans ma chambre. »

J'entends Cameron murmurer devant moi un faible « Compte là-dessus » et rapidement il lui arrache son téléphone des mains avant de le projeter violemment par terre.

Ça devient une habitude, je devrais peut-être penser à protéger le mien.

« Mais t'es malade ! » hurle-t-elle.

Elle s'agenouille en constatant les dégâts. Le verdict tombe rapidement : il est fichu.

Cameron serre les poings, je le sens bouillonner devant moi. Si nous étions dans un dessin animé, de la fumée envelopperait son corps.

Lucie se lève en menaçant :

« Qu'est-ce qu'il te prend, espèce d'enfoiré ? »

Elle hurle tellement que mes tympans vibrent.

« Je te retourne la question, attaque Cam, qu'est-ce qu'il te prend de divulguer ma vie ? »

Elle ouvre la bouche, mais il ne la laisse pas parler.

« C'est ça, ta vengeance ? C'était privé, bordel ! À cause de toi, des milliers de personnes vont connaître mon secret le plus intime ! Des inconnus pour moi, mais qui eux sauront tout de moi ! »

Il reprend sa respiration tandis que la blonde croise les bras avec un horrible sourire sur le visage.

« Tiens, tiens, Alexis est de retour, alors », se moque-t-elle.

Cameron grogne et je pose une main sur son biceps. L'entendre prononcer son vrai prénom me fissure. À moi, maintenant.

« Tu es une grande malade, Lucie. (Je parle calmement mais j'appuie sur tous mes mots.) D'abord tu t'arranges pour qu'on me drogue et m'agresse et ensuite tu divulgues des informations personnelles, faut te faire soigner !

— On va porter plainte, crois-moi », ajoute Cameron.

On la toise du regard, j'ai le cœur qui bat la chamade et ma poitrine se soulève et s'abaisse rapidement. La tête me tourne et je vois rouge. Je laisse toute ma haine se déverser, enfin. Je veux qu'elle paye pour la souffrance qu'elle nous cause.

Mais, alors que nous pensions avoir fait notre petit effet, Lucie se met à rire à gorge déployée. Elle fait même mine de s'essuyer une larme au coin de l'œil.

« Porter plainte ? Contre moi ? (Elle pointe son index manucuré devant elle.) Alors que je ne suis coupable de rien ? »

Entre Cameron et moi, c'est l'incompréhension la plus totale. Il me jette un coup d'œil pour me consulter.

Lucie secoue la tête, hilare.

« Ah, mes chéris. Je n'ai rien à voir avec tout ça, même si cela commence à m'attrister car c'est très ingénieux. »

Elle fait la moue alors que tout s'embrouille dans mon esprit.

« C'est vrai que la carte de la mère qui a essayé de noyer son enfant est plus que parfaite. Elle appuie bien là où ça fait mal. »

Elle plante maintenant son index dans la poitrine de mon copain à l'endroit du cœur avec un petit sourire malicieux avant de se retourner vers moi, affichant cette fois un air de dégoût :

« La seule erreur qui prouve bien que ce n'est pas moi est ton cas. Ce n'est pas assez dramatique, la drogue et les attouchements, il faut que ça touche personnellement. »

Elle balaye l'air de sa main alors que je monte en pression. Se faire droguer et toucher, ce n'est pas assez grave pour elle ?!

J'ai envie de lui hurler tout ce que j'endure à cause de ça, que mon propre copain ne peut même pas me toucher à cause de cette horrible soirée. J'ai envie de lui hurler toute la peine que j'ai subie comme des milliers de femmes après cette humiliation… Mais Cameron me devance :

« Arrête de nous prendre pour des idiots ! Tu étais la seule à savoir pour moi, Lucie, la seule ! »

Ses yeux papillotent :

« C'est un honneur. »

J'aurais bien défiguré sa tête peinturlurée si on ne m'avait pas appris que la violence n'est le remède à rien.

Mon ego est touché, pas de doute.

Cameron bouillonne encore plus que moi, sa voix n'est plus qu'un sifflement entre ses dents :

« Tu vas payer ! Je vais te traîner en justice et…

— Arrêtez ! »

Cameron s'arrête net et on fait volte-face vers Louis, aux yeux baignés de larmes.

« Je suis coupable de tout. »

Mon sang se glace et je manque de tomber dans les pommes.

# Chapitre 71

« Quoi ?! » j'entends derrière moi.

Je suis figée, c'est comme si une bassine d'eau glacée m'était tombée sur la tête. Je suis paralysée. Mon sang semble couler au ralenti dans mes veines. Ma rage est telle qu'un léger bourdonnement arrive dans mes oreilles. Je suis sonnée, tout comme Cameron, qui affiche un visage meurtri.

Louis se laisse tomber sur le lit de sa sœur, la tête dans les mains, sanglotant. Je ne peux m'empêcher de le fixer, attendant des explications. Pourquoi est-il le monstre de l'histoire ? Pourquoi m'a-t-il agressée ? Comment a-t-il pu ?! Je suis tellement focalisée sur lui que je n'entends pas les pas dans le couloir et ne vois pas la tête de ma meilleure amie apparaître dans la chambre de ma pire ennemie.

Elle semble intriguée, son beau visage se demande ce que signifie ce petit rassemblement et pourquoi son copain est en larmes. Elle fronce les sourcils et se déplace vite vers Louis. Elle s'accroupit devant lui et pose les mains sur ses poignets.

« Chéri, pourquoi tu pleures ? »

Je vois Lucie rouler les yeux et moi je sens mon cœur se serrer. J'ai mal pour elle comme j'ai mal de m'être trompée sur lui.

Louis ne relève pas la tête et pleure de plus belle. Mon cœur tressaute sous le regard paniqué de Pauline et celui, lassé, de Lucie.

Cameron, à mes côtés, qui essaie de se contenir depuis tout à l'heure, décide que c'en est assez :

« Je crois que des explications s'imposent. »

Il parle fort, avec toute la colère et le mépris possibles dans la voix. Le connaissant bien, j'y discerne une pointe de tristesse aussi.

Tu m'étonnes, son monde semble s'écrouler : son secret est révélé et par son meilleur ami, en plus. Sa copine est brisée et hantée par une des personnes qu'il aimait le plus.

Louis redresse la tête lentement, ses yeux sont rouges et gonflés, ses larmes ont creusé des sillons sur ses joues, ce n'est pas beau à voir, j'ai presque envie de le prendre dans mes bras. Mais très vite mon cerveau me renvoie les images de l'agression et je vacille.

« Dépêche-toi avant que je te casse la gueule », ajoute froidement Cameron.

— Cameron ! s'exclame Pauline. Mais enfin que se passe-t-il ici ? »

J'envie son innocence, mais j'appréhende la chute de son cœur. Après les explications de Louis, je sais très bien qu'elle aussi voudra le rayer de la surface de la terre.

Je tends une main vers elle et je murmure un petit « Viens ».

Elle m'adresse un regard interrogateur et, après avoir jeté un œil inquiet à Louis, elle saisit ma main et se relève. Je la tire vers moi avant de rapidement la prendre dans mes bras.

J'ai besoin de ce contact tout comme elle, même si elle ne sait pas ce qui va arriver.

« Je… ne sais même pas par où commencer… pleure Louis.

— Tu veux que je te rafraîchisse la mémoire, peut-être ? »

Cameron s'avance, menaçant, mais je l'arrête d'un bras, ce n'est pas le moment. Un masque de peur passe rapidement sur le visage de Louis.

« Bon, allez, on n'a pas la nuit », souffle Lucie en regardant ses ongles.

Louis approuve, il est temps d'assumer. Il nous regarde tour à tour avant de s'arrêter sur moi. Son regard me blesse et j'ai envie de pleurer, mais je relève la tête.

« Dès le premier jour où je t'ai vue, Jade… (Il fait déjà une pause et semble gêné.) Je suis tombé immédiatement fou amoureux de toi. Ce genre d'amour qui fait perdre la tête et qui obsède. »

Je sens la main de Pauline, toujours dans la mienne, me serrer fort, cherchant presque à me broyer les os.

« Qu'est-ce que tu racontes ? » s'emporte-t-elle.

Louis ne lui répond pas, il n'ose même pas la regarder. Je vois les yeux de mon amie se remplir de larmes et je serre sa main comme pour la réconforter même si cela ne sert à rien.

« Pauline, ne le coupe pas », intervient Cameron.

Mais celle-ci est bien trop bouleversée pour le refaire.

Louis déglutit et continue :

« Mais tu ne voulais pas de moi, tu as choisi Cameron, comme toutes les filles. (Il ricane tristement un instant.) Je pensais pouvoir t'oublier et, quand Pauline est arrivée, j'ai vraiment cru que j'étais sur la bonne voie. »

Il se tourne vers mon amie cette fois et plante ses yeux dans les siens, la suppliant presque de le croire.

« J'ai des sentiments pour toi, Pauline… »

Elle le regarde de haut un instant avant de continuer sa phrase :

« Mais tu en as toujours eu plus pour Jade. »

Mon cœur loupe un battement face à sa tristesse. Louis approuve d'un petit mouvement de tête en regardant par terre. Je sens Cameron à mes côtés se tendre.

« La suite !

— Je pensais que tu te lasserais de lui, je connais les talents diaboliques de ma sœur et la désinvolture de Cameron avec les filles. Mais j'ai très vite vu qu'il n'y avait pas que moi qui étais tombé amoureux de toi… Et rien ne pouvait sembler vous détourner l'un de l'autre. Au début, je pensais me faire à l'idée, mais te voir, Jade, si obnubilée par lui et si… belle… »

Il me regarde et je sais qu'il fait référence au soir de mon agression. Son regard pèse lourd tout à coup.

« J'avais préparé mon coup depuis longtemps. Je voulais ressentir ton contact, je te voulais, je pensais qu'après ça je t'oublierais. Alors j'ai acheté de la drogue… Je l'ai versée dans ton verre et tu l'as bu… »

Il se remet à pleurer et moi j'ai la tête qui tourne comme si j'étais dans un manège infernal. Pauline passe deux bras autour de ma taille, elle semble voir que je peux m'écrouler à tout instant. Des larmes viennent aux coins de mes yeux et je tremble comme une feuille.

Le temps semble s'être arrêté, tout le monde est pendu aux lèvres de Louis sauf sa jumelle, occupée à récupérer sa carte SIM dans son téléphone en miettes pour la glisser dans un autre téléphone qu'elle sort de son tiroir.

On dirait un rêve ou plutôt un affreux cauchemar. Pauline me serre contre elle. C'est ironique comme la situation s'est inversée : c'est elle qui me réconforte tandis que Louis continue :

« Ça a rapidement fait effet… Tu t'es retrouvée dans ce coin toute seule, c'était ma chance. La drogue avait suffisamment agi pour que tu ne me reconnaisses pas… Et je t'ai… »

Il ne finit pas sa phrase, mais on la devine tous. Si je ne le détestais pas autant, je pourrais avoir pitié de sa peine, mais là, hormis de la rage, je ne ressens rien pour lui.

Il renifle.

« J'ai vu que Pauline arrivait ensuite, alors je suis vite parti… Je ne pensais pas que Cameron te soutiendrait autant.

— Espèce d'enfoiré ! » s'emporte celui-ci.

Il saisit rapidement Louis par le col de son tee-shirt et le soulève. Louis, effrayé, se débat et j'enlace Cameron pour le forcer à reculer.

« Laisse-le finir ! »

Le regard qu'il me lance me transperce, il a les yeux rouges et je sens sa haine et sa soif de me venger.

Je ne le ressens que trop bien.

« S'il te plaît… » je le supplie.

Il respire comme un bœuf par les narines et, après un regard dédaigneux à Louis, il se détourne.

Le blond remet son col en place et le lisse tandis que sa sœur rigole. Il l'ignore, comme nous tous, et semble avoir du mal à repartir :

« Quand… vous êtes vraiment devenus un couple, j'ai vrillé. Il fallait que je te dégoûte de lui. Il y a bien longtemps, quand tu es arrivé, Cameron, tu as raconté toute ton histoire à ma sœur et, comme les murs de cette maison ne sont pas bien épais, j'ai tout entendu par hasard. J'ai gardé ces informations précieusement et j'ai tout balancé. »

Pauline me lance un regard intrigué, bien évidemment, elle ne sait pas de quoi il parle, mais je ne prends pas le temps de lui expliquer, elle le découvrira bien assez tôt.

Je me tourne vers mon copain, sa poitrine se soulève rapidement et je sais que, là, je ne pourrai plus l'arrêter :

« Tout ce mal pour l'amour d'une fille qui ne veut pas de toi. »

Il s'avance, menaçant, vers Louis sous nos regards, on le fixe tellement, et pourtant nous ne voyons qu'au dernier moment que le poing de mon copain vient s'écraser sur la joue du traître. Si fort qu'on entendrait presque les os de sa mâchoire craquer. Pauline tressaute à mes côtés et je la vois pleurer.

« Celui-là, c'est pour Jade, Pauline et moi. »

On voit son poing s'armer à nouveau, mais Pauline se précipite devant Louis.

« Arrête ! »

Ses yeux laissent échapper des larmes et elle sert de bouclier à Louis.

« Arrête », répète-t-elle.

Je suis submergée par tellement d'émotions. Le poids de ses explications pèse sur mes épaules et je me sens trahie au plus haut point. J'ai mal aussi pour Cameron, qui a subi tout ça par ma faute, et pour Pauline, qui n'a été qu'un pansement et qui pourtant continue de le défendre.

« Merci », souffle Louis à Pauline.

Celle-ci se tourne vers lui, il a la joue rouge et le nez qui saigne fortement :

« J'ai fait ça juste pour ne pas avoir un mort sur la conscience. »

Sa voix est tellement froide que l'hiver pourrait être jaloux.

Elle dit cela en se détournant et en sortant à grands pas de la pièce.

Il ne reste que nous quatre.

« C'est bon ? Votre petit cinéma est fini ? » soupire Lucie.

Elle roule les yeux avant de s'adresser à son frère :

« Toi, faut vraiment que je te donne des cours de machiavélisme, parce que tu laisses à désirer. »

Son jumeau ne relève pas et semble dégoûté.

Je sens une main se glisser dans la mienne et la serrer. La voix de Cameron s'élève :

« Je ne veux plus jamais que tu t'approches de nous. Si c'est le cas, crois-moi que je n'aurai aucun remords à t'amocher beaucoup plus. »

Il le toise de haut en bas avant de tourner les talons en me tirant par la main.

Nous quittons cette maison de malheur. Finalement, les jumeaux ne valent pas mieux l'un que l'autre.

Pauline est déjà à la voiture, elle pleure dans un coin et sursaute en nous voyant. Cameron déverrouille son bolide et je prends place avec ma meilleure amie à l'arrière.

Je la prends dans mes bras et elle s'y blottit volontiers. Cameron croise mon regard dans le rétroviseur et je lui fais comprendre signifie que je gère la situation, même si c'est loin d'être le cas.

Je m'en veux car je suis la cause de tous ces problèmes et notamment du cœur brisé de mon amie d'enfance.

Je la serre un peu plus contre moi.

« Dis-moi que c'est un cauchemar, murmure-t-elle.

— J'aimerais bien, je réponds en déposant un baiser sur son crâne.

— Je pensais vraiment que notre couple allait durer. »

Elle pleure de plus belle et je lâche aussi quelques larmes contre elle en la berçant. Je repense à tout ça et le puzzle semble douloureusement se mettre en place. Les froncements de sourcils de Louis face à mon couple avec Cameron prennent tout leur sens.

Le trajet est extrêmement court et je dois aider Pauline à descendre de la voiture, si bien que je ne remarque pas que Cameron est stressé. Une autre épreuve l'attend. Je ne lui ai pas dit que j'avais prévenu son père, mais j'espère que ça l'aidera.

Et c'est ce que je constate tout de suite, dès qu'il passe la porte. Son père se précipite sur lui pour le prendre dans ses bras. La scène est touchante, Pierrick serre son petit garçon contre lui, les yeux aussi rougis. Cameron lui rend cette étreinte en se cachant dans son cou.

Tout le monde semble pleurer aujourd'hui sauf mon père, il paraît chamboulé, certes, mais ses yeux sont secs. Il passe un bras autour de mes épaules et m'embrasse sur la tempe. Ma meilleure amie, elle, tremblante, s'empresse de regagner ma chambre pour affronter sa rupture. Ensuite, Cam s'adresse à son père :

« C'est Louis qui a fait fuiter l'info. »

Son père se gratte la tête et se tourne vers moi.

« Elle sait tout », précise Cameron.

Son père hoche la tête avant de reporter son attention sur son fils.

« Il faut recontacter les autorités pour avoir de nouvelles identités. »

Cameron soupire.

« Ça ne sert à rien, papa. Mon visage est connu sous le nom de Cameron Kent. On ne dupera plus personne. »

Son père se pince l'arête du nez et semble perdu.

« Alors on fait quoi ?

— On laisse la situation se tasser et tout ira bien, conseille mon père.

— Et s'il sort de prison, hein ? Le visage et la nouvelle identité de mon fils sont connus, il n'aura aucun mal à nous retrouver.

— Il n'est pas près de sortir, précise Cameron.

— On ne sait jamais. »

Mon père intervient :

« Tout ira bien.

— C'est une catastrophe », souffle son ami.

Je me tourne vers mon père et lui chuchote :

« Toi aussi, tu es au courant de tout ? »

Il rigole :

« Je connais cet énergumène depuis l'âge de dix ans, tu penses vraiment que je ne connais pas son vrai prénom et tu penses vraiment qu'il aurait pu me cacher tout ça ? »

Suis-je bête ! En effet, cela paraît évident. Mon père tend un bras vers son ami et déclare :

« Jade, je te présente mon vieil ami : Sébastien Morreau. »

# Épilogue

« Pauline, je vais te tuer ! »

Ma meilleure amie rigole en courant au guichet de la gare sous le regard méprisant et interrogateur des gens qui sont déjà là. Un homme d'âge mûr l'accueille, elle achète un billet, puis elle revient vers moi en riant.

« Partir dix minutes à l'avance ! J'ai même pas fini de mettre mon mascara ! » je la gronde en riant.

Mon père apparaît dans le hall de gare à son tour et nous rejoint en se prenant au jeu aussi :

« Et moi je me suis coupé en me rasant. »

Il nous tend une de ses joues, où un petit bout de papier est collé pour cicatriser une petite coupure.

« Ne vous en faites pas ! Je gère la situation », s'exclame Pauline en tirant sa valise derrière elle vers les quais.

Je secoue la tête parce que c'est totalement faux. Dans la voiture, elle n'arrêtait pas de taper du pied, nerveuse, se rendant compte que ne pas partir en avance c'est risqué. Je suis sûre qu'elle pensait déjà à la tête que sa mère aurait faite en apprenant que sa fille avait loupé son train.

Elle l'aurait étripée, c'est sûr !

Mais tout va bien finalement, nous ne sommes pas en avance mais le train a du retard et mon amie affiche un large sourire, même si nous savons très bien que nos cœurs battent à l'unisson sur une triste mélodie.

Elle part, je me retrouve encore privée de ma bouffée de folie.

Les cours reprennent dans une semaine et Pauline n'a pas réussi à négocier pour rentrer chez elle seulement la veille. Mais je sais qu'elle a hâte de rentrer, elle dit que c'est parce que Crousti, son hamster, lui manque, mais je sais que ce sont les histoires d'ici qui la hantent.

Cela fait deux semaines aujourd'hui depuis les révélations de Louis, mais elle reste marquée. Elle qui d'ordinaire ne se méfie pas des gens, là elle enquête presque sur eux avant de leur adresser la parole. Je ne peux pas la blâmer, tout le monde a changé, tout le monde a mûri.

Une chose est sûre, elle ne risque pas d'aimer prochainement.

« Le voilà ! »

Mon père pointe du doigt un bout d'horizon où un petit point avance vite en grandissant accompagné d'un bruit sourd.

Le train s'arrête devant nous au moment où ma meilleure amie se tourne vers moi.

Elle sourit tristement, et je me jette dans ses bras. Elle me serre fort tandis que j'enfouis mon nez dans ses cheveux :

« Ne pars pas. »

Elle me repousse à bout de bras pour me rassurer :

« On se revoit vite. »

Elle me prend à son tour dans ses bras avant de dire au revoir et merci à mon père. Ensuite, j'ai une boule dans la gorge en la voyant trimballer sa grosse valise et monter dans le train, elle reste devant les portes encore ouvertes et me prévient :

« Appelle-moi toutes les cinq minutes, tu me racontes tout de ton nouveau lycée et tu me remplaces pas ! Et, si ton ténébreux te crée des noises, tu m'appelles ! »

Les portes se ferment devant elle tandis que je ris, les larmes aux yeux. Un sanglot m'emporterait presque, et je n'ose pas penser à mon quotidien sans elle. Elle agite sa main avant de m'envoyer un baiser imaginaire et je fais de même pendant que le train s'éloigne en prenant de la vitesse.

Un bras solide se pose alors sur mes épaules et j'entends :

« Allez, remets-toi vite, on a du boulot. »

Je hoche la tête en séchant de mon pouce des petites larmes qui ne demandaient qu'à couler et je suis mon paternel vers la voiture.

Peu de temps après, le véhicule se met en marche et les pots de peinture à l'arrière me rappellent que je n'ai plus le temps d'être triste. Nous roulons vers un endroit de la ville que je ne connais pas très bien, la voiture passe devant une université et s'enfonce dans une ruelle bordée de résidences. On s'arrête devant l'une d'elles et mon père se gare sur le parking. Je l'aide à décharger la peinture, puis nous nous dirigeons vers l'entrée. De ma main libre, je sonne, et une voix que j'aime répond :

« Je vous ouvre. »

Immédiatement, un bruit métallique résonne et la porte s'entrouvre. Mon père passe le premier et nous montons les trois étages sans ascenseur.

Essoufflés, on toque et Cameron, torse nu, le pantalon taché de peinture, nous accueille.

« Vous avez été rapides », s'exclame-t-il.

Mon père s'engouffre dans l'appartement, et Cameron me prend les pots des mains avant de déposer un baiser sur mes lèvres.

« Ça va, toi ? Pauline a pas loupé son train ?

— Non, tout est OK. »

Il hoche la tête et je m'avance moi aussi vers le chantier.

« T'as des parts de pizza sur le comptoir », m'indique Pierrick, occupé à déplacer un canapé.

Je le remercie et j'observe en en récupérant un bout que mon père a déjà un rouleau en main et qu'il s'attaque à un des derniers murs qui n'est pas recouvert de blanc.

Nous commençons à avoir l'habitude maintenant, il y a à peine quelques jours nous avons fait un premier déménagement. En effet, mon père nous a trouvé une petite maison entre mon nouveau lycée et la maison de son vieil ami. Du coup, on s'est transformés en déménageurs et en décorateurs, et en trois jours c'était plié. Il faut dire qu'il n'y avait pas énormément de travaux.

Aujourd'hui, nous enfilons de nouveau nos bleus de travail, car c'est le déménagement de Cameron qui a lieu.

En effet, celui-ci, après son petit séjour chez un de ses amis, a décidé de reprendre les rênes de sa vie et, après avoir fait des pieds et des mains, il est officiellement inscrit dans une faculté de droit. Je dois dire que je suis plutôt fière de lui. Son père lui a donc dégoté un petit appartement tout près. Je l'envie, moi il me reste une année de lycée et avec en prime le bac.

J'en soupire d'avance.

« Ne mange pas tout, petite gloutonne. »

On encercle ma taille et un souffle chaud caresse le creux de mon cou.

Je me retourne et lui mets une gentille tape sur l'épaule.

« Tu insinues quoi par là ? » je le taquine.

Il hausse les épaules avec un air mesquin sur les lèvres.

« Au fait, mon père est d'accord pour que je reste dormir avec toi ce soir, je lui annonce.

— Ah ! Enfin une bonne nouvelle…

— On vous rapporte des bières fraîches ! »

Un garçon qui semble du même âge que Cameron passe la porte avec un pack de bières à la main. Il est assez mat de peau et a de beaux yeux verts perçants. Il est suivi par une version plus jeune de lui-même qui semble avoir dans les seize ans.

Ça doit sans doute être les renforts dont parlait Cameron ce matin.

« Deux bonnes nouvelles ! » s'exclame mon copain.

Je ris face à son air idiot et son ami pose les boissons sur le comptoir en ajoutant :

« Bien fraîches, en plus.

— T'es un amour, mec ! (Cam se tourne vers moi.) Du coup, je te présente ma copine, Jade. Jade, voici Sandro et Julian, des potes en vacances ici. »

Le plus petit m'offre un coucou de la main et le grand, un sourire.

Après cette intervention, on se remet en action dans la bonne humeur et la musique. Nous terminons en fin de soirée, les deux frères sont partis et mon père s'étire en émettant des craquements sinistres. Les murs sont tous peints et la plupart des meubles sont montés. Tout est plus beau, maintenant.

« Bon on va y aller, nous », dit Pierrick en tapant dans ses mains.

Son fils hoche la tête et mon père ajoute, peu serein :

« Pas de bêtises, hein ? »

Il me pointe du doigt, et mon copain rit :

« Si, tout plein ! »

Mon père le toise avant de rigoler jaune. Finalement, ils partent après tout un tas de recommandations.

Cameron soupire lourdement en fermant la porte derrière eux.

« Mais, sérieusement, on n'a plus trois ans ! »

Il passe une main dans ses cheveux alors que je grimpe sur un des grands tabourets de bar devant le comptoir de marbre. Il pianote sur son téléphone et l'enceinte sur la table du salon diffuse une musique joyeuse.

Il me rejoint, prend mes mains et les fait bouger en rythme. Il a l'air tout heureux et mon cœur se gorge d'amour. Je suis contente du chemin que nous avons parcouru. Notre couple est loin d'être stable, mais les fondations commencent à bien se solidifier. Je suis heureuse de le voir si souriant, rempli de vie. Les heures sombres sont derrière nous. C'est dur de tirer un trait sur un frère de cœur, un confident de toujours, avec qui vous partagiez tout mais qui vous a poignardé dans le dos. C'est difficile et douloureux, et dire que Cameron en a bavé est un euphémisme.

Nous n'avons pas porté plainte contre Louis et je suppose que, s'il est toujours en vie aujourd'hui, c'est grâce aux souvenirs si précieux que Cameron a de lui. Il me semble qu'il est parti à l'université dans la capitale, mais je n'en suis pas sûre.

Après tout ça, Cameron a dû faire face aux flots de rumeurs et articles viraux déformant toujours plus son passé Alors oui, je suis fière de lui, de nous. Malgré nos blessures, nous sommes toujours debout, touchés mais pas à terre.

Il semble voir que je suis dans mes pensées et il m'interroge du regard.

« Je t'aime », je souffle.

Le sourire qu'il affiche fait battre plus fort mon cœur.

« Moi aussi je t'aime, mon ange. »

Il prend mon visage en coupe et embrasse tendrement mes lèvres.

Le plus dur semble être passé, maintenant nous nous dirigeons vers d'autres épreuves et, je l'espère, un avenir radieux.

« À quoi tu penses ? m'interroge-t-il. Je connais cette mine.

— À rien », je tente de le rassurer.

Il déplace ses mains vers mes côtes et je pouffe de rire quand ses doigts s'agitent.

« Dis-moi ! »

Il s'arrête pour me laisser m'exprimer :

« Je pense à l'année qui s'annonce.

— Tu as peur ?

— Pas toi ? »

Il hausse les épaules :

« Je pars du principe qu'être heureux c'est accepter ses peurs, comme tu l'as déjà dit. »

Je baisse la tête et il prend une de mes mains, hésitant. Il la place sur le haut de son torse, au-dessus de son cœur. Je le sens battre rapidement.

« Tu sens ? »

J'approuve d'un signe de tête, même si je ne vois pas où il veut en venir. Il plonge ses yeux bleus dans les miens et sa voix se fait divine :

« Tu sens comme il bat fort ? Il bat pour toi. Je vais pas te cacher qu'on n'était pas faits pour être ensemble, personne n'y croyait et même pas nous, et pourtant nous voilà aujourd'hui et mon cœur bat pour toi. Tu sens ? Tu le contrôles, alors tu n'as aucune raison d'avoir peur, car je suis fou amoureux de toi. Je t'aime peut-être pas de la plus parfaite des manières mais je t'aime, toi et personne d'autre. »

Il a à peine fini sa phrase que je me jette à son cou, je le serre contre moi comme si ma vie en dépendait, comme si le ciel allait nous tomber sur la tête dans quelques instants. Je le serre pour le remercier d'être à mes côtés, je l'enlace pour lui transmettre tout ce que je ressens : qu'il passera toujours avant moi quoi qu'il arrive, que je l'ai aimé dans tous ses états, du plus sauvage au plus doux, et que je serai là dans le futur comme je l'ai été dans le passé.

Je voudrais lui dire que je lui ai ouvert mon cœur, qu'il est temps de s'aimer et d'y croire. Qu'il a fait battre mon cœur alors que je le pensais mort.

***À suivre…***

DÉCOUVREZ SANS ATTENDRE
UN EXTRAIT DE LA SUITE :
*MORE THAN FRIENDS*

# Prologue

Nous y voilà.

Mon cœur tambourine dans ma poitrine. J'aurais dû écouter mon père et manger davantage ce matin, mais comme d'habitude je n'en ai fait qu'à ma tête.

Si on m'avait dit l'année dernière que je serais en terminale sans Pauline à des centaines de kilomètres de chez moi, je ne l'aurais pas cru. Et pourtant… Me voilà.

D'ailleurs, ce n'est pas croyable et c'est presque désastreux, comme ces grandes vacances à vrai dire. Si je ne l'avais pas vécu, j'aurais pensé que ces deux mois étaient tout droit inspirés d'un roman foireux. Et pourtant… Louis m'a bien trahie, ma meilleure ennemie est le sosie d'une poupée Barbie et moi j'ai malencontreusement abandonné mon cœur à un garçon.

Un beau brun à l'allure arrogante, mannequin, pourvu d'une énorme dose de testostérone et de multiples identités.

Ce même garçon qui me fixe avec incompréhension tandis que j'ai le regard dans le vague :

« Hé oh ! Jade. Faut y aller, là. »

Je cligne plusieurs fois des yeux.

*Ah oui, c'est vrai.*

Je fixe la masse d'élèves qui jouent des coudes devant les grilles de mon nouveau lycée. Ils se poussent dans l'espoir de gagner quelques précieuses secondes qui leur permettront d'être les premiers devant les listes.

Je les observe de loin tandis que Cameron s'impatiente. Il n'est pas particulièrement ravi d'être ici, dans son ancien lycée. Même s'il est quelque peu nerveux, c'est lui qui a tenu à m'accompagner ce matin. Lui ne commence sa fac de droit que lundi.

Je ne vais pas assez vite à son goût, alors il prend ma main et m'entraîne dans la foule. Désormais, moi aussi je joue des coudes et je jette des « Pardon », « Désolée » de tous les côtés.

J'ai pourtant l'impression d'être spectatrice de mon propre corps. Cette sensation a commencé dès ce matin, très tôt, alors qu'une boule de stress s'était nichée dans mon ventre.

Je presse la main de Cameron quand nous arrivons dans la cour. J'avais oublié à quel point elle était grande. Ma gorge se serre tandis que je regarde les élèves se diriger vers les murs où sont accrochées des feuilles de papier.

Je reste immobile, incapable de contrôler mes muscles. Je suis tétanisée. Si pour certains la rentrée est une épreuve, pour moi c'est le parcours du combattant. J'ai peur de ne pas avoir mon bac et surtout de ne pas trouver ma place.

« Ça va ? » m'interroge le brun, un sourcil levé.

Je grimace et il me serre un peu contre lui :

« Je vais voir dans quelle classe tu es. Ne bouge pas. »

En d'autres circonstances, je répliquerais aussitôt que je suis une grande fille et que je peux me débrouiller toute seule, mais aujourd'hui c'est différent. Je fixe son dos quand il s'éloigne avant de remonter mon sac à main sur mon épaule. Ça fourmille de partout autour de moi, je sens aussi qu'on me lance ces regards. Eh oui, les nouvelles vont vite ici et rapidement tout le monde a appris que moi, la petite nouvelle, j'ai détrôné Lucie Preston dans le cœur du brun.

Ils doivent sans doute se demander ce qu'il me trouve. Je me pose moi-même la question, à vrai dire. J'ai souvent du mal à croire que nous soyons ensemble malgré nos différences bien marquées.

Je ne leur prête pas attention et je me contente de mordre les contours de mon pouce en attendant le retour de mon copain.

Il ne tarde pas à revenir, sous les regards appuyés de certaines filles.

« Tu es en terminale S1 », m'indique-t-il.

Il passe un bras autour de mes épaules et me montre du doigt un coin de la cour :

« Quand la dirlo aura fini son speech tu iras en salle 103, c'est au premier étage, tu ne peux pas te perdre. »

Je hoche la tête et il m'offre un petit sourire. Je suis contente qu'il soit là et me serve de repère. Je ne sais pas ce que j'aurais fait sinon. Je serais peut-être en train de paniquer, les larmes aux yeux.

« Allez, ma belle, sors-moi ce balai de ton postérieur ! »

Il se moque de moi alors que je lui tire la langue. Il m'attire ensuite dans ses bras, et je me sens gênée pour la première fois car on nous regarde avec insistance.

Je ferme un instant les yeux en humant son parfum. Je me sens comme dans une bulle, en sécurité, je me détends un peu et j'arrive même à relativiser.

Après tout, ce n'est pas la fin du monde.

J'embrasse rapidement sa clavicule avant de me détacher. J'observe tout de même derrière lui un garçon métis avec des yeux comme des soucoupes et un large sourire plaqué sur le visage qui s'approche de nous. Il s'exclame :

« Cam ! Qu'est-ce que tu fous là ? »

Mon copain se retourne et ses lèvres s'étirent aussitôt :

« Younes ! Et toi, alors ? T'as pas eu ton bac ? »

Le garçon hausse les épaules :

« J'ai foiré les repêch'. Mais et toi ? J'étais sûr que tu l'avais eu. »

Cameron passe un bras autour de ma hanche et m'attire à lui.

« J'accompagne cette demoiselle », explique-t-il.

Younes mime un « Ah » de la bouche et ajoute à mon intention :

« Mais tu es la fille de la photo ? »

Il me scrute et je murmure un « Oui » :

« Pas cool, ce que vous a fait Louis. »

Cameron se crispe à mes côtés. Tout le monde connaît notre vie. La seule info qui n'ait pas fuité est le changement d'identité de Cameron et son père.

« Oh, désolé, fallait pas en parler ?

— C'est à éviter », lui répond Cam sèchement.

Younes s'excuse encore avant de nous saluer :

« Je vous laisse. Ça m'a fait plaisir de te voir, mon pote. (Il tape dans la main du brun et s'adresse à moi :) Et toi, si tu as besoin de quoi que ce soit, n'hésite pas. Les amis de mes amis sont mes amis. »

Il nous lâche un clin d'œil avant de s'éclipser en trottinant. Sacré numéro, ce garçon. Je souris légèrement, sa bonne humeur est contagieuse.

« Tiens, elle arrive, ta nouvelle directrice. »

Cameron me désigne une direction d'un mouvement de tête et je distingue la femme imposante qui respire l'autorité qu'est Mme Fore.

« Je vais te laisser, murmure-t-il, j'ai pas trop envie qu'elle me repère. »

Il grimace et je sens la panique me gagner, je m'agrippe à son bras.

« Ça va aller, me devance-t-il, je te récupère ce midi. »

Le premier point positif de ce lycée, c'est que la rentrée des terminales s'effectue le vendredi et ne dure qu'une matinée. Je passe donc le week-end en compagnie de Cameron, avec l'accord de mon paternel.

La masse commence à s'agglutiner devant le corps enseignant présent.

« Tu verras, avec ta belle gueule, tu te feras des amis en moins de temps qu'il n'en faut pour le dire. »

Il pointe un doigt vers moi :

« Mais pas trop de garçons, hein ? »

Je glousse et me hisse sur la pointe des pieds pour embrasser ses lèvres.

La directrice tape dans ses mains et un homme réclame le silence :

« S'il vous plaît !

— Bonne matinée, bébé, je te promets une super-soirée à deux ce soir pour te détendre, chuchote Cameron.

— Promis ? »

Il appuie ses lèvres contre les miennes et, après un dernier « Je t'aime » et un bisou, le voilà parti alors que résonne le discours de rentrée. Ma peur s'est apaisée, tout devrait bien aller…

# Chapitre 1

Même si ce lycée est très grand, tout a le mérite d'être indiqué. Cameron avait raison : je ne peux pas me perdre. Je flâne dans les couloirs, le nez en l'air. Je m'imprègne de mon nouvel environnement. Les locaux sont super-neufs et une odeur de produits d'entretien flotte dans l'air.

Autour de moi, ça bavarde et chahute pas mal. Je dois me faire toute petite parfois pour éviter de me faire rentrer dedans par des garçons trop turbulents. J'imagine bien Cameron dans ces couloirs, adossé contre ce mur-là à parler fort ou à se chamailler avec ses amis. Je pourrais presque l'y voir.

J'atteins finalement ma salle. Nous sommes priés de nous y rendre à 9 heures, or il n'est que 8 h 45. Mais je constate que je ne suis pas la seule à avoir eu l'idée d'arriver en avance. En effet, la salle est à moitié pleine d'élèves discutant assis sur les tables ou les chaises. Je rentre la tête dans mes épaules et cherche une place à l'écart. J'en dégote une près du mur vers le milieu, j'y jette mon sac et je m'empresse de démêler mes écouteurs afin de les planter dans mes oreilles et de pousser ma musique à fond.

Je réponds rapidement à Pauline qui me dit que sa nouvelle classe n'est pas terrible, apparemment elle se retrouve avec Molly.

Je la plains. Je lui réponds que moi je ne connais personne et je la supplie de déménager pour me sauver de cet enfer. J'envoie aussi un petit message à Cameron pour lui dire que je pense à lui.

À côté de moi, je sens l'air remuer et un sac rejoindre le mien sur la table. Je me tourne lentement. Je découvre une jeune fille aux cheveux courts violet sombre. Elle a un grand sourire et je vois ses lèvres remuer. Le brouhaha de ma musique m'empêche de discerner ce qu'elle dit, alors je fronce les sourcils en retirant un écouteur.

La bouche de la fille forme un O et je la questionne :

« Pardon, tu disais ? »

Elle secoue la tête avant de me tendre une main :

« Je m'appelle Olivia. Je viens à côté de toi parce que t'as l'air d'être la moins conne de toutes ces filles. »

Elle pointe le pouce vers l'arrière par-dessus son épaule. Je grimace, drôle de personnage. Je serre rapidement le bout de ses doigts :

« Jade, et euh… Je dois le prendre comme un compliment, je suppose ?

— Tout à fait ! »

Elle me sourit et je pense que la conversation va s'arrêter là, mais elle me questionne encore :

« T'es pas la copine du mannequin qui était ici l'année dernière ? »

Je hoche la tête en commençant à être mal à l'aise, elle poursuit :

« Celle pour qui il a quitté Lucie ? »

J'omets le fait qu'il l'aurait quittée avec ou sans moi et que j'ai juste accéléré le processus. Elle secoue la tête plusieurs fois.

« Bien joué », ricane-t-elle.

Apparemment, Lucie n'est vraiment pas aimée de tous. Est-ce que cela me surprend vraiment, au fond ? Je ne crois pas.

J'ouvre à peine la bouche qu'elle continue déjà. Un vrai moulin à paroles, dis donc.

« Même si je t'avoue que je ne comprends pas très bien ce que vous lui trouvez. Je veux dire, il est con ! Sans vouloir te vexer, précise-t-elle. Sa personnalité gâche tout son charme. »

Elle lève les yeux au ciel et je ne sais pas trop quoi répondre. J'aimerais le défendre, mais je ne connais pas les actes dont il a été l'auteur dans ce lycée et je dois dire que, moi-même, quand je l'ai rencontré je le trouvais extrêmement con.

« Il a beaucoup changé », je réponds simplement.

Elle hausse les épaules, son opinion semble bien ancrée. Je n'y prête pas vraiment attention, je me concentre plutôt sur l'entrée de deux superbes filles. Elles passent le pas de la porte telles deux déesses. L'une est rousse et l'autre porte un petit carré noir. Elles rient entre elles et je jurerais que le silence s'est fait à leur arrivée. Nul doute, ces filles ne sont pas n'importe qui. La petite rousse me dévisage de ses yeux verts, de la tête aux pieds.

*Oh non… Ne me dites pas qu'elles savent qui je suis.*

Je m'enfonce un peu plus dans ma chaise tandis que l'autre tourne aussi la tête vers moi. Je ne sais pas pourquoi, mais cela ne m'inspire pas que du bon. Et si elles étaient des amies de Lucie ?

« Qui est-ce ? » je ne peux m'empêcher de demander à Olivia.

Elle les considère avec dédain en croisant les bras :

« Eva Simon et Laure Tarmann, autrement dit les petites filles à papa. À éviter vraiment. Ce sont les premières l'année dernière à avoir pu intégrer le “squad” le plus réputé de terminale. (Elle mime des guillemets avec ses doigts.) Dont ton copain et son ex-petite amie faisaient partie, d’ailleurs. Des pestes, comme le reste de la bande. »

Je grimace, leurs visages d’ange ne laissent vraiment pas paraître toute cette négativité dont Olivia me parle. On m’a toujours appris à ne pas juger sans connaître, alors je décide d’attendre de voir par moi-même si la colombe deviendra serpent…

En attendant, la sonnerie et l’entrée du professeur me coupent dans mes pensées. L’année commence.

« Pour l'éditeur, le principe est d'utiliser des papiers composés de fibres naturelles, renouvelables, recyclables et fabriquées à partir de bois issus de forêts qui adoptent un système d'aménagement durable. En outre, l'éditeur attend de ses fournisseurs de papier qu'ils s'inscrivent dans une démarche de certification environnementale reconnue. »

Composition et mise en pages : Nord Compo

PAPIER À BASE DE FIBRES CERTIFIÉES

hachette s'engage pour l'environnement en réduisant l'empreinte carbone de ses livres. Celle de cet exemplaire est de : 600 g éq. $CO_2$ Rendez-vous sur www.hachette-durable.fr

Imprimé en France par le groupe CPI Bussière
Dépôt légal 1re publication janvier 2020
89.3410.7 – ISBN : 978-2-01-710852-8
Édition : 04 – Dépôt légal : mars 2021
N° Impression : 2056924

*Loi n° 49-956 du 16 juillet 1949*
*sur les publications destinées à la jeunesse*